空白の一章

バーナビー主任警部

Written in Blood

Chief Inspector Barnaby

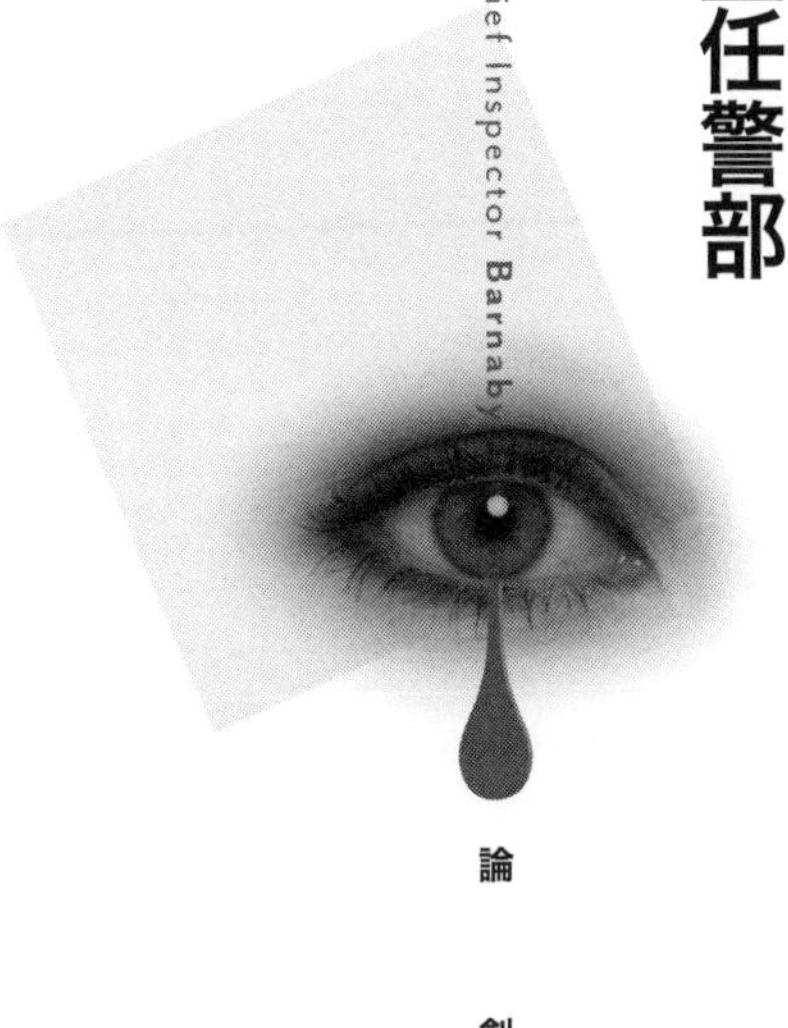

Caroline Graham

キャロライン・グレアム

宮脇裕子◎訳

論創社

目次

主要人物一覧

〈ライターズ・サークル〉のメンバー（執筆ジャンル）
ジェラルド・ハドリー……………元公務員（短編小説）
ブライアン・クラプトン…………コーストン総合中等学校教師（劇の台本）
スー・クラプトン…………………ブライアンの妻（絵本）
オノーリア・リディヤード………名門リディヤード家の老嬢（一族の歴史）
エイミー・リディヤード…………オノーリアの義妹（ロマンス小説）
ローラ・ハットン…………………アンティークショップの店主（昔の日常生活の記録）
レックス・シンジャン……………軍事マニアの年金生活者（スパイ小説）

ラルフ・リディヤード……………故人。オノーリアの弟で、エイミーの夫
マックス・ジェニングズ…………小説家
イーディー・カーター……………ブライアンの教え子
キャロル・バンディ………………通いの掃除婦

トム・バーナビー…………………コーストン警察犯罪捜査課の主任警部
ギャヴィン・トロイ………………コーストン警察犯罪捜査課の部長刑事

ジョイス・バーナビー……………トムの妻
カリー………………………………トムの娘。女優

空白の一章

バーナビー主任警部

ライフセーバーのフランク・ベルグロウヴ、リンダ・ベルグロウヴに捧げる

招かれた作家

あとになって警察の事情聴取を受けたとき、誰が初めにマックス・ジェニングズの名前を出したのかについては、供述がまったく一致しなかった。エイミー・リディヤードの名を挙げた者が一人二人いたが、彼女自身は友人のスー・クラプトンではないかといった。スーはそれを否定し、レックス・シンジャンだったように思うといったが、レックスは、マックス・ジェニングズの著書を読んだこともなければ名前を聞いたこともなかったのだから、自分のはずはない、と断言した。ローラ・ハットンは、〈ハーパーズ〉誌で、最近この作家がここから二十マイルも離れていない村に越してきたという記事を読んだ憶えがあるので、もしかしたら自分だったかもしれない、といった。ブライアン・クラプトンは、誰がいい出したにせよ、そいつのおかげで退屈きわまりない夜を過ごすことになったのだ、と不満をもらした。けれども、エイミーとスーがともに認めたのは、ジェラルドがいやに大げさな反応を示した点だった。

ベストセラー狙いの小説を執筆中のエイミーによれば、マックス・ジェニングズの名前が話題にのぼったとたん、ジェラルドはびくっとしたかと思うと、体を震わせて顔面蒼白になり、愕然と周囲の人々を見つめ、誰かに殴られたかのように顔を歪めていたという。そのうえ、コーヒーカップまで取り落とした。ズボンに飛び散ったコーヒーの染みを拭いたり、絨毯《じゅうたん》に付いたべたべたした残りかすをこすり取ったりと、話し合いに戻るまで、その後始末に十分以上もかかった。残っていたチョコレート・トリュフを使って、スーがチョコレート風味のコーヒーを淹《い》れると、ブライアンはココアと同じじゃないかといった。

スーがトレイを運んできたとき、ジェラルドは、膝に火傷をしないよう濡れたズボンをつまみながら、ガスストーブの前に立っていた。「本当に申し訳ない。急にずきっときたもので……」そういって、白いシャツの胸元に軽く手を当てた。

「医者に診てもらわないといけないよ」と、レックスがいった。

吐き気や急な寒気は心臓に疾患があるせいではないか、とローラは心配になった。しかし、ジェラルドは太ってはいない。太りぎみともいえないくらいだが、危険な年齢にさしかかっている。心臓発作の原因は肥満に限らず、ほかにもいろいろある。ローラは気がかりでならなかった。

「レックスのいうとおり、医者に診てもらったほうが……」

「ただの消化不良ですよ。野兎のシチューがよくなかったのかもしれませんね」

「それでも――」

「話を進めてもいいかな」ブライアンはわざとらしく腕時計に目をやった。理由はいくつもあるのだが、ジェラルドのことをあまり快く思わず、いいかげんこの騒ぎを切り上げてもらいたいと思っていた。「寝る前に採点をしなくちゃいけないものでね。誰もが遊んで暮らせる身分じゃないんだ」

そこで、誰をゲストに呼ぶかという話し合いに戻った。中断される前、エイミーはマーター・デヴァシーの近くに住んでいる女性作家はどうかと提案していた。ペキニーズ犬を何頭も飼い、その愉快な行動を書き記している。

「ああ、あの人」スーがいった。「一軒一軒地元の書店を回って、自費出版した本を置いてもらってるのよ」

「虚栄心のための出版など禁止すべきだ」ブライアンがいった。「本物の作家を呼ぶか、さもなければ、誰も呼ばなくてけっこう」

「大きな声ではいえないけれど」ピメントチーズとクリームチーズを詰めたパイの最後の一個を手に取りながら、オノーリア・リディヤードがいった。二枚の薄いフリル状のパイは、天使の赤ちゃんの羽のように見える。オノーリアは、錠剤でものむように大きな舌にのせて一気にのみ込んだ。これで八個目だわ、と義理の妹エイミーはひそかに観察していた。

「年にたった四回ぐらい、なんとかなると思ってたわ」オノーリアは続けた。

〈大きな声ではいえない〉というのは、でたらめもいいところだ。オノーリアは、候補作家の名前が挙がるそばからけなし、自分が誰かを推薦することはめったにない。ようやく来てもらったゲストにたいしても、尊敬に値しない作家だと決めつけることがほとんどで、先に席を立ってしまうような無礼な態度をとることも珍しくなかった。

「フレデリック・フォーサイスに頼んでみたらどうだろうね」自身もスパイ小説を書いているレックスが提案した。彼の小説の主人公はハイエナというコードネームを持つ殺し屋で、サダム・フセインの暗殺を企てている。

「無駄だな」ブライアンがいった。「ああいう連中はいつだって忙しいふりをするものさ」

たしかにそのとおりだった。この数年間に、ジェフリー・アーチャー、ジリー・クーパー、メイヴ・ビンチー、それにスー・タウンゼントから多忙を理由に断られている。もっとも、スー・タウンゼントの場合は丁重な断りの手紙に、サイン入りペイパーバックが添えられていた。

首尾よく著名人を招くことができたのは一度だけ。数々の賞を受け、高い評価を得ている詩人がサイン会のためにコーストンのブラックバード書店に来ることになり、その晩、〈ライターズ・サークル〉で話をすることを承諾してくれたのだ。しかし、結果はさんざんだった。彼が会合に参加したのはほんの一時間で、そのあいだ酒を呑みながら自作についての書評を読んで聞かせ、やがて男友だちとの別れ話を語り始めた。しまいには泣き出してしまい、男性陣が尻込みをしたため、ローラがその栄誉ある役目を引き受けてロンドンまで車で送っていった。

それからは、さほど著名とはいえないゲストで妥協した――〈コーストン・エコー〉紙のジャーナリストや、町の民間放送局のアシスタント・プロデューサー（実質はお茶汲み）、木工細工に関する実用書を何冊か出版しただけで、いっぱしの作家を気取り、アマチュアの集まりに定期的に足を運ぶことなどできないと考えている地元の男。

「朝食のときにあなたがいってた人はどうなの？」スー・クラプトンがおずおずと夫に微笑みかけた。だらしない格好の夫に引きかえ、スーはきちんとした穏やかな女性だ。耳を出してミルク・チョコレート色の長い髪を垂らし、フレームにさまざまな色をあしらった大きな円い眼鏡をかけている。緑の地に細かいひなぎくがプリントされた長い巻きスカートを身にまとい、お世辞にもすてきとはいえない底の厚い革靴をはいている。「あの人は――」

「ああ、そうだな」ブライアンは顔を上気させ、いらだたしげにいった。いつものように話し合いが暗礁に乗り上げたとき、さりげなく提案するつもりだったのだ。「来てくれるかもしれない人物と――かもしれないという点を繰り返しておくが――たまたま知り合ってね」

「どんな本を書いている人です？」

「作家じゃない」ブライアンはジェラルドを見返して微笑んだ。「ディヴァイザーだ」含み笑いをしながら皮肉な視線をみんなに向けている。〈ディヴァイザー〉がどういう仕事なのか誰も知らなかった。無理もない。「マイク・リー（一九四三～。イギリスの映画監督。脚本を使わず、即興劇を繰り返してキャラクターを作り上げるという独自の演出手法をとる）みたいなものだよ」

「いいじゃない」ローラはそういって、エレガントなシルクに包まれたハチミツ色の脚を組んだ。衣《きぬ》擦《ず》れの音がみんなの耳に届いたが、彼女が思いを伝えたかった当人だけはそれに気がつかなかった。

スーは、自分もああいう脚をしていたらいいのに、と思った。ブライアンも、妻がああいう脚だったらなあ、と思った。オノーリアは、なんて下品なしぐさなのだろうと眉をひそめ、レックスは、大胆にもレースの縁取りのあるガーターをつけているところを想像した。そして、エイミーは好意的に微笑んだ――おそらく、夜、温かいホーリック（睡眠を促すとされている昔ながらの粉末麦芽飲料）を飲みながら、義姉の叱責を受けることになるだろう。

「マイク・リーといったわけじゃないぞ」ブライアンの頬がさらに紅潮した。「例として挙げただけだ。先週、うちの学校に〈ナッツン・ボルツ〉という劇団がやってきてね。今はやりの舞台芸術教育というやつだ。その劇団は学校の一日をみごとに演じて見せた」

「なんだか意味のないことをしているように思えるが」レックスがいった。

「まったく、もう……」ブライアンは頭を振りながら笑い声をあげた。「わかってないな。生徒たちの前で生徒たちの経験をダイナミックな新しい形で投げ返すことで、彼らの生活に感激に満ちた信憑性がもたらされる」

「なんだって?」

「生徒は言葉の遣い方が自分たちと同じだと感じる」

「なるほど」

「ともかく」ブライアンは話を続けた。「団長のゼブという男をつかまえた。車に乗ろうとしているときに、話をしに来てもらえないかと訊いてみたんだ。多少の金を払わなくてはならないが——」

「とんでもない」オノーリアがいった。「お金なんか絶対に払いませんよ」

「実費だけだよ。ガソリン代とか——」

「オノーリアのいうとおりだな」レックスは残念な気持ちを込めようとしていた。「それが前例になって……」と口ごもり、いつものように考えこんだ。そんなけちなことだからうまくいかないのかもしれない。かかった費用を払うといえば、ジョン・ル・カレだって来てくれる可能性があるのではないか。ふたたびオノーリアが声を張り上げた。

「もちろん、あなたが自分で払うなら話は別よ」

オノーリアはブライアンを冷ややかに見つめた。まったくだらしのない男だ。髪はぼさぼさ、鬚は伸び放題、服はよれよれで、頭の中は支離滅裂ときている。

スーは夫が不機嫌になるのを気遣わしげに見つめ、自分の髪をいじり始めた。地肌ぎりぎりに指を差し入れ、ぴんと張るぐらい引っ張ってから放し、また別の場所で繰り返した。そのあともずっと続けた。話し合いが始まってからまだ三十分しかたっていないが、誰もが何十年もたったように感じていた。

話が何度も脱線したり、議論が交わされたりしたあと、結局、一巡して、ふたたびマックス・ジエニングズの名前が挙がった。

「この人なら可能性があるような気がするわ」エイミーがいった。「近くに住んでいるんですもの。それに、それほど有名というわけでもないでしょう」

「どういう意味なの？」オノーリアが訊いた。

「つまり」スーが口を挟んだ。「いちおう世間に名前を知られている程度という意味でしょ」

「おれは聞いたことないぞ」ブライアンが椅子のひじ掛け部分を指先でたたきながらいった。金持ちの有名人は願い下げだが、それほどの金持ちではなく、多少名前が知られているだけの人物であっても相手にしたくはなかった。ありていにいえば、社会の最下層にいてみんなに踏み付けられている人物でもない限り、ブライアンはまず無視する。

「ラジオでインタビューを聞いたことがあるけれど」エイミーはいった。「なかなかよかったわ」

ラジオではなく〈ワイヤレス〉（年配の人が使う、ラジオを意味する言葉）といわなくてはいけなかったのだが、時すでに遅く、オノーリアの舌打ちが聞こえた。「お願いしてみる価値はあると思うわ」

「そんな気取ったペンネームを使うやつは鼻持ちならんな。マックスってのはマクシミリアンの省略のつもりだろう？　本名はバート・ブロッグズなんてところじゃないのか」

「デビュー作の『遥かなる丘』という小説を読んだわ。彼はアウター・ヘブリディーズ諸島のとても貧しい家で生まれ育ったのよ。父親はひどい人で、妻を死に追いやったの。彼がまだ幼いときに、母親は自ら命を絶ったのよ」

「へえ」ブライアンはいくぶん関心を示した。「まあ、声をかけてみても悪くないな。ほかに候補者もいないことだし」

「アラン・ベネットがいる」

ブライアンはふんと鼻を鳴らした。アラン・ベネットには嫌気がさしていた。ブライアンは以前、この作家に傾倒し、やり方をまねたことがある。テープレコーダーを手に村の商店やパブの外をうろつき、庶民の内面生活の豊かさ、複雑さを解き明かそうと、村人に話しかけた。だが、まったくの無駄骨だった。村人たちが話題にすることといったら、テレビドラマ『ネイバーズ』やサッカー、大衆紙〈サン〉の記事ばかり。しまいには、酔っ払いに、おせっかいな最低人間呼ばわりされて殴り倒されてしまった。

ローラはいった。「あの人は非常用にとってあるんでしょ」

「多数決で決めようじゃないか」レックスがいった。「ジェニングズに賛成の人は?」レックス自身が手を挙げ、ほかの者もそれに続き、最後にオノーリアも同意した。「ジェラルド、きみは?」

彼は、まだストーブのほうを向いて濡れたズボンを乾かしていた。肩越しに振り返って、六人が手を挙げているのを見たあと、またガスストーブの青と黄色の炎に目を向けた。彼が賛成だろうが反対だろうが大勢《たいせい》に変わりはない。それでも、反対意見の一つもいわずにすんなりこの案を通す気にはなれなかった。

「時間の無駄だと思いますよ」そういいながら、自分の声の中立な響きを意外に思った。口調も落ち着いている。言葉と言葉のつなぎかたもけっして急いではいない。言葉そのものも、内面の激しい怒りと比べて穏やかなものだった。

「ジェラルド、あいにく、あんたの意見は少数派だ」ブライアンはすでに毛糸の帽子をかぶっている。

「それはそうですが」ジェラルドはまだあきらめきれなかった。「とても実現するとは思えないから――」

「あんたが書かないなら、おれが手紙を書いてもいいぞ」ブライアンはいった。「出版社気付で送るかな。電話でもいいかもしれない」

「いいえ、それにはおよびません。事務局長であるわたしから連絡します」そうすれば、少なくともこの案件は自分の手の内に残る。「どうってことありませんよ」早くみんなが立ち去ってくれることを願って、ジェラルドは立ち上がった。ローラがひそかに視線を投げかけているのが目に入り、彼は無理やり唇を動かして笑みを作った。

その晩、ジェラルドは眠らなかった。初めの一時間は、身じろぎ一つせず机に向かい、記憶と闘った。万力で締め付けられるように頭が痛む。ふたたびあの男と相まみえるとは。マックス。マックス。金では買えない大切なものを盗んだ男。そんな相手に歓迎の言葉を述べ、何時間も自慢話に耳を傾ける。耐えがたい苦痛となることはわかっていた。

午前三時、ジェラルドは手紙を書き始めた。何度も何度も書き直した。六時には、疲労困憊し、ごみ箱は書き損じであふれ返っていたが、とにかく手紙を書き上げた。一枚におさまり、行間に意味を込めることができた。来ないでもらいたいとあからさまに頼むことなどできない。あのときでさえ――あのひどい裏切りを受けたときでさえ――マックスに懇願したりしなかった。マックスは勝者かもしれないが、へりくだって彼に満足感を味わわせることだけは絶対にしたくなかった。

ジェラルドは、そのあと、右手でペンを握りしめ、左手で封筒を押さえて宛名を書き始めた。ごくあたりまえにマックス・ジェニングズという名前から。汗ばんだ手の中で、ペンが滑ってくるりと回る。まるでこの文字列に魔法の力があるかのようだ。相手の息遣いが聞こえ、たばこのにおいがし、日焼けした細面《ほそおもて》の顔ときらめく青い瞳が目に浮かぶ。魔法があの男を呼び出しているような気がする。

もう一度文面に目を通した。これならこちらの心の動揺を読み取って、まず招待に応じることはないはずだ。

ジェラルドは、速達用の切手を貼ると、マフラーを巻き、オーバーを着て、家を出た。郵便ポストに向かう途中、暗闇から牛乳配達の車が現れた。

「早起きですねえ、ハドリーさん」男は、ジェラルドの手の白い封筒に目を留めた。「ああ、サッカーくじですか」

「ええ、そうなんです」

ごくありふれた会話を交わしたことで、ジェラルドは気持ちが明るくなり、大股で歩き出した。慣れ親しんだ平凡な現実が不健全な想像を包み込んでいった。

足を速め、ジェラルドは新鮮な冬の空気を肺いっぱいに吸い込んだ。投函したあと、それまで自分を苦しめていたいやな思い出が空想にすぎないように思えてきた。あのつらい記憶は、相手の心にも残っているものと思い込んでいたが、ひょっとするとマックスは自分のことなど憶えていないかもしれない。仮に忘れてはいなかったとしても、アマチュア作家相手に話をするため、わざわざ三十マイルもの道をやってくるはずがない。今のマックスは売れっ子だ。新作が出れば〈サンデー・タイムズ〉紙の売り上げベストテンに必ず入る。冷静に考えれば考えるほど、さきほどまでの不安が実体のないものに思われた。

地平線からピンク色とレモン色と銀色の光の筋が現れたころ、ジェラルドは自宅に戻り、コーヒーポットのスイッチを入れた。真っ赤な太陽が顔をのぞかせたころには、手紙を書くのに、あれほど時間と労力をかけ、細心の注意を払う必要などなかったのだ、と自分自身にいい聞かせていた。そもそもマックスが招待を受けてやってくる可能性など皆無なのだから。

〈ライターズ・サークル〉の会合から一か月近くたったころ、ローラはキッチンの戸口に立ち、まだ気が変わるかもしれないと思いながら、これからの行動を考えていた。手には封をした空《から》の封筒を持っている。犬を飼ってはいないし、暗い夜に村を歩き回っても怪しまれない口実はほかに思いつかなかった。

前回は（それからまだ一週間にもならないが）、ヘンリーという名のバセットハウンド犬を連れて牧師館から出てきたクルーズ牧師と出くわした。ずっと並んで歩いたあと、ローラはしかたなく封筒を投函した。牧師は家まで送ってくれ、ローラが無事に中へ入るのを見届けた。もう一度出直す気力はなく、ローラは思いどおりに事が運ばなかったことにいらいらしながらベッドに入った。しかし、今夜は一時間以上も前に、ヘンリーは主人との散歩を終え、牧師館に戻っている。

ローラは黒っぽいショートコートのボタンを一番上まで留めた。ジーンズに黒いブーツをはき、じょうぶな革手袋をはめ、人目につきやすいパーマのかかった赤毛を暗い色のスカーフで隠した。足を踏み出し、音を立てないようにそっとドアに鍵をかけ、しばらく耳を澄ましてあたりのようすをうかがった。

両隣の家から物音は聞こえなかった。猫が出入りする気配もない。牛乳瓶がぶつかる音もごみ箱を閉める音もしない。友人を見送りに外に出ている者もいない。ローラは音のしないゴム底の靴で歩き出し、無意識のうちに左へ曲がった。

早足で、できるだけ高い生け垣——中世の防護柵の英国ガーデニング版といったところだろうか——のそばを歩いた。ふいに、細い三日月が空に現れ、ローラは思わず暗がりに身を寄せた。石造りの家や黒い木立が淡い光に染められている。この先に待ち受けていることへの期待で頭がいっぱいだったローラは、どきっとして自分の存在を意識した。一人で舞台に立っている役者がまぶしいライトを浴びたような気分だった。

まもなく郵便局にたどり着く。郵便局といってもサンデル夫妻の自宅を兼ねていて、店舗に改造した居間といった程度のものだった。ポストは門のわきにあり、ローラがさしかかったころ、月はまた雲間に隠れた。ローラは封筒をポケットに入れて歩き続けた。ここからは用心しなければならない。顔見知りと会っても、手紙の投函という口実は使えないのだ。けれども、運はローラに味方をしてくれ、誰とも会わなかった。

〈千鳥の休息所《プラヴァーズ・レスト》〉邸は公共緑地に面して建つ一番端の住宅だ。その先は、二股に分かれていた道が合流し、土地の評価が下がる。約三十ヤード先の次の住宅までは手つかずの自然が残され、サンザシやリンボクや野生の林檎の木が見られた。公共緑地に接するたいていの家がそうなのだが、〈千鳥の休息所《プラヴァーズ・レスト》〉邸にもハロゲンランプがあり、どの方向から近づく者もただちに照らし出してくれる。ローラにとっては好都合だった。

闇を恐れることなく、不安をはるかにしのぐ強い思いを抱き、顔にかかる意地悪な茨を払って歩き続けた。やがて、小さな雑木林を抜けると、どきどきしながら左へ曲がり、また境界を抜けた。

今度は腰の高さほどの編み垣になっていた。こうして、ローラはジェラルド・ハドリー宅の裏庭に出た。

足を止め、注意深く周囲に目を凝らした——大きなブナの木、何も入っていないガーデニング用の壺、わずかに見えるテラスは霜できらきら光っている。頭上の空には満天の星が輝いていた。ローラは砂利を避けながら爪先立ちで歩いた。ひんやりした空気に自分の息が白く見える。

キッチンに明かりが灯《とも》っていたが、近づくにつれ、誰もいないことがわかった。大胆にも、ローラは中をのぞいた。流しに何枚か汚れた皿が置かれている。クラレットのハーフボトルとグラス一個がトレイにのっていた。少し体の向きを変えると、細長いスパイス棚にガラス瓶が並んでいるのが見えた。中には、茸や生姜、気味の悪い形に曲がった暗赤色のものが入っている。

日本料理を作るのが好きだ、とジェラルドから聞いたことがある。ローラは、まあすばらしい、わたしにも教えてもらえないかしら、と頼んだ。彼は笑みを浮かべ、教えるのはちょっと無理だが、今度照り焼きを作るから食べにいらっしゃい、といった。ローラは有頂天になったが、その話はなかなか実現しなかった。

ロマンティックな雰囲気のテーブルを前にすわり、二人で熱い日本酒を酌み交わす姿を思い描きながら、ついにローラはジェラルドにその約束の件を持ち出した。忘れたわけではない、と彼はいった。今度の木曜の七時でどうだろう?

ローラは小躍りして帰宅すると、顔にスチームを当て、髪がつやつやになるまでブラシをかけ、美しい細い脚を香りのよいローションでマッサージした。木曜日、六時四十五分には身支度が整った。ジャスパー・コンランの淡い黄色のジャケットにアイボリーのシルクのシャツ、暗い紫色をしたクレープ地のタイトスカートをはき、コーネリアンのイヤリングをつけた。とてもすてきだ。誰もがそういってくれた——クルーズ夫妻、レックス、ウィンディ・ホローからやってきたコンピュータ関係の仕事をしているカップル。その全員が招かれていたことを、ローラは当日、訪ねるまで知らなかった。

ほかの人たちは事前に知らされていたにちがいない。ローラは泣きながら眠りにつき、目が覚めたときには、ジェラルドはただ気が弱いだけなのだと考えるようにした。恋愛に関して無作法なのではなく、場数を踏んでいないだけだ、と自分に言い聞かせた。ローラを自宅でもてなす際、初めてなので同席者がいたほうがよいと考えたのだろう。それが一年近く前のこと。以来、一度も食事に招かれたことはなかった。

惨《みじ》めでたまらず、ローラは自分が傷つかないよう懸命にジェラルドを悪者にした状況を作り上げてもみた。恋人としては最低よ。話は退屈だし、性格は気難しく、口やかましくて自分の流儀に凝り固まってる。自己中心そのもの。屈託がなく束縛が嫌いなわたしは、たちまちいっしょにいられなくなるわ。ローラは想像力を駆使して自分を慰めるためのフィクションの世界に何日間もしがみついていた。しかし、現実に戻れば、ジェラルドとまた顔を合わせることになるのだ。

音が聞こえ、光が動いた。ローラは動揺し、窓から離れて建物に張り付くように身をかわしたとき、背後で何かが光った。隣家に住むブライアンが、フォルクスワーゲンを車庫に入れようとしているところだった。ヘッドライトの光はじょじょに闇に呑まれていく。ガレージの扉が勢いよく閉まった。ブライアンが家の横を歩いて中に入る音が聞こえた。ドアに鍵がかかった。今ごろスーは寝酒を用意していることだろう。ローラは少しうらやましい気持ちになった。もちろん、分別を持ち合わせている女性なら誰だってそうだが、ブライアンと結婚したいわけではない。ただ、夫婦でグラスを傾けるときのくつろいだ雰囲気は、独身女性には味わえないものだ。

わたしったら、こんなところで何をしようとしているの？　手袋をした手で壁をたたくと、革がすれた。三十六歳にもなるいい大人だというのに。魅力的だし、人から美しいと褒められたこともある。神経を病んでいるわけでもない。友だちもいるし、恋愛経験もある。仕事も順調で、自宅はすてきな装飾品であふれている。村の子供たちはわたしに笑いかけてくれる。犬や猫だってなついてくれる。男性からのデートの誘いもある。それなのに、震え上がるほど寒い二月の夜十一時に、わたしのことなど何一つ、生死ですら気にも留めない男の姿を一目見ようと、こそこそ隠れているなんて。

恋に落ちる――それがどういうことなのか、ローラは頭でも体でも理解したことはなかった。村の商店でオレンジを選んでいて後ずさりしたとき、一人の男の足を踏んでしまった。ウェーブのかかったグレーの髪をした長身の男で、はしばみ色のすてきな目をしていた。その瞬間、思いもかけないことに恋に落ちた。ヒッチコック映画だったろうか、夢の中で人が黒白の螺旋状の渦へ落ちていく場面を見たことがある。恋とはまさにそんな感じだった。目を閉じると、鷹が脚に結ばれた紐を引っぱられるように強く惹かれていくのがわかる。

既婚者だろうと思っていたのに、妻に先立たれた身であることを知って、ローラは安堵のあまり体の力が抜けた。気の毒なことだ。数年前、白血病で亡くなったのだという。結婚生活は長くなかった。彼はそのショックからまだ立ち直れないでいる。自らの女性としての魅力に自信を持っているローラは、わたしがショックから立ち直らせてみせる、と意気込んだ。もう一度幸せを味わわせてあげる。そうすれば、亡くなった奥さんのことも忘れるのではないかしら。

ミッドサマー・ワージーに移り住んでまだ日が浅かったが、彼に会えることを期待して、ローラは収穫祭の夕食会に参加した。ジェラルドは現れなかったが、村人たちが村内のアマチュア作家グループの活動を誇らしく思っていて、彼もそのメンバーの一人であることがわかった。

執筆については才能も興味もなかったけれど、商品買い付けの際、手紙や書類をたくさん書いていることにかこつけて、ローラはすぐさま〈ライターズ・サークル〉に入会した。それ以降、少なくとも四週間に一度は必ず彼と顔を合わせることになった。公共緑地を通り抜けるときに笑顔で手を振るだけでなく、二時間からときには三時間近くいっしょにいられる。ローラにとってこの時間は貴重なひとときだった。事情があって子供との面会を制限されている親が雑誌で使っていた表現のとおり、〈世の中で何より大切なものに費やす時間〉なのだ。

気持ちを打ち明けることなど問題外で、そのつもりはまったくない。そんなことをしようものなら、すべてが変わってしまう――それも、最悪の事態を招くのはまずまちがいない。今、二人は気楽な関係だ。少なくともジェラルドはそう思っている。それが肝心なのだ。もし、自分が情熱的な思いを打ち明け、彼がそれに応えられない、あるいは応えたくないと思っていたらどうだろう。耐え難い状況に彼を追い込むことになる。顔を合わせるたびに、気まずい思いをする。ローラのことを疎ましく思ったり、悪くすれば、哀れみの目を向けたりするかもしれない。居心地の悪さから〈ライターズ・サークル〉をやめてしまうことだって考えられる。そうなったら、貴重な時間ともさようなら。この世の終わりがやってくる。

なんて寒いのだろう。厚手のソックスをはいていても、ブーツの中で足が凍りそうだ。横の芝生に場所を移して、静かに足踏みをした。わたしはどうかしている。あと二十四時間もしないうちに、彼と会えるというのに。

こんなところを人に見られたらどう思われるだろうか、とふいに羞恥心を覚えた。家の中をのぞき見ているなんて〈のぞき魔〉じゃないか。もうやめよう、今夜限りで……。

車が一台近づいてきた。どんどん音が大きくなり、耳をふさぐほどになった。ジェラルドのセリカではない。もっと重厚なエンジン音だ。車のドアが開いたと思ったら、閉まる音が続いた。ローラは建物から一番離れた木立の中に駆け込んだ。そして、不安で喉をからからにして、ようすが見える位置まで近づいた。

私道にタクシーが一台停まっている。女が一人、こちらに背を向け、運転手に料金を払っている。しゃれた黒のスーツにヴェールのついた小さな帽子をかぶって。運転手が声をかけたが、「お気をつけて……」という部分しかローラには聴き取れなかった。タクシーが走り去ったころ、玄関のドアが開き、女は中に入った。

無意識のうちに、これまで抑えていたうめき声がローラの口からもれた。誰かに聞かれやしなかったか、とローラは両手で口をふさぎ、全身をこわばらせた。しかし、誰にも聞かれてはいないようだ。

ショックが和らぐのを待つあいだ、いろいろな感情がこみ上げてきた。惨めさ、嫉妬、悲嘆、自分自身の騙されやすさと独りよがりにたいしての怒り。自分へのジェラルドの無関心な態度から、彼がどんな女性にも興味がないものと勝手に思い込んでいたこと。妻の死を悼む夫という仮面にすっかり騙されていたこと。それはローラだけでなく、まわりの人たちみんながそうだった。

自分が惨めになるだけだとわかってはいても、ジェラルドを問いつめたい気持ちに駆られながら、ローラは木立の陰から出た。そのとき、スカーフが枝に引っかかった。居間のベルベットのカーテンは完全に閉まってはいなかった。ローラは花壇の植え込みに立ち、他人の目を警戒する心の余裕もなく、カーテンの隙間から中をのぞいた。

本棚の一部と、グレイスとの結婚写真が置かれているサイドボードの一画が見えた。花瓶に挿《さ》されたピンクの花は半分で切れている。そのとき、女の姿が視野に入った。クラレットらしい赤ワインのグラスを手にしている。帽子は脱いでいて、豊かなブロンドの髪が肩で波打っていた。念入りに化粧しているが、自分より年上にちがいない、とローラは思った。ジェラルドには年上すぎる。

女はグラスをかかげ、笑顔で何かつぶやいた。それから、ごくりとワインを呑んだ。ジェラルドのワインを。この親密な行為を目にしたことで、ローラは頭がおかしくなりそうだった。目に涙が浮かび、何も見えなくなった。だから、〈ラバーナム〉邸のミスター・リリーがコリー犬を連れて通りかかったとき、ローラにはその姿は見えなかったし、足音も聞こえなかった。

エイミーは、労働を強いられているように感じるようになったときのことを、かなりはっきり憶えていた。昨年から義理の姉の家で暮らし始め、経済的に貢献できないのがよくわかっていたので、当初から何か手助けをしようと心がけていた。

それは五月のある晴れた日曜の午後だった。オノーリアはいつものように系図や古い手紙やリディヤード家に関する書類や紋章の本を広げて机に向かっていた。玄関の呼び鈴が鳴り、エイミーは繕っていたピローケースをわきに置いて、ためらいがちに腰を浮かせ、オノーリアの大きな背中に目をやった。オノーリアは振り向こうともしなかった。ただいらだたしげに玄関のほうを指さしたのだ。

このときまでにエイミーは日々の雑用をあれこれ引き受け、オノーリアの手助けをしていた。館に住み始めて一か月もたたないうちに、近所での毎日の買い物や週に一度、コーストンへ行っての買い出し、庭の手入れ、ボイラー用の薪集め、洗濯とアイロンかけをこなしたうえ、オノーリアの資料整理も手伝った。中には当然、エイミーがしなくてもよい仕事、使用人がすべきものまであった。結婚によってリディヤード家の一員となったとはいえ、それはオノーリアへの隷属を意味するものではない。いわゆる〈嫌な雑用〉のためには、週一回、ミセス・バンディに来てもらっている。

来客はきわめてまれだが、その場合、エイミーはお茶の片付けさえさせてはもらえなかった。いつかスーとないしょのおしゃべりをしたときに、エイミーはいった。「キッチンに白黒のお仕着せを着たメイドが控えているとでも思わせたいんでしょうね」

スーは同情してうなずき、あんな俗物は見たことがないといった。

エイミーは首を横に振った。オノーリアを〈俗物〉と呼ぶのは、アレキサンダー大王を〈少々威張りぎみ〉というようなものだ。自分の身分に甘んじ、祖先を崇拝するあまり、オノーリアは真実を見失っている。エイミーは少し異常だと思った。弟のラルフを亡くして以来、オノーリアは一族の家系をたどり、史料から自分が——今ではエイミーにも手伝わせて——見つけた事柄の裏付けを取ることに夢中になっている。

輪ゴムで止めたインデックスカードの束がぎっしり詰まった段ボール箱の数が、その根気強い探究の結果を示していた。大きなテーブルにつねに広げられている白い紙は、四方に重しが置かれ、少しずつ家系図が書き足されている。完成したあかつきには、金箔貼りをほどこした最高級の羊皮紙に、職人の手で細部まですべて飾り文字で書き写し、額縁に入れて広間の壁に掛けるつもりだ。

エイミーは辟易《へきえき》していた。オノーリアがなぜそんなことに取り憑かれているのか不思議に思ったのも、一度や二度ではない。というのも、ラルフにはそんな傾向はなかったからだ。彼は身分や階級にこだわる人間ではなく、誰とでも親しくなり、気さくに話をした。姉と違って人間が好きだった。

オノーリアは他人を見下している。特に自分よりも身分の低い立場の者を。オノーリアがごく普通に使う表現の一つに〈むさ苦しい小屋でバクテリアのように繁殖した忌まわしい野蛮人〉というのがある。どれほど他人を見下していることか。それこそ無教養そのものだ。

ラルフはいつも意味のない戯言《たわごと》だと笑い飛ばし、エイミーにもそうするよう勧めた。しかし、エイミーにしてみれば、オノーリアの〈生来の特権階級意識〉はとても笑い飛ばせるものではなかった。非人間的で、優生思想の傾向があり、生まれで人を差別し、まるで巧みに人の心理を操ろうとする詐欺師の話術のようだ。

「あなた、聞いてるの?」

「はい、お義姉《ねえ》さま」

エイミーはその場をつくろい、考えを遮《さえぎ》られたことにほっとしてため息を漏らした。夫の思い出は、いつもエイミーの心に次から次へと悲しい過去を呼び起こす。エイミーはビニール袋を破って開き、黒パンのサンドイッチがのったトレイにかぶせた。チーズスプレッドを塗り、アスパラガスの先端を挟んだサンドイッチだ。アスパラガスを買うと、いつもオノーリアに文句をいわれる。缶がひどくつぶれて半額になっていた処分品なのだが。有名作家を招待するのだから、ほかのメンバーも特別な物を用意してくるだろう、とエイミーは言い訳をした。

「シェイクスピアの生まれ変わりだとでも思ってるならね」オノーリアはぶつぶつ文句をいった。

「少しでも残ったら、必ず持って帰るのよ」

エイミーは二つ目のトレイにサンドイッチを並べ終えた。こちらは耳を落とした三角形のサンドイッチで、手作りのマヨネーズを塗り、きゅうりが挟んである。できれば市販のマヨネーズを使いたかった。味がよいだけでなく、固さもちょうどよいからだ。手作りのものは垂れたり染みこんだりして、パンがマスタード色の吸い取り紙のようになる。しかし、ヘルマンのマヨネーズは値段が高すぎた。

「みんな頭がどうかしているよ」オノーリアはいった。「ローラはあのとんでもない値段のケーキ屋で何か買うといってたし、スーザンはケーキを焼いている。きっとあの家族がいつも食べているハムスターの餌みたいなものがいっぱい詰まってるんだろうね」

「砂糖ごろもをかけたキャロットケーキですよ」

「その作家はハイ・ウィカムの外れにすんでいるんだろう?」オノーリアは、古い防水のバーバー・ジャケットを着て、短くまっすぐな灰色の髪にツイードのソフト帽をかぶった。「北極からやって来るわけじゃあるまいし」

「どちらへいらっしゃるんですか?」家を空ける時間を知りたかったので、エイミーはいつものように尋ねた。

「ちょっとローラのところまで」

もし、マックス・ジェニングズが北極から来るのなら、このグレシャム・ハウスを快適に感じることだろう、とエイミーは思った。セーターを二枚重ねた上にカーディガンをはおり、タイツにレッグウォーマーをしてアンクルブーツをはいていても、体は震えていた。

エイミーは書斎に入ってみた。さっきまでオノーリアがいたのだが、その日の分の仕事が終わったので、暖炉の火はすでに消されていた。エイミーは前かがみになって、まだくすぶっている灰色の燃えさしに冷たい手をかざしてこすり合わせた。地下室へ行って、ボイラーを蹴飛ばしてみようか。ボイラーは薪を燃やす本体から熱い湯が配管を通って屋敷を循環する仕組みになっている。二つ三つ付いている調節用のダイヤルを回してみたが、効き目はなかった。管は冷たいままなので、中の湯はせいぜいぬるま湯程度だろう。

エイミーは地下室へ行くのはやめた。地下室まで下りてボイラーと格闘しているあいだに原稿が書ける。〈一行も書かずに一日は終われない〉というオリヴィア・マニングの言葉を座右の銘としていた。

書きかけの小説『じゃじゃ馬』は、クローゼットの上段に置かれた鮫革《さめがわ》の帽子箱に鍵をかけてしまってある。〈ライターズ・サークル〉の仲間には、ある一家の大河小説を書いていることにしてあった。嘘ではないが、それがどういう家族で、その人たちに何が起こるのかは、スーと二人だけの秘密だった。ベストセラー小説と比べれば、性的描写はおとなしいものだ。fで始まる露骨な単語はおぞましくて使えないけれど、それでもオノーリアなら眉をひそめそうな華やかで艶っぽい場面がある。こんないやらしいくだらない小説を書く不道徳な女は、リディヤード家の館に住まわせてはおけない、といわれたら困る。そうなったら、手に職もなく蓄えもない四十女はどこへ行けばいいのだろう？

世間的に見ればラルフは成功者ではなかったが、それは本人のせいではない。知り合った当初、ラルフは海軍に属していた。軍を辞めたのが間違いだった、とエイミーは考えている。けれども、ラルフ本人は、長いあいだエイミーを一人にしておくのが心配だったのだ。もちろん、エイミーも寂しくてたまらなかった。ラルフは知的な人間ではあったが、特別な才能はなかったし、結局、自分に何が向いているかを見つけることができなかった。親の遺産で——オノーリアは屋敷とわずかな年金をもらった——ラルフは古書店を開いた。これが失敗し、理想に燃えて手がけたほかの事業——ギリシャのエウボイア島でのオリーブ栽培、イギリス南西部ディバイザズでの額縁作り——もうまくいかなかった。しまいには資金を使い果たし、アンダルシアで石ころだらけの土地一エーカー付きの小さなコテージを買って、自給自足に近い生活を始めた。このころ、のちにラルフの命を奪うことになる癌の最初の徴候が現れた。

やめて！　やめて！　エイミーは声に出して叫び、愛しい夫の姿や満足な設備もないちっぽけなスペインの病院、激怒したオノーリアの訪問、痛ましい帰国の旅の記憶を押しやった。現在の惨めな状況から抜け出そうと思っているのなら、果てしなく続く思い出を文章にするだけではだめだ。

エイミーは帽子の箱を下ろし、原稿を取り出して、小説の世界に入るために最後の三ページに目を通した。出来栄えにまるで満足できないというわけではない。文章はなかなかしっかりしているし、皮肉を感じさせないよう細心の注意を払ってある。しかし、厳しいプロの編集者の目で見たらどうだろうか、とエイミーは自分に問いかけた。

少なくともこの小説では（『じゃじゃ馬』は三作目にあたる）、社会階級や設定に間違いはない。

小説を書いて手っ取り早く金を稼ぐには、わたしが《抱擁と買い物》と呼んでいるジャンルがいい、とスーに勧められたとき、エイミーはかなり誤解をしていた。小説の主人公ダフネは歯科医院で受付係として働き、スーパーでカリフラワーを選んでいると、ある一人の神学生が恥ずかしそうに近づいてくるという設定だった。今では、主人公は流行の名前に変わり、香港でルーレットを回したりトランプの札を配ったりしている。

エイミーはボールペンの端を噛んだ。構想を練っていたときは、簡単に書けそうに思えた。楽しいフレーズが次から次へと心に浮かんだ。スピード感があり、美しく整った、パンチのきいた文章が。ところが、いざ真っ白な紙に向かうと、その文章が描こうとしている場面にそぐわないのだ。

各場面についても同様だった。書くのは楽しいが、全体の構成にうまく組み入れるのは難しい。この手順を省略できたらどんなにいいだろう。きれいな包装の箱に入れて、読者は全部を買い、家で自分の好きなように組み立てる。ユニット家具のように、新しいトレンドになるかもしれない。出版社はつねにオリジナリティーのあるものを探しているのだから。

エイミーは腕時計を見て、息をのんだ。オノーリアが出かけてから三十分たっている。そのあいだずっと、未来に目を向けるのではなく、悲しい過去の思い出に浸《ひた》って時間を無駄にしていた。エイミーはボールペンを握り直した。

「またなの、まったくもう！」アラミンタは、バーゴインから送られてきたファックスを手に、怒りのあまり唇を震わせた。

オノーリアは人けのない公共緑地沿いに自転車を走らせていたが、村の掲示板のわきにぽつんと置かれているコカ・コーラの缶を目にして、苦々しく口をゆがめた。

これまで美しく保たれてきた楕円形の緑地帯の近くにごみ箱を設置する案に、教区会で猛反対してきた。だがその結果、このような傍若無人《ぼうじゃくぶじん》な行為が見逃されているのなら、考え直さなくてはいけないかもしれない。

あの空き缶は村営住宅に住む連中が捨てたにちがいない。炭殻コンクリートブロック製の忌まわしい住宅は、分相応に村の外れに建てられているにもかかわらず、そこに暮らす社会の鼻つまみ者たちは、好きな場所へ行って、わめいたり、楽器の演奏をしたり、オートバイの爆音をあげたりしてもいいと考えているようだ。夏になると、公共緑地に群がり、クリケットの試合を見たり、乳母車を押して散歩したり、派手なタータンチェックの敷物にすわって飲み食いしたりする。もし、オノーリアの思いどおりにできるなら、十数軒ある村営住宅のまわりに高い金網フェンスを巡らし、住人をその中に閉じこめて、武装した警備係にパトロールさせるだろう。

オノーリアはローラの家の敷地内に入り、たくましい脚をもう一方の脚に交差させるようにして自転車から降りた。後輪の一部が半円形の黄色い防水布で覆われた旧式の大きな自転車で、籐かごもあちこち傷んでいる。自転車を車庫に立てかけ、玄関の扉をノックした。

勝手に押しかけたわけではない。館の庭に咲くクレマチスの小道に飾るための石像を探してくれるようローラに頼んでおいたのだ。昨夜、ローラから電話があり、近々ウースターで催されるセールのカタログになかなかよい石像の写真があるので見に来ないか、店は早閉まいするので明日のお茶の時間はどうか、と誘われた。

もう一度ノックをしたが、返事はなかった。年代物の掛け金を外して扉を開けた。磨き上げられた真鍮のハート形の掛け金で、ライオンの足型のハンドルがついていた。中は静まりかえり、黒檀《こくたん》の大型振子時計が時を刻む音だけが聞こえる。玄関ホールに接した小さな部屋を二つのぞいたあと、毛足の長い赤絨毯の上を静かに歩いて、キッチンに向かった。進むにつれて、奇妙な音が聞こえてきた。誰かが激しく体を震わせているような、震えながら長く息を吸い込む音。

オノーリアはためらった。不安を感じたからではなく、きちんとした会話の成り立たない状況は苦手だからだ。それに、自分と関係のないことに首を突っ込むのも大嫌いだった。

細めにドアを開けて、中のようすを確かめてみることにした。運悪く、ドアはギィーッと音を立てた。しかも、大きな音を。テーブルに突っ伏し、頭を抱えこんで泣いていたローラが、顔を上げた。二人の目が合った。オノーリアももう引き返せなかった。

ローラは何時間もこうして泣いていたにちがいない。きれいに化粧して涼しい顔をしたローラを見慣れていたので、目の前にいる女性を同一人物としてなかなか受け入れられなかった。物が見えないのではないかと思うほど目が腫れ上がり、頬は赤く膨れ、湿った髪は乱れに乱れている。しかも、まだガウン姿だ。

非難の気持ちを懸命に抑えながら、オノーリアは言葉を探した。まさか「失礼しました」といってこのまま帰るわけにはいかない。そんなことしたらあきれるほど思いやりのない人間として見られるだろう。実際、オノーリアはあきれるほど思いやりのない人間だが、まわりの誰も彼もにその事実をいいふらされたくはなかった。こんなにはしたなく振る舞うときには、せめてドアに鍵をかけるぐらいの良識を持っていてもらいたいものだ、といまいましく思った。

「まあまあ」入れ歯がうまく合わない口から、なんとか優しい声を出した。「いったいどうしたの？」

しばらく沈黙があったあと、こういう状況で多くの人が口にする言葉が返ってきた。「なんでもないのよ」

そう、だったらだいじょうぶね、と切り捨てて立ち去りたいのを我慢し、オノーリアはぴかぴかの石段を二段下り、青いスレートタイルの床にウィールバックチェアを引き寄せて腰を下ろした。

「何かわたくしにできることはない？」

泣きっ面に蜂とはこのことだ。ローラは、書留を受け取ってサインしたあと、ドアに鍵をかけ忘れたことを悔やんだ。よりによって、入ってきたのは最悪の人物。ローラは一目見ただけで、相手の心情を察した。こんなところにはいたくない、とオノーリアの顔に書いてある。

「だいじょうぶよ、本当に」そういって、ローラは近くの箱からティシューを取り出し、頬の涙を拭い、洟《はな》をかむと、丸めてごみ箱に捨てた。「ときどきこんなふうになるのよ」

「そう」

「みんなそうじゃないかしら」

オノーリアはまさかという表情で見返した。まともな女性はけっして感情を表に出してはならない、と厳しくしつけられて育った。人前で泣いたことなど一度もない。愛する弟ラルフが死んだとき、悲しみと苦悩のあまり自分がばらばらになりそうだったが、それでも他人に涙は見せなかった。遺体を前にしたときも、葬儀のときも、そのあとのいついかなるときも。

「紅茶でも淹れましょうかね」

「紅茶？」まあ、まだしばらくここにいるつもりだわ。ローラは驚いた。湯を注ぎ、ちょうどよい濃さになるのを待ち、カップに注ぐ。それから、ミルクと砂糖を入れる。ビスケットも食べる気かしら。意地悪なおばあさんは早く帰って！　わたしにかまわず帰ってよ。

「どうもご親切に」

オノーリアはやかんに水を汲み、ミルクを取りに行った。ミルクは容器に入ったまま、冷蔵庫に入っていた。さいわい、青い花模様が付いたロッキンガムのティーポットがすぐわきに置いてある。オノーリアは詮索しているように思われるのがいやで、戸棚を開けたくなかったのだ。だから、ミルク差しもなしで済ませた。銀細工の施された保存缶《キャディ》には、アールグレーのティーバッグが入っていた。

「ビスケットは――」

「いいえ」ローラは泣きやんでいたが、今度は不機嫌になり始めたのか、表情はゆがんだままだ。「全部食べてしまったのよ。買い置きはしてないから」

「そう」オノーリアにすれば、これもだらしなさの一つだが、意外には思わなかった。「すてきなポットね」そういって、紅茶が出るのを待った。「ここにはすてきなものがたくさんあるわ。仕事の関係なんでしょうね」

ローラはさっきよりも大きな音で洟をかみ、そのティシューをガウンのポケットに突っ込んだ。実際、紅茶を淹れてもらってありがたかった。きのう夕食をとってから、何も口にしていないのだ。

さすが英国の万能薬。昔から何か起こったときにはお茶を飲むことが勧められている。悲惨な事故、破産の兆し、肉親の死の知らせといった一大事に直面したとき、また戦争から戻って神経を病んでいる患者にもお茶が出される。わたしの身に起こったことも死別と似たようなものだわ、と口ーラは思った。ふくらみかけた希望のつぼみを永遠に奪われてしまったのだから。

湯気の立つかぐわしい紅茶を飲んだ。ジェラルドに騙されていた。あんな清廉潔白なふりをしてみんなを欺いていたなんて！　楽しいことはすべて断り、妻に先立たれた悲しみをけなげに耐えている――そんな男を演じていた。ところが、その生活は嘘で塗り固めたものだった。ローラはガチャンと音を立ててカップを受け皿に置いた。

ハンドバッグをつかみ、背筋を伸ばしてすわっていたオノーリアは、今度はそれを盾のように体の前で持った。正当な理由があって自分がここに来たことを伝えたかったのと、早く立ち去りたいとの思いから、オノーリアはカタログの話を切り出した。「もちろん、今じゃなくていいのよ。出直してもかまわないんだから」

「いいえ！　だいじょうぶよ」ローラははしたないくらい勢いよく立ち上がった。「すぐに持って来るから」

二階へ駆け上がり、事務所として使っている予備の寝室へ行き、未決書類入れの中身を次々に手に取った。カタログはなかった。デスクの中だろうか。それとも、ガーデン（デザイン）のファイルだろうか。ブリーフケースをのぞいたとき、ゆうべ居間でぱらぱらめくっていたのを思い出した。居間へ行くと、雑誌ラックに入っていた。

「よさそうなものにしるしをつけておいたわ」キッチンへ戻って、ローラはいった。「ゆっくり検討してくださいな。セールまでまだ六週間もあるから……」ローラは思わず、言葉を切った。「オノーリア、どうかしたの？」

急に夢から覚めたように、オノーリアはびくっと頭を起こした。腰を上げると、ローラの顔を見ようともしないでカタログをつかんだ。いつも非難がましく結ばれている口もとは、いっそうきつく結ばれ、頬は紅潮し、険しい目をしている。玄関のドアの閉まる音がしたとき、ローラはほっとした。今回の件が商売に結びつくとは思えなかった。品物の購入の話が出たのはこれが初めてではない。五ポンドだって出し惜しみをするオノーリアが、五百ポンドの買い物をするはずがないではないか。

テーブルに戻って腰を下ろし、また泣くことにしようか、それとも紅茶のお代わりを淹れようかと考えたとき、ローラは写真のことを思い出した。オノーリアが来る三十分ほど前、銀縁の写真立てに入れてベッドわきに飾ってあった写真を外し、ごみ箱に捨てた。そのあと、涙で濡れたかなりの量のティシューをその上に放り込んだが、写真は完全に隠れてはいなかった。湿っぽいティシューのあいだから、ジェラルドの笑顔がのぞいた。

オノーリアに見られたのだろうか。写真を見て、欠けた部分をつなぎ合わせ、真相に気がついたのではないか？　ローラはうっかりしていた自分に腹を立てた。それから、押しかけてきたオノーリアにたいしても。さらに、あんな人間だったジェラルドにも。憤《いきどお》りと激しい嫌悪感から、ごみ箱の中身を調理と暖房の用途を兼ねた大型レンジに入れて燃やしてしまい、たちまち後悔の念に襲われた。

レックスは執筆に取りかかろうとしていた。ブランやプルーンの入ったシリアルの朝食を済ませ、犬を連れて早足で家のまわりを三周し、開けた窓の前で五十回深呼吸をし、手を洗った。この最後の手洗いが重要なのだ。いつかテレビで有名脚本家のインタビューを見たとき、その男は自分の手に多大な敬意を払っていると述べ、その手を何度も〈商売道具〉と呼んだ。フレッド・アステアの足と同様、その手は莫大な富を稼ぎ出してくれるものだから、毎朝念入りに洗い、しかも、蜂蜜やグリセリンの入ったトリプル・ミル製法の最高級の石鹸しか使わないという。天然水で丁寧に洗い流したあと、直前までシール容器に入れてあった、真っ白な柔らかいタオルで軽くたたくようにして水気を取る。そこでようやく、最新式のコンピュータに向かうのだ。

レックスは、その脚本家が毎日この儀式を繰り返していることに感銘を受け、自分もその習慣を取り入れた。日課とするのが大切であることは承知している。作家として成功するためのどのマニュアル本にも――入手可能なもののほとんどすべてに目を通した――日課の重要性が強調されていた。レックスは、十一時ちょうどに仕事を始める。一分たりとも遅れたり早すぎたりすることはなく、十一時きっかりに。机にトランジスタ・ラジオが置いてあり、時報と同時に開始する。ピッ、ピッという音が聞こえ始めるとペンを握り、鳴り終わったころには最初の文を書き出している。この手順を守ることがきわめて重要で、いったん何かに中断されると、その日は二度とペースを取り戻せない。もちろん、一日に二千語は書き上げるが、それでも一日中、気持ちがしっくりしない。

十一時五分前、〈ボロディノ〉邸の玄関扉にノックがあった。書斎に入ろうとしていたレックスは、苛立ちと驚きの入り交じった思いに駆られた。五分で済むだろうか。ちらりと懐中時計を見た。いや、もう四分少々しかない。それとも訪問者は中に入って話をしたがるだろうか。

一つだけ確かなことがあった。誰かを玄関に立たせたまま、書斎のデスクに向かうのは無理だということ。窓越しにこちらの姿が見えてしまう。自分が中にいることを相手に悟られずにカーテンを引くのも不可能だ。厄介このうえない。しかたなくレックスが扉を開けると、ジェラルドが立っていた。

「レックス、申し訳ありませんね」ジェラルドは玄関の内側に足を踏み入れた。「そろそろ仕事を始める時刻でしょうが――」

「ああ。十一時から――」

「どうしても話しておかないといけないことがありまして」

「食べ物のことかね？」カレーを作るのはやめるようにいわれ、代わりに、つやつやした缶入りのプラリーヌ（アーモンドにキャラメルがけをしたお菓子）を持っていくつもりだった。

「そうじゃないんです。今夜のことにはちがいないんですが……」

レックスの戸惑いをよそに、ジェラルドは聖域に踏み込んできた。ぶらりと書斎に入ると、タペストリー地のウィングチェアから、レックスがきのう書いた原稿を床に下ろし、腰を下ろした。用事があるのなら、デスクに向かうわけにはいかないと思いながら、レックスは立ったままうろうろしていた。先方の出方をうかがった。初めは断固としたようすで入ってきたジェラルドだが、うまく話を切り出せずにいるようだ。

心ここにあらずといった表情で、庭に目を向けている。椋鳥《むくどり》と雀の争いの場となっている野鳥の餌台を見ているわけでもなければ、霜の降りたきゃべつの茎にくんくん鼻を押しつけているレックスの飼い犬グレートハウンドのモンカームを見ているわけでもない。一方、レックスはひそかにジェラルドのようすを観察していた。

外見もふだんのジェラルドらしくない。髭は剃っていないし、どうやら顔も洗っていないようだ。睡眠不足なのかまぶたが赤く腫れている。意識しているのかいないのか、両手を拳に握ったりゆるめたりしている。レックスは心配でたまらなくなり、『ハイエナの夜』のことは今は考えないことにした。「ジェラルド、かなりまいっているようだな。コーヒーでもどうかね?」

ジェラルドは首を横に振った。レックスは向かいにすわったが、酒でも飲んでいるのだろうか、ジェラルドの息は甘酸っぱいにおいがした。無言のまま数分が過ぎ、ついにジェラルドが口を開いた。

「情けない話ですが……」また長い沈黙があった。「どういえばいいのか、本当にわからなくて」ここで初めて、ジェラルドはレックスを正視した。絶望と羞恥が相半ばする表情だ。「どんなふうに話をしたところで、荒唐無稽に聞こえるでしょうから」

「そんなことはない」今日の仕事は台無しになったが、今はそれを補って余りある状況にあり、まもなく好奇心が満たされようとしているのが、レックスにはわかっていた。

ジェラルドはその瞬間を先延ばしにしてきた。もうぐずぐずしている時間はない。高齢で、口が堅いかどうかもわからないが、打ち明ける相手はレックスしかいないのだ。ほかの人たちには話そうという気にもなれなかった。しかし、どう説明すればいいのだろうか。今の窮地をかいつまんで説明しても愚か者か臆病者の言葉に聞こえるにちがいない。ジェラルドはこのとき初めて、自分がグレーのフランネル地の上から膝をきつく押さえていることに気がついた。

「今夜のことだといったね」レックスが水を向けた。

「ええ」泳げない人間が高飛び込み台の端に追いつめられたような表情だった。「実は、マックス・ジェニングズとは遠い昔の知り合いなんです。当時、とても不愉快なことがあって、気まずい別れ方をしました」

「よくあることだな」レックスは、興味をそそられていることを上手に隠し、相手を慰めるような口調でいった。根は思いやりのある人間なので、別に難しくはなかった。

「正直なところ」ジェラルドは続けた。「招待状のわたしの名前を見て、彼がこの話を受けるとは思ってもいませんでした」手紙は何度も何度も書き直したのだが、それも無駄だった。「なぜ承諾したのかわからないんです。あの男はいったい何をやらかすつもりなのか……だから」声には不安と緊張がみなぎっていた。「彼と二人きりになりたくなくて……」

「わかった。それ以上いわなくてもいい」レックスは興奮して瞳を輝かせた。「それで、わたしにできることは？」

「あの男が帰るまで、あなたにもいっしょにいてもらいたいのです」

「わけないさ、そんなこと。それより——いや、もちろん帰らないでいっしょにいるよ」レックスはためらいを見せた。「事情はいいたくないんだろうね？」

「ええ」

「承知した」

「かまいませんか、レックス？」

「気にすることはない」

「ちょっと厄介かもしれませんね。みんなが帰ったあと、あなたに残っていただくのは」

「ほんとにそういう状況になると思うのかね？」

「ええ」

初めから、招待状など書かなければよかったのだ。それが大きな間違いだった。手紙など出さずに、みんなには依頼したが断られたと説明することもできたではないか。意外に思う者はいなかったはずだ。断りの手紙を見せてくれといわれたら、先方の秘書から断りの電話が入った、と答えればいい。実際にあることなのだから。あのとき、ブライアンが突然自分が手紙を書くといい出したために、気が動転したのだ。ジェラルドはレックスの問いかけにわれに返った。

「えっ？　すみません」

「もし、ゲストがみんなより先にやって来たらどうするのかと訊いたんだよ」

「それはないでしょう。七時半ではなく八時からと伝えてあります。万一、その場合は……」いくら相手がレックスでも、〈猟犬に追われた動物のようにねぐらに潜んでいる〉とはいえなかった。

「もっと早く打ち明けてくれていたらよかったのに。そうすれば、場所を変えることもできたじゃないか。別の場所にすることにも」

「それだと、わたしが帰るときに、彼がついてくるでしょう。いいえ、だめです、少なくともこちらが主導権を握っていなくては」

「きみがうちに来て泊まってはどうかな？」

「とんでもない」ジェラルドは目をつり上げてきっぱり否定すると、また拳を握りしめた。「これが一番いい方法だと思うんです――かまいませんか？」

「もちろんだよ、悪かったね」

「いいえ、こちらこそ」ジェラルドはぎこちなく立ち上がって、戸口のほうへ歩き出した。その必要がないのはわかっていたが、念を押した。「申し上げるまでもないと思いますが――」

「わかってるよ、ここだけの話だということは。七時にお宅へ行こうか？　万一に備えて」

「そうですね」ジェラルドは力のない笑みを浮かべた。「助かります」

レックスが門のところまで訪問客といっしょに歩いていくと、興奮ぎみのモンカームが走り寄ってきた。ジェラルドは肩を落とし、足取りも重かった。〈千鳥の休息所《プラヴァーズ・レスト》〉邸からオノーリアが自転車で出ていくのが見えた。ここへ来たためにオノーリアの訪問を逃したね、とレックスがからかっても、ジェラルドはにこりともしなかった。

家に戻ると、レックスはコーヒーを淹れてデスクの前にすわった。もちろん小説を書くためではない。現在、ハイエナはバグダッドの反フセイン一派からの情報を手に入れようとしているところだったが、この現実の出来事に比べると色あせて見えた。よりによって、あのジェラルドに――品行方正を絵に描いたような男に――いわくつきの過去があったとは。

レックスは歩いて一分もかからないところにある、公衆電話まで飛んでいきたい気持ちに駆られたが、懸命にその誘惑を抑えた。時計を見た。あと七時間半。どうやって我慢すればいいのだろう。

スーは夕食の皿を下げて流しに置き、テーブルに朝食用の食器を並べた。つやのある茶色いシリアル用の食器、ゆで卵立て、形の不揃いなフォーク・スプーン類。自分でデザインした蓋付きの容器には、穀物やナッツ、ドライフルーツを混ぜた自家製ミューズリーが入っている。

宿題をやっているはずの二階のアマンダの部屋から大きな音楽が聞こえてくる。スーは昔から子供にアマンダと名づけたいと思っていた。その夢はかなったが、ブライアンがスーの希望をかなえてくれたのは、それが最後だった。ところが、ブライアンには妻が選んだ名前への不満を胸のうちに収めておくだけの度量はなかった。何さまじゃあるまいし、もったいぶったきざな名前だと文句をつけた。赤ん坊は生まれた日からマンディと呼ばれ、ブライアンが音声学的習俗をもっと理解するようになってからはマンドと呼ばれるようになった。

スーが流しの上のガス湯沸かし器をつけると、ぽんと大きな音がした。スーはわざと食器をガチャガチャいわせて洗った。というのも、キッチンを出てすぐのところにあるトイレにブライアンが入っているからだ。彼は静かに用を足そうとはしない。そういうことに気を遣うのは、上品ぶった中産階級のすることだと考えている。スーのほうは、来客があるときには、できるだけ音がしないように便器の中にトイレットペーパーを敷く。それでも聞こえる多少の音は勘弁してもらうとして……。

特大のおならに続いて、明かりとり窓の付いた扉が軋む音がした。ジッパーを上げながらブライアンが姿を現し、部屋を横切ってテーブルのところへ行った。生徒たちが提出した課題の束をテーブルに立ててとんとんと揃え、いったん平らに置いて上から軽くたたいたあと、もう一度立てて端を揃えた。スーは、ふきんを持ったまま、苦々しく顔を歪めて窓の外を見つめた。

ブライアンは彼女に背を向けていた。ジーンズのラインがウエストから足首まで一直線になっている。大学の教育学部に通っていたころ、ある友人がこういっていたのを思い出した。「お尻の小さい男のいうことは絶対に信用しちゃだめよ」

スーは、パン切り台を持って居間を通り抜け、玄関扉を開けて、パンくずを庭に捨てた。ジェラルドの家のハロゲンランプがついている。スーは庭に出て、表の歩道のようすをうかがった。〈千鳥の休息所《プラヴァーズ・レスト》〉邸の前庭に、車高の低いシルバーのベンツが駐《と》まっている。あわててスーがキッチンに戻ると、ブライアンは一つしかないアームチェアに深々とすわって、〈ガーディアン〉紙のクロスワードパズルを解いていた。

「ブライアン……ブライアン……」

「今度は何に興奮してるんだ？」まるでスーがいつも何かに興奮しているような口ぶりだ。

「マックス・ジェニングズが来てるのよ」

「まさか。まだ七時十分にもならないぞ」

「ほかに誰だっていうの？」

「なんの話をしてるんだ？」

「車よ」

「まったくおまえの言葉遣いは料理以上にへんてこだな。これでも控えめにいってるんだが」ブライアンは癇《かん》に障《さわ》る声で短く笑うことがある。その笑い声があがった。はっ、はっ、はっ。

「嘘だと思うなら、行って見てきなさいよ」

「そうしないと収まらないっていうなら」ブライアンはため息をつき、長い叙事詩の中のすばらしい一節であるかのように、クロスワードパズルのヒントに大げさにしるしをつけ、調理器具と暖房装置を兼ねたAGA《アーガ》の上で暖めておいた毛糸の帽子と手袋をつけて、真っ暗な屋外に出た。

ブライアンは息づく鉄の塊のような美しいドイツ車を憎々しげに睨みつけた。どうにも許せなかった。貧しい家に生まれ、母親が自殺したという悲惨な生い立ちを持つ者が乗る車ではない。ブライアンはさっさと家に戻った。

「あんな車を乗り回してるようでは、ろくな男じゃないな」新聞を取り上げると、ため息をつきながらていねいに折り目を伸ばした。彼が置いてから誰も新聞に手を触れてはいなかったのだが。

「さあて……『金曜日の子供は人にスリルを与える』」

「フリソーン（フランス語のスリル）」

「やめてくれ」

「何が？」

「クロスワードをやってるのは、おれだぞ」

「あら、どうしていっしょにやっちゃいけないの？」

「おまえがいつもおれをばかにするからだよ」

スーは最後の皿を拭いて、ふきんを湯沸かし器の金属製のアームにきちんと掛けた。「どっちみちもうすぐ出かけなくちゃね」

「まだ十五分ある。少しぐらい有名なやつが来てるからって、なにもかも放り出して飛んでいくことはないさ」

スーは丸い顔を上気させていた。頭上の音がますます大きくなった。アマンダが重い厚底靴でどたどたと階段を下りてきて、キッチンの冷蔵庫のところへ行った。

「やあ、マンド」ブライアンはすぐさま〈ガーディアン〉を置き、娘の背中に気遣わしげな視線を送った。「調子はどうだ？」

「まあまあ」

マンディは冷蔵庫からりんごジュースを出したあと、大きな足音を立ててビスケットの缶に近づいた。

「夕食は食べないつもりなのね」スーは顎をしゃくって、きれいなふきんをかぶせてあるトレイを示した。

マンディは両親といっしょに食事をするのが嫌いだった。二年ほど前、自分の部屋で一人で食事をさせてほしいと訴えた。このときばかりはブライアンとスーが結束して反対した。マンディは家でいっさい食事をとらなくなり、両親は娘が食べ物を外で買ったり、人にねだったり、盗んだりしていることを知った。その状態が三日間続き、両親は娘が摂食障害になるのを恐れて、折れた。マンディは今、フラップジャック（オートミール、シロップ、バターで作ったビスケット）を三枚、皿にのせた。

「それじゃ栄養が――」

「ほうっておきなさいよ」

マンディは隣の部屋へ消え、テレビをつけた。スーは水切り台を拭きながら、今夜のことを考えた。マックス・ジェニングズはどんな人物だろう。本物の作家には会ったことがない。一度、ディロンズ書店のサイン会で、メイヴ・ビンチーを見かけたことはあるが、スーはその最新作のベストセラーを買う余裕がなかったので、並んでいる人たちのわきに立っていた。メイヴ・ビンチーは笑顔で客に応対し、名前を聞いて『ブナの木』に個人的なメッセージを書いていた。

スーは彼女に近づきたくてたまらなかった。歩み寄って、どのように小説を書き始めたのかを尋ねたかった。初めて本が売れたとき、どんな気持ちだったのか。小説のアイデアはどこから得るのか。長時間店内にいたため、みんなにじろじろ見られているような気がして居心地が悪くなり、新しいブラシを買うためにとっておいた金でペイパーバックを一冊買った。

スーは松材の長椅子にのって、上の戸棚から砂糖ごろもをかけたキャロットケーキを下ろした。

「くだらんな」自分がオノーリアと同じ見方をしていると知ったら、ブライアンはショックを受けたことだろう。「だいたい、なんだよ。ろくに名前も聞いたことのないような三流作家じゃないか」

「あの人の本はよく売れてるのよ」

「本を買うってことは、まだ読んでないからだろう。読んでから買うなら話は別だが」

「まあそうね」

「今度はどこへ行くんだ?」

「ちょっとお化粧してくるわ」

「あと五分で出かけるぞ。いいな?」

「だって、さっきは――」

「五分だ。ご・ふ・ん」

ブライアンは、長身で猫背ぎみの妻が部屋を出ていくのを苦々しく見つめた。七時半になっても、スーは下りてこなかった。ブライアンは帽子をかぶり、手袋をして、わざと大きな音でドアを閉めて家を出た。


扉を開けてマックス・ジェニングズを迎え入れたとき、これならジェラルドの心配は無用だ、とレックスは即座に判断した。温かい感じの人物で、レックスはすぐに好感を持った。初対面の人間に迎えられ、意外に思っているにもかかわらず、笑みを浮かべている。レックスは自己紹介をした。「ジェラルドは二階にいます」受け取ったキャメルのコートは、軽くてシルクのような手触りだった。「ドリンクをお出しするようにいわれてますので」

「それはどうも」マックスは、デカンターが一つなくなっている酒瓶台《タンタロススタンド》に目をやり、いろいろな瓶が並んだ重そうなトレイに視線を移した。「では、トニック・ウォーターを」

「氷とレモン入りですね？」

これを選ぶということは、マックスがアルコール依存症から立ち直ったことを意味するのではないか、そうあってもらいたいという思いで、レックスはトングをつかんだ。客人はすでにくつろいでいるようだ。部屋を歩き回って、興味を引かれるものに手を触れたり、写真を見たり、上体を曲げて並んでいる本のタイトルを読んだりしている。

レックスは、ジェラルドの結婚写真が消えていることに気がつき、謎解きのきっかけがつかめたようでうれしくなった。レモンを薄く切ったころには、一つの答を導き出していた。ジェラルドがいっていた気まずい過去というのは、グレイスと関係があるにちがいない。二人の男に愛を告白され、グレイスは心のときめくままにジェラルドを選んで結婚した。ところが、偶然マックスと再会したとき、彼女は自分の間違いを知る。しかし、時すでに遅く、彼女は病に冒されていた。

レックスは、秘密をもらすことなく、深い同情と理解の表情を浮かべてドリンクを手渡した。マックスは心地よさそうにアームチェアにすわり、長いコーヒーテーブルにのっている食べ物を見つめた。

「これをわたし一人で全部食べろというわけじゃないでしょう？」

「まさか」レックスは声をあげて笑った。「ほかのメンバーもまもなく来ます」そのとき、マックスには開始時刻が八時と伝えられていることを思い出した。割り当てられた役を演じているときには、いろいろ心に留めておかなければならないことがあるものだ。ちょっとハイエナに同情した。

自分の小説の主人公が頭をよぎったとき、今のこの状況を利用してマックスにいくつか質問をしたら失礼だろうか、とレックスは考えた。手伝い賃みたいなものだから、いいじゃないか。

「わたしはスパイ小説を書いているんです」そういって、レックスはソファーに腰を下ろした。「それで、うかがいたいのですが、小説の中で使う武器や兵器について、どの程度説明するのが適当でしょう。装甲車には――とりわけハンバー装甲車に――興味があるもので、さまざまな機能を十ページ分ほど描写したのですが、長すぎますか？」

「そうですねえ」マックスはいった。「読者はもっと早く話の本筋に戻りたがると思いますよ」

「そうですか」レックスは照れくさそうな、戸惑いの表情を浮かべた。「実はあまり得意ではないんです、ストーリー作りは。ストーリー作りと登場人物の描きかた、会話、それと風景描写。それ以外はだいじょうぶなんですが」

マックスはグラスに口をつけ、考え込んだ表情をしたあと、こういった。「ノンフィクションを書こうと思われたことはないんですか？　たとえば教科書のようなものを。あなたにはそちらの才能がありそうですよ」

そのとき、ドアのベルが鳴った。ローラだった。ローラがコートを脱ぐか脱がないうちに、オノーリアとエイミーも現れた。

ローラは今夜ここへ来たことに自分でも驚いていた。オノーリアの訪問を受けたあと、この集まりに参加するかしないかで気持ちが揺れた。ジェラルドの顔を見るのが耐えられないと判断したかと思えば、会えないのはさらにつらく感じられた。自分の気持ちはよくわかっている、彼のことを憎らしく思っているのだ。そう思った次の瞬間、その気持ちが次の会合まで続くのかどうか自信が持てなくなる。部屋に入ったとき、ジェラルドがその場にいないと知り、安堵して倒れそうなほどのめまいを覚えたが、なんとか乗り切った。この感覚は椅子にすわり、ドアが開いたとたん、また襲ってきた。だが、現れたのはブライアンだった。そして、そのすぐ後ろから、夫に追いつこうと急いだのか頬を上気させ、息遣いの荒いスーが入ってきた。

ブライアンは、アームチェアにすわっているゲストにそっけない会釈をした。スーははにかんだ笑みを浮かべ、想像していた人物とはまるで違うという驚きを隠しながら、マックスと握手した。ツイードの服を着、パイプをふかしているぶっきらぼうな大男を思い描いていたのだ。たしかに、マックス・ジェニングズはツイードの服を着ていたが、織り目が細かく、洗練されたスタイルのこげ茶のジャケットで、吸っているのも細い茶色の葉巻だった。厚手のリンネルのシャツも、かつては〈にぶい緑〉《オードニール》と呼ばれていた色をごく薄くした色だ。年齢を推測するのはひじょうに難しい。オールバックになった大きく波打っている髪は真っ白だが、少し日焼けした透明感のある肌にはほとんど皺がない。瞳はスーが見たこともない青い光を放っている。モロッコの空のブルー、あるいはマチスの青といってもいい。体はどちらかといえばがっしりしているが、それほど長身ではなかった。

ブライアンは、食べ物を取りやすい席にすわり、ぶかぶかのズボンをはいた脚を組んでばかにしたように周囲を見まわした。なんてかわいそうなやつらなんだ。王族にでも会うみたいにめかしこんで。エイミーはフリルのついた服を、レックスは喪服にできるようなくすんだストライプ入りのスーツを、オノーリアはダックスのスカートにまぜ糸のカーディガンをはおっている。とりわけローラは、細身の黒いドレスにチャイナ・ブロケード地のジャケットを着ていた。スーは、といえば……。

ライムグリーンのモヘアのジャージーに、虹の七色をあしらった丈の長いカフタンを着ている。髪は編みかけ――玄関のドアが乱暴に閉まる音を聞いて気が動転したのだ。それから、濃い化粧。ブライアンは妻と目が合ったとき、天を仰ぎ、信じられないというように頭を振った。やがて、自分はゲストがいてもふだんの会合と少しも変わらないことに満足して、サンドイッチに手を伸ばした。

「あのねえ」オノーリアは、隣家のキッチンにいるブライアンに話しかけるような大声でいった。「全員揃うまで待つのが礼儀だとは思わないの？　せめて、食べていいといわれるまで」

「おれたち庶民は、許可が出るまで待ってた日にゃ、食べ物にありつけなくなっちまう」ブライアンはわざと田舎じみたヨークシャー訛《なまり》でいった。それから、誰の指図も受けないことを誇示しようと、サンドイッチを口に詰め込んだ。「ジェラルドはどこだ？」

いい終わるか終わらないうちに、足音が聞こえてきた。足早に階段を下り、まもなく、この家の主《あるじ》が姿を現した。まっすぐマックス・ジェニングズのところへ行き、握手をし、彼が到着したときに部屋にいなかったことを深く詫びた。それから自己紹介をした。年月を隔てて二回目の自己紹介になる。

レックスはひどくがっかりした。長い時間を費やして、ジェラルドとマックスの再会の場面を、ああでもないこうでもないと思い描いていたのだ。いろいろなパターンを想像した。かなりおとなしいものや滑稽なもの、理性を欠いた激しいものもあった。ただ、ジェラルドがまったく初対面のふりをすることは脳裏をかすめもしなかった。

ここでマックスは歩み寄り、差し出された手を取って、詫びなど必要ないことを示した。まるで、ろくに始まってもいないうちに、ドラマが終わりそうな感じに見える。もしかしたらマックスは、ジェラルドにとって苦痛だった過去の出来事を憶えていないのかもしれない、という考えが浮かんだとき、レックスの落胆はさらに深まった。ばかばかしいったらない。もちろん、ある意味ではほっとしているが。レックスはソファーの自分の隣を手で示し、ジェラルドはそこに腰を下ろした。ブランデーのにおいが鼻をつき、レックスはデカンターが一つ消えていたことを思い出した。

全員が揃ったことで、みんなの期待が高まり、まもなく異様な静寂が訪れた。話を始めてもらいたいという熱意のこもった目で、ローラとジェラルドをのぞいた全員がマックス・ジェニングズを見つめている。マックスはためらいがちな笑みを返した。誰かが正式にあいさつするのを待っているのだろうか、それがきちんとしたやりかたかもしれない、とスーは思ったが、誰も口を開こうとはしなかったので、結局、マックスが話し始めた。響きのよい低音で、特にどこの訛も感じられなかった。

「『こういう会には不慣れなもので』という前置きをしなくてはならないのですが、おおげさでもなんでもないんです。このようなところに出席するのは本当にこれが初めてなんです。あいにく何も用意してきてはいません。みなさんが何をお望みなのかをうかがうつもりでやってきました。お役に立てることがあるなら、喜んで協力します」

しばらく沈黙が流れた。誰もが心もとなげに視線をさまよわせている。何年間も作家たちから断られ続けていたので、今の言葉をどこまで信じていいのか、はかりかねているようだった。いつものアマチュア作家の会合に、今回は紛れもない本物、現役のプロ作家が参加し、協力を申し出ている。このめったにない状況に、メンバーは戸惑っていた。

やがて、ブライアンが組んでいた脚をほどき、身を乗り出し、まじめな顔で咳払いをして――。

「わたくしは」オノーリアが大きな声でいった。「一族の歴史を書いておりますの。まあ、イングランドの歴史といってよろしいかもしれませんね。リディヤード家の祖先には庶出の者など一人もなく……」

あと一歩のところでオノーリアに先んじられたブライアンは、苛立ちをあらわにし、次は絶対に負けないことをアピールするように、手足を縮めていつでも飛び出せる体勢ですわっていた。腹の虫が治まらず、オノーリアのくだくだしい話を聞かないようにした。もし半分でも自分の主義主張を守るなら、とっくの昔にあのローマ貴族風の高い鼻に二本の指を突っ込んでやるべきだった。それができずにいるのを、ブライアンは身分が上の人間に媚びへつらう軟弱な両親のせいにした。

狐狩りのとき、地主連中が犬を従えて村の本通りを通りかかるたびに、帽子を取ってあいさつするよう命じられた苦い記憶がある。こういう古風で卑屈な態度をとるから貴族たちにばかにされるのだ、とブライアンは怒って両親に文句をいったが、そういう礼儀こそ、社会の絆を強めるものだと諭《さと》された。世の中には馬に乗る人間と徒歩でついていく人間がいる、と父親は説明した。それが自然な物事の秩序なのだ、と。

ブライアンがこの情けない思い出を払いのけたとき、オノーリアの声が聞こえてきた。「……どのような戦いでも、ささいな対立であっても、リディヤード家の人間はつねに不屈の精神で戦いました」

オノーリアは、息継ぎの必要があったのと称賛の言葉を期待して一呼吸おいたが、それが間違いだった。マックスがすかさず言葉を挟んだ。「実にりっぱな心がけですね。ところで」他の人々を促すように微笑みかけた。「ほかのみなさんはいかがですか。そうですね、エイミー、でしたか?」

「は、はい」思いがけず指名されて、エイミーはうろたえ、ポケットを探って折りたたんだ紙切れを取り出した。最初の質問は憶えているので、メモを見る必要はなかった。エイミーは、自分がニューヨークの社交界の名士や、パリのファッション・モデルや、女の尻を追いかけているイタリア男についての知識に乏しいことを痛感していた。「よくいわれることですが、ジェニングズさん――」

「マックスと呼んでください」

「では、マックス、〈自分の知ってることだけを書くように〉といいますね。でも、それには限界があるのではないでしょうか?」

「文字どおりに狭い意味で受け取る必要はないと思いますよ。人には想像力があり、それを駆使することで物事を知りうるのですから」

「つまり、SF小説のように?」

「そのとおりです」

「わたしは一つの場面を書くときに、もっといい別の描きかたはないだろうかといつも考えます。別の方法で書き直したほうがいいか、そのまま書き続けたほうがいいか、いつも結論が出ないのです」

「そういうものでしょう。作家は捨てたほうの選択肢に一生つきまとわれるものですよ」

なんと如才《じょさい》がないのだろう、と思いながら、ローラは熱心に相談にのっているマックスの知的な横顔をちらりと見たあと、ふたたびジェラルドに視線を戻した。何かがおかしい。いつもとかなり違う。ソファーの端でなんとか落ちないように背中を丸めてすわっているが、引き絞った弓のような緊張が伝わってくる。表情がなく、ネクタイも苦労してようやく結んだらしい。それからもう一つ、みんなと同じようにマックスに顔を向けているにもかかわらず、ジェラルドの目はマックスの肩越しの壁を見つめていた。飾り革に穴のあいた模様があり、赤い紐のついた茶色い革のウォーキングシューズの爪先で、いらだたしげに絨毯をたたいている。

ジェラルドを見つめているうちに、ローラはいつものように胸が熱くなるのがわかった。これまでと少しも変わりはなかった。不実な男かもしれないが、一目会った瞬間からそうであったように、今も心を奪われている。あのブロンド女性との関係を許さなくてはならないかもしれない。しまいには、バルザックの『従妹ベット』の妻——男爵が階下でメイドをもてあそんでいるあいだに愛情に飢えたまま死んでいく女性——のようになるかもしれない。無理やりジェラルドから気持ちを離そうとしたとき、一瞬、マックスがこちらを見つめているのが目に入った。そして、あの鋭い洞察力で自分の気持ちを見透かされてしまったことを知った。ローラは気分を害し、まっすぐ彼を見返して、不快な思いを顔に出した。

エイミーは最後の質問をした。作家として持っていなければならない一番の特質は何か？

「あらゆるものへの興味ですね。注意に値しないものなど何もありませんよ。それから持久力。逆境に耐え抜かなくてはなりませんからね」

「だけど、あんたはすぐに売れたじゃないか」ブライアンは失礼にもあんたを強調していった。

「わたしは運がよかったのです。それでも、ある意味で作家はつねに〈ふりだしに戻る〉なんですよ。新しい本が出るたびにゼロからのスタートなんです。それに、当然、売れれば反感を持たれることもありますし……。批評家は容赦ないですからね。わたしの歴史小説なんかこてんぱんにやられました」

「ちょっとうかがいたいのですが……」スーは落ち着いた声を出そうと深呼吸したが、それでも声は震えていた。「子供向けの本を書いたことはおありですか？」

「いいえ、あいにく」

「わたしは絵を描いているんです……絵本を」

絵本だとさ。おもしろいだろう？　ブライアンの考えていることは傍目にも明らかだった。ゲストに目配せをして、さあこれにどう応える？　という顔をした。「短編小説か詩でも書いてはどうかと勧めたんだが、こいつは聞き入れようとしない」

「賢明ですね。どちらもまず売れませんから」マックスは、スーを励ますように微笑んだ。「どういう絵本ですか？」

「ヘクターという名前のドラゴンが主人公です」

「じゃ、人間を食べるのかな？」

「やせた人だけね。彼はダイエット中なもので」

「そいつはいい！」マックスは腹の底から笑い、スーもこのとき自信が持てた。ヘクターの冒険を見て、園児たちがいつも笑い転げるわけではなかったが、最初にその話をしたとき、ブライアンがいったように、子供に何がわかるというのか？

夫に目を向けると、ブライアンは薄い唇をかすかに動かしながら人差し指で軽く顎をたたいていた。核心をついた、物議を醸す言葉を発する前のしぐさだ。いよいよブライアンが身を乗り出したとき、ふたたびオノーリアが邪魔をした。

「ほかの人たちはどうだか知らないけれど、わたくしはおなかがぺこぺこなの。ジェニングズさんもきっとそうじゃないかしら」

あちらこちらから詫びの声が聞こえた。エイミーは皿とナプキンをゲストに手渡した。ジェラルドもようやく生気を取り戻し、「コーヒーだ、コーヒー」とつぶやきながら大急ぎでキッチンへ向かい、レックスがそのあとに続いた。

オノーリアは皿に手早く料理の山を築き上げて、席に戻ってきた。途中ですれ違ったブライアンに「あなたの口、開いてるわよ」と指摘した。

二度も話すチャンスを奪われて、むしゃくしゃしていたブライアンは、「品のない人ね」という言葉をオノーリアの肩越しに聞いたような気がして、奥歯を噛みしめた。メンバーは今、個別にふるまっていた。コーヒーを淹れるのを手伝おうと、ローラがキッチンへ行くと、ジェラルドとレックスがなにやら話し込んでいる。扉を開けたとき、二人は明らかに迷惑そうな顔をし、ジェラルドがひどく表情をゆがめたので、ローラはあわててひっこんだ。

応接間では、席が替わっていた。エイミーとスーがチーズ・サンドイッチを食べているマックスの近くに移動し、みんなの前では恥ずかしくて訊きそびれていたことを尋ねていた。ローラは何が残っているか、ちらりとテーブルを見た。食欲をそそるものは何もない。どちらにしても、まだ少し吐き気がする。不快な気分はこの家を離れない限り、完全には収まりそうになかった。ローラはスーのキャロットケーキを薄く切り、レックスの持ってきたモンタルジーのプラリーヌが視野に入らない場所に急いで移動した。まるでワックスをかけた動物の脳のように見え、とても口に入れようという気になれなかった。

出鼻をくじかれ、次のチャンスを待っているブライアンは、山盛りの皿を膝にのせ、離れた場所にすわって、ありきたりの質問に耳を傾けていた。「執筆時間は決まっているのですか？」――九時から五時です。「何度も書き直されますか？」――何から何まで、いつでも書き直していますよ。「先に決めるのはストーリーですか、それとも登場人物ですか？」――分けて考えることはできませんね。登場人物はストーリーの一部ですから。「たくさん調べ物をなさいますか？」――できるだけしないようにします。経験に基づいて推測するほうが好きです。間違っていることもよくありますが。

このとき、コーヒーポット二つとミルク入れを持って、ジェラルドとレックスが現れた。カップとソーサーは始めからサイドボードに置いてあった。「遅いのね」まるで二人が仕事を怠けているといわんばかりに、オノーリアは大声でいった。

ここでエイミーがマックスのコーヒーを取りに席を立つと、ブライアンはそのチャンスを逃さなかった。今までエイミーがいた場所に体を滑り込ませ、週三回の演劇の授業について語り始めた。

「……芝居を書くというより作るといったほうがいいな。正直いって、そんなの古くさいと思うよ。エリート主義なのはいうまでもなく」

「何がですか？」

「ええっ？」

「〈作る〉ですか？　〈書く〉ですか？　それとも〈芝居〉？」

「そりゃ、〈書く〉に決まってるじゃないか」

「なるほど」

「束縛のない、インスピレーションにしたがったやりかたでやっている。議論したり、即興で芝居をしたり、自由に連想したり。われわれは真剣勝負をしている。おれの芝居の稽古は全力で取り組んでもらわなくちゃならない。それができないやつはいらない、さっさと出て行け！」

「過激ですね」

「マイク・リーは知ってるかな？」

「もちろんです」

「『ネイキッド』はどう思う？」

「人を見下したいいかげんな作品ですね」

ブライアンはぐっと身を引いた。みぞおちに強烈なパンチを食らったような動きだった。言葉を失い、仰天してただすわっている。

「だいたい長すぎますよ」

「みなさん、こちらに来て自分で注《つ》いでくださいね」部屋の向こうからレックスがいった。めいめいがコーヒーを取りに行った。エイミーはゲストに最後の質問をしているオノーリアの分を持って戻ってきた。

「あなたの考えでは」オノーリアはこげ茶の狩猟用タイツをはいたがっしりした脚を広げ、前かがみになって訊いた。「わたくしの本が書き上がったら、どこの出版社がふさわしいと思います？老舗《しにせ》だというだけの出版社からは出したくないのよ」

「さあ、それはお答えしかねますね。わたしが書くのはフィクションばかりですから」

「あっそう」オノーリアはその返事に気分を損ねた。「もっと幅広い知識を持っているのかと思ってたのに。そこのコーヒーテーブルの長さぐらいの」マックスの皿にのっている食べかけのチーズ・サンドイッチをじっと見つめた。まるでその権利もないのに彼が食べてしまったとでもいうように。

「同感だね」ブライアンがすかさず口を出した。とんでもない著名人だ。こいつの話はもうけっこう。自分を過大視したほらふきのきざなやつ。自分を何さまだと思ってるんだ？　焼菓子フロランタンを二ついっぺんに口に押し込んで、二皿目を平らげると、ブライアンは勢いよく立ち上がった。「スー？」

「はい」

「帰るぞ」

「だって、わたしはまだ――」

「かまわんよ、好きなだけここにいたらいい。おれはもうたくさんだ」

「いえ」無理をして残っても、このあとたいしたことは起こらないだろう。「いいのよ」スーは、まだほとんど口をつけていないコーヒーを置いた。

ジェラルドが、預かっていたコート類の中から、スーのショールとブライアンのタータンチェックのウインドブレーカーを持ってきた。そのあと、みんなの分も持ってきたので、誰もが帰る気になり、今夜の会合はこうして打ち切られた。

ローラには、どういうわけかジェラルドが今夜ずっと蚊帳《かや》の外に置かれていたような気がした。

帰り支度をしている人たちは、このサークルの世話役にねぎらいの言葉をかけることもなく立ち去りそうな気配だ。そこで、ローラが率先して、いろいろ世話をしてくれて助かったことと、おかげで楽しい時を過ごせたことの礼をいった。レックスとスーとエイミーも口々に礼を述べ、大きな拍手をした。

ジェラルドが玄関の扉を開けると、室内に冷たい強い風が吹き込んできた。エイミーとオノーリアは、マフラーに顔を埋めるようにして足早に出ていき、ブライアンとスーもそれに続いた。ローラはドアのそばで振り返って、ジェラルドを見上げた。彼は風に押し戻されないよう、ドアの端を手で押さえている。ローラはじっとジェラルドの顔を見つめた。これまでも未知の部分が多いとは思っていたが、これからもそれが解明されることはない、という確信めいたものを感じた。つらかった。ローラは手を伸ばして、彼の腕をつかんだ。木の枝のような感触だった。

「ジェラルド、どうしたの？　何があったの？」

「なんでもない」ジェラルドは怒ったように腕を引き離した。明かりに照らされ、眉をひそめ、口を真一文字に結んだ顔が浮かび上がった。

「何かおかしいわ」

「ばかなことといわないでください」

「何かを恐れているのね」

「ローラ、今夜はいったいどうしたんです？」

「そうなんでしょう？」ジェラルドがドアを閉めようとしているのが、ローラにはわかった。一瞬のためらいもなく――考えている暇はなかった、と思い返すたびにそう感じる――ローラは身を乗り出してキスをした。

ジェラルドは驚きの表情を浮かべてあわてて身を引き、力任せにドアを閉めた。居間に戻ったときも、まだ体の震えが止まらなかった。

マックスは、らくだの毛とカシミヤ入りのオーバーを椅子の背にかけて、ソファーにすわっていた。レックスはコーヒーカップを重ねている。ジェラルドはそのどちらにも声をかけずに、そのままキッチンに入っていった。

少したってから、レックスが食器をのせたトレイをキッチンに運んできた。視線が合うと、レックスは目を輝かせ、声には出さずに「心配しないで」と口だけをはっきり動かした。それから、不自然なくらい大きな声でいった。「ジェラルド、洗うのを手伝おうか」

「あしたの十時に、ミセス・バンディが来ますから」

ジェラルドは普通の声でいったが、レックスは自分の作った新たな筋書きをあきらめたくないらしく、隣の部屋を指さし、身ぶりで食器を洗う真似をしたあと、キッチンの時計を指し示した。

食器洗いに手間取っているうちに、マックスが待ちくたびれて帰るという意味だとジェラルドは理解した。彼は双方に帰ってもらいたかった。レックスが嬉々として立ち回っているのもおもしろくない。目障りな者には消えてもらいたかった。

「申し訳ないが、もう一杯コーヒーをいただけないだろうか?」ジェラルドとレックスはぎくっとした。マックスが近づいてきたことにまったく気がつかなかったのだ。「家まで運転して帰るあいだ、眠気に襲われないように」

「ええ、もちろん」ジェラルドは笑顔を作った。〈家まで運転して帰る〉という言葉を頼りに、小さいほうのコーヒーポットを取り上げて、中のかすを捨てた。かすは指先からシンクに落ちた。

「インスタント・コーヒーでもいいんですが」

「インスタントは置いてないもので。レックス、あなたも一杯どうです？」

「ありがたいな」

コーヒーができるまで、三人は展示場の人形のようにその場に立ちつくしていた。それから、カップを手に居間に戻った。すぐにも立ち去りそうだったさっきの言葉とは裏腹に、マックスは金に関する話を始め、それがだらだらと続いた。ポンドとドルの為替レート、その変動が収入にどう影響をもたらすか。民主主義が広がったおかげで、彼の著書は東欧でも出版されるようになったが、きちんと印税を払ってもらうのはなかなか難しいこと。為替レートの変動が激しいリラ、ドイツマルクで払ってもらう有利な点。不安定な日本円。

耳を傾けて聴きながら、レックスはあとどのくらい睡魔と闘えるだろうか、と考えた。散歩に行きたがるモンカームに朝五時半きっかりに起こされるので、毎日十時にはもう熟睡している。彼は初めてジェラルドのやりかたはひどいと思った。そのうち、マックスがジェラルドに何か尋ねたあと、興味深い表情で、返事を待っているのに気がついた。

「主に短編小説です」ジェラルドは質問者の後方にあるカーテンを見つめていた。「出版はされていません、尋ねられる前にいっておきますが」鼻の穴がきゅっと締まったせいで縁が白くなった。

レックスは自分の役割をきちんと果たしていないように感じて、初期ガットリング砲の出てくる短編を書いた話をした。顎が痛み始め、疲労のせいか皮膚がかゆくなってきた。そのあとふたたび長い沈黙があり、ついにマックスが立ち上がってもう帰らなければならないと告げた。

「本当に今夜は楽しかった」

「おいでいただいて光栄でした」ジェラルドは差し出された手に気がつかないようだった。

廊下に出たとき、レックスはジェラルドと視線を合わせようとした。目で何か伝えてくるかもしれない。あるいは眉をつり上げるとか。よくやったという意味を込めてうなずいてくれるかもしれない。ところが、そうはいかなかった。ジェラルドは二人を見送ろうともせず、廊下の突き当たりに立ったまま、もうみんながいなくなったあとのように、気圧計をじっと見つめている。〈おやすみなさい〉や〈ありがとう〉の言葉もなかった。

レックスは玄関のドアを開けて外に出た。マックスも続いて出ようとしたが、「手袋を忘れた」といって、家の中に戻った。玄関のドアが閉まり、差し錠がかけられた。ほんの一瞬のうちに、これまでレックスがそうならないように心を砕いてきた状況ができあがってしまった。

三十分後、レックスは自宅の寝室にいた。寝るためではなく、寝室の窓から〈千鳥の休息所《プラヴァーズ・レスト》〉邸の正面が見えるからだ。ショックで完全に眠気は飛んでいた。シルバーのベンツはまだ駐まっている。風は強まり、雨も降っていた。

マックスの計略によって閉め出されたあと、レックスはどうしていいかわからず、しばらくうろうろしていた。一度はドアに耳を当て、何か聞こえないかと中のようすをうかがった。荒々しい物音はしないだろうか。ジェラルドがマックスを力ずくで追い出しはしないか。しかし、何も聞こえない。話し声さえ聞こえなかった。

しばらくするうちに、レックスはばかばかしくなってきた。さっさと家に帰ったらいいじゃないか。もしかしたら、二人はそれを待って話を始めるつもりかもしれない。さらに、玄関先をうろついているのを通りすがりの誰かに見られて通報されたらどうなるか、という不安が頭をよぎった。犯罪行為とみなされやしないだろうか。不愉快な気分になってきたし、なによりトイレに行きたかったので、レックスは門のほうへ歩き出し、立ち去ったことが中の二人にわかるように大きな音で門を閉めた。

間違ったことをしたのではないか、と今になって後ろめたい気持ちに苛《さいな》まれている。マックスがいなくなるまでいっしょにいてくれと頼みに来たとき、ジェラルドはどれほど必死だったか。あの形相を見たら、誰だって重大事だと思うだろう。レックスは、自分が簡単に引き下がってしまったという考えに傾いていった。

玄関の差し錠がかけられたのは、悪い前兆ではなかったか？　どう考えても、あれはマックスが故意にやったことである。あまりのすばやさに、廊下の突き当たりにいたジェラルドにはどうすることもできなかった。自分が間違ったことをしたという思いはいっそう強まり、レックスはいてもたってもいられなくなった。

ジェラルドのところに戻ろうと、突然、ものすごい勢いで階段を駆け下りた。コートを着る必要はなかった。帰ってきたあと、まだ脱いでいなかったからだ。玄関ホールに並ぶきれいに磨き上げられたステッキが目に入り、必要ないだろうと思いながらも水牛の頭をかたどったシルバーの柄付きステッキを取り上げた。それから、コーデュロイの帽子をかぶり、首にしっかりマフラーを巻いて歩き出した。

〈千鳥の休息所《プラヴァーズ・レスト》〉邸の門は半分開いていた。レックスは堂々と小道を進んだ。裏口の扉をノックして、牛乳を少し分けてもらえないか頼むつもりだった。嘘に不慣れな人間が使う見えすいた口実だが、真実味を持たせるため、レックスは必要もない細かい部分まで考えてあった。眠れないときにはココアが一番効く。湯で溶かすとおなかが痛くなる。それで、冷蔵庫から牛乳瓶を出したとき、手を滑らせて床に落として割ってしまった。マックスの車が見えたので、まだ起きているだろうと思い、借りに来た、と。

キッチンに明かりは灯っていなかったが、部屋の扉があいていて、マックスのすわっている姿が見えた。両手を広げ、ちょうど贈り物でも渡すようなしぐさで話をしている。そのあと、黙り込んだと思ったら、急に態度が変わった。強くかぶりを振ったあと、前かがみになって熱心に相手の話に耳を傾けている。その横顔には真剣な表情が浮かんでいた。レックスには相手を思いやっている表情に見えた。そう、相手を気遣っている表情。思いやり深い人間の表情。

このとき、ジェラルドの顔も見えていたらよかったのだが……。レックスは頬をガラスにくっつけて、懸命に目を凝らした。どうやってもだめだった。まっすぐな姿勢に戻したとき、首に鋭い痛みが走った。何もかもうまくいっているように見える。ジェラルドの心配は取り越し苦労に過ぎなかったようだ。恐れていた出来事など起こりそうにない。そうはいっても、あれほど約束したのだから……。

ちょうどそのとき、肩甲骨のあいだに不快な感覚を覚えた。その感覚は少しずつ強まり、虫がはうように背骨伝いに下りてきた。レックスは振り向いた。

背後には輪郭のぼんやりした木が何本も生え、真っ黒な植え込みとの境も見えなかった。裏口はほんの数フィートしか離れていない、と自分にいい聞かせながら、レックスはステッキを握りしめ、柳のフェンスのほうに歩き出した。やがて、何本もの幹や絡まる枝を凝視しながら声をかけた。「おい」返事はない。木の葉のかさっという音もしなかった。夜行性の動物が動いたわけでもない。「誰がそこにいるのか?」

レックスには自分の息遣いしか聞こえなかった。けれども、足の下に冷たい地面を感じるのと同様に、誰かがあるいは何かがそこにいるのは確かだった。そして、こちらをじっと見返していた。

それぞれの供述

トム・バーナビーは娘の顔が見られなくて寂しかった。カリーは今、芸術文化振興会主催『空騒ぎ』の海外公演ツアーで、東ヨーロッパに行っている。カリーはベアトリスを、一年半前に結婚した夫のニコラスは、あくの強い脇役ドン・ジョンを演じる。この一年間、ロイヤル・シェイクスピア劇団にいた彼にとって、けっしてやりがいのある役ではなかった。

若夫婦は海外公演への出発前夜、バーナビー家を訪れた。ニコラスのことはよくわかっていたし、娘についてはそれ以上に理解しているので、トムはこの夫婦のトラブルの兆しを見抜いていた。ニコラスは、妻の成功を誇らしく思う気持ちと、役者として収入の差が開いていくことへのもどかしさに苦しんでいた。折悪《おりあ》しく、カリーが出演したBBC制作の『クルーシブル』が、二人の公演ツアー中に放送されることになっている。

もちろん、ニコラスは『空騒ぎ』の仕事を断り、ロンドンに残ってもっとよい仕事の依頼を待つこともできたが、十名以上の男優とヨーロッパを半周する公演ツアーに、カリー一人を行かせるわけにはいかない、と義理の父親に語った。そのとき、ニコラスとバーナビーは、貯蔵室でオーストラリア産クレア・ヴァリーのシラーズを呑んでいた。美しい娘と妻が腕を組んでやってくるのを見ながら、バーナビーもニコラスの思いに強く共感した。

ニコラスはカリーを信用していないわけではない。問題は、彼自身の不安定な状況にある。こんなすばらしい妻を手に入れたことが、まだ現実としてとらえられないのだ。喜びに輝いているはずの結婚式の日でさえ新郎の顔に陰りがあるのが、バーナビーには見てとれた。

二人が旅立って二週間、ツアー直前に飼い始めたロシアン・ブルーのかわいい子猫キルモウスキーはバーナビー夫妻のもとに預けられていた。少なくとも、ジョイスはかわいいと思っている。バーナビーにとっては厄介な邪魔者だった。腰を下ろすときには、椅子やクッションに子猫がいないことを確かめなくてはならないし、ドアを開けようとすると必ず妻の警告が飛んでくる。きのうは、ドアマットの上に落ちていた〈インディペンデント〉紙がびりびりに引き裂かれ、まだおしっこシートとして使われたわけでもないのに、読めなくなっていた。

娘に会えないのと煩《わずら》わしい子猫の存在に加えて、ダイエットがバーナビーを苦しめていた。もともと体格がよいところに、二年前から料理を始めたことで体重が増えた。それまでバーナビー家の食事に招かれた友人たちは、暗黙の了解のもとに料理を持ち寄っていたくらいジョイスの料理がひどいことが一番の理由だった。

長年、消化剤の助けを借りながらわけのわからないものを食べさせられてきたバーナビーはどんどん腕を上げ、それにつれて王様のような食欲を持ち合わせていることが判明した。運悪く、この〈王様〉がたまたまヘンリー八世だった。

六フィート三インチ（約一九〇センチメートル）の身長に、十六ストーン（約百キログラム）の体重では健康体とはいえない。最近受けた健康診断で、せめて三十ポンド（約十四キログラム）は減量するように、ときつくいわれた。それを実行中なのだが、なかなかむずかしい。今も、二口でゆで卵を平らげてしまったため、トースト一枚にぐずぐず時間をかけていた。

ジョイスはコーヒーポットのプランジャーを押し下げながら、郵便配達は来ないかと外を気にしていた。これから二週間『空騒ぎ』が上演されるポーランドから、はがきか手紙が来るのを待っているのだ。控えめにいっても、カリーは筆まめではないので、望み薄だとわかっているのだが。むしろ頻繁に連絡をくれるのはニコラスのほうだった。

芸術文化振興会のようなきちんとした団体が英国人俳優を危険な地域に派遣するはずがないのは承知していたが、それでもジョイスは二人が心配でならなかった。ジョイスにとって東欧とは政情が不安定なところ、今日は安全でもあしたは戦場にならないとも限らない場所なのだ。繰り返し彼女の頭をよぎるのは、〈政情不安〉〈原理主義のゲリラ〉〈民族紛争〉〈すぐに発砲する国境の警備兵〉〈屋根の上の狙撃兵〉といった物騒なイメージばかりだった。

ギャーッという怒りの悲鳴に、この不安はかき消された。バーナビーが首をつかんで子猫をつまみ上げている。

「いったい何してるの！」ジョイスは駆け寄った。「こっちに渡して。ほら、すぐに、トム！」キルモウスキーはジョイスに手渡された。「よくそんなひどいことができるわね」

「こいつがマーマレードに足を突っ込んだんだ」

「この子は何もわかってないのよ」ジョイスは、灰色のベルベットのような三角の鼻にキスをした。「ねえ」子猫は横目で彼女を見た。「かわいそうなおちびちゃん」

そっと絨毯に下ろされると、子猫はすぐさまテーブルクロスの端を探して、爪をかけて登り始めた。

「ほら！　見てごらん」

「ほうっておきなさいよ。コーヒーのお代わりはどう？」

「いや、けっこう」バーナビーはちらりと時計を見た。まもなく九時半になる。「そろそろ行かないと」コートに袖を通したとき、電話が鳴った。「出てくれないか。わたしはもういないといっといてくれ」

「あら、わたし宛ての電話かもしれないじゃない」ジョイスは不機嫌そうにいった。「友だちはたくさんいるんだから、ときには電話だってかかってくるのよ」

「そうだな」バーナビーは分厚い杉綾織《すぎあやおり》のツイードのコートを着て、手袋をはめた。「たしかに」そういって、冷たい頬にキスをした。「帰りは六時ごろになるよ」

出かけようとして、もう一度子猫を見た。今度は堂々とバーナビーのトレイの真ん中でうずくまっている。バーナビーを見返したあと、目を細めてキューッと小さなおならをした。


あいにくの朝だった。気温が下がったため、夜間の雨で濡れた路面が凍結している。バーナビーはいつもの二倍の時間をかけて青い愛車オライオンを運転した。警察署の表門に入るときはさらに慎重を期したが、それでも後輪のタイヤが横滑りし、ちょうど出ようとしていた現場捜査班のシェルパのヴァンにうまくよけてもらった。愛車をいつもの場所に静かに駐め、バーナビーは警察署の建物にゆっくり入っていった。

受付の女性警官が顔を上げた。「おはようございます。お宅に電話を差し上げたようですよ。事件です」

片手を挙げてわかったという合図をして、バーナビーは自分のオフィスを目指した。犯罪捜査課のある棟へ向かう途中で、彼の鞄持ちがさっそうと歩いてくるのが目に入った。ギャヴィン・トロイ部長刑事は、ベルト付きの細身の黒いレザーコートを着ていて、歩くたびに長い裾がぱたぱたとブーツに当たった。短く刈った赤い髪に黒っぽい帽子をかぶり、運転用のメタルフレームの眼鏡をかけている。まるで突撃隊員のようだ。

そんなことをいえば本人が喜ぶだけなので、バーナビーは黙っていた。近くまで来ると、トロイが不機嫌そうに顔をしかめているのがわかった。

「おはよう」

「おはようございます。殺人事件ですよ」トロイは軍隊式にかかとを軸にして体の向きを変え、上司と歩調を合わせて歩き出した。「資料は主任警部のデスクに置いてあります」

「新しい事件だな」

「ミッドサマー・ワージーで起こりました。詳しいことはまだ。遺体発見者のミセス・バンディがひどく動揺していて、きちんとした話が聞けないんです」トロイは足を速め、主任警部のオフィスのドアを開けた。「現場捜査班もたった今、出かけました」

「ああ。危うく衝突するところだったよ」

「それからブラード医師も現地にいます」

「ずいぶん早いな」

「隣村に住んでいるんですよ。チャールコウト・ルーシーに」

「そうか」バーナビーはデスクの向こう側に腰を下ろし、報告書を手に取った。

「被害者の男は」トロイはいった。「ベッドの――」

「もういいよ、自分で読むから」

どうぞお好きなように。トロイは苛立ちを隠しながら、バーナビーが机の上の案件を片づけるのを待った。二種類のメモに目を通し、かなり長い電話を何本かかけて仕事の指図をした。

バーナビーはどうせ出かけることになると思い、コートを脱がなかったのと、室内が暖かかったので、ぬくぬくと体が温まっていたが、いったん戸外に出ると、そのぬくもりはたちまち奪われた。冷たい風が喉から体の中に入り、肺は縮み上がり、冷えてかさかさになった唇の上下がくっついた。

車に乗ると、トロイは、動きやすいよう手首や指関節の部分がくり抜かれた黒いペッカリー革のドライバー手袋をはめ、ヒーターを最強にし、コーストンの本通りへと向かった。技術は優れているが、過信して派手なハンドルさばきをする傾向がある。仕事中はけっして危険を冒すような真似はしないが、仕事以外のときにはどんな運転をしているのだろうか、とバーナビーは気がかりに思うことがあった。今朝はトロイにしてはかなりまともな運転で、A4007号線を慎重に進んだ。三十分ほど前の仏頂面には、すねた表情が浮かんでいる。

「今朝は何かあったのか?」

「いえ、別に」

原因はいとこのコリンだった。トロイの母の妹の息子で、この数年間、何かにつけてしゃくに障る存在なのだ。トロイが苦労の末にようやく合格した試験を、コリンは楽々と突破した。雄弁で皮肉屋、トロイが大切にしていることをいつも笑い飛ばす。トロイの生きかたそのものをコメディアンの出し物のようにとらえ、まるでぜんまい仕掛けのランボーだ、と本人の前でからかったことも一度や二度ではない。昨晩は、トロイと同じ用事——誕生日のプレゼントを渡すため——でベティおばさんの家を訪ねた。コリンは、トロイにウィンクをして、汚れたよれよれのシープスキンのジャケットを脱ぎ、これ見よがしにTシャツのメッセージを見せた。〈頭のいいやつはとっとと逃げる〉。コリンは大学を退学したばかりで、今までのところまだ職を見つけられずにいる。トロイは内心ほっとしていた。

「笑わせますよね」トロイは少しもユーモアを感じさせない口調でいった。良識のあるバーナビーは、この唐突な言葉を無言で受け止めた。

「警察をばかにするやつは」トロイはウィンカーを出して、ゆっくりわき道に入りながら話を続けた。「ひったくりや侵入盗や車の盗難に遭ってみればいいんだ。そうなったとたん、泣きついてくる」ハンドルを握る手に力がこもり、手袋の縫い目がはち切れそうになった。

バーナビーはうわの空で聞いていた。不機嫌の原因を訊いてからかってやろうという気持ちはすでに消えていた。トロイは何事にも自信が持てない男だから、どんなことでも原因となり得る。しかも、世間に評価されたい気持ちが人一倍強い。近ごろは警察にたいする世間の風当たりが強まるばかりだというのに。

主任警部は鋭い胃の痛みに悩まされていた。ヨナを呑みこんだ鯨が感じた痛みに匹敵するかもしれない。朝食に食べたわずかトースト一枚とゆで卵が、乾燥機にかけられている片方のソックスのように胃壁のあちこちにぶつかって落ちていく感じだ。

「あそこですよ、主任警部」

車は公共緑地を巡る粗い砂を敷き詰めたばかりの道路に入っていった。警察車両や現場捜査班のヴァン、ジョージ・ブラード医師の青いビバが、瀟洒《しょうしゃ》な住宅の周囲に駐まっているのが目に入った。

その家には美しい透かし模様のよろい戸があり、玄関の両側に部屋がある。数メートル離れたところに、トロイは車を駐めた。

とても静かだった。凍った水面で滑りそうになって池のアヒルが鳴く声と、小鳥のさえずりが聞こえるだけだ。こんな日に鳥はいったい何を歌っているのか、トロイには見当もつかなかった。彼は手入れの行き届いた周囲の高級な家々を眺め回した。どの家でもあらゆる木々が霜に覆われ、冷たい輝きを放っている。人目につくように設置された盗難警報機だけが、クリスマス用カレンダーにぴったりのこの光景にそぐわなかった。二人は硬い路面に馬の蹄《ひづめ》のような足音を響かせて〈千鳥《プラヴァーズ》の休息所《レスト》〉に近づいていった。

門の前では巡査が一人、興味津々で事件現場の家を見つめている数人の野次馬を立ち去らせようとしていた。両腕を大きく広げて人々に迫り、数フィート後退させる。しかし、いつのまにかまた元の位置に戻ってくるので、何度もこれを繰り返さなくてはならなかった。まもなく、柵が立てられ、現場保存の問題は解決するだろう。プラスティックのオレンジ色の柵には、人々を押しとどめる効力がある。目に見えるラインがないときはなかなか下がろうとしない野次馬も、いったん柵が立てられれば、強引にまたいで踏み込むことはめったになかった。

扉を開け放した玄関前にいた警官がいった。「左の階段を上がったところです、主任警部」いわれるまでもなかった。バーナビーは玄関に入るなり、殺戮《さつりく》のにおいを嗅ぎとった。階段を上がるにつれて、においはますます強くなり、この先にあるものを想像して胃の調子はいっそう悪くなった。

狭い寝室は人でいっぱいだった。現場捜査班の男三人と女一人。手や足をポリエチレン製の防護服や手袋ですっぽり包んでいる。それに、カメラマンが一人。タオル地のローブをまとった男の遺体は、ベッドとクローゼットのあいだに横たわっていた。足が入り口側にあり、頭――の残っている部分――はソファーの近くにあった。

「何かわかったか？」バーナビーはドアに触れるわけでも、部屋に足を踏み入れるわけでもなく、入り口に立っていた。血と髪の毛が付着した重そうな燭台は、すでにビニール袋に入れられ、タグが付けられている。「検死医はどこだ？」

「キッチンです、主任警部」縮れ毛のカメラマンが答えた。こんな仕事のときにもにこやかな笑みを浮かべている若い男だった。「気分転換には明るいところが一番ですから」

一人の女性といっしょにテーブルについていたジョージ・ブラード医師は、バーナビーが顔を出すとすぐに立ち上がり、二人の刑事を廊下の奥へといざなった。

「あそこでは話ができないから。彼女はひどい状態でね」三人は狭い通路に立っていたので、トイレのドアノブがトロイの背中に当たっていた。「訊かれる前にいっておくが、犯行時刻は昨夜十一時から午前一時のあいだ。もう少しあとかもしれない。今わかるのはそんなところだな。犯人が誰にしろ、逆上した末のとっさの犯行だ。被害者は額の中央に強烈な一撃をくらい、おそらくそれが致命傷と思われるが、犯人はそのあとも殴り続け――」

「わかってるよ、ジョージ、見てきたから。すると、正面からの犯行だろうか？」

「間違いないね。この犯行には卑怯な手口は見られない」医師は飲み終えたマグをトロイに手渡すと、手すりに掛けてあったコートを取り上げた。「争った形跡もなさそうだ」

ビデオ撮影班が到着したため、玄関はいっそう込み合い、ブラード医師は人々を押しのけて出ていった。バーナビーとトロイがキッチンに戻ると、気の毒な遺体発見者は女性警官に慰められていた。室内にはたばこの煙がたちこめていて、トロイは鼻をぴくりと動かした。

最初にバンディという名前を聞いたとき、バーナビーはずんぐりした中年女を思い描いた。糊のきいたエプロンをつけ、肉付きのよい腕を小麦粉だらけにしている、話し好きで働き者の人のいいおばさん。他人のために何でもしてくれるような人を。

ところが、目の前にいるのは、三十前のやせた女性で、ナイロン製のオーバーオール——丈は七分、ピンクと白のチェック模様で、裾が男物のシャツのようになっている——にレギンスをはき、黒いポロネックのセーターを着ている。貧弱な胸を抱えるように両腕を交差させ、長い爪が腕に食い込んでいた。あの腕をほどいたら全身が震え出すのではないか、とバーナビーは思った。瞬きをし、唇を引きつらせ、心に焼き付いた恐ろしい映像を消そうとするように、首をせわしなく振っている。バーナビーはテーブルについた。トロイは後ろに控え、流しのそばの調理台にメモ帳をのせて、ボールペンのキャップを取った。

「バンディさん」バーナビーが声をかけても、彼女は目を伏せ、カップの底にたまっているどろっとした砂糖を見つめていた。「さぞかしショックだったことでしょうね」

かなり時間がたってから、丁寧に口紅を塗った唇が動き、「はい」と声にならない返事をした。咳こんで、もう一度「はい」と繰り返したあと、か細い声でつぶやいた。「遺体を見るのは初めてだったもので」

「お気の毒でしたね」バーナビーは五つ数えて、さらにもう少し間をおいてから続けた。「一つ二つ質問に答えていただきたいのですが、だいじょうぶですか?」

「さあ、どうかしら」つかんでいた腕から手を離し、吸い殻が半分ほど入った灰皿の横にある〈ベンソン・アンド・ヘッジズ・スーパーキングズ〉の金色の箱に震える手を伸ばした。ポケットから出したライターで火をつけ、目を閉じて深く吸い込んだ。「二階へ行くのはいやよ」甲高い震え声だった。「あの部屋へは」

彼女の後ろで、トロイがその大げさな反応をからかうように目を丸くしてみせた。女性警官と視線が合うと、トロイは意味深に目配せをしたが、冷ややかに受け流された。

「いいえ、二階へ行く必要はありません」ミセス・バンディを安心させようと、急いでバーナビーがいった。「うかがいたいのは、あなたがハドリー氏を見つける前のことなんです」

「そう」ほんの少しほっとしたようだが、同時に戸惑ってもいた。「それは……あたしがここに来るまでのこと？　バスで来たんだけど」

「というより、あなたがこの家に入ったときのことです。何かいつもと違う点に気がつきませんでしたか？」

「どういうこと？」

それがわからないから質問してるんじゃないか、とトロイは心の中でいい返した。こんなにのろのろやっていたら、一日じゅうかかりそうだ。トロイはすでに七本吸ってある二十本入りのたばこのパッケージを横目で見て、一本もらえたらいいのに、と思った。

「そういえば、門が開いていたわ。郵便配達が来たってことなのよ。ハドリーさんが注意書きを貼ったのに、そのあとも絶対に閉めないんだから。あたしは中に入って門を閉めて、玄関に向かったわ。いつもと違っていたのは……カーテンが閉まったままだったことかしら。一階の居間もハドリーさんの寝室も。そのあと、家に入ろうとして――」

「鍵を預かっているんですか?」

「そうよ」彼女はいくぶん誇らしげに答えた。「掃除を頼まれている家では、みんな鍵を預けてくれるわ。でも、内側の差し錠がかかっていたの。どうしようかとしばらく立っていたんだけど、裏へ回って勝手口を試してみたわ。あそこにはきちんとした鍵はなくて、上と下に錠前用差し金《デッドボルト》がついているの。その差し金を外して中に入ったわ」

「すぐに開きましたか?」

「ええ。玄関へ行って『おはようございます』って大きな声をかけたの」

「そのとき、郵便物はありましたか?」

「そういえば、なかったわね」

「続けてください」

「エプロンをつけて――」

「自分で持ってきているのですか?」

「掃除道具入れに埃《ほこり》よけのスカーフといっしょに吊してあるのよ」ミセス・バンディは麦わら色のふわふわしたお菓子のような髪に手をやった。髪を脱色し、逆毛を立て、スプレーやムースをつけている。

「そのとき、ハドリーさんが朝食を食べていないことに、それどころかテーブルの用意もしていないことに気がついたわ。カーテンも閉まっていたから、体調が悪いのかもしれないと思ったの。ほんとのことというと、あたしもちょっと戸惑っていて……。まだお休みになっているのなら、二階へは上がりたくなかったから。だって、そういうことには夫がうるさいのよ。だけど、家の中に人がいるのかどうかもわからないまま、掃除を始めるわけにはいかないでしょう。あたしのいってる意味、わかる?」

「わかりますよ」バーナビーは答えた。「よくわかります」

「だから……」こういう結果になったのだ。話の恐ろしい核心部分。ミセス・バンディは両腕で自分を抱え込み、また腕に半円形の爪痕《つめあと》を刻んだ。「ハドリーさんの寝室へ行って――」

「部屋のドアは開いていたのですか?」

「ええ」

「明かりはついていましたか?」

「ついていたわ!」ミセス・バンディはヒステリックに叫ぶと、いやな記憶を追い出そうと拳で額をたたいた。「ああ! あんなところに入らなきゃよかった。あのにおい……あのものすごいにおい……あれでわかったはずなのに。そのまま階段を降りて、誰かを呼びに行けばよかった……。まさか、あたしがやったと思ってるんじゃないでしょ?」

「もちろんよ。心配しないで」女性警官が言葉を挟んだ。

「あの光景が頭から消えないの。どうしても消えてくれない。ずっと消えないわね、きっと。人生最後の日まで」

バーナビーはそうかもしれないと思った。もちろん、脳裏に浮かぶ光景は少しずつ変わるだろうが、何千回も現れるにちがいない。本当に今日はミセス・バンディにとって最悪の日だ。

彼女の心はすでにキッチンに戻っていた。バーナビーは気の毒だとは思ったが、そうしなければならないので、ふたたび彼女の記憶を二階へ向けさせた。「寝室で何かに触りませんでしたか?」

「まさか! 冗談じゃないわ!」このとき初めて、彼女から生き生きとした反応が返ってきた。怒りに満ちた声だった。「大急ぎで駆け下りてきたんだもの、あの部屋の絨毯に足も下ろさないうちに」

「見えたのですね?」

「見えたわ、ハドリーさんが。あたしが見たのはそれだけよ。一目見て、逃げ出したの。わかった?」ミセス・バンディはテーブル越しに顔を突き出した。すぐ目の前に顔が迫り、バーナビーは彼女が殴りかかってくるか、さもなければ泣き出しそうなことがわかった。

「わかりました。けっこうです、バンディさん。ありがとうございました」バーナビーは必要以上に冷静な声でいった。それから、若い女性警官に目を移した。「みんなの分、頼むよ」

お茶が運ばれてくると、ミセス・バンディはさらにベンソン・アンド・ヘッジズのたばこに手を伸ばした。これで、灰皿には口紅のついた吸い殻が九本になった。トロイは視線をそらした。

トロイ部長刑事はかなりフラストレーションがたまっていた。オフィスでの喫煙は禁じられている。車の中でも吸えない。勤務中は喫煙が許されていなかった。とにかく、昼間の仕事中はだめなのだ。さらに、受動喫煙の危険性が声高に叫ばれるようになってから、自宅でも時間と場所に細心の注意を払わなければならなくなった。最愛の娘、最高の生きがいであるタリサ・リアンのために。彼女はわずか二歳で、幼児の肺は、当然、弱くて影響を受けやすい。今朝も、朝食後の一服はトイレの中で吸い、しかも煙は窓から吐き出した。ぼくは人に危害を及ぼす人間なのだ。たばこの代わりに濃いブレンドティーを受け取りながら、トロイは苦々しく思い返していた。

「そう、それで、あなたはキッチンに取って返したんですね」主任警部は、天候の話でもするように打ち解けた口調でいった。

「そうよ」ミセス・バンディはきっぱりと答えた。

「それで、そのあとは？」

「戻してしまったわ」顎をしゃくって、トロイが立っているほうを示した。「あそこで」流しはもうきれいになっていたが、トロイ刑事は何度もにおいを嗅ぐと、メモ帳を持って少し離れたところへ場所を移した。

「そのあと、仕事中のドンに電話をして、警察に連絡してもらったの。あの人もすぐ駆けつけてくれたのに、中へ入れてもらえなかったのよ」

「規則なんですよ。申し訳ありませんが」バーナビーはいった。「でも、用事がすんだら、あなたはすぐにお帰りになれますから」紅茶に口をつけると、なかなかおいしかった。「水切り台に食器がたくさんありますが、よく来客があるのですか？」

ミセス・バンディはかぶりを振った。「いいえ、めったに。定期的な会合があるときだけ。月に一回よ。みんな何か書いてるんですって、物語だかなんだか」初めて笑みを浮かべ、いくぶん申し訳なさそうな口調でつけ加えた。「まあ、人の好みはそれぞれだから」

「本当にそうですね」バーナビーが微笑みかえしたとき、トロイが何か手に持って口を開くのが視野の隅に映った。「ミセス・バンディ、その人たちの名前を教えてもらえませんか？」

「ゆうべ、実際に誰が来たのかは知らないわよ。でも、隣のクラプトン夫妻はときどき来るわね」

ミセス・バンディは左のほうを指さした。「それから、グレシャム・ハウスに住んでるリディヤード家の二人。公共緑地のこちら側の六軒先にある館よ。門の上にパイナップルの飾りが付いた大邸宅。そこの掃除も引き受けてるんだけど、きついわ、あっちのは」

「リディヤード家の二人というのはご夫婦ですか？」

「いいえ。ミス・オノーリアと義理の妹のミセス・リディヤード。ミセス・リディヤードは優しい人よ。お気の毒にあそこにはテレビもないの」

「ハドリーさんのところで働くようになって、何年ぐらいですか？」

「もうすぐ十年ね。ハドリーさんがこの家を買ってからずっと。週一回とクリーニング屋に洗濯物を出すために木曜の朝ちょこっと」

「では、ハドリーさんのことはよくご存じなのですね？」

「知っているとはいえないわ。ぜんぜんおしゃべりしない人だから。ほかの家の奥さんたちとは違うの。中にはおしゃべりな人もいて、仕事を始めて早々、『キャロル、わたし今日は元気がないのよ。ちょっと休憩してお茶でも飲みましょうよ』なんていう人もいるのよ。腰を下ろすと、いろんなことを話してくれるわ。でも、ハドリーさんはそうじゃない。なにせ〈閉ざす《クロウズ》〉がミドルネームだし。考えてみれば、あの人のことは働き始めたころと変わらないくらいしか知らないわね」

「ここでの仕事についてはどんなでした？」

「とてもきちょうめんよ。なにもかもきちんとしていないといけないの。置物や本も決まった場所に戻さなくてはだめ。でも、監視するわけではなく、好きなようにやらせてくれたわ。そうじゃない人もいるのよ」

「奥さんはいらっしゃらないんですね？」

「亡くなったの。居間のサイドボードに結婚式の写真が飾ってあるわ。そのそばに、いつも新しいお花を入れた花瓶が置かれているの。祭壇みたいにね。近ごろは、奥さんの死からだいぶ立ち直ったようだけど」

「いつごろ亡くなったのかご存じですか？」

「いいえ」

「何か思い当たることはありませんか、なぜハドリーさんが——」

「そんなの知らないってば！　もう家に帰りたいわ」ミセス・バンディは女性警官に懇願するような目を向けた。彼女が決定権を持っているかのように。ミセス・バンディの声はまた震え始めていた。

「あと少しで終わりますから」バーナビーはいった。「何かなくなっているものはないか、この部屋と居間をざっと見てもらえませんかね」

「ここはいつもどおりよ」立ち上がって、女性警官に目を向けた。「いっしょにお願い」

ミセス・バンディはキッチンを出ていったと思ったら、すぐに戻ってきた。

「写真がないの。結婚式の写真が」

「ほかには？」

「ざっと見たところでは、特に変わりないけど」

「おそらく、近いうちにまたお話をうかがうことになるでしょうが——」

「ここではいやよ。もう二度と、この家《うち》には入らないわ」

「ご心配なく。ご自宅でも警察署でも、あなたの都合のいい場所でけっこうですから。それから、指紋の採取をお願いしますね――あなたを容疑者リストから外すために」

女性警官はミセス・バンディにコートを着せると、キッチンのドアを開け、手早くまた閉めた。ミセス・バンディの腕を取って隅のほうへ連れて行き、励ましたり助言したりしているのが、バーナビーにも聞こえた。住所と電話番号が書き留められた。

狭い階段にいくつもの重い足音と物音が響き、ジェラルド・ハドリー最後の旅立ちの時を迎えた。数分後、ミセス・バンディも去り、まだ作業中の警察関係者だけが〈千鳥の休息所《プラヴァーズ・レスト》〉に残された。

「あとはよろしく」オーブリー・マリーンは、まだポリエチレンの防護服を着たまま入り口に立っていた。「わたしたちは階下《した》にいますから」

ハドリーの寝室の窓はすべて開け放たれていたが、室内には押しつぶされた肉や血のにおいが残っていた。花模様のアクスミンスター絨毯にべっとり血が付いているものの、数時間前ここで繰り広げられた惨劇を思わせるものはほかに何もなかった。骨の細かい破片一つ、灰色の汚れや皮膚の断片にいたるまで残らずピンセットで拾い集め、科学捜査に回された。

室内の数少ない家具は、高級だが複製にすぎなかった。重厚なオーク製のベッドと大きなクローゼットは、どことなく摂政時代様式を感じさせる。ベッドわきには金線細工の取っ手付き戸棚が二つある。どちらかといえばジョージ王朝様式に近いくるみ材の整理だんすの上には、スタフォードシャー陶器の二頭のライオンが置かれていた。やや驚いた顔をし、縮れた毛糸のたてがみに、この部屋のありとあらゆるところに振りかけられたアルミの粉が光っている。ブロンズ製の燭台が一つ、これは凶器として使われたものと対の燭台だ。遺体が横たわっていた場所から一番離れた戸棚には、グラスが逆さまにかぶせられたガラスの水差しと、革ケースに入った旅行用目覚まし時計、それに鍵束が載っていた。バーナビーは鍵を手に取った。

「セリカに乗っていたんだな」

「ええ、高級仕様の車です」

トロイはクローゼットの片方の扉を開け、斜めに手を差し込んで上の差し錠を外した。三分の二がハンガーに吊された服用のスペースだった——スーツ、乗馬服、バーバリーのコート、ぴしっとアイロンのかかったズボン、ネクタイ掛け。残りは八段の引き出しになっていて、透明ビニールに包まれたワイシャツ、下着、ソックス、それからプリングルやブレーマーといった有名ブランドのカシミヤやラム・ウールの高級セーターが収められていた。トロイはワイシャツを一枚取り出し、汚れ一つない真っ白な折り目を感嘆の目で見つめた。鳥のマークから、今調べている衣類がブラウン・バード・ランドリーによってきちんと手入れされていることがわかる。トロイは丁寧に元に戻し、一歩下がってきちんとたたまれている服を眺めた。軍隊を思わせる整頓ぶりと清潔さに感心した。トロイ自身、完璧に整理整頓されることを期待して、毎朝家を出る。もし、そうなっていなければ、モーリーンに災いあれ。

主任警部とプライベートで酒を呑むのはごくまれだが、あるとき、トロイが殺人を嫌うのは、人間に対する卑劣な暴行だからというより、そのあとの惨状がいやだからではないか、といわれたことがある。道徳観念が欠けていると指摘されたようで、トロイは傷つき、また腹を立てた。バーナビーと別れたあともしばらく、くよくよ考え続け、そういう自分にいっそう憤慨した。省察は得意ではないため、できるだけそのような状況を作らないよう努めた。今も現実の世界に自分を引き戻し、目の前の仕事をこなすことに専念している。ハンガーに掛かっている衣服のポケットを次から次へと探ったが、きれいなハンカチが一枚あっただけで、ほかにめぼしいものは見つからなかった。

「これを見てくれ」

バーナビーは、現場捜査班が寝具をすべて剝ぎとったあとのベッドわきに立っていた。マットレスの上に縞模様のパジャマのズボンが置いてある。トロイはいわれたとおり、主任警部に歩み寄ってパジャマに目を向けたが、どう答えればいいのか戸惑っていた。パジャマのズボン――こんなものはこれまで何千回となく見てきているではないか。

「上等な物ですね、主任警部」

「どうしてはいてなかったんだろう」

「どういう意味ですか?」

「被害者は服を脱いだのに、パジャマには着替えず、ローブをまとっていた」

「風呂にでも入ろうとしていたんじゃないですか」

バーナビーは、肯定とも否定とも受け取れる、ああ、という声を出して、この部屋に備わっている簡素なバスルームに向かった。小さなサウナのようだった。側壁や天井やバスタブはすべてパイン材が使われている。洗面台の両面ミラーの隣の棚に、木製の髭剃り石鹼入れと象牙の柄のついたブラシが置いてあった。棚にはロレックス・オイスターの腕時計もある。キャビネットの扉を開けると、中にはごくありふれた物――鎮痛剤や絆創膏、コットン、目薬、制汗剤――が入っているだけだった。ガラスはまったく曇っていないし、壁に水滴の一つも付いていない。もっとも、半日たっているし、この気温なのだから当然だろう。検死結果が出れば、ハドリーが入浴したかどうかが判明する。入浴するつもりだったかどうかまではわからないが。

さまざまなカフス類の入った箱を最後に、トロイはクローゼットを調べ終えた。「クローゼットには何もありませんね。整理だんすを見てみましょう」

「頼む」バーナビーはいった。四十八時間ほどで上がってくる鑑識からの報告書に比べれば、二人が今ここで調べていることなど取るに足らないとわかってはいたが。

「主任警部」バーナビーは現実に引き戻された。「盗まれたようですね」

「そうか」

バーナビーは上体を折って、四つの引き出しをのぞき込んだ——対になった小さな引き出しの下に、二つの大きな引き出しがある。そのどれにも、捜査側からするとありがたいとはいえない表面がつるつるしたギンガム・チェックの紙が敷かれている。しかも、すべて空だ。バーナビーはつぶやいた。「こいつはおかしい」

「こんな天候だから衣類を盗まれても別におかしくありませんよ。路上生活者なら暖をとれるものだったらなんでも持っていくでしょう」

「衣類が入っていたとは限らないじゃないか。それに、この事件が偶発的なものかどうかは断定できない。バスルームにはロレックスの腕時計もあった」トロイがヒューッと口笛を吹いた。「本来の値打ちを知っているかどうかはともかく、泥棒が腕時計をそのまま置いていくことはないだろう」

「そうですね」トロイはいった。「残念だな、裏口に鍵がついてなくて。殺人犯がたまたま押し入った泥棒かどうかわかりゃしない」

「誰が犯人にしろ、こっそり忍び込んできたはずだ。そうでなければ、ハドリーが音を聞きつけて、下りていっただろうから」

「下りようとしていたのかもしれませんよ。服を脱いでいるときに物音を聞きつけ、ようすを見に行こうとローブをはおったが、犯人が先にここへ来た。それなら、パジャマを着ていなかった理由もわかります」

　バーナビーはぶらりと部屋を出て、予備の寝室をのぞいた。主寝室よりさらに狭く、物置として使われていた。ペンキ缶やローラーやはしごが置いてある。掃除機はアイロン台に立てかけてあった。それから、使い込まれた茶色のお揃いのスーツケースが二つ。一つはブリーフケースよりやや大きい程度で、もう片方は中くらいの大きさ。三つ目のスーツケースがなかったかどうか、ミセス・バンディに訊いてみなくてはならない、とバーナビーは思った。

　淡黄褐色のベルベットのカーテンを開け、公共緑地を見下ろした。すでに移動本部が到着し、アヒルの池の近くに設営されていた。細長いプレハブの建物が、トラックの後部から油圧装置によって下ろされた。家の前にいた野次馬たちはそちらに移動しはじめた。「階下に行ってる」と、バーナビーはいい残して歩きだした。

　トロイはロレックスの時計をつけ、その手を動かしながらバスルームの鏡に映して眺めていたが、ワイシャツの袖口が灰色の粉で汚れてしまい、急いで外した。今日一日この汚れに煩わされるのかと思うと、心の中で毒づいた。見えないように上着の下に折り込んでみたら変だろうか？　もちろん、反対側の袖も折らなくてはならない。いらだたしげに鼻を鳴らし、トロイは一階の上司のもとに向かった。

家の中はまだ人でいっぱいだった。キッチンや、開け放たれたガレージへの扉の周辺で、おおぜいの警察関係者が作業をしている。整髪料で髪をぴたっと固めたメレディス警部が、刃物類の入った仕切りのある木の箱をのぞき込んでいるのがバーナビーの目に映った。あの男はどうも好きになれない。現場捜査班は庭じゅうを捜索している。隣の林の正面に野次馬が増えた。少年を肩車した男が何かを指さして子供に教えていた。

バーナビーは〈ライターズ・サークル〉の会合が行われたと思われる、玄関右手の広い部屋に入った。寝室同様、特徴のない部屋だ。大きなソファーと小さめのアームチェアが一脚、それにゆったりしたアームチェアが三脚あった。どの家具にも、平凡なパステルカラーやおもしろみのない花模様の綿のカバーがかかっていた。カーテンは床まで届くベージュのベルベットで、壁は物憂いクリーム色だ。ここにも退屈な絵が何枚か掛かっている。この部屋のは額縁がいくぶん凝っていた。白い皿に盛られたフルーツとそのそばに転がっている狩りの獲物の鳥を描いた絵、狩りの場面を描いた絵、ソールズベリ大聖堂の複製画。この部屋には眠気を催すようなけだるい雰囲気がある。会員制クラブか、年取った弁護士の待合い室の雰囲気だ。

バーナビーは、ハドリーが自分のことを何も語らなかった、とミセス・バンディがいっていたのを思い出した。この部屋もそういった感じがする。しかし、ハドリーが――いや、誰であれ、一人の人間が――この調度品や二階の衣服が示すような没個性でありうるだろうか。その答えはどうやら〝イエス〟であるらしいが、バーナビーはさらなる捜査を続けて反対の答えが浮かんでくることを望んでいた。

部屋の隅には垂れ板式のライティングデスクがあり、イアン・カーペンター刑事が中身を一つ一つ調べている。バーナビーが近づくと、彼は顔を上げた。

「おはようございます、主任警部」

「何か見つかったか？」

「いえ、特には。保険証書がありました——車と自宅の。それから、銀行口座の明細書。あとはありふれた請求書で、水道、電話、電気、すべて支払い済みです」

「手紙はないのか？」

「個人的なものは何も。例外はこれだけですね」デスクの中に伏せて入れられていた写真立てを取り出して、手渡した。バーナビーはそれを窓際に持っていった。

古い教会と思われる扉の前に、幸せそうな男女が立っている。女性はクリーム色のドレスをまとい、金糸の刺繡と小さなパールのついた小さな円形帽をかぶっている。ふわっとした肩の長さほどのベールを顔にかからないように手袋をはめた手で押さえ、その手にはカーネーションとモクセイソウのブーケを持っていた。

ジェラルド・ハドリーは、ボタンホールにあんず色の薔薇を挿したダークスーツ姿で、片腕で彼女をしっかり抱き寄せていた。身長差があるので、女性は頭をのけぞらせてジェラルドを仰ぎ見ている。新婦は幸せそうに笑っていたが、新郎の緊張したまじめな横顔と結んだ口もとからは、彼がこの宝物を容易に手に入れたのではなかったように推察される。

バーナビーは、ハドリーが正面を向いていないのを残念に思った。正面から見つめて、この男の考えや心の動きを探れたらよかったのだが。なるほどハドリーは魅力的な男だ。さきほどは原形をとどめていなかった頭に、まっすぐな鼻と力強い角張った顎を持つ特徴ある顔がよみがえった。軍人だったのかもしれない。いや、探検家だろうか。あるいは、意志の強い聖職者か。

この写真の一番興味深い点は、サイドボードの定位置——香りのよいガマズミを挿した花瓶のわき——にあったのではなく、デスクの中に隠されていたことだ。なぜか？　バーナビーはその答えに期待を寄せていた。それが事件解明の糸口になるかもしれない。

バーナビーは検死結果も鑑識結果も出ていない捜査の初期段階に張り切る。何の目印もない広大な見知らぬ土地に放り出されても、少しも動じない。

しかし、どの事件でもというわけではないので、トロイが別の反応を示していることにも、理解と同情を示した。トロイは、バーナビーがいつも〈立ち泳ぎシンドローム〉と見なしているものに苦しんでいた。背の立たないところに来るとパニックに陥る。事件の真相がすぐに明らかにならなかった場合、永久に解決できないのではないかという不安に見舞われる。トロイは、手がかりになるものを必死で求めていた、それも早急に。事実だろうと具体的な物だろうとなんだっていい。リスト、鞄、ライター、財布——形があって目に見えるものならなんでもいいのだ。トロイは今、葉巻の残りを手に取って、においを嗅いでいる。けれども、バーナビーは確かだと思われていたものから異なった結論が導かれるケースを数多く見てきたため、形あるものであっても安易に気を許しはしなかった。

「これは」金色の帯が巻かれた、上品な細い葉巻を指先で転がした。「いわゆるストーギーですね。すばらしいな」

「客の誰かのだろう」バーナビーはそういって、本がいっぱいに詰まったアルコーブに近づいた。「被害者はたばこを吸わない。喫煙者はにおいでわかる」

主任警部は本の背のタイトルを読もうと、首を傾《かし》げた。すべてノンフィクションだ。建築、旅行、食べ物、ワイン。文章作法の本も数冊ある。本の並べかたは、バーナビーの自宅とは対照的だ。バーナビーは大きさや厚さに関係なく、とにかくタイトル順に並べている。少なくとも一山はいつも床に積んであるし、ジョイスの椅子のそばには新しいペイパーバックが積まれ、最低二冊は彼女のベッドサイドテーブルに載っている。この部屋のはラインダンスを踊るダンサーのように、中央を低く、高さのある本を両端にして並べられている。大半が光沢のある新しそうなカバーの付いた本だが、現場捜査班の残した粉で汚れていた。バーナビーは手を伸ばし、子供じみていてばかばかしいと思いながら、一冊ついて列を乱した。「肛門期（フロイトによる概念で、性的発達段階の一つ。倹約、頑固、几帳面などの傾向を持つ）の性格だな」

「そうだったんですか？」トロイはそういって、赤いりんごや死んだ雷鳥を見つめるのをやめた。「いやらしいやつだな」

バーナビーは外に出た。ふたたびオーブリー・マリーンと出くわしたが、今度はポリエチレンの防護服は脱ぎ、密閉した金属容器を提げていた。

「セリカがなくなっています」

「ほう？　車庫の扉はこじ開けられていたのか？」

「いいえ。きちんとロックされていました。犯人がハドリーのキーを使って元に戻したのかもしれません。あるいは、車検のためにどこかへ出したのかもしれませんね。ちょっとした思いつきですが」彼は微笑んで、門のほうへ歩いていった。

バーナビーとトロイも、後ろからついていったが、冷たい風に顔を打たれた。体に震えが走り、バーナビーは空腹のせいだろうと思った。昼食の時刻はとうに過ぎたように感じて腕時計を見ると、ようやく十二時になろうとしているところだった。

「隣に寄る時間はあるな。ミセス・バンディはさっき隣の家の名前をなんといっていた？　クラプトンだったかな」

「クラプトンです、主任警部」

「その記憶力のよさには感謝するよ。きみがいなかったら、どうしていいかわからない」本当だった。バーナビーの記憶力は日に日に落ちている。「もしかしたら、お茶ぐらい出してもらえるかもしれないな」

「さあ、どうでしょう。運がよければ」

「ビスケットにもありつけるかもしれない」


被害者宅を取り囲む柵の向こう側では、何箇所にも人だかりができていた。乳母車に幼児を乗せた若い母親たち、小学生が三人。平べったい帽子をかぶり、マフラーを兵隊の弾薬帯のように胸の前で交差させて結んでいる老人たち。ミトンをはめた手に息を吐きかけたり、両腕を前後に振ったりして、風邪をひかないよう懸命に体を温めようとしている。中年女性の中には、カーラーを巻いているらしく、ウールのスカーフの下からピンク色のソーセージのようなものがのぞいている者もいる。彼女たちは魔法瓶に入れた温かい飲み物を回し飲みしていた。一人が新しい情報をみんなにもたらした。

「もう運び出したのよ。でも、ジッパー付きの袋に入れられてたから、ぜんぜん見えなかったわ」

ショーのチケットを買ったのに、幕が上がらなかったとでもいうような、悔しそうな口ぶりだった。

「うちのドンはあれと同じ袋にスーツを入れて吊しているのよ」仲間の一人がいった。「すごく便利なんだから」

「おじさん、おじさん」八歳か九歳ぐらいの少年二人が、バーナビーのところに走ってきた。

「なんの用だ？」トロイが険しい顔をして、指をぴくりと動かした。

「ぼくはハンバーガーとオニオンとフライドポテト」大きいほうの少年が、顎をしゃくって移動本部を示した。「こいつはホットドッグだって」

「妙だな。学校はどうしたんだ？」

「足が痛くて歩けないんだもん」少年はありふれた言い訳をした。

「そうか。ケツまで痛くならないうちに、さっさと帰るんだな」

公共緑地の向こう端には、十数台の車が並んでいた。ドライバーや同乗者がみんな同じ方向を向いて、事件現場の家を見つめている。トロイは冷ややかに眺め回し、このドラマの中心の場所で権威ある役を演じようと、レザーコートの裾をブーツに打ちつけながら大股で歩きだした。

隣家の門に手をかけたところで、バーナビーは赤ん坊を抱いた若い女性に呼び止められた。「ちょっと！」赤ん坊は暗褐色と群青色を組み合わせたシェルスーツにくるまれていたが、洟を垂らし、顔色も悪かった。「中には誰もいないわよ。ブライアンはコーストンの総合中等学校に勤めてるし、スーは託児所へ行ってるから」

「ミセス・クラプトンが何時ごろ戻るかご存じないですか？」

「たいてい一時ごろね」

「そうですか、どうも」

「なんの用事だ?」スノーマンの絵のついたセーターを着た、やせた長身の男が訊いた。鼻の先から鼻水が落ちそうになっている。

二人は無視して、背を向けた。バーナビーが凍結した舗道を歩き出すと、トロイも急いでついてきた。

「リディヤード家に行ってみましょうか」

「そうだな」

グレシャム・ハウスのパイナップルは惨めな姿だった。片方は葉がなく、もう片方は下から朽ちはじめている。パイナップルが植えられている砂岩の門柱もひどい状態で、高さ十五フィートはある渦巻き模様の鉄の門は錆びていた。

表面がぼこぼこした灰色の石造りの大きな屋敷は三階建てで、最上階の一画にこぶ状のできものに似た太い円塔があり、そこから、小さな短剣のようにつららが下がっている。かつては白かった扉や窓枠は灰色に汚れ、表面の塗装が剝がれていた。春や夏なら、つる植物や階段に置かれたゼラニウムが色鮮やかな花をつけ、もう少し魅力的に見えたかもしれない。しかし、今はまるでドラキュラ城だ、とトロイは思った。

一方、バーナビーはかなり好感を持って眺めていた。玄関への長いアプローチの両側に生えている木々は、園芸好きなバーナビーの心をとらえた。濡れた蜘蛛の巣が張っている斑《ふ》入りのモチノキ、光沢のある封蠟のような赤のハナミズキ。ちょうど今、花を咲かせている日本の臘梅《ろうばい》が二本。その根本にはトリカブトとアヤメ科の植物が密生している。ヒイラギナンテンの黄色い花や紫のゴマノハグサは蜂蜜のにおいがし、バーナビーは、その細い楕円形の葉が冬のどんよりした光の中で紫に輝くのを見て、この強くて魅力的な植物が〈ミセス・ウィンター〉と呼ばれていることを思い出した。それから……あれはコトネアスターだろうか？　いや、違ったか……。

「ああ、そうだ。ロスチャイルディアナスだ」

「あれですか？」トロイは、ちょうど羊の糞大の、クリームがかった黄色い球を見つめた。

「宝石のようだろう。うちにはエクスベリエンシスがある。いいもんだよ。まったく同じ蘭ではないが」

「そうですか。そうでしょうね」ものを知らないと思われたくなかったので、何か気の利いたことをいおうと、トロイは頭をひねった。かすかに思い出したことがある。「大金持ちでしたよね、ロスチャイルド家って。大富豪ですよね？」

「ハンプシャーにロスチャイルド家所有の広大なエクスベリー・ガーデンがあって、この木もそこで売っている」

トロイは気乗りしないようすでうなずいた。興味がないので、クリーム色の球に感動を覚えることもなかった。一九七〇年代に建てられた狭いテラスハウスに引っ越したとき、トロイはまず表の庭をつぶして舗装し、駐車スペースを造ったくらいだ。

「この扉は試しても無駄なようだな」バーナビーはいった。ひびの入った石段の一番上に、風で玄関に吹き寄せられた枯れ葉や小枝の山ができている。「もう何年も開けてなさそうだ」

建物沿いに歩きながら、トロイは冗談まじりにいった。「〈物乞いと物売りは裏へ回れ〉ですね」

別の戸口があった。粗末な造りで、建て付けも悪く、物置へ行くときに使う通用口のようだが、ほかに入り口が見当たらないので、バーナビーはその扉をノックした。かなり大きな音だったが、応答はなかった。

しばらく待ってもう一度ノックしようとしたとき、トロイが手で制した。菜園を抜け、石敷の中庭を横切って、女性が歩いてくる。大柄な中年女性で、ラインのはっきりわからない分厚いウールのスカートに、古くなって黒ずんできた防水ジャケットを着、漁師用の防水帽をかぶっている。首から提げたよれよれの革ポーチが、頑丈そうな胸にぶつかって弾んでいた。赤らんだ大きな顔、中央に小さくまとまった目鼻、黒いぼさぼさの眉と、狩猟用の罠のような口。トロイの父親なら〈実に醜い顔〉といったにちがいない。

「この家の印象は間違ってなかった」声の聞こえるところまで女性が近づかないうちに、トロイはつぶやいた。「ドラキュラの母親登場だ」

驚いたことに、当人は二人の姿が目に入らないかのようにつかつか通り過ぎると、古い扉の閂《かんぬき》を開け、二人の目の前で閉めた。バーナビーはかちんときて、拳で扉を強くたたいた。扉はすぐに開いた。

「ずうずうしいわね！　字が読めないの？」彼女はニットの手袋をはめた指で、風雨にさらされたメタル・プレートを指さした――〈セールス・宣伝お断り〉。「とっとと帰ってちょうだい。さもないと警察を呼ぶわよ」

「わたしたちが警察の者です」と、バーナビーはいい返し、トロイは溜飲が下がる思いで笑いを嚙み殺した。なんて傲慢でいやな女なんだろう。

「だったら、どうしてそういわなかったの？」

「申し上げるチャンスがなかったものですから」バーナビーはコートの内ポケットに手を入れ、

身分証を引き出して見せた。「コーストン警察犯罪捜査課、主任警部のバーナビーです」

「なんの用？」

「二、三、うかがいたいことがありまして。ミス・リディヤードですね？」

「何についての質問なの？」

「ちょっと中に入れていただけないでしょうか？」

いらだたしげにため息をつきながら、彼女は一歩下がって、二人をいわゆる家事作業室に通した。家事作業室とはいっても、ここだけで、寝室二間にキッチンその他の設備の整った一軒家ほどの広さがあった。古い家具、ゴム・ローラー付きの絞り機、庭仕事の道具、クロッケーのマレットやテニスのラケットにネットといったスポーツ用品、それに自転車が置かれていた。細長い作業台には、ダリアの球茎や乾いた球根、そのほかのガーデニング道具一式がのっている。

このスペースなら五人家族が暮らせると思い、トロイはむっとした。ふだん、ホームレスや貧しい人々のことをそれほど気にかけているわけではないのだが。

部屋の先には、より重厚で、上半分が網入り板ガラスになっている扉があった。オノーリアがその扉を押し開けると、向こう側はキッチンだった。ここも広い。天井は高く、あちこち傷み、寒々としている。

そこに小柄な女性がいた。だぼっとしたズボンをはき、セーターを何枚か重ねた上に鮮やかな蝶の刺繡のついたカーディガンをはおり、大昔のカードテーブルでペストリーを作っている。刑事たちが入っていくと、つまらないことをしているところを見つかったとでも思ったのか、戸惑いと不安の表情を浮かべて、作業の手を止めた。

バーナビーは、この女性が義理の妹なのか、料理人か別の使用人なのかわからなかったので、紹介されるのを待った。だが、無駄だった。

「わたしたちは不審な死について捜査をおこなっています」二人の女性に向かって、バーナビーは話し始めた。「残念なことに、被害者はご近所のハドリーさんです」

二人の顔に信じられないという表情が浮かぶのを眺めながら、今日、日が暮れるまでに何回この反応を見ることになるのだろうか、とバーナビーは思った。いつだってそうだ。会ったばかりの人物がもうこの世にはいないと聞かされて、すんなり受け入れられる人はいない。容易には信じられない。そういう事件は自分に縁のない人間に起こるものと思っている。新聞記事で見る知らない人の名前。テレビに映る見知らぬ人物の顔。

カーディガンをはおった女性の顔から血の気が引いた。彼女は、こんなショックではなく、幸せが似合う優しい顔立ちをしている。

「ジェラルドが……でも、わたしたちはつい……ああ。なんてこと……」

「はしたないでしょ、エイミー。立場をわきまえなさい」オノーリアは義理の妹の腕をつかむと、手近な椅子に乱暴にすわらせた。「人前でなんですか!」

「申し訳ありません」エイミーは震えながら、子供が慰めを求めているときのように周囲を見回した。バーナビーは彼女から話を聞くのはむずかしいかもしれないと思った。オノーリアが口を開いた。

「何かたいへんな勘違いをしているようね」二人の刑事を正視して、強い口調でいった。

バーナビーは、波が打ち寄せるのも許さないといった態度で海辺に立つ彼女の姿が目に浮かぶようだった。あるいは嵐が迫っているときに、風に立ち向かう姿が。

「残念ながらそうではないのです、リディヤードさん。ハドリーさんは昨夜遅くに命を奪われました」

「命を奪われた……ということは……」

「殺人事件です。残念ながら、そう申し上げなければなりません」

エイミーが怯えて、突然泣き出した。オノーリアも椅子に腰を下ろし、それからは身じろぎ一つしなかった。頭の中からふいにすべてが消えてしまったかのように、表情はうつろだ。しばらくたって、ようやく言葉を口にした。「そう」

「昨夜、ハドリーさんのお宅で会合があり、お二人も出席なさったと聞いています」

「なんて恐ろしい」

「本当に」

「このミッドサマー・ワージーで起こるなんて。あれほどみんなに忠告したのに、誰も聞く耳を持たないから」灰色の瞳をまっすぐ向けられ、バーナビーは凍りつきそうな気がした。こんな冷たい目は見たことがない。「教養のない連中ばかりなのよ」

「ご協力をお願いしたいのですが――」

「わたくしたちがそんな忌まわしいこととなんの関係があるんです？　わたくしも弟の妻もリディヤード一族なのですよ。イングランドの礎《いしずえ》を築いた由緒正しい名門の」

これは、これは、とトロイは思った。たいへん失礼をばいたしました。帽子を取ってうやうやしくお辞儀をするのが正式なのはわかっていたが、親指で帽子をちょっと後ろにずらし、ばかにしたように周囲を見回した。仕上げ塗料がひび割れている汚れたクリーム色の壁、旧式の食器戸棚、アダムとイヴの時代からあったのではないかと思われるほど古びたエレクトロラックス社の大型冷蔵庫。自分だったら、あんなところにモーリーンのヨーグルトを入れさせておくのはしのびない。妻にこんなひどいキッチンしか使わせてやれないなら、拳銃自殺したほうがましだ、と思って、心の奥で深い満足感を味わった。トロイは現実に戻った。

「……ということで、義務としてご協力いただけるものと思っております」バーナビーは〈義務〉という言葉が逆効果だったかもしれないと思ったが、そうではなかった。

「もちろんですよ。その卑劣な行為に正義の罰を下していただくために、できる限りのことをいたしましょう。当世にも正義があるのでしたら」

その辛辣な言葉から、バーナビーは、はるか昔、農奴が主の飼い犬をたたいた罪で公開の場ではらわたをえぐられた時代をオノーリアが懐かしんでいるのではないかと思った。

「それではまず初めに、昨夜の会合に出席していたかたがたのお名前と住所を教えていただけませんか?」バーナビーの質問に対する答えを、トロイが書き留めた。「それで、会合はどのくらいの頻度でおこなわれているのですか?」

「月に一度」

「きのうもいつもと変わりない定例の会だったわけですね?」

「いいえ。昨夜はゲストがいたわ」オノーリアはすでにいらだたしげな口調になっていた。「わたくしたちの会合とジェラルドが押し込みに襲われた事件と、どういう関係があるわけ?」

「押し込みではありませんせん、ミス・リディヤード」バーナビーは、こういえば相手も事情聴取が必要であることを理解するだろうと思った。

「それは、つまり」エイミーは信じられないという顔で見つめている。「ジェラルドがドアを開けて、その人を招き入れたということですか？」

「ドアを開けることと」オノーリアは、エイミーが頭が悪いだけでなく、耳まで遠いとでも思っているように、言葉を切って大きな声でいった。「招き入れることとは別よ。あちこちの家を訪ね歩く人はいっぱいいいるでしょ」オノーリアはバーナビーのほうを向いた。「くだらない新聞を配ったり、寄付をせびったり、不要品はないかと尋ねたり――」

「そんな夜遅くに？」上流階級ぶっている相手を皮肉って、トロイはわざとスラウ訛を強め、母音を鼻にかけ、tの音を省略していった。なんの効果もなかった。オノーリアは、トロイに視線を向けようともせず、ぼんやり斜め下を見ている。値段が付けられないほど高価なオービュッソン絨毯の真ん中に、犬の糞が落ちているのに気がついたときのような、不快をあらわにした表情だ。

「ゲストのかたのことですが」バーナビーが話題を戻した。

「期待外れもいいところ。マックス・ジェニングズっていう小説家よ」

バーナビーはなんとなく聞き憶えのある名前だと思ったが、どこで聞いたのかは憶えていなかった。小説はまず読まないから、自分で読んだ本の著者ではない。だいたい本を読むことはめったになく、暇があれば、ペンキ塗りや料理やガーデニングに時間を費やしている。

「おかげで」オノーリアはいった。「終わるのがいつもよりだいぶ遅くなったわ。十時半ごろだったわね」

「みなさんがその時刻に帰られたのですか？」

「そうよ。レックス・シンジャンとジェニングズをのぞいて」

「まっすぐ帰宅なさいましたか?」

「あたりまえでしょ」オノーリアはぴしゃりというと、真顔でつけ加えた。「真っ暗で風も強かったんだから」

「そのあとはもうお出かけにならなかったんですね?」オノーリアは、頭がおかしいのかといわんばかりにバーナビーを睨みつけた。「あるいは〈千鳥の休息所《プラヴァーズ・レスト》〉に戻るようなことはありませんでしたか?」

プラヴァーズ? いや、プルヴァーズだっけ? トロイはローヴァーズと同じ韻の踏みかただったように思った。

「とんでもない」

「あなたは……」バーナビーは若いほうの女性に目を移した。「すみません、うっかり……」

「ミセス・リディヤード――エイミーです。ええ、わたしも外出してはおりません」

「すぐにおやすみになられたのですか?」バーナビーは尋ねた。

「そうよ」オノーリアが答えた。「頭痛がしたの。例のゲストがたばこなんか吸うから。まったく腹立たしいったらない。ここだったら絶対吸わせなかったのに」

「あなたは、ミセス・リディヤード?」バーナビーは励ますように微笑みかけた。

「すぐにというわけではありませんでした。二人分の飲み物を入れました。ココアを――」

「あのね、この人たちは、わたくしたちの生活について細かいことまでいちいち聞きたいわけじゃないのよ」

「申し訳ありません、お義姉さま」

「砂糖をいくつ入れたかまで教えてあげるといいわ。カップやソーサーの絵柄もね」

エイミーのふっくらした下唇が震え始め、バーナビーはあきらめた。エイミーが何か話せば、噂話を広めるつもりかとオノーリアが非難するだろう。話を聞こうとしても無駄に思えた。会のメンバーはまだほかにいるのだから、中には協力してくれる人がいるはずだ。エイミーが一人のときにあらためて話を聞けばいい。しかし、上司がもう踏み込まないと決めたところに、トロイが飛び込んだ。ネクタイに手をやり、ニコチンで変色している指先をこれ見よがしにちらつかせた。「ハドリーさんはどういう人でしたか?」

「紳士でしたよ」

一言で片付けられてしまった。会話の終わり、事情聴取終了。指紋の採取が必要なことをバーナビーが説明すると、オノーリアは食ってかかった。言語道断、人を侮辱するそんな行為には応じられない、と。エイミーが二人を送り出したとき、オノーリアの怒鳴り声が聞こえてきた。「思い上がった田舎警官め!」

紳士。トロイは、乱暴に砂利を蹴飛ばしながら錆びついた門に向かって歩きだした。それがどういう意味であるか、誰でも知っている。社会の上層部。トロイはたばこに火をつけた。会員制クラブのメンバーで、礼儀にかなったネクタイをしている男。正しい話し方と態度が身についていて、経済的なゆとりもある。思想は右寄り(トロイ自身はひじょうに右寄りだが、その出発点も理由もかなり異なる)。それから、もちろん欲求不満だ。

「ああいう連中がまだいるなんて信じられませんね」トロイは門を開け、一歩わきにのいてバーナビーが通るのを待った。「このご時世に。あの女は一度だって働いて金を稼いだことなんかないに決まってる。どうしようもないパラサイトだ」

「いいか」バーナビーは途中で足を止め、厳しい声でたしなめた。立っていたせいで腰が痛んだし、横柄な態度をとられておもしろくないのは、トロイと同じなのだ。「偏見を持つのは勝手だが、それが仕事に影響するようなら、きみ一人の問題ではなくなる。われわれの仕事は情報を聞き出すこと、進んで話をしてくれるよう人々を説得することだ。少しでもそれを妨げるのは迷惑行為でしかない。仲間の足を引っ張るような行為は許されないからな」

「はい」

「ほんとにわかったのか?」

「はい、わかりました」トロイはたばこを強く噛んだ。「ああいう連中には我慢ならないもので」

「なにも好意や尊敬を抱いているふりをしろとはいってない。もっとも、好意や尊敬もきみが抱いている感情と同じくらい不適切なものだ。個人的な感情はいらない。差し挟んではいけないんだ。われわれの仕事に個人の感情を持ち込むことは命取りになる。内に目を向けるのではなく、外に目を向けること」

「わかりました」トロイはもう一度いった。「申し訳ありませんでした、主任警部」

つらいのは、主任警部の言い分が正しいことをトロイ自身がよく承知している点だ。この仕事が大好きだし、きちんとやり遂げたいとの思いから、たいていは、外に目を向けている。ささやかな成果――もっと多ければいいのだが――であっても、トロイは誇らしく感じる。トロイは努力しようと心に決めた。礼儀正しさを日々の習慣にしよう。いずれにしても、礼儀を守って損をすることはない。ただし、裕福な上流階級への媚びへつらいはなし。それだけはごめんだ。

二人は公共緑地の中ほどまで来ていた。向こうから、〈コーストン・エコー〉紙の魅力的な女性記者キティ・フォッシーが駆けてきた。

「こんにちは、主任警部。いかがです?」

「こんにちは、キティ」バーナビーは歩き続けた。記者も小走りについて来たが、草むらに足を取られそうになり、トロイが急いで手を貸した。

「見物人の話では、遺体はもう運び出されたそうですね」彼女は体勢を立て直しながらいった。

「そのとおりだ」

「あの家の住人ですか?（ありがとう、お若い刑事さん、もうだいじょうぶ）たしか、名前は」メモを確認した。「ジェラルド・ハドリーですね?」

「ミスター・ハドリーは、今朝早く、不審な状況のもと、遺体で発見された」

「発見者は?（だいじょうぶだっていってるでしょ!）」キティはトロイの手から無理やり腕を引き離した。「殺害方法は?」

「キティ、手順はわかっているだろう。公式発表が先だよ」

主任警部が先に歩いていったあと、トロイは女性記者に話しかけた。「あとでどこかで一杯やらないか?　情報を教えてあげてもいいけどな」

「もうその手は食わないわよ」キティはトロイに嫌悪の眼差しを向けた。

「えっ?」

「一年半ほど前、たしか、〈陽気な騎士〉亭で」何かスクープはないかと歩き回っていたとき、彼女はトロイからいくつか取引の条件を提示されたのだ。だが、どれも女性が受け入れるのに適切なものではなかった。

「ああ、そうか」トロイは少したって気がついて、にやりとした。「じゃ、また別の機会に」

「期待するとばかを見るわよ」

バーナビーは次にレックス・シンジャンを訪ねるつもりだった。彼とジェニングズが最後まで残っていたのなら、二人が立ち去った時刻と順番を知ることが重要になってくる。〈千鳥の休息所《プラヴァーズ・レスト》〉の真向かいにある、風雨に傷んだ下見板張りの家は難なく見つかったが、近づいていくと、二人がこれまで耳にしたこともない、また二度と耳にしたくもない犬の鳴き声が聞こえるばかりで、誰も出てこなかった。

戦場のような騒音を逃れてハドリーの家に戻る途中、隣家の門のそばで自転車を立てかけている女性がバーナビーの目に留まった。警察が捜していたことを周囲の誰かに聞いたらしく、不安と期待の入り交じった表情でこちらを見つめている。バーナビーはポケットの中の身分証を探りながら近づいた。

「クラプトンさんですか?」

「はい。どういうご用件でしょうか」多少及び腰ではあるが、さきほどの相手とは対照的に、協力したいという気持ちが感じられた。

「中でお話をうかがえませんか?」

「もちろんです、どうぞ」

玄関のドアを開けると、小さな四角い椰子《やし》ござがあり、そのすぐ先に傾斜の急な狭い階段があった。階段の壁は紺青《こんじょう》色に塗られ、一面に星が描かれていた。スーは二人を散らかった居間に案内し、バーナビーはすわってもいいかと尋ねたあと、ほっとする思いでふかふかのアームチェアに腰を下ろした。心地よく体が沈み、ここを辞するときにも容易に立ち上がれそうにない。トロイは、一本脚のツイスト・レッグのテーブルに寄りかかった。そのテーブルはかなり揺れるので、結局、立てた膝の上でメモをとらなくてはならなかった。

「ジェラルドのことですね?」スーは息づかいも荒く、気遣わしげに目を見開いた。「外にいた人たちから聞きました。事故だったそうですね。それで、命まで……」

「申し上げにくいのですが、そうではないんですよ。事故ではありません。ハドリーさんは殺されたのです」

スーの顔から血の気が引いたと思ったら、今度は急に真っ赤になった。すぐにうなだれたので、前に落ちてきた髪に隠れて表情は見えなくなった。しばらくして姿勢を正したときは、かなり落ち着きを取り戻したように見えた。顔色は薄いお茶のような色に定まった。

「でも、わたしたちいっしょにいたんですよ——〈ライターズ・サークル〉の全員が。楽しい時を過ごしました」困惑しきった声だったが、その充実した時間そのものが災いよけとなるべきだったのに、といいたげな多少の憤りが感じられた。

「みなさんは定期的に集まっていたのですね」

「はい、月に一度」今度は厚底の靴に視線を落とした。花模様のさえない靴で、中にウールのソックスをはいている。「ジェラルドが……ジェラルドが……」

「ハドリーさんに危害を加えたいと思っていた人物に心当たりはありませんか?」

「どういうこと?」スーは驚いて、二人の刑事を見比べた。「だって、強盗なんでしょう? 無理やり押し入ったのではないんですか?」

「もちろん、その可能性もあります」バーナビーは思いやりのある声でいった。「隣同士で暮らすようになって、何年ぐらいですか?」

「わたしたちがここに越してきて以来だから……五年ぐらいになるわ」

「それでは、ハドリーさんのことはよくご存じですね?」

「いいえ、それは。あの人は親切でなんでも教えてくれましたけど。とてもいいお隣さんでした。去年の冬、ブライアンが腰を痛めていたときは、雪かきまでしてくれたんですよ。そういう人なんです。ただ、いわゆる開放的な性格ではありませんでしたね」

「それでも、お付き合いはあったんでしょう?」

「〈ライターズ・サークル〉で会うだけです。それ以外に親しく行き来はしませんでした。ブライアンがいやがりますから」

「どうしてです?」

「ただ好きじゃないんです……ブライアンはああいう階級の人が」

さあ、風向きが変わったぞ、とトロイは勢いづいた。さっきバーナビーにたしなめられたばかりなので、なるべく感情のこもらない丁寧な口調で尋ねた。「どういう階級ですか、クラプトンさん」

「〈士官階級〉とブライアンはいってます。ジェラルドが軍隊にいたという意味ではないんですよ。わたしには退職した公務員という感じに見えましたが、ブライアンはそんないいかたをするんです。

社会主義者なので」スーはいくらか肩をそびやかし、顎を突き出した。勇気を出して恥ずかしい微罪を打ち明けるとでもいうように。ミッドサマー・ワージーあたりではこれは恥ずかしいことなのかもしれない。「このあたりでは気にする人もいないようですけど」

「サークルのみなさんの仲はいかがでした?」

「うまくやっていましたよ。だいたいは」

「でも、好き嫌いはあるでしょう。たまには意見が合わなかったり、ほかの人の成功に嫉妬したり」

「いいえ、それは。わたしたち、プロじゃないんです」

たしかにそうだ、とバーナビーは思った。無意識のうちに言葉が口をついて出た。「みなさんが書いているのはそれぞれ違うジャンルですか?」

「はい、ジェラルドは短編小説、エイミーは小説……」

バーナビーは話を聞きながら、周囲に視線を向けた。壁面の二つが薄茶がかった強烈なオレンジ色のエマルジョンペイントで塗られている。もう一方は赤褐色、四つ目は階段の壁と同じだが、こちらには星雲がない代わりに大きな椰子の木が描かれている。長押《なげし》の下にはギリシャ風の黒い装飾帯が一本あり、そのどれもが、妻とともに訪れたクノッソス島を思い起こさせた。木製の干し物掛けには時間をかけて乾燥させるドライフラワーやハーブが幾束も掛けられ、床にはミューズリー織りのカーペットが敷き詰められている。スーは話し続けていた。

「……『ハイエナの夜』というタイトルです。わたしにはぜんぜんなじみのない世界です。拳銃だの爆弾だのロケットだの、男の人にしか書けない題材ですよね? ちょっとばかばかしくて……。

もちろん、現実の世界での発砲や人殺しは別ですけれど」

「会合はいつもハドリーさんのお宅で開かれていたのですか？」トロイが訊いた。

「ええ。ローラの家は狭いし、レックスの家は散らかっているし……。うちはブライアンが人を招くのを嫌がるし、オノーリアはそんな面倒なことはできないというもので。エイミーから聞いた話では、実は、コーヒーとビスケット代が惜しいからなんですって。あら、いけない、誰にもいわないでくださいね」

「その点に関してはご心配なく」トロイが好意的な笑みを浮かべた。

スーも照れくさそうに笑みを返し、眼鏡を外して膝の上に置いた。牛乳瓶の底のように分厚いレンズで、スーはこの眼鏡が大嫌いだった。いつかこんな映画があったなら……と夢見ている。ヒーローがヒロインの髪を下ろしたあと、眼鏡を外してこうつぶやく。「へえ、きみは眼鏡をかけているほうがずっとすてきだね」

バーナビーはいった。「きのうはゲストがいらしたそうですね」

「ええ、珍しいことに。ここはロンドン中心部から一時間もかからないのに、ゲストに来てもらうのはとてもたいへんなんです」

「今回は運がよかったのですね」

「ええ、承諾してくれたと知ったとき、みんなびっくりしました。本当にいいかたで。大御所というわけではありませんけど、わたしたちみんなにアドバイスをしてくれたり、ためになる話をしてくださいました。こちらの話もちゃんと聞いてくださって」

「では、ゆうべの会は成功だったのですね？」スーは力強くうなずいた。「何か緊張感が漂っていたり、変わった動きがあったりしませんでしたか?」

「ただ、ジェラルドが……」そのあと事件があったことを思い出して、スーの表情がこわばった。「極端に口数が少なかったんです。意外でした。ジェラルドは、作家として成功するのを夢見ていたので、あれこれ質問するだろうと思っていたんです。いつも作品をよくするために何度も何度も書き直していました」

「それで、作品はよくなりましたか?」トロイが尋ねた。

スーは返事をためらった。故人を悪くいうのも、その作品をけなすのもいけないことだ。そう考える一方、スーはつねに正直でありたいと思っている。それに、この場合、正直にいったところで誰かが傷つくわけでもない。気の毒なジェラルドでさえ、傷つけることにはならないだろう。

「ジェラルドが朗読するのを聞いていると、すばらしい作品に思えました。自分の作品をどう朗読したらいいか、よく心得ているんですね。ところが、聴き終わったあと、何一つ心に残ってはいないんです」作品を批評したあと、スーは思い出したように急に立ち上がった。

「まあ、失礼しました、お茶も淹れないで」スーは申し訳なさそうにベストのレインボウ・レースを引っ張った。

「どうもご親切に、クラプトンさん」バーナビーの希望がかなえられ、紅茶といっしょにビスケットの缶が運ばれてきて、好きなだけ取って食べるようにと勧められた。

「どうしてわたしたちのサークルのことをいろいろお訊きになるんですか?」スーは大きなマグを手渡した。

「背景を知りたいだけです。ジェニングズさんは、みなさんといっしょに帰ったわけではないそうですね」

「そうなんです、ちょっとおかしいんですけど。ブライアンが初めに席を立ち、ジェラルドがみんなのコートを取ってきて、これでお開きという感じだったんです。ところが、みんなが玄関に向かいかけたとき、マックス・ジェニングズはまた腰を下ろしました」

「わざとそうしたという感じを受けましたか？」トロイが訊いた。

「さあ、どうでしょう。なんだか気まずい雰囲気でしたから」

「お宅まではすぐですよね」バーナビーがいった。スーは何もいわず、ひっかけ問題にたいして身構えるクイズ番組の解答者のように、神経を集中してバーナビーを見つめていた。「もう一度、外へ出ませんでしたか？」

「いいえ」

「お二人ともですか？」スーは眉をひそめ、片手を額に当ててちょっと考えた。ほんの一瞬だったが、バーナビーは彼女の心の揺れを見逃さなかった。心配や懸念というより、警戒といったほうがいいだろうか。あるいは恐怖といってもいい。

「かなり遅い時刻だったので」

「たとえば、犬の散歩とか」トロイは大切な局面だと感じて、身を乗り出した。

「犬は飼っていません」

形式的な短い文をいくつかつなげて、スーは頭の中で即座に文章を練った。ブライアンはすぐに二階へ上がった。わたしは託児所に持っていくものを準備しなくてはならなかった。それに、マンディの夕食の後片付けもあった。わたしが寝室に行ったころには、ブライアンはぐっすり眠っていた。わたし自身は興奮していてなかなか寝つけなかった。でも、ブライアンは頭が枕に触れるとすぐに眠ってしまう……などなど。

バーナビーは、いちおう話に耳を傾けていたが、彼女が無理をしていることに気がついていた。悪いことをしているしていないにかかわらず、小心者は隠しごとをするときに凍りついたように黙り込んでしまうか、隠している内容に触れないよう、関係のないことをぺらぺらとしゃべり続けるものだ。話を進める必要があると感じて、バーナビーは口を挟んだ。

「眠れなかったのなら、ジェニングズ氏の車が出る音を聞きませんでしたか？」

「ええ」安堵の声だった。「聞きました」

「何時ごろだったか、わかりますか？」

「あいにく、それは。暗闇で横になっていましたから。時間の感覚が狂っていたんです」

「たしかにジェニングズ氏の車でしたか？」トロイが念を押した。

「ほかにあんな車に乗ってる人なんていません。パワフルなエンジンで、ちょうどうちの窓の真下でエンジンの回転速度を上げたようでした」

「しかし、見たわけではないんですね？」

「ええ」

「ところで、ミセス・クラプトン」バーナビーは、アームチェアの肘掛けを力いっぱい握って、懸命に立ち上がろうとした。「いや、いや。だいじょうぶ。自分でできますから」

「シンジャンさんのお宅を訪ねたのですが」噴き出しそうになるのを恐れて、トロイは目を背けた。「お留守でした」

「市の立つ日ですもの。あの人はいつも年金を下ろして買い物をしたあと、図書館で調べ物をします。九時のバスで出かけて四時のバスで戻ってきます。ローラも家にはいないでしょうね。十時に店を開けますから、たぶん事件のことを耳にしないうちに家を出ているはずです」

「どういう店ですか？」トロイ刑事はメモ帳を閉じながら尋ねた。

「コーストンの本通りにある〈スピニング・ホイール〉というアンティークの店です」

すっかり立ち上がっていたバーナビーは、その名前に聞き憶えがあった。ジョイスの去年の誕生日に、その店で法外な値段のヴィクトリア様式の足載せ台を買ったのだ。

「クラプトンさん、申し訳ありませんが、指紋の採取をお願いしなくてはなりません。リストから外す目的で」

「まあ、そんな……」スーの瞳が陰った。分厚い眼鏡をかけていないと、その目は小さく、ウサギのようにおろおろとして見えた。「主人が絶対にいやがりますわ。人権問題に熱心なんです」

「一時的なもので、保存するわけではありません。捜査が終了したら破棄します。お望みなら、目の前で破棄してもいいですよ」

「わかりました」

「お気づきだと思いますが、公共緑地に移動本部が置かれました」彼女がそこへ出向くことに同意したかのように、バーナビーはきっぱりした口調でいった。「あるいは、ご主人といっしょに警察署のほうにおいでいただいてもかまいませんよ」

三人は玄関まで来た。ドラゴンの絵が、ブル・タック（粘着ラバー）で木のパネルに留めてある。体に巻き付けた尻尾の先で鼻孔をふさぎ、さらにその上から翼をかぶせている。頭上には、色鮮やかな文字で〈室内での喫煙をお控えいただき、ありがとうございました〉と書いてあった。

ドラゴンのいたずらっぽい表情――見つかってしまったことを驚き、それでも許されるだろうというひそかな自信が、甘やかされた子供のふてぶてしい態度そのものだったので、トロイは声を押し殺して、バーナビーは大声で笑った。

「これは誰が?」

「わたしが描きました。ヘクターです」

「すばらしいですね」

「それはどうも」スーはうれしそうに頬を染めた。「ヘクターはわたしの物語に出てくるんです」

「イラストを売っていただけないですかね?」トロイが尋ねた。

「ええっ……そうですね……」スーの顔は喜びに輝いた。

「うちの娘が喜ぶんじゃないかと思って。娘の部屋にこういうのがあったら」

「かまいませんよ……ええ」

「それでは、また連絡します」

このとき三人は玄関の外の階段にいた。バーナビーとトロイが立ち去るのと入れ替わりに、キティ・フォッシーが二人の記者仲間――カメラを肩に担いだ男と、黄色いふわふわした長い円筒形の物を振り回している女――を連れて、門の中に入り、スズメバチの群れのようにまっすぐ玄関を目指して突き進んできた。刑事二人はわきに寄り、この記者たちのターゲットはスーにちがいない、と思った。

「それで?」歩きながら主任警部はいった。「今の話、どう思う?」

「夫をかばっているんじゃないでしょうか」

「そのようだな。ゆうべ、すぐに眠ったはずのミスター・クラプトンは実際には何をしていたんだろうか」

「妻から連絡が行く前に問いつめたいですね」バーナビーはもう一度振り返って、トレヴェリヤン・ヴィラを見た。記者たちは家の中に姿を消していた。

「二十分以内に着けば、うまくいく可能性は大だな」

「この凍結した路上を?」

二人は車に戻った。トロイは凍りついたドアをなんとか開けると、にやりと笑った。「任せてください」


体育館では、ブライアンが演劇の授業をおこなっていた。デンジルをのぞいた全員が、つやつやした蜂蜜色の床に間隔をあけてすわっている。二人ずつ背中合わせであぐらをかいたり、たがいにもたれかかったりしている。デンジルはロープの先の輪をしっかり握りしめ、空中で逆立ちをしていた。首筋に血管が浮き出て、汗が耳たぶを伝い、透明のしずくとなって落ちた。

「こっちへ来い、デンジル」ブライアンが声をかけた。「始めるぞ」

デンジルは聞こえたそぶりも見せなかったし、ブライアンも従わせようとは思っていなかった。自分のやりかたは民主的で寛大であることを初めに公言していた。弁証法的に帰属意識を高めるためには、アカデミズムに染まった地平を一掃し、自分たちの地平を確立しなければならない。この活動は、生徒と教師のあいだに対立軸を作るものではなく、波乱に富んだ探求をおこなうものだ。

そのあいだに生徒たちはみんな手をさしのべ、夢や願望や不満を明かす。それをブライアンがすくい上げて、『五つの無言の声のためのスラングワング』という仮題が付けられている作品に仕上げることになっている。

この作品は春学期の最後に上演される予定で、そのことがブライアンの心配の種となっていた。生徒たちはいったん入り込んでしまえば劇的表現をひじょうに楽しんでいるし、想像を駆使してあらゆる即興芝居に激しいエネルギーをぶつける。ただ一つ生徒たちが興味を示さないのは、台詞を憶えることだった。ブライアンはリハーサルのテープを持ち帰り、乱暴な言葉を選び出し、残りもそれに合わせて形を整え、マンディのパソコンに入力した。むなしい作業だった。次の回にプリントアウトした紙を渡すと、生徒たちは投げやりな態度でジーンズのポケットに突っ込み、もうそのことは忘れてしまう。

今、ブライアンは前回のプリントアウトに目を通した者はいないかと尋ねた。デンジルがゆっくり下りながら答えた。「いちおうね」

「どう思った?」

「吸収力があるよ、先生。実に吸収力がある」

デンジルは床すれすれのところまで下がっていた。両腕を広げて力を入れているので、不健康な灰色がかった肌の下で三角筋がココナッツのように膨らんでいる。そのあと、デンジルは床に体をつけた。いっさい音はしなかった。拍手がわき起こり、デンジルはわざとらしく胸に手を当て、剃り上げた頭で軽く会釈した。頭の真ん中にタトゥーの蜘蛛がうずくまり、頭全体に紺色の蜘蛛の巣があって、その蜘蛛の巣はガンズ・アンド・ローゼズのTシャツの襟の中へと消えている。喉には

〈切り取り線〉という文字が入っている。デンジルは時間をかけて歩いて、みんなの中に加わった。

「チャンスがあったら、おれは空中ぶらんこ師になれたかもしれないな」

「さあ！　ウォームアップの時間だ」ブライアンはみんなを急《せ》き立てた。両手両足をぶらぶらさせ、首を回しながらその場で足踏みランニングを始めた。

デンジルはイーディー・カーターの前に脚を広げて立つと、リズミカルに彼女の顔の前に腰を突き出してギターを弾く真似をした。ほかの二人の生徒がのろのろと立ち上がった。首輪《カラー》――首に触れられるのが苦手なため、そう呼ばれている――は、シャドー・ボクシングを始めた。リトル・ボーラム――どうしようもなく貧相なくせに、オリンピック選手のようなスポーツウェアを身につけている――は腕立て伏せも満足にできず、少ししか体を下げられない。

イーディーとその兄のトムは、美しい彫刻の施された一対のブックエンドのように、あいかわらず背中合わせにすわっている。双子なので横顔は瓜二つといってもいいが、トムのほうがいくぶん顎ががっしりしていて突き出ている。二人ともマーマレード色のカールした長い豊かな髪に、形のいい高い鼻、テューダー朝の肖像画に描かれている子供のような大理石を思わせる色の白い広い額をしていた。

ブライアンは毎回、このカーター兄妹に目を向けるのが楽しみだった。というのも、つねに創意工夫を凝らし、一度として同じ服装をしていることはなかったから。きめ細かく、クリームのようになめらかな肌は、手が加えられるのを待つ、まっさらなキャンバスのようだ。今日は二人とも、幼児に自分たちの好きなように服を着てごらん、といったらこうなりそうな、めちゃくちゃな衣服を組合せている。イーディーはフリルが段になっている真っ赤なスカートに、ぼろに見えるようわざと生地に切れ込みを入れてあるシルクとレースのシャツ、それにバナナ色の穴だらけのスウェットシャツを重ねていた。トムは淡いブルーの穴あきジーンズに、アメリカの軍服を真似たジャケットを着ている。そこにはステンシルで、真夜中の沼地と燃え上がる都市の光景と、漫画によく使われる間投語句が刷り出されていた。

「そこの二人もこっちへ来い」ブライアンは声をかけた。

イーディーはピンク色の唇を開いて、舌を突き出し、またすぐに引っ込めた。それから、にっこり笑った。ブライアンは視線をそらして、シャドー・ボクシングの相手をしようとして、カラーにいやがられた。

ブライアンは、言語によらないコミュニケーションを重要視しているため、第一回目の授業のとき、生徒たちを円形にすわらせ、両手をつないで目を閉じるように指導した。次にさまざまなエクササイズをおこない、クラス全体のワークアウトへとつなげる。ところが、カラーとレスリングをしていたブライアンが、うっかりカラーの首に手を触れたことでこの流れは中断した。ブライアンはお返しに耳のあたりにパンチを食らい、一週間も頭痛が続くことになる。

「ようし。みんな、集まって」

ブライアンはさっと腰を下ろして、授業の進行を早めようとした。双子はこちらを向いて、微笑んだ。興奮と欲望とでくらくらしそうになりながら、ブライアンも笑みを返した。双子のうちどちらがより美しいだろう。その答えが出ず、ブライアンはどちらにも同じように魅了されていた。

「では」ブライアンはぶっきらぼうにいった。「先週はどこまでやったかな?」

誰も憶えていなかった。ブライアンは、一人ひとり顎でしゃくって無言の問いかけをした。カラーによれば、母犬の陰に隠れているまぬけな犬のようだったという。

「たしか……」ボーラムが眉根を寄せた。「デンジルが社会主義者になって、パキスタン人とけんかしたところじゃなかったかな」

「そうじゃない」と、ブライアンは切り捨てた。このクラスには人種の偏りがあり、ブライアンはそれをなんとか改善しようと努めてきたが、うまくいかなかった。白人以外の生徒が参加しようとしない一番の理由は、デンジルだった。彼が毎週土曜に、コーストン本通りで極右の英国国民党の雑誌〈ブリティッシュ・ナショナリスト・マガジン〉を熱心に売っている姿を、誰もが目にしていた。

「あれはよかったなあ。もう一度やってもいいよ」

「いや、やらない」ブライアンはだんだん気持ちが沈んできた。即興劇をやると、最初はどんなに友好的でも必ず対立が生まれる。誰もがけんか好きらしいこと、また、よい芝居には静かな目立たない部分を挟んだ暴力的な見せ場が必要だと生徒たちが考えていることが、未熟な演出家のブライアンにもわかった。途中で芝居そのものが崩壊してしまう場合も多いが。

「あたし、憶えてるわ」イーディーがこちらに顔を向け、両脚を開き、膝に肘をついていった。「あたしの部分だけどね。先週の」

「ブライ、こいつ憶えてるってさ」トムが誇らしげにいうと、赤と青の花が描かれたまぶたを伏せてウィンクをした。ブライアンはしばらく前からトムのまぶたのことが気になってしかたがなかった。描かれた模様は毎回まったく変わっていない。鮮やかな色がくすむこともなかった。強さを誇示するためにタトゥーを入れたのだろうか。ブライアンはあえて訊こうとはしなかった。

「すばらしいね。では、どういう状況だったかな。みんな、聞こうじゃないか」ブライアンは手をたたいてみんなの注意を促した。

「あたしは亭主に腹を立ててる女を演じたわ」

「で、その理由も憶えているね？」

「ええ。あたしと結婚してるくせに、ほかの女と寝てるんだもの」

「そうだね」

「だからいってやったの。『くそったれ。その尻軽女のところへ行っちまえ。かまうもんか。そのくさい犬も連れていきな』って。亭主はピットブルを飼ってるのよ」

「犬役はボーがいいかもしれないな」カラーがいった。

「ごめんだね」ロイヤルブルーのジャージーを着た少年は、ハリネズミのように小さく体を丸めた。

「体が小さいから犬役にぴったりだ」デンジルはにやにや笑っている。「問題はこいつが一度も人を噛んだことがないこと。鶏みたいに弱虫なんだから、なあ、ボー？」

「そんなことないよ！」ボーラムは目をつり上げ、デンジルの首に腕を回した。

「弱虫《チキン》……弱虫《チキン》。コッコッコッ……」デンジルとカラーは、羽をばたつかせる動きを真似しながら、歩きまわり始めた。首を突き出して四方八方に視線を投げる。ブーツとスニーカーをはいた二人の足が、膝を開いたままゆっくり上がったかと思うと、同じ角度を保って下ろされる。とても滑稽だ。鶏といえば冷凍肉しか知らないのに、びっくりするほどさまになっている。

ブライアンは腕組みをして、体を前後に揺らし、この創造力と元気あふれる即興を見守った。そのうちに、デンジルがくちばしでつつく真似をすると、カラーはますます激しく羽を動かし、けたたましい鳴き声をあげながら、めちゃくちゃに走り回った。

ブライアンは物憂げに立ち上がった。もう一度手をたたいて、みんなに向かっていった。「もういい。ここまで。じゅうぶんだよ」

実際、そう簡単には終わらず、猿芝居ならぬ鶏芝居は続いた。いじめっ子たちがほかのことに気を取られていて自分に危害が加わる心配がないとわかったので、ボーラムはピットブル役を演じることにした。四つん這いになってブライアンのところへ駆けていくと、ズボンの裾に襲いかかった。「よせ、ボーラム」そのとき、うまい台詞が思い浮かび、ブライアンはこれで芝居の流れを変えられるかもしれないと思った——「伏せ！」。リトル・ボーは片足を上げた。

トムとイーディーは、不自然なくらい黙って見守っていた。困惑ぶりを見透かされているようで、ブライアンは心穏やかではなかった。二人がおもしろがっていると同時に自分を哀れんでいるように感じる。実際、それは半ば当たっていた。

「みんないいか。ちょっと聞いてくれ……」ブライアンは親しげに笑いかけた。調子づいてじゃれてくるボーに肘でつつかれ、ブライアンは床に倒れてしまった。

このとき、スイングドアが開き、校長の秘書ミス・パンターが二人の男を案内して入ってきた。一人は長身のがっしりした体にツイードのコートを着、もう一人はひょろっとした体を黒い革のコートに包んでいる。この二人の正体を一目で見抜けなかったのは、ブライアンだけだった。

「クラプトン先生ですね？」

「そうだ」

年長の男が歩み寄って、写真付きの身分証を提示した。「コーストン警察犯罪捜査課、主任警部のバーナビーです。ちょっとお話ししたいことがありまして」

「かまわんよ」ブライアンはぶざまな体勢から起き上がった。「いったいなんの話だ？」

「それは向こうで」

若いほうの男がドアを押さえ、ブライアンはバーナビーのあとについて出た。自分の株が底値から一気に最高格付けまで上がったことには気がつかなかった。

三人はきびきびした足取りで歩き出した。たまたま刑事に挟まれて歩くことになったブライアンは、牢に連れて行かれる新兵のようだ。

トロイは、ふたたび母校に堂々と足を踏み入れたのだが、懐かしさや誇らしさはまったく感じなかった。当時、学校が嫌いだった。けれども、将来への夢があったので、興味を持ったごくわずかな科目（社会、コンピュータ科学）だけでなく、退屈な科目も一生懸命に勉強した。札付きの問題児とは極力つき合わないようにした。スポーツをやるとがむしゃらになるので参加しないことも多く、また、まじめに勉強ばかりしていると周囲にからかわれがちだから、できるだけ目立たないよう心がけた。今、見憶えのある染みだらけの茶色の廊下を歩きながら、トロイはつぶやいた。「ここは大嫌いだ」

バーナビーは一九五〇年代初め、まだグラマースクールが統合される前に学業を終えていたが、彼の娘は総合制になってから学校教育を受け、やがてケンブリッジ大学への奨学金を得た。バーナビー夫妻は娘がここにいたころ、ＰＴＡの役員を務め、教師たちの献身ぶりに感銘を受けた。教師たちがとうてい太刀打ちできない圧力に立ち向かっているように思えたものだ。

「カリーもここに通っていたんですよね?」

「ああ、そうだ」バーナビーはぶっきらぼうに答えた。男たちが彼の娘の名前を口にするとき、その声に宿る物欲しげな響きにたいしてどうしても平静ではいられなかった。

事情を説明してハーグリーヴ校長にあけてもらった部屋に、ミス・パンターは三人を案内した。二人掛けソファーと大きなアームチェアがあるにもかかわらず、ブライアンはデスクの向こう側にすわった。バーナビーはさっき懲りたので、今度はソファーに浅く腰かけた。ミス・パンターが紅茶とガリバルジー・ビスケットののったトレイを持って戻ってきた。トロイが紅茶を注ぎ、ブライアンの前にカップを置いた。

「はい、どうぞ、クラプトンさん」

「これはいったいどういうことだ?」

この男は本心から当惑しているのだろう、とバーナビーは思った。本部によれば、事件については午後一時のニュースで初めて公にされたはずだし、午前中、ブライアンはどこからも電話を受けていない。トロイはこの一時的な静寂を利用して、できるだけたくさんビスケットを食べようと、次から次へと口に運んだ。空腹だった。喉も渇いていたので紅茶を流し込み、そして、いうまでもなく、たばこが吸いたくてたまらなかった。主任警部の目をちらりと見て、五枚目のビスケットは皿に戻した。

「うまいんですよね」そういって、メモ帳を開いた。「昔はスカッシュ・フライ・ビスケットって呼んでましたけど」

「実は」ブライアンが紅茶を飲み終わったとき、バーナビーは切り出した。「悪いお知らせなんです」

「マンドか！」ソーサーの上でカップがかたかたと音を立て、カップの底の紅茶がこぼれた。

「いえ、いえ」バーナビーはあわてて相手の不安を取り除いた。「お嬢さんにはまったく関係ありません」

青ざめたブライアンの顔に、いくらか血の気が戻るのがトロイの目に映った。タリサ・リアンが学校へ行くようになったら、自分もこうなるだろう。いっときたりとも心が休まらなくなる。そう考えただけで、トロイは腹部に差し込むような痛みを覚えた。トロイが懸命に娘のことを念頭から追い払おうとしているあいだに、バーナビーはここにやって来た理由を説明した。

「ジェラルドが！」驚きの表情はすぐにおもしろがっているといってもいいような表情に変わった。〈はしゃいでいる〉という表現が適切かもしれない。ブライアンは生き生きとした口調でいった。「きのう、会ったばかりでね」

「承知しています」バーナビーはもともと悲しむそぶりをする暇などなかったが、知人の訃報を聞いて有頂天になっている男の前ではその必要もなかった。「昨夜のことをお話しいただけないかと――」

「実に奇妙な晩だった」

「ほう、どんなふうに？」

「緊張感があったんだ。秘められた緊張感が」ブライアンは長いけれど、量が少なくなってきた赤毛を後ろに撫でつけた。「鋭敏な人間にははっきりわかるんだよ。物書きは、そうじゃなくちゃね」

バーナビーは大きくうなずいて、もう少し楽になるようすわり直した。話は当分続きそうだ。

「わたしはここで演劇を教えているんだが……」

隠しごとをする必要のない人間にありがちだが、ブライアンは正直に詳しく話し始めた。トロイがこれさいわいにボールペンを置き、スカッシュ・フライ・ビスケットをもう二枚食べたころ、主任警部は秘められた緊張感に話を戻した。クラプトンは長々と説明するのではないだろうか。

「ジェラルドのふるまいが実に妙で、口数も少なかった。みんなを早く帰らせたくてたまらないようだったな」

「ほかの人たちはどうでしたか？」

「セレブが来たことで、しゃべりどおしだったよ。結局、保守的な頭の古いやつで、現代劇をやってる者にはなんの参考にもならなかった。初めからわかってたようなもんだ、あんなものしか書けないんだから」

「ジェニングズ氏の小説を評価していないんですか？」

「読んだこともない。そんなことに時間を費やすくらいなら、ほかにやることがたくさんある」

「最初にジェニングズ氏をゲストに呼ぼうといい出したのは誰だったか、憶えていませんか？」

バーナビーはブライアンの表情を観察した。この男は憶えていないようだ。だが、それを認めたくもない。とはいえ、間違っていたら面目を失うことになるので、適当な名前を出すわけにもいかないのだ。

「さあな、そのうち思い出すかもしれないな」ブライアンは考え込んだ表情で、鬚を撫でつけた。鬚を生やしているのは、顎にできているピンク色の大きなぴかぴかしたいぼを隠すためだった。

ブライアンの言葉を疑って、トロイは口をゆがめた。仲間に訊き回り、答えがわかったとき、思い出したといって電話をかけてくるのが目に見えるようだ。なんていやなやつなんだろう。

「ゆうべの会合のとき、ハドリーさんと話をしましたか？　なぜそんなに無口だったのか、思い当たるところはありませんでしたか？」

「いや、特には。ごく普通のやりとりしかしなかったし。説明しただろう」ぶっきらぼうにいって、腕時計をちらりと見た。

「ハドリーさんの死と関係がありそうな人物に心当たりはありませんか？」

「おれが？」ぼさぼさの鬚の中で、ブライアンの濡れたピンク色の唇がタコの口のようにまるくなった。「どういう意味だ？」

「質問の意味はかなりはっきりしていると思いますよ」トロイがいった。

「いや、まさか、それは……」

さあ話を始めてくれ、とトロイはビスケットの最後の一枚をつまんだ。これで合計、一、二、三……。押し込み、押し込み。ほら、家宅侵入の話をするんだろう？　ブライアンはトロイの期待を裏切らなかった。

「押し入った形跡はないんですよ」キッチンの施錠具合については説明を省いて、バーナビーは答えた。「ハドリーさんは用心深いかたでしたか？」

「どういう点で？」

「たとえば、夜遅く人が訪ねてきてもすぐにドアを開けるでしょうか？」

「開けないだろうな。ジェラルドみたいな連中がどんなだかわかるだろう。知的職業階級ってやつだよ。普通の人間が一生働いても手に入れられないほどの大金をため込んでるくせに、誰かが忍び込んでさくらんぼをつまみやしないかと恐れている」トロイは無意識に込められた二重の意味（さくらんぼには「処女」の意味もある）に鼻を鳴らそうとして、咳き込んだ。「ドアにはチェーン、窓にはロック、盗難警報機までついてる。公共緑地のまわりの家はみんなそうだ」

「このご時世」バーナビーは冷ややかにいった。「それが賢明だと思いますよ」

「だけど、そういう装置はいたずらっ子の格好の標的にされる」ブライアンはいった。「何度もそういってやったが、あいつらは聞く耳を持たないからな」中産階級の強硬な態度にため息を漏らした。「ローラ・ハットンの家を見てみるといい。もう行ったかい？」バーナビーは首を横に振った。

「まるでバスチーユ監獄だ」

「すてきなものをいろいろ集めているんでしょうね」トロイがつぶやいた。「仕事柄」

「たいした仕事だよ。年金生活者から安値で品物をせしめて、そいつを五十倍もの値段で売りやがる」

「ともかく、魅力的な女性ですね」ジョイスの足載せ台を買ったときのことを思い出しながら、バーナビーはつぶやいた。

「もし、遣い道に困るほど金のある、背の高い赤毛の冷血女が好みならね」そう切り返したブライアンの言葉に、もしだって？　と、トロイは思った。この男は頭がおかしいんじゃないか。「個人的には、実に浮世離れした女だと思ってるよ」

「お宅はハドリーさんと一番近いですが――」

「地理的にはね。付き合いはないぞ」

「あのかたは奥さんを亡くしているそうですね。ご存じでしたら、教えていただきたいのですが、どなたか、親密なお付き合いをしているかたがいなかったかどうか……」

「あいつと寝てた女ってことか?」ブライアンは軽蔑したようにいった。「どうしてはっきりいわないんだ? 答えはノーだな。少なくともミッドサマー・ワージーの誰ともそういう関係にはない」

「どうして断言できるんですか、クラプトンさん?」トロイが尋ねた。

「村に暮らしてりゃすぐわかる。住人の半分はろくにすることもないから、朝、〈タイムズ〉のクロスワードと自分の持ってる株価のチェックが済んだら、窓から外のようすをうかがってるんだ。ささいなことだって見逃しゃしない」

「ハドリーさんの経歴や私生活について、何かご存じないでしょうか?」

「早期退職した公務員だろう。それが何を意味するか、誰でも知ってるじゃないか。納税者が払った金から、べらぼうな退職金と年金を受け取る。そんなやつらとかかわってる暇はないね」ブライアンは、主任警部の目つきから彼がいおうとしていることを感じ取ったようだ。ちょっと言葉を切ったあと、きまり悪そうにいった。「もちろん、亡くなったのは気の毒だと思ってるよ」

「そうでしょうね」バーナビーはいった。「では、昨夜のことに話を戻します。あなたがハドリーさんの家を出たのは正確には何時でしたか?」

「十時十五分だ」

「そのあとはどうしました?」

「家に帰ったよ。ほかにどこへ行くっていうんだ? 次の日に返さなくてはいけない課題の採点をして、ベッドに入った」

「よく眠れましたか?」

「ああ。昼間、まともに働いてりゃ寝つけないはずがない」

二人の刑事を見る目は、その言葉の裏の意味を伝えていた。バーナビーは長い刑事生活の中で、疲労がたまると、起きていても眠っていても、鉄の靴をはいて暗い廊下を歩き続けているような感覚になるのを経験しているので、こうした人を見下した攻撃もあっさりかわした。トロイは、何事につけてもそうなのだが、個人的な当てこすりと受け止めて、むっとした。

「では、再度、確認しますが」バーナビーはいった。「帰宅なさったあとは、採点をして、寝たのですね」

「そのとおりだよ」ブライアンは袖口をずらして、腕時計に目をやった。あんたたちはいくらでも時間があるようだが、こっちはぎっしりスケジュールが詰まっていて、こうしている間もロサンゼルス行きの飛行機を待たせてあるんだ、とでもいいたそうに。

「要するに、昨夜はそのあとまったく外に出なかったわけですね?」

「そうだ」かなり長い沈黙のあと、ブライアンはカップを取り上げたものの、元に戻した。咳をして、ハンカチで鼻をかみ、ちょっとのぞいてからポケットに戻した。

「ところが、奥さんは」トロイは静かな声で独り言でもつぶやくようにいった。「なかなか寝つけなくて、日付が変わってもまだ起きていました。そして、マックス・ジェニングズの車が走り去る音を聞いています」

「そうかね」

「はい」

さらに長い沈黙があり、二人の刑事は自信たっぷりに、意味深長な目配せをした。事情聴取の相手もそれに気づいていたが、それは刑事たちも織り込み済みだった。二人はブライアンが窮地に陥っているのをおもしろがっていたが、特にトロイは性格的に思いやりに欠けるところがあるので、よけいそうだった。

ブライアンは眼鏡を外して、拭いた。小さなメタル・フレームの円い眼鏡で、端整な顔の人でさえ、掛けるのは尻込みしたくなるような代物だった。

「なぜこんな質問をするのか、理由はおわかりですね、クラプトンさん」ようやく、バーナビーはいった。

「それは……」

「ハドリーさんは午後十一時から数時間のあいだに殺されました」

バーナビーはソファーから立ち上がり、デスク越しに大きな体を乗り出した。父親めいた顔でブライアンに微笑みかけ、自信に裏づけられた期待を胸にじっと待った。さほど時間はかからなかった。

「そうだった！」ブライアンは手のひらで自分の額をたたいた。「ちょっとだけ外に出たよ。右に曲がって緑地を一周した。頭のもやもやを吹き飛ばすために」半ば不安そうな、半ば許しを請うような目でバーナビーを見上げ、子供じみた笑みを浮かべた。

「誰かに会いましたか？」

「いや」そのあと、少しの迷いもないことを示すようにいい添えた。「まったく誰にも」

「では、以上でけっこうです」思いどおりに事情聴取を終えたバーナビーは、頬をゆるめて微笑んだ。「今日のところは」

「そいつはどうも」ブライアンはいった。

校長室を出ようとしたとき、ミス・パンターが呼び止めた。「クラプトン先生、こちらでのお話が始まってまもなく、奥様からお電話がありました。至急、連絡したいことがある、とおっしゃってましたよ。よろしかったら、わたくしの電話をお使いください」


「腹が減ったな」トロイは、コーストンのロータリーを回りながら、マーケット・スクエアに視線を向けた。色鮮やかな日よけに覆われた露店がぎっしり並び、店主たちがもう二度とはない大安売りだと叫んでいる。

「あんた、奪い取ってくつもりかい？」両手にカリフラワーを持った男が声を張り上げた。「さあ、持ってけ、持ってけ。覚悟はできてる。喜んで渡してやるぞ」

「腹が減っただって？」バーナビーは苛立ちをあらわにした。少しもベルトがきつくなることもなく、高カロリーの食べ物をどんどん詰め込めるトロイの消化能力は、癪に障ってしかたがなかった。「さっきハントリー&パーマー社の倉庫半分のビスケットを平らげたばかりじゃないか」

「大急ぎで職員食堂に顔を出すくらいの時間はあるんじゃないですか」トロイは右に曲がって、本通りをのろのろ進む渋滞の車列の後ろについた。「ミセス・ハットンに会ったあとで。あっ、噂をすれば……」

車はタイヤを軋《きし》らせながら〈スピニング・ホイール〉の正面で停まった。入り口には閉店の表示が出ている。ショーウィンドーには、羽目を外した陽気な人々を描いたブリューゲル風の大きなタペストリーが掛かっていた。頰を赤く染めた人々が、泡のこぼれそうな大ジョッキを丸太の上に置いている。白い頭巾をかぶったグラマーな女がドレスを脱ぎ、継ぎの当たった靴を履いた子供たちはパンをほおばっている。ぬかるみに突っ伏している男もいる。トロイは感慨深げにそれを眺めていた。

「現代のクリスマス・パーティーみたいですね」

返事はなかった。気にすることはない、とトロイは自分自身にいい聞かせた。せっかく気分を引き立てようとしてるのに、張り合いがない。もう何もいわないほうがいいだろう。今度、車の後部座席用にミセス・クラプトンのドラゴンを買ってこよう。〈この車の中で笑いを控えていただき、ありがとうございました〉とでも書いておくか。

「水曜日に店を閉めるなんておかしいですね。一週間で一番忙しいはずなのに」

「ハドリーのことが耳に入ったんだろう。この手の話はあっという間に広まる。中にいるかもしれないな。そこの狭いところを入ると裏に回れそうだ……」

トロイはハンドルを握った。

「狭いっていったじゃないか」

「平気、平気」トロイは大声でいって、いつものように運転についての非難をはねつけた。実際、今回はなんの問題もなかった。少なくとも車二台分の幅があった。

店の裏は、隣のブラックバード書店と共有で使っている駐車場になっていた。トロイはぴかぴかの真っ赤なポルシェの隣にフォード・トランジットのヴァンを駐めた。裏口にはブリティッシュ・テレコムの防犯警報装置がついている。頑丈な扉に二つの彫り込み錠があり、細長い窓はしっかり鉄製のバーで補強されていた。一度ノックしたあと、バーナビーはさらに強くたたいた。反響音すらまったく聞こえない。コンクリート・ブロックでもたたいている感じだ。戸口のわき柱に耳をつけたが、何も聞こえなかった。トロイが鉄製のバーのあいだに手を滑り込ませてガラスをたたいた。

「誰かいますよ。出て来るようです」トロイは帽子を取って髪を撫でつけ、颯爽《さっそう》として見えるような角度にかぶり直した。コートの襟を立て、相手の心を引きつけるような穏和な笑みを浮かべて、これで準備は整った。ガラス越しに人影が見え、かすれた声がした。「なんのご用ですか?」

「ハットンさん、コーストン警察犯罪捜査課の者です」とバーナビーはいった。「ちょっとお話があるのですが」

閂の外される音がし、油を差す必要がありそうな重い音が続いた。チェーンの音がしたあと、彫り込み錠のキーが回された。息を殺して待つうちに、トロイは魅力的な笑みが消えていることに気がつき、あわててまた表情を作った。

「その必要はないよ」

「えっ?」

「きみには年上すぎる」

笑みが消え、トロイは当惑顔になった。心の内を読まれたからではなく――主任警部はそれが得意なのだ(得意すぎるといったほうがいいくらいだ)――使い道に困るほど金を持った人間にも品質保証期限があるのではないか、というバーナビーの考えに戸惑っていた。

「どうぞ」

ローラ・ハットンは顔を隠すようにして扉の後ろに立っていた。バーナビーは身分証を提示したが、ローラは目を向けることもなく、ガラスとさねはぎの木材を使用したオフィスへと歩いて行った。天井の高い広いスペースの一角を仕切った狭いオフィスだった。

バーナビーはあたりを見回した。ジョイスがかかわっているアマチュア劇団の小道具置き場に似ている。積み上げられた家具、壁には絵が二、三枚。古いナイフやフォークや家庭で使われていたがらくたの詰まったいくつもの段ボール箱には、番号が付けられている。

オフィスにある年代物の小机は、マッキントッシュLCや電話、ファックス、留守番電話に場所を奪われていた。あたりには石鹼の香りが漂っている。最初のノックが聞こえたとき、ローラはきれいな花で飾られた小型洗面台で顔を洗い、それから戸口に現れたのだろう、とバーナビーは思った。泣いていた事実を隠したかったのなら、あいにくうまくいっているとはいえなかった。

ローラは悲しみにうちひしがれ、ひどい顔になっていた。お邪魔をして申し訳ないとバーナビーが謝っているあいだにも目が潤み、新たな涙があふれた。ようやく、ジェラルド・ハドリーの死を悲しんでいる人物に会えた、とバーナビーは思った。

「すみません」ローラは、頰を伝い落ちる涙を色鮮やかなシルクのハンカチでぬぐった。「ショックだったもので……」

それ以上のようだ。言葉が途切れ、口は力なく〈への字〉に結ばれた。ジェラルドの死の衝撃は計り知れない。

「では、わたしたちがここに来た理由はおわかりですね、ハットンさん」

「ええ。信じられません。まさか……」細い肩が震え、ローラは両手で顔を覆った。「すみません」と、彼女はもう一度つぶやいた。

「お通しするんじゃなかったわ。なんとかなると思ったのだけれど」

このまま事情聴取をおこなっていいものかどうかわからず、バーナビーはためらっていた。相手への思いやりからではない。元来、思いやりのある人間だが、そうしなければならないときには非情にもなれる。けれども、今、いろいろと尋ねれば、ほぼ確実にローラは自制心を失うだろう。何も得られないだけでなく、日を改めておこなうとしても、取り乱したところを見られたことが影響をもたらすのではないか。「出直しましょうか?」

「いえ、せっかくいらしたのだから」ローラは手を伸ばして、デスクのスタンドの明かりを消した。薄暗くなったことで少し落ち着いたらしく、クッションのきいた回転椅子に腰を下ろした。オフィスにはほかに椅子やソファーはない。トロイは書いた文字があとで読めるといいと思いながら、メモ帳をファイル・キャビネットの上に置き、バーナビーは扉に寄りかかった。「何をお訊きになりたいのか、わたしにはわかりませんけれど」

「ゆうべのことを少し」

「わかりました」ローラはきちんと理解しているようには見えなかったし、生気のないうつろな声からは、それを気にしているようにも思えなかった。

「会合はいかがでした?」

「会合? いったいなんの関係が……」ローラは彼の名前を口にできないようだ。

「ハドリーさんのようすに何かいつもと違う点はありませんでしたか?」

「ありました。誰ともほとんど話をしませんでした。あの人らしくもなく。けっして口数の多い人ではありませんが、執筆について話すのは好きなんです。だから、この機会にいろいろ質問するものと思っていました」

「ハドリーさんが黙り込んでいたのはゲスト作家と関係があるような印象を受けましたか？」

「いいえ、特には。でも……ちょっとおかしかったかもしれません。マックス・ジェニングズの名前が最初に出たとき、彼は――」

「ハドリーさんのことですね？」

「ええ、彼はとても不機嫌になりました。それだけでなく、コーヒーカップを取り落としたんです。まだ染みが残っていますよ」

「反対したわけですね？」

「そこまではいいきれませんね。頼んでも無駄だと思ったのではないかしら。これまで、何人もの名前の通った作家にゲストとして来てくれないかと頼み続けてきましたが、一度も実現しませんでした。ところが、今回は引き受けてもらえたのです」

「ハドリーさん自身が依頼の手紙を書いたのはなぜですか？」トロイが質問した。

「会の責任者だからです」

「創作というのは、孤独な作業ですね」バーナビーは一般論として語った。「あなたはどういったものを書いているのですか？」

「エイルズベリでたまたま手に入れたたくさんの資料を書き写しています。当時は〈処方〉と呼ばれていたいろいろなものの作りかたや、十五、六世紀の生活メモです。家の切り盛りに関するものや、家畜の飼育、薬草……」ここで、ローラは言葉を切った。もうこんな作り話をする必要がないことに気がついたのだ。もう二度と作り話などしなくてよい。

『エドワード朝の女性日記』のようなものですね？」バーナビーがいうと、ローラは肩をすくめた。「昨夜はみなさんいっせいにお帰りになったのですか？」

「はい、レックスをのぞいて。ちょっと妙でしたが」

「どこが妙なのですか？」トロイが訊いた。微笑みかけたが、打算があってのことではない。薄暗くても、彼女がはるかに年上であることは見て取れたし、悲嘆に暮れている相手にたいして軽々しくふるまうのが適切でないことは承知していた。

「レックスはいつもさっさと帰るんです。一番先に帰ることもありました。犬が心配で」

トロイはうなずいた。彼も犬が大好きで、若いジャーマン・シェパードを飼っている。クリーム色とグレーのぶちの犬で、元は警察犬だったが、事件捜査中に負傷して引退したのだ。ローラ自身も会合のあとすぐに帰宅したのかを尋ねると、彼女はそうだと答えた。

「家に戻られたのは何時ごろでしたか？」バーナビーが訊いた。

「十時半ちょっと前でした。うちまですぐですから」

「そのあと、外出なさいませんでしたか？」ローラは首を横に振った。「ハドリーさんは……村の人たちに人気がありましたか？」

「さあ、わかりません。井戸端会議にはかかわらないようにしていますので」

「ハドリーさんは奥さんに先立たれて、独り暮らしでしたよね？」

「そうです。奥さんの死を嘆き悲しんでいました」しゃがれた耳障りな声だった。ローラが懸命に自制心を働かせようと両手を握りしめているのが、バーナビーの目に映った。ローラは、食い入るようにコンピュータのモニターを見つめた。「三十分後にジェラーズ・クロスへ家具を見に行かなくてはなりません。申し訳ありませんが、これでお引き取り願えませんでしょうか」

「人は見かけによらぬもの」今でも使える昔ながらの言い回しがある場合、トロイはけっして新しい表現をひねり出そうとはしなかった。「うちの母も『エドワード朝の女性日記』に夢中なんですよ。毎年クリスマスや誕生日のたびに、家族はその本に出てくる物を贈っています。ふきんや包丁、ゆで卵立て、ティーポット・カバー。そのうち全部贈りつくして、残るのはその本だけになりそうですよ」

「そりゃ、たいへんだな」バーナビーはいった。

「そろそろ、昼食にしましょうか」

「そうしよう」

三時近くになっていたので、署内の食堂は半分ほどしか席は埋まっていなかった。昼食は五〇〇カロリー以内に抑えるつもりで、バーナビーは薄切りのビーフとカロリー控えめマヨネーズを使ったサラダサンドを取り、旺盛な食欲に任せて食事をするトロイを見たくないため、別のテーブル席にすわった。

昼食を済ませたあと、二人は四時五分前にミッドサマー・ワージーに戻った。激戦地のように騒がしい家の門のそばに車を停めたときには、あたりはだいぶ暗くなっていた。少し先にバスが停まり、乗客が何人か降りてきた。公共緑地を抜けていく者もいれば、反対の方角に消えた者もいる。こちらに向かってくるのは三人だけだ。乳母車に乗った幼子と若い母親、それに背の高いやせた年配の男。左右の脚がたがいの存在に気がついていないようなちぐはぐな動きをしながら、ゆっくり歩いてくる。買い物をしてきたらしく、時代遅れの粗く編んだ袋に新聞紙にくるんだ品物が詰まっていた。ブックバンドできつく留めた本を数冊持ち、ストラップの部分をサスペンダーに通してあった。銀色の髪が揺れて、頭のまわりに柔らかな光を放っている。そばまで来ると、彼がにこやかな表情を浮かべながら何かを思い出そうとしているのがわかった。男が門を開けたとき、バーナビーは車から降りて近づいた。

「シンジャンさんですね？」

「はい」男は二人の刑事を見比べた。期待のこもった笑みに変わっていた。「こんにちは」

「警察の者です」バーナビーはそういって身分証を提示した。「お話をうかがいたいと思いまして」

「おや、おや。さあ、どうぞお入りください」

三人が門の内側に入って、門を閉めようとしたとき、レックスは移動本部に目を留めた。「あれを見てください。オノーリアが怒るでしょうね。彼女は移動生活者が大嫌いなんですよ。人は誰しもなんとか生きていかなくてはならないから、わたし自身はしかたないと思っているんですが。あなたがたもその件でいらしたんですか？」

バーナビーは「いいえ」とだけ答えた。悪い知らせを伝えるのはせめて家に入ってからにしようと思っていた。レックスはすり切れた玄関マットの下から大きな鉄製の鍵を取り出し、同じように大きな鍵穴に差し込んだ。ドアには〈猛犬注意〉と記されたセラミック・プレートが留めてある。ドアが開き、まだ足も踏み入れないうちに、レックスは肩越しに振り返って叫んだ。「さがってて」

中に入ると、低い雷鳴のような犬の鳴き声と巨体を床に打ち付ける音が聞こえてきた。まもなく、どすんどすんという重い音に続いて、巨大な灰色の獣が階段を転がり下り、レックスめがけて駆けてきたかと思うと、後ろ肢で立ち上がって抱きついた。

トロイは感銘を受けた。これまでいい犬を何頭も見たことがある。自身もなかなかの犬を飼っていると自負していた。しかし、この犬は実にすばらしい。剛毛に覆われた体は五十キロはありそうだ。大きな口からピンク色の長い舌を出し、顔といわず服といわずレックスをべろべろなめ回し、最後に真の狙いの手提げ袋に落ち着いた。

「骨が入っているんですよ」レックスは申し訳なさそうな顔をした。「先に一本やりますね。うるさくてかなわないから」

トロイは理解を示してうなずいたが、バーナビーは違った。自分でもよくいっているが、おいしく味付けされて皿にのった軟らかい肉以外、動物には興味がないのだ。

レックスは、左手にある傷だらけのドアを開けて、二人に入るよう告げたあと、よだれを垂らし、鼻を鳴らしている犬を従えて、奥へと消えた。

バーナビーは古びた革製の長椅子に腰を下ろしたが、コートを着たままでもちくちくするのが感じられた。トロイは室内に置かれているものに興味を引かれて見て回った。三方の壁が棚になっていて、気をつけをしたり、マスケット銃を構えたり、大砲の準備をしたりしている兵隊のフィギュアが並んでいた。小さなトレイは、バッジやボタンであふれかえっている。残りの一つの壁面にはガラスケースが置かれ、いくつものメダルやガスマスク二個、第一次世界大戦と第二次世界大戦の徴兵ポスターが収められていた。あしか髭を生やした厳《いか》めしい男がこちらを指さしているポスターが正面にあった。〈キッチナーはきみを必要としている！〉椅子の背には、組み紐飾りで縁取りされた短いケープと円い縁なし帽が掛かっていた。帽子には細い革製の顎紐がついている。

緑のベーズ張りのテーブルが部屋の大部分を占め、その上で歴史的な戦闘が再現されていた。房飾り付きの帽子に見たことのない外衣を着た浅黒い肌の兵士たちが、重い大砲を押して灰色の壁に向かって進んでいく。大砲の先からは丸めた綿が垂れ下がっていた。この戦場全体がかなり埃をかぶっている。

炭酸飲料のタイザーと、重ねたプラスティックのコップ三個を持って、レックスが入ってきた。

「うるさいから閉めたほうがいいな」そういって、ドアを蹴った。

たしかに、ものすごい音だった。低いうなり声とともに、バリバリ、ガリガリ、噛み砕く音がする。犬版の「へ・ヒ・ホ・ハ」（民話の中で人食い鬼が近くに人間の気配を感じ取ったときにいう台詞）といったところか。レックスは、あいているほうの手で黒い染みの付いた不格好な書き物机の蓋を下ろした。中には、何種類ものスナック菓子が入っていた。ポテトチップ、チョコレート・バー、チーズ味のビスケット、キャンディ。瓶詰めのピクルド・オニオンまであった。レックスはタイザーをコップについで二人の刑事に手渡した。

「さあ」染みの浮いた少し震える手で、買いだめしてあるスナック菓子を示した。「どれがいいですかな?」

「いえ、けっこうです」主任警部は断った。

「いろいろ取りそろえてあるんですよ」手でもう一度、菓子を示した。「甘いのから塩味の利いてるのまで。よかったらアイスクリームもある。冷凍庫いっぱいに。ストロベリーかバニラか。あいにく、マカダミア・ブリトルは切らしているが」

「ほんとにけっこうです」

「高級ナッツもありますよ」これも断られると、レックスはすり切れた古いアームチェアのほうへ歩いていき、足を止めてケープの襞《ひだ》と小さな丸い帽子の曲がりを直した。

「これはモンカームのなんだ。新しい作戦を開始するときには、毎回、これを身につける。やつは連隊のマスコットでね」

二人の刑事はあっけにとられた。

レックスはテーブルを手で示した。「コンスタンティノープルの包囲だよ。もちろん、勝敗は決まっているが、スリリングな対戦だ。こうしてビザンティン帝国は滅びる。死者はわずか四千人だったが、五万人が奴隷として売られた」二人を見て、温和な笑みを浮かべた。「あの栄光の時代には、誰もが戦いのやりかたを知っていた。近ごろの〈ただボタンを押すだけ〉なんて、どこがおもしろいんだか……。ところで」レックスはそろそろと腰を下ろした。「わたしに何か話がおありでしたな」

バーナビーは事情を説明した。おもちゃの兵隊と綿の砲弾にあふれる戦いの部屋で、現実に起こったジェラルド・ハドリーの死を単刀直入に。

レックス・シンジャンは激しい衝撃を受けた。ぽかんと口を開けたまま、長いあいだ壁を見つめていたが、やがて今聞いた事実を閉め出せるとでも思っているのか、両手で耳をふさいだ。頭を激しく振って叫んだ。「嘘だ、そんなの嘘だ……」体は風に舞う木の葉のように揺れている。

バーナビーは歩み寄って、肩に手を置いた。「だいじょうぶですか?」

「わたしのせいだ。ああ……わたしがいけなかったんだ……」

「ちょっと待ってください、シンジャンさん」バーナビーは手を離した。トロイが即座に立ち上がった。「ジェラルド・ハドリーの殺害を認めるということですか？　もしそうなら、あなたのいかなる発言も――」

「わたしのせいだ。守ってくれと頼まれていたのに、期待を裏切ってしまった」レックスは組み合わせた両手をひねった。ちょうどラティスに絡みついた枯れ枝のように見える。「なんてことをしてしまったんだ。ジェラルド……ああ……」

バーナビーは木製のダイニングチェアを運んできてすわった。「なにもかも話してしまったほうがいいですよ。ゆっくりでいいんです、急ぐことはない。けっして急ぐ必要はないですから」

けれども、レックスはすぐに話し始めた。まるで恐ろしい言葉を自分の口から吐き出してしまいたいと考えているかのようだ。パンドラの箱から出てきた〈悪〉のように、レックスの口から次から次へとあふれ出てくる。マックス・ジェニングズと二人きりにしないでくれ、とジェラルドに頼まれた経緯《いきさつ》。ジェニングズが立ち去るまで、自分が残っていると約束したこと。いったん家に帰ったあと、またようすを見に戻り、雨の中、しばらく庭をうろついていたこと。誰かに見られていると感じ、怖くなって家に舞い戻ったこと。話し終わったころには、レックスは泣いていた。

「どうか少し落ち着いてください。あなたの責任だと決めつけるのは早すぎますよ。今のところ、ジェニングズ氏は今回の件にまったく関係がないかもしれません」

「いや、きっと……」レックスは、ロイヤル・ウォーリックシャー連隊のしるしである〈熊と粗木〉の模様のついたカーキ色の大きなハンカチを出して、目を拭《ぬぐ》った。

「今話してくださったハドリーさんとのやりとりは、いつ交わされたものですか？」

「きのうの午前中。かなりいいにくそうだったな。ぎりぎりまで悩んだ末、ようやく話したという印象だった」

「ジェニングズ氏と二人きりになりたくなかった理由についてはいわなかったのですか?」

「特には。昔の知り合いで、何か気まずいことがあった、とだけ。正確には『とても不愉快なことがあった』といっていた。招待状も消極的な書き方をしたそうだ」

「そもそも、なぜご自身で招待状を書いたんです?」トロイが尋ねた。

「ジェラルドが渋っていると、それなら自分が書く、とブライアンが挑発したからだよ。たぶん、ジェラルドはこの件をせめて自分の手の内に留めておきたかったんだろう」

「最初にジェニングズ氏の名前を出したのが誰だったか憶えていませんか?」

「いやあ、残念ながら」

「ハドリーさんが実際に顔を合わせることを怖がっていたような感じを受けましたか?」

レックスはひどく顔をしかめ、苦しんでいるように見えた。「あとで考えれば、そんな気もするが……そういうものじゃないかね。しかし、正直なところ、心配しているようには見えたが、〈怖がっている〉というほどではなかったな」

「会合のあいだも怖がっていたわけではないのですね?」

「ああ、そんなことはなかった。控えめで口数は少なかったが。マックス・ジェニングズは気さくな愛想のいい男だったよ。何かジェラルドにだけわかる失礼なことをいったかもしれないが」

「さきほど帰り際の状況を説明してくださいましたが、なぜ錠をかけたのがジェニングズ氏だといい切れるのですか?」

「時間的に考えて、ジェラルドが玄関まで来られるはずはなかったからさ。ジェラルドは廊下のずっと向こうにいたんだ」

「そのあと、あなたは帰宅なさったのですね?」

「そうだ」レックスはそうつぶやくと、髪の薄くなった頭を垂れた。

「何時でしたか?」

「あいにく時計は見なかったが、もう一度ジェラルドの家に戻ったときの時刻なら憶えている。○時十五分過ぎだ。そのとき、ブライアン・クラプトンを見かけた」

「ほう?」

「村の方角から歩いてくるところだった」

「確かですか?」トロイが訊いた。「ブライアン・クラプトンが公共緑地を回ったのではなく、村のほうから戻ってきたというのは」

「間違いない。そのあと、わたしは建物の裏へ回って――」

「誰かの視線を感じたのですね?」

「木立の外れに人が立っていた。背すじがぞっとしたよ。真っ暗だったので、恐ろしくなって……その場を離れた」

「あなたを責めているわけじゃないんですよ」無駄だと思いながらも、バーナビーは慰めた。

「しかし、なんというか……臆病だったな、女みたいに」

女みたいにか、とトロイは思った。自分がこれまで出会った女性の何人かに会わせてやりたいものだ。あの女たちなら、あんたの脚を朝食に食っちまうぞ。トロイはいった。「ハドリーさんは、なぜあなたを協力者に選んだのだと思いますか?」

「それがよくわからないんだ」ジェラルドが帰ったあとで感じた興奮と好奇心がよみがえり、まだ涙の乾ききらない頬が恥ずかしさに赤く染まった。

「特に親しかったわけではないのでしょう?」

「ジェラルドには、それほど親しい友だちなど一人もいなかったよ。わたしも同じだ。わたしの友人はみんな時代の犠牲になった。ジェラルドが越してきたころ、この家に招いたことがある。一九八三年、レバノンでアメリカ大使館が爆破された年だ。単なる近所付き合いの意味でね。ジェラルドはひじょうに礼儀正しかったが、それ以上の付き合いにはならなかった。わたしの戦争趣味にうんざりしたのかもしれないね」

「自分の過去について、彼は何か話しましたか?」

「いや、たいしたことは聞いてない。話してくれたのは、奥さんに先立たれたことと、夫婦で暮らしていた家に一人で住むのは耐えられないからここに越してきたということだけだ」

「それまでどこに住んでいたといいましたか?」

「ケント州のどこかだったかな。公務員をしていて、早期退職をしたとのことだったよ」

「どういう関係の役所か、わかりませんか? あるいはどこの地方だったか」

「農水省だった気がする――たしか、今は省の名前も変わったようだが。勤め先はロンドンで、通勤が大変だったといっていた」

「奥さんが亡くなったのがいつごろか、聞いていませんか?」

「ここに越してくる直前だから、九年、いや十年前だな」

「それ以降、ハドリーさんに誰かとの付き合いがあったかどうかご存じないですか?」

「付き合い？」レックスは訳がわからないという顔をした。

「男女関係ですよ」トロイがいった。鈍いじいさんだな。長いこと縁がなくて忘れてしまったのだろう。しかたないか。「付き合っている女性はいませんでしたか？」

「いるはずがない。もっとも——」

扉を激しく引っ掻く音に話が中断された。大きな音なので、二人の刑事は今にも扉の裂け目から爪がのぞくのではないかと思った。

「モンカームだ。食事《ティー》が終わったんだ」犬が首にナプキンを巻いてテーブルにつき、上品にきゅうりのサンドイッチをつまんでいる滑稽なイメージが、バーナビーの頭をよぎった。「中に入れてやらなくちゃいけない」

「もう終わりますから、シンジャンさん」

「しかし、モンカームは——」言葉を切って、レックスは扉を顎で示した。扉の向こうは静まりかえっている。モンカームは遠ざかったようだ。だが、数秒後、犬が駆けてくる音に続いて、ものすごい衝撃音が響き渡り、扉が振動した。

レックスは「失礼」というと、犬を中に入れ、書き物机の蓋を上げて菓子置き場を閉ざした。犬は室内を二周し、ふわふわした尾をうれしそうに振って兵隊のフィギュアを何体か飛ばした。それから、長椅子に上がると主人の隣に陣取り、膝を折り、顎を突き出してくつろいだ。

「先ほど話題にした……」バーナビーは当惑ぎみに切り出した。目の前には、ズボンをはいた二本の脚と、ぼさぼさの灰色の毛の生えた体長五フィートの犬と、物問いたげな二つの顔がある。バーナビーは神話の国から現れた伝説の獣に問いかけているような気分になった。

「男女の付き合いのことで」トロイが助けに入った。「何かいい直そうとしたようでしたが」

「そうだったかね?」

「『もっとも』といいましたよ」主任警部が指摘した。「もっとも、なんだったのでしょうか?」

バーナビーは忍耐強くいられますようにと祈った。トロイは犬にウィンクをした。犬は長い舌を出してあくびをしたが、その鋭い歯の先は真っ赤に染まっていた。

「ああ、そうだ」レックスは思い出した。「ローラが彼にほの字じゃないかと思ったことがよくあった」

「何か根拠があるのですか?」

バーナビーが尋ねているかたわらで、トロイはほの字という言葉を気に入り、ぜひ女性警官のブライアリーを相手に使ってみようと考えていた。

「いつもジェラルドのことを見つめていたからだよ」レックスはいった。「特別な思いのこもった目でね。ちょうどわたしがウィナロット(ドッグフードの商標)の缶を開けているときのモンカームと同じ目だ」

そのあともしばらく話は続いたが、メモに書き留めておくほどの情報は得られなかった。主任警部は礼を述べたあと、指紋採取のために移動本部か、あす以降、警察署へ来てもらわなくてはならない、と説明した。移動本部を訪ねるのがうれしいのか、これを聞いて、レックスは少し元気になった。楽しみが一つできたのだろう。哀れなじいさんだ。

「年はとりたくないものだ」庭の小道を戻りながら、バーナビーがいった。

「なかなかのものですよ」トロイは答えた。「あの兵隊やら、メダルやら。高級ナッツはもちろんのこと」

「ところで、あのすごい犬はなんという種類だ?」

「アイリッシュ・ウルフハウンドです」

「なかなかいい敷物になりそうだな」ナトリウム灯に照らされ、芝生がグレーがかったオレンジ色に染まっている公共緑地を横切って、移動捜査本部への階段をのぼった。中は心地よく、コーヒーサーバーがある。一組の中年夫婦が、役に立つかどうかわからない情報を提供しに来ていた。提供者はこれからも現れるにちがいない。

バーナビーはアマシャム警察に電話を入れ、選挙人名簿からマックス・ジェニングズの住所を調べてくれるように頼み、待っているあいだに自分でコーヒーを取ってきた。十分もしないうちに折り返し電話があった。


「殺人事件のあとですからね」A四一三号線を走りながら、トロイがいった。「事件がなければ話題にもならないことを、みんながあれこれいい出しますから」

「被害者についてかね?」

「そうです。それから、自分の行動についても。たとえば、シンジャンだって、ハドリーの裏庭をうろついていたわけでしょう。〈心配でようすをうかがっていた〉という名目で。木立の外れに誰かが立っていて、こちらを見ていたといってますが、そのときもほんとにそう思ってたんでしょうか?」

「その場を立ち去った言い訳として自分でそう思い込もうとしているだけかもしれないな」主任警部はいった。

「それを証明するのは難しいですよね。雨も降ったし、一般人があちこち踏み荒らしてしまったから」

　バーナビーは返事をしなかった。犯人がコーストンで市の立つ前日にジェラルド・ハドリーを殺害したことの不運を、心の中で嘆いていた。もっと早くレックスに話を聞いていたら……。被害者とゲスト作家の関係を突きとめなくてはならなくなった。もちろん、最初から、ジェニングズにも事情を訊くつもりだったが、ハドリーの家を出た時刻の確認程度で済むと考えていた。ちくしょう！　なんということだ。

　しかし、悔やんだところで時間の無駄だし、どうにもならないのはわかっているので、バーナビーはあきらめて、ローラ・ハットンのことを考え始めた。あの嘆きようからすると、レックスのいうほの字では控えめすぎるかもしれない。バーナビーは、彼女が被害者に愛情を抱いていたと考えている。しかも、報われない愛情を。そうでもなければ、〈ええ。奥さんの死を嘆き悲しんでいました〉と、あんな耳障りな声でいうわけがない。

　ローラはうっかり感情をのぞかせたことを悔やみ、それ以上、本心を見せまいと心に決めて話を打ち切ったのだ。しかも、あのときの言葉は苦しみだけでなく、皮肉まじりに発せられた。相手にされなかったことへの怒りを爆発させただけだろうか。それとも、彼の私生活について何か知っていて、表向きは彼が妻の死を嘆いてみせていたことを嘲笑したのか。ローラが平静を取り戻し、そのときにまだ必要であれば、もう一度、質問してみよう。こう結論づけたことで、バーナビーは現実に立ち返り、乗っている車が走るというより宙を飛ぶように移動し始めたことに気がついた。

「何をしてるんだ！　道路に放り出されるぞ」

「このあたりは路面がいいですからね」

しかし、これ以上、不当に批判されないよう、トロイは時速五十五マイルにスピードを落とした。これまで一度も事故を起こしたこともなければ、起こしそうになったこともない。上級の運転試験もやすやすと合格した。その腕前を披露するのはこのうえない喜びだった。クラッチとギヤ・チェンジの流れるような操作、みごとなハンドルさばき。戸外の風景は一瞬にして流れ去るので、町の安全を脅かすようなことが起こっていないかとつねに目を光らせていなくてはならない。けれども、トロイは忍耐力に欠けるところがあり、そのため自分で思っているほど上手な運転ができなかった。上司に必要以上の警告を受けると、ますます辛抱ができなくなる。そのあと、トロイはこう考える。オートマティックなんか運転してるやつに何がわかるんだ？　あんなもの〈運転〉だなんていえないじゃないか。ただ中にすわっていれば、昔の荷馬車の馬みたいに引っ張っていってくれる。トロイは、〈生活？　そんなことは召使いどもに任せておけ〉といったフランス人（十九世紀の作家リラダン）のことは聞いたことがないが、オートマティック車に乗っている人間ならすぐに見分けがつく。

ちらりとミラーを見て、ウィンカーを出し、器用にハンドルを切る。ヘッドライトはすでにチャルフォンツを呑み込み、ウォレン・デヴァシーの美しい小道を舐めている。トロイは右側に注意を向けながら、ゆっくり車を走らせた。左側を見ていたバーナビーは大きな門に目を留めた。高さと凝った装飾ではグレシャム・ハウスの門といい勝負だが、状態はこちらのほうがずっといい。左右の門扉の中央にあるMの金文字には、金細工のアカンサスの葉のリースがデザインされていた。砂岩でできた門柱のてっぺんに、人を寄せつけない表情のグリフィン像がのっている。手前の門柱のわきに、押しボタンと鉄格子が目立たないようにはめこまれていた。バーナビーはボタンを押して、話しかけた。雑音まじりのなか、強い外国訛の男とやりとりをしたのち、門が開いた。

門から建物までのかなり長いアプローチを、本物らしいヴィクトリア朝の街灯が照らしている。花壇にはパンジーが咲き、整然と灌木《かんぼく》が植えられていた。見た目はきれいだが、持ち主の個性が感じられず、公園のような雰囲気だ。

かなり大きな屋敷だが、こちらもデザインは見るからに独創性に欠けている。戦前の英国南部の邸宅のスタイルをまね、正面に六本の白い柱と大理石の階段があった。トロイは感心したように、ヒューッと歯のあいだから息を吸った。バーナビーはたいして感銘を受けなかった。パール&ディーン（イギリスの映画広告会社）のスクリーンに映し出されるパルテノン神殿のようだ、と思った。

彫刻の施されたまぐさ石越しに眺めていると、いくつもあるドアの一つが開き、背の低い浅黒い肌の男が出てきた。素足に細身の白いリーバイス五〇一Sをはき、だぼっとした花柄のシャツを着て、首からゴールドのチェーンを何本も下げている。縮れた黒い髪は濡れていた。

トロイは身分証を見せた。「ジェニングズさんですか?」

「執事のスタヴロスです」

「コーストン警察犯罪捜査課の者です。こちらのご主人にお話をうかがいたいのですが」

スタヴロスはいったん建物の中に戻ってから、刑事たちを招き入れた。二人が玄関から内部に足を踏み入れると、そこは大きな円形ホールになっていて、ドーム型の天井からきらびやかなヴェネツィアガラスのシャンデリアが下がっていた。

執事は廊下に濡れた足跡をつけながら、先に立って歩いていった。壁は透かし模様入りのクリーム色のシルクで覆われ、金縁の鏡や、オリジナルではあるが特に見るべきもののない絵画が何点も掛かっていた。一定の間隔で吊り下げられたシャンデリアは、歩いていく三人の男にきらきらちらちらした光を降り注いでいる。いくつもの扉の前を通り過ぎ、長さ三十フィートもあろうかという鏡張りの壁の前で、スタヴロスは足を止めた。ボタンを押すと、壁全体がすうっと上がり始めた。

その向こうは、巨大な温室のような場所だった。屋根はアーチ型で畝《うね》のある鋼鉄と淡黄緑色ガラスでできている。中にはさまざまな植物が置かれていた。エキゾチックな花や、鉢に入ったヤシの木、大きな厚い葉と大皿ほどもある蛍光色の花をつけた植物、バナナ、パイナップル、穴子ほどの太さで細かい毛の生えた蔓植物、巨大サボテン、ハンギング・バスケットに入った香りの強い蘭。むっとする湿気の中で、どの植物も濡れていた。

スタヴロスの姿が消えたあとも、バーナビーとトロイはエメラルド色の人工芝の上をさらに進んだ。青々と茂る植物のあいだにスポーツ用品が置かれ、まるで憶病なジャングルの動物が葉陰からようすをうかがっているように見える。どこにあるのかわからないスピーカーから、ザ・ティファナ・ブラスのハーブ・アルパートが吹く、しっとりとしたトランペットの調べが聞こえてきた。

バーナビーとトロイは、足もとに置かれている長いホースを踏まないように（トロイの場合は、つまずかないように）注意しながら、一段高い花壇を回って、ようやく上品なシダ模様のカーテンの前に出た。近くからリズミカルな水音が聞こえる。トロイはカーテンを押し開けて中に入り、息をのんだ。

青緑色のタイル張りの細長いプールがあり、水面は青金石《せいきんせき》を溶かしたようにきらめいている。プールサイドぎりぎりのところまで花や木があるので、プールをゆったり往復している女性は、人の手によって造られた場所ではなく、どこか熱帯の島にある人知れぬ洞窟の中で泳いでいるように見えた。白いワンピースの水着から小麦色に輝く四肢が伸びている。こちらに背中を向けると、髪がふわっと流れた。

トロイは目を奪われ、立ちつくしていた。これはハリウッドの世界だ。ハリウッドかビバリーヒルズ、あるいはテキサス州ダラス。彼はふうっと満ち足りた喜びのため息を漏らした。女性はプールから上がると、つかのま、日焼けした広い肩や長く伸びた美しい脚から水を滴《したた》らせながらたたずんだ。背を向けて歩き出したとき、女性の首と手首と足首が炎のような光を放った。宝石をつけたまま泳いでいたことにトロイは驚いた。宝石をつけたまま泳ぐなんて。

額の汗をぬぐい、ジャケットを脱いで、自分自身の興奮を隠すように腕に掛けると、トロイは上司のあとについて注意深く人工芝の上を歩いていった。

ラウンジチェアや籐のアームチェアがいくつか置かれているあたりで女性に追いついたが、二人の刑事はこのあと会話が交わされているあいだ、すわるよう勧められることはなかった。ドリンクが用意されたワゴンもあった。女性はすくった氷をタンブラーに入れ、ジンをなみなみと注ぎ、プラスティック製の容器に入っているレモン果汁を少し加えた。バーナビーが声をかけた。

「ジェニングズさんですね?」

「そうよ」

「ご主人とお話をしたいのですが」

「あら、そう」ジンを喉に流し込むと、もう一度ボトルを手に取った。「なんのお話?」

しゃっくりしながらだったので、言葉が聞き取りにくかった。彼女はけだるげにバー・スツールに腰を下ろし、関心のなさそうな目を向けた。

「ご在宅ですか?」主任警部が尋ねた。この女性は何歳ぐらいなのだろう。ふくらはぎや内腿に比べて、顔の肌は不自然なほどぴんと張っている。手の甲には血管が浮き上がっていて、目のまわりに皺一つないにもかかわらず、疲労を感じさせた。

「いいえ」短く答えただけで、ミセス・ジェニングズはジンを呑み続けた。

「いつごろお戻りの予定ですか?」女神の腹部に付いた脂肪や世間ずれした疲れた眼差しに気がつくと、トロイの興奮は収まった。

「知るわけないでしょ」

「では、ゆうべ、ご主人が何時ごろ戻られたか、ご存じないでしょうか?」

「睡眠薬を三錠のんだのよ。この世の終わりが来たってわかりっこないわ」

「ご主人がいらした集まりは……ミッドサマー・ワージーでしたね?」返事はなかった。だんだんバーナビーの姿が見えにくくなってきたとでもいうように、彼の顔に目を凝らしている。「その話はお聞きになっていませんか?」

「いいえ」彼女は氷をすくい、ジンを注いだタンブラーに入れ、レモン汁の入ったプラスティック容器をいじった。

「実際、そうはならなかったけど」

「えっ、何がですか?」

「ゆうべ来なかったこと」

「どういうことですか、ジェニングズさん?」

「この世の終わりよ」

「ああ、そのことですか」

「運がなかったわ」

「どこへ行けばご主人にお目にかかれるでしょうか？」トロイが訊いた。ミセス・ジェニングズは質問の意味を理解していないように見えた。興ざめした顔がいらだちの表情に変わった。トロイはいっそう大きな声でいった。「ご主人はどこへお出かけになったんです？」

「フィンランドよ」

「フィンランドですって！」

「本のサイン会」

「何日間です？」

「秘書とやらに問い合わせてちょうだい。巨乳のバーバラに。あの人たちはそれはそれは仲むつまじいんだから」

「出かけられた時刻はわかりますか？」

「スタヴロスに訊いてもらったほうがいいわね。何もかも彼がやってくれてるから。温かい朝食、清潔な衣服、完璧なプール管理。残念なことにあっちのほうは下手だけど」

　彼女は背を向けた。バーナビーは礼をいうと、くるりと向きを変えて引き上げた。

「あの男が消えたのも無理ないな」いなくなった執事を捜しながら、トロイがいった。神経のおかしい女に付き合っている暇はなかった。もっと公平ないいかたをすれば、男であれ女であれ神経のおかしい人間に付き合っている暇はない。トロイは見かけどおりの単純な人間が好きだ。自分自身もそういう人間だと思っている。

「ああいうふざけたことを」――サイン会のことだ――「逃亡の口実にするのは妙ですよね。ちょっと目立ちませんか？」

「まあ、犯罪人引き渡し条約のある国へ行ってくれた点が救いだな」バーナビーの顔から汗が滴り落ちた。衣服も体に貼りついている。「あのじめじめしたところから抜け出せてほっとしたよ」

執事はキッチンにいた。食べ物を準備するためだけの場所とは思えないくらい、珍しい、発明品のような道具がたくさん並んでいる。スタヴロスはステンレスのテーブルを前にすわって、ギリシャの雑誌を読んでいた。

「ミスター・スタヴロス？」トロイが声をかけた。

「スタヴロです」

「えっ？」

「わたしの名前はスタヴロス・スタヴロです」

「ああ、そうなんですか。では、ミスター・スタヴロ、お話があるんですが」

「不法入国じゃありませんよ」このギリシャ人は雑誌を閉じてあわてて立ち上がった。「ビザやそのほかの書類も全部揃っています。六か月間の滞在を許可されているんです。見せましょうか――」

いくぶん動揺したようすで、どこかへ行きかけた。

「そういう用件じゃないんです」バーナビーがいった。「ミスター・ジェニングズについて、二、三うかがいたいだけで。昨夜、ミスター・ジェニングズが戻られたとき、あなたもここにいましたか？」

「いつも寝ずに待ってますからね。門は家の中から開けるんです」

「戻られたのは何時でしたか？」

「一時ごろでしたか」

「そのとき、ミスター・ジェニングズはどんなようすでした？」スタヴロスは戸惑いの表情を浮かべた。「うれしそうでしたか？　悲しそうでしたか？」

「そう、悲しそうでしたね。かなり悲しそうだった」

「ゆうべのことを何かお話しになりませんでしたか？　どんなふうに過ごされたかを」

スタヴロスは首を横に振った。「話なんてしませんよ。わたしとだんなさまは……」

「友だちではないから？」トロイがあとを受けた。

「そう、友だちではないから。だんなさまは起こしてほしい時刻を告げて、寝室に引き上げました」

「ミスター・ジェニングズはどういうかたですか？　働いていて不都合はないですか？」

スタヴロスは肩をすくめた。

「ミセス・ジェニングズはいかがです？」

トロイはそう訊かずにいられなかったし、声に憤りが表れるのも抑えられなかった。あの女性への熱い思いは冷めたとはいえ、この脂ぎった男があのシナモン色の体に絡みついていたかと思うと、控えめにいっても心穏やかではいられなかった。トロイはいった。

「今朝のことを話してください、ミスター・スタヴロ」

「何をです？」

「全部ですよ」

「六時半に朝食を運んで、だんなさまを起こして、風呂に湯を張りました。それから、旅行用の荷物を詰めて――」

「どういうものですか？」

「カジュアルなものですよ。セーターやシャツ。ご自身はお気に入りのスーツ姿でした」

「もしかして、きのうと同じスーツではないでしょうね？」バーナビーが尋ねた。

「同じものですよ」主任警部の表情が険しくなったことに気がつき、スタヴロスは心配そうな顔になった。「何か？」

「出かけたのは何時でしたか？」

「九時半です」

「どこへ行くとおっしゃってましたか？」

「ヒースロー空港です」

「実際に持って出たのはどういう鞄でしたか？」

「大型スーツケース二つと手提げ」

「ええっ？」トロイは驚いて目を丸くした。

「ブリーフケースのことだ。頭を働かせろ」バーナビーはだんだん不機嫌になってきた。「ミスター・ジェニングズはいつ戻るといってましたか？」

「何も。あとで電話するといっただけです」

「昨夜着ていたほかの衣類はどこにありますか？　シャツやソックスや下着は？」

「洗濯機の中ですよ」

「もう洗ったのですか？」

「はい」

「それは仕事熱心なことだ」

「それが何か……」

スタヴロスは不安な表情になった。

「すぐ洗うように、といわれたのですか？」

「いえ、洗濯はいつも朝します」

「血は付いていませんでしたか？」トロイが訊いた。

「血！　そんなばかな」

「さあ、どうか落ち着いて。落ち着いてください」まったく興奮しやすい外国人だ。オペラみたいじゃないか。今にも『誰も寝てはならぬ』が流れて、サッカーの試合が始まりそうだ。

「洗濯したその衣類が必要なんです」バーナビーがいった。「それから、ミスター・ジェニングズが昨夜はいていた靴やつけていたネクタイも。まさか靴は洗ってないでしょう？」

「ええ」スタヴロスはますます心配顔になった。「困ったことにはならないでしょうね」

「困ったことというのがどういうことかわかってないようですね」トロイがいった。「捜査協力を拒んだ場合、本当に困った状況になりかねませんよ」

トロイは、協力しなければ、大事なビザをシュレッダーにかけてトイレに流してしまうぞ、よく考えろ、と脅してやりたかった。だが、主任警部は不要な脅しには反対で、窮地に追い込まれた場合の奥の手としてとっておきたがる。最後の切り札として使った場合、榴弾砲並みの威力で相手の策略を爆破してくれることがわかっているから。

「あした、現場捜査班の者に取りに来させます。昨夜身につけていたものをすべてその者に教えてください。指さすだけで、けっして触ってはいけませんよ、いいですね？　それからもう一つ……」

トロイはマックス・ジェニングズのベンツの特徴と登録番号を書き留めた。

スタヴロスは安堵の汗をにじませながら、刑事たちを見送った。二人が車に乗り込むと、今にも逃げ出そうとするように、爪先立ちになった。

「こんなところでの暮らしを想像してみろ」バーナビーは屋敷を振り返り、ばかにしたようにいった。車の窓を少し開け、肺炎を引き起こしそうなほどの冷たい空気を中に入れた。「品のなさを絵に描いたようだ」

トロイはこの屋敷の内外すべてが気に入っていたので、どう返事をすればいいかわからず、寒さに震えながら黙っていた。

バーナビーとトロイがウォレン・デヴァシーに向かって車を走らせているころ、スー・クラプトンは食器を片付け、翌日の弁当の用意をしていた。繊維の多いセロリと赤きゃべつを切り、レーズンを加えてから、リノール酸とビタミンBをとるために胡桃を交ぜ、特製のレモン・ドレッシングは小さなガラス瓶に入れた。いつものように手をかけて用意したが、マンディがこのサラダと自家製ロールパンを、毎日フライドポテトとコーラとチョコレート・バーに取り換えてしまうことなど、まったく知らなかった。

夫も娘も帰宅は遅かった。ブライアンは学校が終わったあと、同僚二人と呑みに行った。劇の話を聞きたがっていると勝手に思い込み、『五つの無言の声のためのスラングワング』の進みぐあいについて事細かに説明して、二人をうんざりさせた。

マンディは、隣家での犯行時刻にぐっすり眠っていて何も知らないと説明したにもかかわらず、生まれて初めて、学校でみんなの注目を浴びた。なかでも一番驚いたのは、そうとうな悪《ワル》で、いつも仲間と連れだって歩いているヘイズ・スティッチリーに、放課後、持ち帰りのファーストフードとビデオ『ヴァンパイア・セックス・スレイヴズ』を用意するから遊びに来ないかと誘われたことだ。

二人とも帰宅が遅れるという電話一本よこさなかったので、スーは心配でどうかなりそうだった。マンディはワインのにおいをぷんぷんさせ、まったく反省の色も見せなかった。ブライアンは、校長室で味わった恐怖を思い出してやましい気持ちになったのかもしれない。それで、逆にどなりちらしたのだろう。二人とも夕食はいらないというので、スーは一人でぷりぷりしながらジンジャー・ソースをかけたオニオン・パイを無理やり口に運んだ。そして今、ブライアンの弁当箱にコックス種の青りんごを、マンディのサラダに熟したバナナを入れられるようにしておいた。

隣室からテレビの大音量が聞こえる。ブライアンは、マンディと楽しみを共有したいとの思いから、少しもおもしろくないのに、無理に笑い声をあげた。スーは二人の笑い声に耳を傾けた。パパとかわいい娘。よく平然と笑っていられるものだ、とスーは思った。隣の家で、人が亡くなったばかりだというのに。それも悲惨な殺されかたをして。

大音量と笑い声で頭が割れそうだった。おかしなものだ、託児所で子供たちがどんなに騒いでも、うるさいと感じることはないのだけれど。スーはショールに身を包み、裏庭へ出て、後ろ手にドアを閉めた。風のない闇のどこかで、黒ツグミが鳴くのが聞こえる。古いりんごの木に留まっているのだろうか。美しい鳥のさえずりと騒々しい居間の不協和音とのコントラストに、スーは泣きたくなった。

やがて、テレビが消され、マンディは歯を磨きにバスルームへ行った。分厚い波型ガラス越しに、輪郭のぼけた人影が見える。最後に口をゆすいだあと、マンディが乱暴にドアを閉めてバスルームを出ていくと、まもなく彼女の寝室の窓からニルバーナの曲が大きな音で聞こえてきた。黒ツグミは歌をあきらめた。ブライアンが出てきた。

「話がある」強い口調でいうと、彼はスーが通れるように裏口のドアを手で押さえた。罰を告げられた子供のように、スーは暗い気持ちで家に戻った。

中に入ると、ブライアンは緊張した面持ちで椅子にすわったあと、なかなか話を切り出せずにいた。冷蔵庫の端を軽くたたき、マグネット付きのプラスティック製文字をいじって、HelloをHolelに置き換えた。頬をへこませ、鬚をいじっている。スーは夫のこのわけのわからない苛立ちには慣れていた。スーを攻撃するつもりなのだが、どこから始めるか決めかねているときの態度だ。スーは平静を保とうとした。膝の上で力を抜いて手を組み、十数えるまで深く息を吸い、十二数えながらゆっくり吐く。そして、バウンティ諸島のような穏やかな美しい景色を頭に思い描く。

「信じられなかったよ。ただただ信じられなかった」

「なんの話なの、ブライアン？」

「ジェラルドは今朝早く発見されたんだろう？　違ってたら訂正《コレクト》してくれ」

「そうよ。気の毒に、ミセス・バンディが見つけたんですって」そのうちあなたを懲らしめて《コレクトして》あげるわ、そうしたら、ショックで死んじゃうかもね。

「十時ごろだったらしいな」

「そうらしいわね」本気よ。

「それなのに……それなのに……」信じられない思いが募り、我慢の限界を超えた。一呼吸おいて頭を振ってから、ブライアンは続けた。「おまえが知らせてくれたのは三時だったな」

「さっき説明したでしょ――」白い砂、クリームのようになめらかにうねる波。島では何もかもがきらめいている。

「五時間もたってからだぞ！」

「そうよ。わたしだって――」それに、七色の尾を持つ楽園の美しい鳥。

「ここには電話があるじゃないか。毎月、べらぼうな料金をきっちり払ってるんだぞ」

あら、料金を膨れ上がらせているのは誰かしら。「ブライアン、託児所から戻ってきたのは一時過ぎだったのよ。そこへ警察が事件の話をしに来て、その直後に、記者が押しかけてきたの……」

スーの声は震えていた。絶景を雲が覆い始めた。「無理やり入ってきたのよ」

「おれよりそいつらを優先させるなんて」プラスティックの文字はLloheになった。「大衆の貪欲さを操っているやつらを」

「あの人たちが立ち去ってすぐに電話したのよ。でも――」

「でも、でもか。でも、そのときには、〈モース警部もどき〉と〈ファシストの相棒〉が学校へやってきて、ドラマと同じようなことをやっていたんだ。おれに台本を任せてくれりゃ、目をつぶってたってもう少しましな台詞を書いてやったのに」

ファシストなんかじゃないわよ、とスーは心の中でつぶやいた。わたしはいい人だと思ったわ。あの人には、ヘクターの絵を気に入ってくれる幼い女の子がいるのよ。

「あいつらは車をぶっ飛ばしてきたにちがいない。おまえから話が伝わらないうちに、おれをつかまえようとして。かまをかけてきたんだぞ」

「あなたに？」スーは驚いてとっさに聞き返し、自分の声に皮肉な響きがこもっていることにも気がつかなかった。「あなたにかまをかけてどうするわけ？」

「それはだな……」ブライアンは妻の真意を確かめるようにじっと見つめ返した。長い沈黙があった。ここは用心しないといけない。なるべく質問は少なくして、こいつがどこまで知っているかを探り出す。文字はOhellになった。

「たとえば、次から次へとくだらないことを訊いた。おれたちが何時に帰宅して、何時に寝たか。そのあと出かけたか。車が立ち去る音を聞かなかったか。おまえがどう答えたのかは知らないけどな」

「十時四十五分ごろ二階に上がったけれど、すぐには寝つけなくて、車の走り去る音を聞いた、そう答えたわ」スーは組んだ手から静かに視線を上げた。「あなたはどういったの、ブライアン？」

「どういう意味だ、眠れなかったっていうのは？　おれが上がっていったときはぐっすり眠ってたじゃないか。いびきをかいて」

ブライアンが寝室に来ると、スーはいつも眠っているふりをする。彼女は肉付きのいい肩をすくめた。

「あのあと、おれがちょっと散歩に出たことはいわなかったのか?」

「あら、そうだったの?」

「課題に目を通したあと、緑地を一回りした。頭をすっきりさせようと思って——」ブライアンは、冷蔵庫の文字をごくあたりまえの順番に戻した。「まったく、もう。おまえらしい。いかにもおまえのやりそうなことだ」

スーは泣き出した。ブライアンは〈ガーディアン〉紙を取り上げ、〈今年こそ文章作法を身につけよう〉という広告に目を留めた。切り抜いてジェフリー・アーチャーに送りつけてやろう、と考えると胸がすっとした。


その晩、ミッドサマー・ワージー村はいつまでも落ち着かなかった。〈茶色の牝牛〉亭はマスコミや詮索好きな野次馬でごった返していた。店内のあちこちで、こんな台詞が飛び交っていた。「ここの住人なら、彼のことをご存じでしょう? ああ、気がつかなくて、ええと、何を呑んでいらっしゃるんです?」

マスコミが質問の対象とした村人は男だけではなかった。みんないつもの二倍、三倍のスピードで酒を呑まされ、知っていることをしゃべった。酔いが回ってくると、雰囲気にのせられ、知らないことまで織り交ぜて話を作るようになる。事件の真相にたどり着いた者は一人もいないどころか、被害者が聞いたなら、村人たちの想像力のたくましさにあきれかえったことだろう。閉店時刻になると、有益な情報がまったく得られないまま、誰もが心身共に疲れ切ってパブをあとにした。

立入禁止となり、いまだ警官の姿がちらついている〈千鳥の休息所《プラヴァーズ・レスト》〉の前を千鳥足で通る者もいた。移動本部もまだある。トロイはすでに帰宅したが、バーナビーは移動本部内で、ヒースロー空港警察からの電話を待ちながら、コーヒーを片手に昼間集めた情報に目を通していた。疲れてあきらめかけたとき、電話が鳴った。

先方は連絡が遅くなったことを詫びた。八日にフィンランドへ向かう便はいくつかあったが、すでに航空会社のオフィスが閉まったあとだったので、依頼の件を調べるのに手間取ったのだという。ようやくすべて調べ終わり、どの便の乗客名簿にもマックス・ジェニングズという名前は載っていないことが判明した。

黒衣の女

翌日、バーナビーは早朝から署内にいたが、疲れが取れず、気分がすぐれなかった。昨夜はとろとろ眠ったかと思うと目が覚めたり、いやな夢を見たりの繰り返しだった。どういう夢だったか具体的には思い出せないが、鼻や口がおおわれていたのか、息苦しくなって掛け布団を払いのけようとしたのを憶えている。

まだ暗い六時に起き出して目覚まし時計のアラームを切り、紅茶を淹れた。そのあと、ジョイスが眠っているのをいいことに、けっして健康的とはいえない、油をたっぷり使った朝食を用意した。ベーコンをひっくり返すとき、子猫が物欲しげに見つめていたが、軽く鼻であしらった。食事中に、郵便の配達があった。ガーデニング用品のカタログが二冊と電話料金の請求書だった。

バーナビーは使った皿を流しに置いて、紅茶を淹れ直し、ベッドのジョイスにも一杯運んでいった。キッチンに戻ったころには、消化不良の前兆である、肩胛骨内側の痛みを感じ始めていた。キルモウスキーが冷蔵庫のそばで、しきりに鳴いている。

「食べ物のありかを、もう知っているんだな」バーナビーはコートとマフラーを身につけた。「餌にありつくために取り入る必要はないぞ。二週間もすればおまえの飼い主が戻ってくるんだから」

トロイは用心しながら上司に近づいた。機嫌が悪いときの主任警部のことはよくわかっている。何をいおうと、どう振る舞おうと、絶対にうまくいかない。何もしないでただ黙って立っていたとしても、頭の中で考えていることについて文句をいわれる。あるいは、服の選びかたや髪のとかしかた、左脚の形にまで難癖をつけられる。頭にバケツをかぶってやりすごしたいくらいだ。トロイは細心の注意を払ってカップとソーサーを置いた。

「これはなんだ?」

「コーヒーです、主任警部」

「冷めてるな」

「でも、ついさっき……」

「口答えするんじゃない」

「はい、主任警部」トロイはためらった。「足してきましょうか?」茶色い瓶から見憶えのある錠剤が取り出され、バーナビーは火傷しそうなほど熱いコーヒーで二錠のみ下した。その目がまんまるになり、額から汗が噴き出した。

「水はいりませんか、主任警部?」トロイはじろりとにらまれた。

「おもしろがっているのか?」

「とんでもない。ただ……」バーナビーの拳が振り上げられるのを見て、トロイはそそくさと部屋を出た。

廊下に出たとたん、奇跡的に暗い気分がぱっと晴れた。コーストン警察での生活に喜ばしいものがあるとしたら、その最上位に挙げられるものがこちらに向かってくる——ブロンド美人のオードリー・ブライアリー。まちがいなく、耐え難いほどの肉体の歓びの原因となるものが近づいてきた。トロイは出てきたばかりのドアを指さし、顔をしかめながら、親指で首を切る真似をして警告した。オードリーは淡いブルーの目を細くして、「上司思いだこと」というと、そのまま通り過ぎた。

バーナビーは両手で頭を抱えて目を閉じ、キーボードを叩く音や電話の呼び出し音や低い話し声を追い払い、九時半からの捜査会議にそなえて、考えをまとめようとした。十分間ほどそうしていたあと、メモを残して席から立ち上がった。

警察が厳格な階級社会であることを考慮したうえで、主任警部は捜査本部を民主的なものにしようと努めた。時間の許すかぎり、みんなの意見に耳を傾け、また話をしたいと思っている。どこの組織でもそうだが、階級の低い人間にも物事を見抜く知的能力が備わっていることをバーナビーは承知していた。そして、実際にそれが明らかになると、認めるべき功績はきちんと認めてきた。こういう姿勢の人間は珍しいため、大勢の部下に尊敬されているのだ。必ずしも好かれてはいないとしても。

捜査は二つのチームによっておこなわれていた。片方には機械操作の民間人が含まれ、捜査本部内で電話やコンピュータと向き合って、情報を探したり整理したりしている。もう一方は、足を使って現場や関係箇所を訪ね、目や耳を働かせて聞き込みをしている。バーナビーが部屋の突き当たりへと歩いていくと、三十人ほどの捜査員がいっせいに話をやめて、注意を向けた。

バーナビーは、ライビータ（ライ麦を原料とした乾燥パン）によく似た壁面ボードの前に立った。事件現場を撮影したビデオからの静止画像が拡大されて何枚も貼ってある。バーナビーが厄介な事件であるとの説明を始めたとき、誰もがその意味をわかりすぎるくらいわかっていた。ハドリー夫妻の結婚写真を引き伸ばしたものと、凶器の写真も提示された。きのうの事情聴取のあらましを記した書類が全員に配られていたので、バーナビーはこれまで入手した情報の要点だけをかいつまんで繰り返した。

「ジェニングズがフィンランド行きの便に乗っていないことはわかっている。フィンランドどころか、ヒースロー発のどの便にも搭乗した記録はない。今日、ほかの空港を当たってみよう。また、各港にも連絡済みなので、何かあれば知らせがあるだろう。いうまでもなく、行き先を偽って姿を消したとも考えられる。一方、忘れてならないのは、ハドリー宅を出たあと、彼は車で自宅に戻り、就寝し、家を出たのは翌朝になってからだという点だ。執事に旅支度を命じ、朝食もとっている。このことから、けっして急いでいたわけではないことがわかる。

もし、彼がハドリーを殺した犯人だとしたら、死体が発見されたかどうかを知る手だてはなかったはずだ。レックス・シンジャンがボディガード役をつとめていたのは明白で、ジェニングズが車で走り去った直後に、シンジャンがハドリー宅に戻ってくることも想定していたと思われる。そうなれば、事件は発覚し、シンジャンの供述によってジェニングズはすぐさま逮捕される。また、殺害方法も考慮しなくてはならない。今回のような激しい殴打による殺害は、激情に駆られた末の犯行であって、計画的な殺人とは考えにくい。これについては、あまり強調するのは差し控えたいと思うが。むろん、冷静に計画し、実行の段階になって感情に走ることもあるわけだが、まあ、この点も頭に入れておいてもらいたい。

被害者宅のセキュリティは万全とはいえなかった。そこで、通りすがりの人間やホームレスが忍び込んだ可能性も捨てきれない。たちの悪い侵入盗の犯行と考えられなくもないが、このケースはそうではないような気がする。通いの家政婦によれば、一階からなくなっているものは何もない。あいにく、二階へは上がってもらえないため確認は取れていない。ところが、昨夜、ふたたび話を聞いたところ、思ったとおり、狭いほうの寝室から茶色の大型スーツケースがなくなっているようだ。先週、掃除したときにはあったとのことだから、たんすの引き出しを空《から》にした者が中身を運ぶのに使ったと考えるのが妥当だろう。持ち去られたものについては、いずれ、現場捜査班から報告が上がってくるのを期待したい」

「すると、殺害の動機は盗みだったのでしょうか？」潑剌《はつらつ》とした若い巡査が尋ねた。

「この段階ではなんともいえないな、ウィロビー。あとからの思いつきとも考えられる。ともかく、高級腕時計はそのままだったから、そこに何か意味があるかもしれない。ミセス・バンディによると、引き出しにはいつも鍵がかかっていたそうだ」

これまで沈黙を守り、じっと考え込んでいた──宝石の品定めをするように、とのちにバーナビーは語っている──メレディス警部が発言した。「盗品を運ぶのにそのスーツケースを使ったということは、やっこさん、予想もしていなかった物を目にしたんじゃないでしょうかね。そうでなければ、入れる物を用意してきたはずでしょう？　もっとも、入る量に限りはありますが」

「ああ、量によるな」バーナビーがそう答えたとき、左肩のすぐ後ろで、いらだたしげに息を吸い込む音がした。どうやらトロイも反感を覚えたらしい。

屋外班を率いているイアン・メレディス警部は、赴任当日から、トロイの妬みの対象だった。出世街道を突き進んできた男、ブラムシルにある警察訓練学校の優等生。オクスフォードまたはケンブリッジの学位をオリンピックの金メダルのように首から下げている男。伝統のスクールマフラーも外さないうちに部長刑事に昇進し、それから四年もたたずに警部となり、しかも何より癪に障るのは、幹部にいろいろコネを持っている点だ。そして、感謝することもなく、その恩恵を受けている。

「そうはいっても」バーナビーは続けた。「旅行鞄の一つや二つ、どこの家にもあるだろうから、これだけで計画的犯行ではないと断言はできない」

ほれみろ、とトロイの表情が語っていた。なにが〈やっこさん〉だ！　いい気味だと思ってメレディス警部に目を向けたが、当人がバーナビーの意見に賛同してうなずいているのを見て、トロイは拍子抜けした。まったく、自分がけなされているのもわからないなんて。

「一台の車の捜索を続けよう。ハドリーの車はこのあたりの修理屋に点検に出されているのが見つかるかもしれない。見つかりにくいのはメルセデスベンツのほうだな」

「どの種類ですか？」

「そこに書いてあるよ、メレディス警部」

「五〇〇ＳＬですね」ほとんど同時にウィロビー巡査がいった。

「ああ、あれね」

メレディスは、友人や親戚もみんなこういう車を持っているというように、平然とした口調でいった。いまいましいことに、実際そうなのだろうと思いながら、バーナビーは続けた。「ハドリーについて徹底的に調べてもらいたい。きちんと記録に残っているものだけでなく、噂話や人づてに聞いた話でもいいから。グレイスという女性と結婚していたとのことだが、旧姓はわかっていない。二人はケント州で暮らし、彼女は白血病を患ってその地で亡くなった。かつてハドリーは公務員だった。農漁食糧省ではないかという話だ。裏づけが取れたらそれに基づいて捜査を進めよう。事件現場のビデオももう見られる。現場の状況は全員がきちんと把握しておくように。以上だ」

屋外担当チームはここで姿を消した。残りの捜査員は椅子をぐるりと回して、ちらちら光るモニターに向き直った。バーナビーは比較的静かな状況で電話ができるオフィスへと戻った。

マックス・ジェニングズの本を出している出版社に二度電話をかけたが、応答はなかった。もう九時四十五分だ。受話器を取り上げ、もう一度かけてみた。誰も出ない。バーナビーは舌打ちをした。早起きの彼は朝寝坊する人間が許せなかった。ようやく、知識階級独特のしゃべりかたをする女性が電話に出た。

バーナビーは用件を告げ、広報部につないでもらうと、ジェニングズがサイン会のためフィンランドへ出かけているかどうかを尋ねた。相手は電話口で大声で聞き返し、背後で笑いが起こった。

「こっちは大笑いですよ」いわれるまでもなかった。「夜陰に乗じて地元の書店へ連れ出して、ペイパーバック一冊にサインさせるのだって無理ですわ。フィンランドだなんてとんでもない。誰かにかつがれたんですよ」

「そのようですね」バーナビーは残念そうにいった。「それでは……ジェニングズ氏についての情報をいただけませんか？　宣伝用の配布資料か何か」

「そうですね」彼女が電話口から離れ、小声で何か話し合っているのが聞こえた。「略歴をお送りいたします。最新のものをファックスで送りますね」バーナビーが番号を告げているあいだに、電話の向こうでふたたび低い話し声がしたあと、電話の女性がいった。「タレントさんとお話しになるといいと思いますよ」

「誰ですって？」

「タレント・レヴァイン、マックスのエージェントです。ペンはお持ちですか？」バーナビーは連絡先を書き留めた。「わたしたちよりもお役に立てると思います。マックスとはずっと前からの付き合いですから」

バーナビーは礼を述べて受話器を置き、椅子の背にもたれかかった。捜査会議の緊張が解け、消化不良もほとんど治まったようで、意外にも空腹を覚えた。朝食はもう二時間も前に胃を通過しているので、何か食べておきたい気がした。昼食を抜くことになるかもしれないから、と自分に言い訳をしながら、廊下へ出て、何があるか見ようと自動販売機の前まで行った。

どこの自動販売機もたいていそうだが、派手な色の袋に入った高カロリーのものばかりだった。バーナビーは砂糖漬けのチェリーののったデニッシュ・ペストリーを選んで、代金を入れた。

廊下の先で、トロイがニコチンを吐きながらトイレから出てきた。今年の一月一日からテムズ・ヴァリー地区の条例により、署内は禁煙となり、現在喫煙が許されているのはトイレだけなのだ。私服制服を問わず罪深い男たちが頻繁に飛び込んでは煙をくゆらせるため、一日が終わるころ、トイレはダンテの地獄と化す。

トロイは、バネ足ジャックのように高い壁も跳び越えられそうな軽い足取りだった。気持ちが高揚する時間が近づいている。捜査が本格的に始まり、どのような方針でおこなわれるにしろ、これからの数時間は期待に満ちている。デスクワークも比較的少ない。そのとき、上司の姿が目に入り、トロイはあわてて表情を引きしめた。念のために。

「コーヒーが欲しいな」デニッシュ・ペストリーを見せながら、バーナビーが歩いてきた。

「わかりました、主任警部」

トロイがコーヒーを淹れているあいだ、バーナビーは電話で話をしていた。状況がよくなってきたのがわかるので、トロイもリラックスした表情で主任警部の前にカップを置いた。ほっとする思いだった。手足を動かして働けば、状況は好転するものだ。

バーナビーは電話で話を聞きながら、なかなかいい声をしていると思った。いつも葉巻を吸っているような渋い声。それでいて役者のようによく響く。ポートワインとナッツとアルマニャックを連想させる。かなりやり手の金満家なのだろう。

「マックス・ジェニングズは契約書にしかサインしませんよ」タレント・レヴァインは低い声でいった。「なぜ直接本人に尋ねないんです？」

「昨夜、人が亡くなり、その捜査をしています。亡くなる直前、その人物と会っていた人の中にジェニングズさんがいらしたのです」バーナビーはさらに具体的な状況をかいつまんで説明した。

「そんな田舎のアマチュア作家の集まりに？　信じられない」

ミッドサマー・ワージーの住人が北極か南極並みの辺鄙な場所でどうやって暮らしているのか興味を持っただけかもしれないが、とにかく、ジェニングズが来訪したのは事実であることを、バーナビーは告げた。

「リン・バーバー（一九四四〜。英国人ジャーナリスト）とだって会おうとしなかったのに」タレントは続けた。「わたしがいくら勧めてもね」

「ジェニングズさんは招待主と知り合いだったらしいのです。彼からジェラルド・ハドリーという名前を聞いたことはありませんか？」

「ないですね、憶えている限りでは」

「数年前にさかのぼる話かもしれません」

「いいえ、あいにく」

「ジェニングズさんについて詳しい情報を出版社からうかがおうとしていたのですが――」

「どうして、そんなことを?」と、タレントに訊かれて、バーナビーは一瞬、言葉に詰まった。

「主任警部さん、それだけでは本人の承諾なしにクライアントについての情報をお教えするわけにはいきません」

「わかりました。実は、昨晩、ジェラルド・ハドリーが殺されました。生前、最後に被害者と会ったのはジェニングズさんだと思われます。しかも、彼は行き先を偽って、行方をくらましたようです」

長い沈黙が流れた。建物解体用の鉄球がなければ破れないほどの沈黙だった。しばらくたって、マックスのエージェントはつぶやいた。「なんてこと……」

「居場所に心当たりはありませんか?」

「見当もつきませんね」

「もし、連絡があったら――」

「この件については相談しなくてはなりません。あとで連絡します。夕方にでも」

「よろしく頼みますよ、ミスター・レヴァイン」異議を唱えるような不満のうめき声に遮られた。

「ああ、失礼いたしました、ミズ・レヴァイン」

バーナビーは受話器を置いて、小声でつぶやいた。「奇妙きてれつ《curiouser and curiouser》だな」

トロイは黙っていた。控えめな性格ではないにしても、今は文法の間違いを指摘するときではない（『不思議の国のアリス』の有名な台詞curiouser and curiouserを引用したのだが、トロイはそれに気がつかず、curiousの比較級はmore curiousだからcuriouserは文法的におかしいと思った）。バーナビーはふたたびペストリーに注意を向けた。ビニール袋に入っているときはつやつやしておいしそうに見えたチェリーは、ゴムのように硬かった。一口噛んだだけで、ずきんと歯に痛みが走り、苦々しい思いでのみ下した。

「何かが腐っているのだ、このデンマークでは（『ハムレット』第一幕四場）」

「デンマークに限ったことじゃありませんよ」トロイは飲み終わったコーヒーのポリカップをペストリーといっしょにごみ箱に捨てた。「モーリーンはニュースを見るのをやめました」

トロイは真っ白なハンカチを出し、パンくずを手の中に集めて捨て、丁寧に手のひらと指先を拭いた。

「手がきれいになったら」バーナビーはトロイの異常なほど神経質なふるまいにはとうの昔に慣れっこになっていたが、それでも見ているとおかしかった。「もう一度、クラプトンのところへ行ってもらいたい。少し脅してみろ。火曜の晩、緑地のまわりを散歩したといっているが、実際に何をしていたのかを探ってきてくれ」


「あなたが来てくれてほんとにうれしいわ」

「よかったわ。何か飲みましょう。わたしは休憩、あなたは午後のお茶」

スーは陶製のマグカップにティーバッグを入れた。自分にはカモミール・ティーを、エイミーにはセインズベリーのレッド・ラベルを。オーツとキャロブ・パウダー（いなご豆のさやを粉状にしたもの）入りの手作りケーキもある。その全部をのせたトレイが、暖炉の前にある古いレキシンの足載せ台に置かれていた。

エイミーはカップを手に取り、もう何度目だろうか、同じことをつぶやいた。「たいへんな一日だったわ」

「ええ、ほんと。たいへんだったわね。ひどいものだったわ」

エイミーがコートも脱がないうちから話し始め、二人はもう何度もその話題を繰り返していた。警察がグレシャム・ハウスを訪ねてから二十四時間がたつ。恐ろしい事実を告げられたあと、エイミーは信じられない思いをオノーリアと語り合うつもりでいた。今、スーとこうしているように、温かい物を飲みながらショックを和らげようと思っていたのだ。ところが、オノーリアは、この地域で犯罪がおこるようになったのは社会組織の力のせいだ、と月並みな非難をするだけで満足しているようだった。言葉は多少変わっていても、この考えかたはけっして適用性のあるものでも独創的なものでもなかった。

オノーリアの非難の矛先《ほこさき》はほかへも向けられる。子供を甘やかす無知な親、手ぬるい教師、ゆりかごから墓場まで国が面倒を見るシステム、堕落を助長するテレビというものが手近にあること。さらに、当局にたいする軽蔑へと移る。体罰や極刑廃止。悪意に満ちた地方自治体の公営住宅建設。きちんと税金を払っているまともな市民が暮らす地域に、たやすく強盗に入れるほど近い距離に建てるなんて。こういった凶悪なものすべて、あるいはいくつかが組み合わさって、ジェラルド・ハドリー殺害のような事件を生んだのだろう。そして、いうまでもなく、被害者本人もまた社会のくずの出身である。うかつにも、エイミーはここで意見を差し挟んだ。

「庶民を殺したのは貴族でしたよ。エリザベス一世はしじゅう首をはねていたじゃないですか」

「王族は別よ」オノーリアは険しい目でエイミーを見据えた。「それほど事件に関心があるなら、あのばか面した田舎警官に、現場を見せてくれと頼めばよかったじゃないの」

「お義姉さま! なんてひどい……まるで、わたしが……ああ」

キャロブケーキを手で割ろうとして、エイミーの指先はふたたび震えた。緑地沿いに車を停めているドライバーたちのような詮索好きをとがめられた気分だった。現場を見たいなんて思っていない。考えただけでぞっとする。こんな恐ろしい出来事を自宅で話し合いたい人間などいるはずがないではないか。エイミーは実際、口に出してそういった。

「それなら」オノーリアは答えた。「わたくしは人間じゃなくてけっこう」

「まったく理解できないわね」エイミーの話を聞いて、スーは感想を漏らした。

二人はしばらくいっしょに涙を流した。きのうは、別々に泣いていたのだ。スーは強引な記者たちがようやく引き上げて一人になったときに。エイミーはラルフの墓参りをしたあと、セント・チャド教会に立ち寄ったそのときに。

ジェラルドが敬虔なクリスチャンだったかどうか知らないし、エイミー自身が特別に信心深いわけでもないので、ただ彼の魂が天国に召されて安らかな眠りにつけるよう短い祈りを捧げた。もちろん、こういうことは葬儀の際、形式にのっとったやりかたでおこなわれるはずだが、エイミーはあまり遅くならないほうがいいと思ったのだ。

スーは〈草原の花の蜂蜜〉という銘柄の蜂蜜をスプーンですくって、エイミーの紅茶にたっぷり入れた。「ローラとレックスにも声をかけたのよ。あなたが来るのはわかっていたから、いっしょにどうかかと思って。でも、ローラは無愛想だったし、レックスは留守のようだったわ」

「まあ、そう」エイミーはそれほどがっかりしてはいなかった。薪の弾ける音がし、暖炉の火が暗赤色の壁に影を投げかけているこの部屋に、スーと二人きりですわっているのが好きなのだ。心地よいねぐらにいるような気分になる。

二人は、ふとしたことから親しくなり、異国に取り残された同郷人のようにたがいに共通するものがあるのを感じて、すぐに引き寄せられた。何も語らなくても、相手の状況が理解できた。部外者がしばしば発するような問いかけ——どうしてそんな境遇に我慢できるの?——はまったく必要なかった。

その代わり、おたがいに慰めや励ましの言葉をかけたり、助言したりした。自分を迫害する者のやり口を非難することで憂さ晴らしをすることもあった。だが、たいていは二人ともユーモアを失わず、達観した態度を保とうと努めていた。ほかにどうすることもできないのだから。

スーもエイミーも、相手が自己憐憫《れんびん》に陥ったり自責の念に駆られたりするのを許さなかった。親しくなった当初、スーはそうなりがちで、ブライアンが勝手なふるまいをするのは、自分がぐずで頭が悪いからだと説明していた。エイミーはその考えをきっぱり捨てさせた。

二人には現状から抜け出す計画があった。スーは絵本作家として成功したら、マンディと二人で暮らす小さなコテージを買おうと思っている。もちろん、マンディに来る気があればの話だが。庭付きで、アヒルや鶏も飼える。エイミーは本が爆発的に売れたら、あまり遠くないところに一軒家を買いたいと考えている。広くて風通しがよく、現代的な設備のある住宅だ。手回しのラジエーターや石の床や黴《かび》臭い戸棚にはもううんざりだった。

そして、二人が会うときにも、余裕をもってゆっくり会話を楽しむ。今のように、いつも時間を気にしながら、息つく暇もなくしゃべったり笑ったり相手の話に言葉を挟んだりするのではなく。エイミーにいわせると、今の二人は、一年に一度だけおしゃべりを許された修道女のようだ。

「マックスの車の音が聞こえたとき」スーがいった。二人はまだ事件のことを話題にしていた。「時計を確かめなかったのが悔やまれるわ」

「しかたないわよ、こんなことになるってわかってたわけじゃないんだもの。それに、時刻がはっきりしたところでたいして捜査の助けになるとは思えないわ」

「ジェラルドが何時ごろまで生きていたか、教えてあげられるじゃない」

「そういうことは検死でわかるものでしょ」

その言葉はぞっとするような衝撃をもたらし、二人はつらい気持ちでたがいを見つめた。「警察はあの人にも伝えなくちゃいけないでしょうね――マックスのことだけど。なんだか申し訳ないわ。こんなことに巻き込んでしまって」

「まだましだったかもしれないわよ」

「どういうこと？」

「ゲストがアラン・ベネットだったとしたら、どうなっていたことか」

二人はくすくす笑い出し、その軽薄さをきまり悪く感じながらも、内心ほっとしていた。時間がたつにつれて、殺人のことは頭から離れていった。「きのうはいいこともあったわ」スーがいった。

「赤毛の刑事さんがあなたのところにも来たでしょう？」

「ええ」

「あの人のこと、初めは〈狐〉って名づけたの」スーは誰にでもあだ名をつけるのが好きだった。

「でも、考え直したわ。唇が薄くて、歯が鋭いから〈フェレット〉のほうがいいって。体格のいいほうの刑事さんは〈あなぐま〉ね」

「ほんと、〈あなぐま〉がぴったりだわ」エイミーはいった。〈フェレット〉にも賛成したが、それは彼女がトロイをあまり好きではなかったからだ。「その赤毛の刑事さんがどうかしたの？」

「ヘクターの絵を買いたいっていったのよ。幼い娘へのプレゼントに」

「すごいじゃない！　値段はいくらにするの？」

「そんなの、わからないわ」

「二十ポンドにしなさいよ」

スーはまさかという声を漏らした。

「最低でもね。クラプトンのオリジナル作品ですもの。いつか途方もない値が付くっていってやりなさいよ」

エイミーは、いくらいっても無駄なのはわかっていた。スーのことだから、そのときになったら、「いえ、お金なんてけっこうですわ」とつぶやくだろう。さもなければ、おずおずとグリーンピースの募金箱を〈フェレット〉に差し出すかもしれない。スーが話題を変えた。

「メシューエン社からはまだ何もいってこないのよ」

「それはいいことなんじゃない？」スーは絵本の原稿を三か月近く前に送っていたのだ。「関心がなければ、すぐに送り返してくるはずですもの」

「そうかしら」

「ええ。今ごろ、みんなの意見を聞くために社内に回されてるわよ。そうに決まってるわ」

「エイミー」スーは微笑みかけた。「あなたには本当に助けられるわ」

「おたがいさまよ」

「ところで、『じゃじゃ馬』のほうはどう？」スーは尋ねた。「なんとか進んでる？」

社交辞令ではなかった。エイミーが書いているバロック風の小説に、スーは心から引き付けられ、いつも興味津々で話の展開に聞き入った。これほど魅了されるのだから、完成したあかつきには大成功を収めるにちがいない、とスーは確信していた。

「信じられないかもしれないけど、あんな恐ろしい知らせを聞いたあとなのに、ゆうべ六ページ書いたのよ」

そのような状況にあっても執筆できたことは、プロ意識が備わっている証拠なのか、あるいは石のような心を持ったアマチュアなのだろうか、とエイミー自身はかなり戸惑っていた。

「ロウクビーは」スーは熱心に話を続けた。「アラミンタがモウリーナ公爵の妻だと思って拒絶したでしょ？　でも、そのあとで公爵と同じ名字なのは妹だからだとわかったの？」

「ええ」

「それで？」

「遅すぎたわ。アラミンタは苦しさに耐えられなくなって、ブラック・ルーファスとコルシカ島の保養地へ旅立ったのよ」

「あの悪名高い男爵と？」

「アラミンタは彼が児童救済組織《セイヴ・ザ・チルドレン》の代表者だと信じていたんですもの」

「それで、バーゴは？」バーゴインはスーのお気に入りだった。十二か国語を自由に操る、真っ黒な髪をした、豹のような男。紫がかった目とオリーブ色の肌をし、その美しさは決闘で受けたジグザグの傷によってさらに際立って見えた。国際的な諜報活動者のあいだでも、敬意と恐れを込めてその名が語られている男だった。

「ケイマン諸島にある、鼠《ねずみ》がうじゃうじゃいるボーキサイト工場で足止めを食っているわ」

「まあ」そのストーリー展開にスーは目を輝かせ、手をたたいた。「すてき!」

「ちっともすてきじゃないのよ。そうなるのは三百ページを過ぎたころなんですもの」

「それで今はどのあたり?」

「四十二ページ。次々と頭に浮かぶのは話のプロットばかりで」

「でも、エイミー、ベストセラーってそういうものよ」

「本当?」

「まさか途中で断念したりしないでしょうね?」

「とんでもないわ。あなたもあきらめちゃだめよ」

エイミーは立ち上がって窓から外のようすをうかがった。ここに来てから何度そうしていること か。オノーリアは、ロンドンの図書館から送られてきた本を受け取りに郵便局へ出かけている。今回わざわざ本人が出向いたのは、郵便局のサンデル夫妻に苦情をいいたかったからだ。先日グリシャム・ハウスに届いた手紙は、封筒の端が少し破れ、折り返し片がほとんど剝がれていた。この件で十分間、文句をいい続けるか、三十分もの説教が続くだろう。列の後ろに並んでいる人々など、オノーリアの眼中にはない。

こうして外を眺めながらも、エイミーは自分の行動がばかばかしいと思っていた。とにかく、自分は囚《とら》われの身ではないのだ。実際、頻繁に屋敷を出入りしているように見えるだろう。用事で出かけたり、メモを渡しに行ったり、物を取りに行ったり運んだり。けれども、それはいつも自分の意志でおこなっているのではない。

しかも、オノーリアは体内レーダーでも備えているのか、家来の行動を正確に把握していた。エイミーが人間らしい温かみのある交際を絶ち、よそ見をせずにてきぱきと仕事をこなしているうちはなんの問題もない。ところが、少しでも立ち止まって天気の話をしたり、動物を撫でたり、誰かの体調を尋ねたりすると、家に足を踏み入れるか入れないうちに怒声が飛んでくる。「どこへ行ってたの?」

オノーリアは、エイミーがスーと会っていることを知らない。もし見つかったなら、ただちにやめさせられるだろう。どんな手を使うのか、エイミーには想像がつかなかったが、とにかく禁じられるに決まっている。おたがいを頼りにしていることをオノーリアが知ったとしても結果は同じ。いや、頼りにしていると知ったなら、なおさらだろう。

「あっ、帰ってきたわ!」

エイミーは蒼白になり、あわてて窓辺から飛び退《の》いた。彼女の言葉に、スーも急いで立ち上がった。エイミーがこれほどまでオノーリアを恐れてびくびくしているのを見るのはいやだった。あわてふためく姿に、自分自身を見るような気がした。

エイミーが戸口に走っていったとき、スーが叫んだ。「薪! 薪!」

「いけない、忘れるところだったわ」

エイミーは裏庭に飛び出した。そこには薪の束がすっかり用意されていた。それがここに来る口実だった。二人はポーチのところで抱き合って別れのあいさつを交わした。追い風に押されてエイミーが小道を走っていく姿を、スーは見送った。

スーは家の中に戻った。あした託児所に持っていく荷物をまとめていたとき、ようやくあることを思い出した。何より気にかかっていて、エイミーに話すつもりだったのだが。ずっと心にひっかかっていたのに、どうして忘れてしまったのだろうか。今、その疑問がまた重くのしかかってきた。ジェラルドが殺害された夜、ブライアンは緑地のまわりを散歩しただけだといっていた。しかし、なんのために四十五分以上も家をあけていたのだろうか？

ブライアンの演劇の授業が再開されたが、うまく進まなかった。最初の十五分間はなんとか殺人事件の話題を避けることができた。しかし、生徒たちがジェラルドについて質問を始めると、どんどんエスカレートしていき、連続殺人鬼、チェーンソーによる虐殺、吸血行為や死体性愛へと話は勝手に大きくなっていった。死体性愛なんてとてつもなく退屈だろう、とカラーはいった。

ブライアンはなんとか生徒たちにウォーミングアップをおこなわせた。目を覚ますために頬をつねらせ、頭をぐるぐる回し、想像力をかきたてるため一輪車に乗った道化師の真似をさせた。だが、それが終わったとたん、話題はふたたび殺人事件に戻った。

「あんたは友だちだから、サッに死体を見せてもらったんだろう」

「見たくはなかったが――」

「頭がへこんでたんだって？」ボーラムは瞳を輝かせた。「きっと脳みそもはみ出てたんだろうな」

「そこが、おまえとは違うな」カラーがいった。「おまえの頭なんかいくら殴ったって脳みそなんか出てこないからな」

「どうしてだい？」自分の立場をよくわかっているリトル・ボーは、今回は言うべき言葉も心得ていた。

「もともと頭がからっぽで脳みそがないからさ」

「さあ、おまえたち」ブライアンは哀れっぽい声を出した。手をたたき、一人〈演劇という不思議な世界〉に浸っていた。「続けるぞ。みんな、台本は持ってきたか?」

生徒たちは、ぽかんとした顔でブライアンを見つめている。これまでに何度もこうしたようすを目にしているので、ブライアンはまたかと思ってため息を漏らした。第一日目には何もかもがばら色に見えたものだ。ここにいる生徒たちはまだ手の付けられていない素材で、彼自身も、権威主義教育の犠牲者である生徒たちの能力と情熱を引き出す才能豊かなスヴェンガリ(人を操る人物)だった。親身な指導者のもとで、彼らは才能を開花させると思われていた。やがて、生徒たちは出世し、彼自身の人生にもかかわりを持つ。そうなったとき、二人は教師と生徒の関係ではなく、友人となる。最近では、勝手に放恣《ほうし》な空想を巡らせていた。教え子の一人――できればイーディーかトム――が有名になり、感謝の気持ちからブライアンの名字を芸名として使うことまで夢見ていた。リチャード・バートンのように。

ブライアンは、自分に、演劇論でいう重層的な動機、すなわち下心があるとは思っていなかった。彼は与えるだけ、生徒は受け取るだけだ。何かあっても責任は取りたくない。即興芝居の収拾がつかなくなり、暴力のにおいが漂い始めたときは、頭がくらくらするような恐怖を覚える。けんかが始まるとき、彼はけっしてその場にはいなかったので、ブライアンは暴力にたいして、センチメンタルな考えを持っていて、ときには〈勇気とはプレッシャーの下での優雅さである〉、とヘミングウェイの言葉をまるで自分の言葉であるかのようにさりげなく会話に挟んだ。

けれども、実際には、彼の心の中でも同じように不快で乱れた状態が引き起こされた。それを抑えようとすると、彼の夢に火が付いていて、みだらな妄想を燃え上がらせる。つい昨晩も――。

カーッと熱くなる思いを懸命に抑えながら、ブライアンはいつしかカーター家の双子をじっと見つめていた。トムは今日、南部連合軍の厚手のオーバーに、ぴっちりした蛇革のズボンをはいている。警察官用ヘルメットの図柄の上に〈おまわりをぶち殺せ〉というスローガンが書かれたバッジを、これ見よがしにつけていた。

イーディーは切りっぱなしのフェルトのスカートをはいていて、立ち上がった姿は黒ずんだ萼《がく》をつけた花のように見えた。ウエストまでスリットが入っていて、その下に縞模様の短いファー・パンツをはいている。その奔放ないでたちを目にして、ブライアンは顔を赤らめた。息を深く吸ってしゃがみ込んだ。「何より大事なのは、この芝居の結末をいわゆるどんでん返し《クー・ド・テアトル》で終わらせることだ」

「うちにもあったけど」おもちゃの機関車《トイ・トレイン》と勘違いしてリトル・ボーがいった。「車輪が一つ取れちまったよ」

「そうじゃない。観客をぼう然とさせ、目をみはらせるすばらしい効果のことだよ」

「すてき」と、イーディーがいった。

「しかし、それをもたらすまでにはかなりがんばらなくちゃいけないし、正直なところ、どの場面をとってもそれほど盛り上がってるとは思えないんだ」

「要は」デンジルがいった。額に貼られた文字によれば、〈一〇〇％英国製〉らしい。「自分たちで作った芝居をやりたいんだよ」

「そう、そう」カラーも同意した。「それならきっとうまくいく」

「まあ、無理だな」ブライアンは疎外感を覚え、生徒たちがそんなふうに考えていることに傷ついた。「だいたいおまえたちは芝居の稽古をしたことがないじゃないか」

「だいじょうぶさ」と、いっせいに声が上がった。

「そうか。じゃ、前回のリハーサルで勉強してくると約束したDLPのプリントアウトはどこにある？」

「DLPってなんだ？」リトル・ボーが訊いた。

「あそこを舐める変態《Dick-licking pervo》だよ」デンジルの返事に爆笑がわき起こった。彼は舌をいっぱいに突き出して、唾を飛ばしながら振り動かした。

「やってみるだけやってみてもいいでしょ、ブライアン」イーディーがいった。「試しに。ね？」

「そうまでいうなら」イーディーに頼まれると、ブライアンは断れなかった。「ただ忘れないでもらいたいが、時間の余裕がほとんどない。きのう邪魔が入ったのは、もちろん、おまえたちのせいじゃないが、警察が来る前もなんの成果もなかっただろう。鶏の真似をしただけでは、脚本は一行も書けないぞ」

「どうして鶏を登場させちゃいけないんだ？」カラーが訊いた。「みんな食べてるくせに」

「ギャヴィン・トロイのことはどう思う？」そう問いかけたのはデンジルだった。

「誰だって？」

「革のコートを着た赤毛のまぬけ男」

「なかなかの好青年だ」

「ろくでなしさ」カラーがいった。

「デンジルは腕の骨を折られそうになったんだ」

「へえ」

「あいつは目をつけたら、すぐにつかまえにかかるぞ」デンジルは自慢げにいい添えた。「おれは先週、すんでのところで免れたが」

「いったい何をやらかして――」

「ドウェインといっしょだったんだ」カラーが代わりに説明した。「ドウェインも別に悪いことなんかしてない。マーケット広場で、フィッシュ&チップスの店のわきにたまたま立ってたら――」

「太っちょレスリーのことか?」

「そうだよ。そのうちに、けんかが始まった。どっかの酔っぱらいが女を連れて現れたときにね。ドウェインは車によじ登って仲裁しようとした。市民逮捕しようとでも思ったのかな。店のカウンター越しにやりあっているうちに、頭から鉄板に突っ込むはめになった」

ブライアンは、わくわくする一方であきれながら、どこまで本当なのだろうかと訝《いぶか》った。

「あんたには自白を迫らなかったのかい、ブライ?」

「あたりまえだ。おれは何もしてないんだから」

「あの人たちはそんなこと関係ないのよ」イーディーがいった。脚を開いているので、ブライアンの目にファー・パンツがいっそうはっきり見えた。イーディーはドクターマーチンの十八ホールのロングブーツをはいた足を床に投げ出し、膝に両手を添えていた。「付きまとって根負けさせようっていう腹よ」

「二人ともそれはそれは礼儀正しかったよ」

「ああ、あんたにはな。先公」

「先公」リトル・ボーが恥ずかしそうに繰り返した。

「うちの近くに来てみろ」デンジルがいった。「あれこれ理由をつけて、おれたちをとっつかまえては質問攻めさ」

「なんとなく怪しいって思われたら」イーディーの言葉に、ブライアンの鼓動が速くなった。イーディーはウィンクをして、ラメ入りの暗い紫のシャドーをつけたまぶたを伏せてみせた。「しょっちゅう警察に行くことになるんじゃない？」

「さあ、どうかな」ブライアンは警察に関する知識がまったくないことに思い当たった。交通課についても知らなければ犯罪捜査課のことなど知るはずもなかった。「もう一度おれに話を聞きたくなったら、事前に向こうから連絡があるんじゃないのか？」

「ないね」トムがいい切った。「普通は連絡なんかない。いきなり現れるんだ」

まさにそのとき、スイングドアが開いてトロイ刑事が現れた。


今回、二人は理科実験室に隣接した小部屋で話をしたので、飲み物が出されることもなかった。暖房もなく、部屋の隅にある古い流し台から、かすかではあるが明らかに不快なにおいが漂っていた。ブライアンは厚手のワークシャツにトナカイ模様のセーターを着て、さらにメッシュのチョッキを重ねていたが、それでも寒さが身に応えた。

トロイは窓辺に立っていた。いわゆる〈朝顔口〉の窓だ。出窓にボールペンを置き、おもむろにノートを取り出した。ページを広げてボールペンの横に置いたあと、ベルトのバックルを外してコートをゆるめた。帽子を脱ぐと、狐の尾のようなごわごわした髪が現れた。ここで初めて、実験器具の置かれた作業台の向こう側にすわっているブライアンに目を向けた。

「またリハーサル中にお邪魔をしてすみませんね、クラプトンさん」

「かまわんよ」

「うまく進んでいるのですか?」

「ああ、上々だ」

「どんなお芝居をやってるんです?」

「『五つの無言の声のためのスラングワング』」

トロイはうなずいて、言葉には出さないながらも、興味津々の表情を浮かべた。

「いろいろとハードルの高いプロジェクトでね。生徒たちにあれこれ要求している。もちろん、おれ自身にも求められるのは当然だが」いくらか緊張が解け、ブライアンは背の高いスツールの横棒にしっかり乗せていた足を外した。「なかなか優秀な生徒たちだ。特にカーター家の双子は」ブライアンは彼女の名前を出したくてたまらず、一度だけならいいだろうと考えた。「イーディー。それにトム。二人は並外れた才能の持ち主だよ」

「ええ、たしかにあの二人は」トロイは、五年前、たまたまイーディーと会っている。母親が万引きでつかまったとき、子供も警察へ連れてこられたのだ。イーディーはフェイク・ファーのロングコートを着ていたが、あちこちの内ポケットに、たばこやキャンディがぎっしり詰め込まれていた。店が開けるほどの、というのは大げさだとしても、彼女の細い腕に一抱えはあった。

「そう、才能がある。恵まれた境遇に育ったわけではないが、あの子たちはけっしてくじけたりしない」

「その点は同感です、クラプトンさん」トロイはいった。この男は食事の時間とトイレの時間の違いもわかってやしない、生徒たちのほうが上手《うわて》だろう、と思いながら。

「とりわけ女の子のほうは優秀なんだよ」ほんとにこれが最後だ、これ以上はいうまい、とブライアンは自分に言い聞かせた。名前を繰り返したわけではないが、それでもやはり……。安全圏にいるあいだにやめておくのが賢明だ。

トロイは笑みを浮かべただけだったが、ブライアンの喉仏の動きと息遣いが少し荒くなったことから、彼がイーディーに性的な関心を持っていることを見抜いていた。実際、ブライアンは彼女との肉体関係を夢見ていた。思い描くだけで胸がときめく。教師にとっての禁断の果実。しかも、相手は未成年だ。ああ、なんていけない教師だろう。

トロイは自分にも幼い娘がいるという話をしたあと、教育についていくつか一般的な質問をした。ブライアンが自身の経験を交じえて詳しく語り始めたので、トロイはしばらくそのまま話をさせておいた。これは、相手の弱みをつかんでいるとき、主任警部が用いる手法だった。バーナビーはこれを〈ゆとりを与えた〉状態と呼ぶ。

バーナビーのやりかたは、まず、鼠を隔離する。次に、緊張を和らげ、くつろいだ気持ちにさせて警戒心を解かせる。最高級のスティルトン・チーズを見せ、少しにおいも嗅がせる。そして、一口囓《かじ》ったとたん――。

ブライアンはすっかりリラックスして、自分がエリートの行くケンブリッジ大学への進学を断り、ユートクセターの教員養成大学を選んだ理由を説明した。シューベルトがかけていたような円眼鏡の奥で、淡い色の瞳が輝く。誇らしげに語る快感に酔い、瓶洗いブラシのようなみすぼらしい口髭が逆立って見えた。

自画自賛するのは褒められたことではない、と母に厳しくいわれて育ったトロイにとって、ブライアンの話は退屈このうえないものだった。

「たいへん興味深いお話ですね」トロイは心にもないことをいった。「ところで、本日うかがったのは――」

「そうだったな」ブライアンはなぜ今ここにいるのかを忘れかけていた。「ああ、そうだった」

「ささいなことなのですが」何か探すふりをして、トロイはノートをぱらぱらとめくった。「ハドリーさんが亡くなった晩」さらに時間をかけてページを繰《く》る。「あなたがふたたび家を出られたのは、たしか……ええと……十一時十五分前でしたね。右に曲がって緑地を一周なさった。〈頭のもやもやを吹き飛ばすために〉でしたね？」

「そうだ」一瞬、間を置いてからブライアンは答えた。

「確かですか？」

「あたりまえだ。おれの〈そうだ〉は肯定で、〈違う〉は否定なんだよ、刑事さん。知り合いに訊いてもらえばわかる」

「実は、真夜中過ぎにあなたが戻ってくるのを見かけたという人がいるのです。しかも、あなたがおっしゃったのと逆方向から自宅に向かうのを見たとのことですが」

ブライアンは、突然、鳩の襲撃を受けたような表情になった。ついさっきまで、自分の経験談に興味深く耳を傾けていた男を、食い入るように見つめ返した。トロイは微笑んだ。あるいは、ほんの少し口もとをゆるめただけだったのかもしれない。鋭い歯がきらりと光った。

「ああ……そうかね。そいつが誰だか知らないが、少々問いつめたほうがいいんじゃないか？　夜のそんな時刻にこそこそ生け垣に隠れてのぞき見をしてるなんて、いったいどういう了見だったのか」

「生け垣に隠れるですって？」

「ああ、おれは誰も見かけなかったからな」

「それはおかしいですね。間違いなくその人物の横を通り過ぎたはずですよ、緑地を散歩して戻ってきたのなら」

返事をしなかった。ブライアンは額に玉のような汗をかき、目を閉じた。たちまち三十年前に舞い戻った。三歳のブライアンは、隣家の庭からヴィクトリア・プラムを一つ取って、家に持ち帰った。一人息子が将来、問題を起こすきざしを見せたことに驚いた両親は、泣きじゃくるブライアンを無理やり隣家へ引きずっていき、謝らせ、盗んだものを返させた。それ以降も、息子が本能のままに行動しないよう、両親は不断の努力を続けた。

ブライアンは、知らない子供と口をきくことや、誰かとお菓子を分けて食べること、また、友だちを家に連れてくることや友だちの家へ遊びに行くこと、これらすべてがトラブルの原因になりかねないとして禁じられて育った。おとなにたいして生意気な態度をとること、特に少しでも権威ある立場の人物にたいしてそのような態度をとったりすれば、ブライアン一人ではなく一家に災いをもたらすことになる、と教えられた。ブライアンはそんな両親の卑屈な態度を心底嫌っていた。両親のせいで自分は骨抜きにされ、腑抜けにされたと思っている。

「殺人事件の捜査であることはおわかりですね？」

「あ、ああ、わかっているとも。協力するよ、なんでも。どんな協力も惜しまないつもりだ」

トロイは、片腕を石造りの出窓にのせ、もう一方の腕を下げてじっと立っていた。後ろから日の光が髪を照らし、赤い羽根のような光輪が浮かび上がる。無表情な顔から強い信念がうかがえた。厳しい修行僧か、あるいは熱意あふれる審問官といったところか。

ブライアンは、自分に殺人容疑がかかっているのがわかった。

「そうか。別の晩だったかもしれないな。おれを見たという男のいうとおりかもしれない。まあ、女なのかもしれないが。どうもおれの記憶はごちゃごちゃになってるようだ」

「続けてください」トロイはボールペンをノックして、ノートの表面を手で撫でた。

「もしかしたら、村のほうへ行ったのかもしれない。そういえば、ポストの前を通った気がする。やっぱり村へ行ったんだな」沈黙があった。「どうして緑地のまわりを散歩したなんていったのか、自分でもわからない。てっきりそう思い込んでいたよ。ジェラルドのことを聞いた直後だったから、〈千鳥の休息所《プラヴァーズ・レスト》〉のイメージが頭から離れなくて混乱したんだな」

「無理もないですね、クラプトンさん」

「ああ。そうだろう?」ブライアンの頬に少し血の気が戻った。

「散歩の途中で誰か見かけませんでしたか?」

「いや、一人も。天候が悪かったからな」

「そうですね。そんな夜に、あなたはどういうわけで散歩されたのか、ぜひ理由をうかがっておかなくてはと思いましてね」

「説明しただろう」

「二、三分間、裏庭に出ていれば、それだけで頭がすっきりするんじゃありませんか？　わたしならそうですけどね」

トロイは何か書き留めてから、ふたたび質問を続けた。「外出時間はどのくらいでした？　全部で」

「ええと……かれこれ一時間かな」

「そんな天候の中を？」

「そうだよ」

「特に出かける理由もなく？」

トロイが頭を動かしたので、日の光がまともにブライアンの顔に当たった。ブライアンはスツールから下りて、体をかがめるようにして日陰に移り、スツールを引き寄せた。

「もしかして、密会でもしていたのではありませんか？」トロイは、チョコレートのテレビコマーシャルでこの言葉を聞いてから、一度使ってみたいと思っていたのだ。

「密会だって？」ほんのり血の気が戻っていたブライアンの頬は真っ赤に染まり、左の下まぶたがぴくぴく引きつっている。しわがれ声で否定した。「とんでもない」

「それでは、わたしの考えを申し上げましょうか。あなたは右へ曲がるつもりで家を出た。前回、つい口を滑らせましたよね。ところが、誰かに見られているのに気がついて、いったん左へ曲がって歩き出した。そして、しばらくたって戻ってきた。邪魔者がいなくなる頃合いを見計らって」

「邪魔者？　なんの邪魔だ？」

「もちろん、あなたがもう一度、〈千鳥の休息所《プラヴァーズ・レスト》〉に入るためですよ」

「アヒルのジェマイマじゃないけれど」トロイは、最近、娘に読み聞かせている物語を引き合いに出した。「あと五分も続けたら、床のモップがけをしなくちゃならなかったでしょうね」

トロイは、バーナビーを前に、理科実験室に隣接した小部屋でのやりとりを再現した。職員食堂でスパゲティ・ボロネーズとフライドポテトの大盛を平らげ、デザートにベイクウェル・タルトのカスタードクリーム添えを食べ、何杯も紅茶をお代わりしたあとなので、すっかりリラックスして回転椅子をぐるぐる回した。コーストン総合中等学校を訪問したあとだから、これだけ食べてもそのうち消化されるはずだ。

「反対の方角に出かけたことを認めましたよ。頭が混乱していたとかなんとか言い訳してましたけどね。散歩の目的は、あいかわらず頭をすっきりさせるためだといい張ってます。〈千鳥の休息所《プラヴァーズ・レスト》〉へ戻るために自宅を出たところ、付近をうろついていた人物に姿を見られ、誰もいなくなるまで時間を潰していたのだろう、といってやりました。そのあと、戻って殺害に及んだのではないか、と」

「そこまでいったのか」バーナビーは愉快そうに二人のやりとりを思い描いた。「それで、反応はどうだった?」

「卒倒寸前でしたよ」

「見ていておもしろかっただろう」

「仕事ですから」

「なるほど。それで、やつの言い分を信じたのか?」

「ええ、実はそうなんです」トロイは答えた。「あの男にはノミ一匹殺す度胸もなさそうで、人間を撲殺なんてとうてい無理。いかにも悪いことをしてそうな顔ですが、警官にたばこの火を貸してくれといわれただけで顔色が変わる——そういうタイプですよ」

「わざわざ嘘をついているのは、散歩の目的が別にあるという証拠じゃないか？」

「採石場住宅のまわりでもうろついていたんでしょう」

「カーター家ということか？」

トロイはうなずいた。「聞きもしないのに、カーター家の生徒のことを話題にするんです。寝室の窓からのぞきながらマスかいてるような哀れな男ですね」

「たしかに」主任警部には、出生証明書のインクが乾ききらないうちに、その人間性が失われているような、そんな哀れな男に思えた。「これ以上近づくな、とよく注意してやったほうがいいな。さもないと、生徒たちにきんたまをシュレッダーにかけられちまうぞ」

「その前にそいつを捜し出すのが大変そうですけどね」トロイはブライアンの萎縮したものを思い描きながらいった。〈二つのお楽しみ袋に挟まれたフランクフルト・ソーセージ〉にはほど遠く、ちっちゃなおもちゃの笛程度だろう。

「しかし、何より見ものだったのは」トロイはおかしそうに笑った。「奥さんのイラストがすばらしいので一枚描いてもらうことにした、とぼくがいったときです。あのパンチは効きましたね」

「さあ、これで、サークルの会合のあと、夜中にふたたび出かけた人間が二人いるのがわかった。シンジャンは最初から正直に話しているように思える。あの自責の念は嘘偽りのないものだ。クラプトンは違う。カーター家をのぞき見していたのではないかという推測は正しいかもしれないが、このままにしておくわけにはいかない。しばらく放っておいて、あとで、もう一度問いただしてみるか。指紋採取はもう済んでるのか?」

「今日、家に帰る途中で寄ってくれることになっています」トロイは声を上げて笑った。「結果が待ち遠しいですね。ぼくの留守のあいだに何か進展はありましたか?」

「いくつかわかったことがある。まあ、予想どおりだな。それから、事件前夜の十時半、ハドリーから車を盗まれたという連絡が入っているのがわかった。シルヴァー・ストリートに駐車しておいたそうだ。今のところ、まだ見つかっていない。本件の審問は次の火曜日に開かれる。遺体の身元確認はかかりつけ医が応じてくれた。そうそう、検死結果も出ている。あいにく、目新しいものや手がかりになりそうなものはない。ジョージ・ブラードのいうには、被害者は額を激しく強打され、それも、おそらく最初の一撃で絶命したとのことだ。ハドリーが死亡したとわかったうえで犯人が殴り続けたのか、あるいは知らないまま確実に命を奪おうと殴り続けたのか、今は推測するしかない。胃の内容物から、被害者はほとんど固形物をとっておらず、相当量のウイスキーを呑んでいたことがわかった。これはわれわれが得た証言とも一致する。殺害されたのは夜の十一時から二時のあいだと考えられ、付着していた血液と粘液の混じったものの中には涙の成分が認められた」

「なんですって?」

「ハドリーは泣いていたんだよ」

「ええっ、というと……」

「殺害時か、あるいはその直前だろうな」

トロイはそれを聞いて、窓の外を凝視した。男が泣くのには賛成できない。男たる者、泣きを入れたり助命を請うたりせず、潔《いさぎよ》く死ぬべきだと思っている。そういうものではないだろうか。ハドリーはなぜ戦わなかったのか。ぼくなら戦う、とトロイは思った。それどころか相手をぶっ殺してやる。とはいうものの、どういうわけか、被害者を心の底から軽蔑することはできなかった。そのもやもやした思いに心地悪さを覚えながら、トロイはすわりなおした。

バーナビーにとっても、わずか二行の医学所見の中で、この部分がもっとも心に響いた。奇妙かもしれないが、捜査本部に貼ってある何枚もの不気味な写真以上に強く心を捉えた。トロイと違い、バーナビーは被害者が涙を流していた事実を素直に受けとめ、被害者への同情と加害者への怒りを覚えた。

バーナビーは感情を表に出すことを恐れなかったし、必要があれば、頭で考えていることだけでなく心に感じていることも、ためらうことなく言葉にした。しかし、警察官は誰でもそうだが、捜査に個人的な感情を持ち込まないように努め、公平無私な立場で事件に立ち向かわなくてはいけないと承知している。ときには——被害者が子供の場合など——それが難しいこともある。誰でもそうだ。

電話が鳴り、バーナビーはトロイを見た。自分自身の世界に浸っていたトロイ刑事は現実に引き戻された。

「バーナビーです」トロイは耳をすました。「わかった、つないでくれ」

「ハドリーさんのお気の毒な事件を担当している責任者のかたですか?」

「はい、そうです。情報を提供してくださるそうですね。初めにお名前をうかがってもよろしいですか?」

ハンズフリー機能付き電話で、相手の声がはっきり聞こえるため、トロイは急いでメモ帳をつかんでペンを走らせた。

「わざわざ電話するのもどうかと思ったんですけどね。事件のことを訊きに来た警官は月曜日のことだけ知りたいようだったから。これはその前の晩のことで……。話さないでいると、いつまでも気にかかってしまいにはおかしくなってしまう、と家内にいわれたもので電話しました」

「ありがとうございます、リリーさん」

「かなり遅い時刻で、零時近くでした。うちのバッフィーを夜の散歩に連れ出したときのことなんです。〈千鳥の休息所《プラヴァーズ・レスト》〉の前を通り過ぎたとき、誰かが庭にいるのが見えました」

「えっ、それは隠れていたという意味ですか?」

「いや。室内に明かりがついていて、彼女は窓の近くに立っていたんです。中をのぞいていました」

「彼女ですって?」

「アンティーク・ショップの経営者。〈茶色の牝牛〉亭の近くに住んでいる人ですよ」

「間違いないのですね?」

「あの髪ならどこにいたって見分けがつきます。向こうはわたしに気がついていなかったようですけれど。通り過ぎたあと、もう一度振り返って見たんです。たしかに彼女でした」

バーナビーは相手が先を続けるのを待ったが、話はそれだけだったらしい。主任警部は礼をいって、受話器を置いた。

「たいして驚いてないようですね、主任警部」トロイがいった。

「そうだな。きのうのようすから見て、彼女が被害者にそうとう好意を寄せていたのは明らかだから」

「へえ」トロイは指先で軽く鼻に触れた。「しかし、被害者のほうはどうだったのでしょう」

「周囲の話からすると、その気はなかったようだね。そして、片思いというものは……」

「ゆゆしい結果をもたらすことがある」

「たぶんそうだとは思うが、彼女は純粋な恋心から中をのぞいていたのだろうか？　何かを嗅ぎつけて、尻尾をつかもうとしていたとは考えられないだろうか？」

「もしかしたら、すでにつかんでいたのかもしれませんよ。妻の死を嘆いていたあの男には何か後ろ暗いところがあるのかもしれない」

「シンジャンの供述を憶えてるか？」バーナビーの問いかけにトロイは顔をしかめた。「事件の晩、庭の木立に誰かがいて、ようすをうかがっていたといってたじゃないか」

「ああ、そうでした」

「恐怖によって創られた妄想ではなく、それが事実だったとすると、新たな可能性が見えてくる」

「ローラ・ハットンが犯人である可能性――そうですね？」

「そのとおり。もし彼女が犯人なら、ジェニングズが立ち去るまであそこで待っていたはずだ。そのあと、ふたたびコテージに向かう」

「彼女が犯人でなかったとしても、犯人を目撃しているかもしれません」

「そうだな」バーナビーは腰を上げるとコート掛けのほうへ歩き出した。「午後、もう一度、彼女に会って話を聞こう」

「事前に電話しておきましょうか?」

「やめておいたほうがいいな。わたしは食事に出かけるが、いっしょに来るか?」

「いいえ、けっこうです」仕事熱心なところを見せるつもりなのか、トロイは姿勢を正した。「ぼくはここにいますから。連絡が入るのを待ってます」

細かい杉綾織りのコートのボタンを留めながら、主任警部は信じられないという顔で鞄持ちを見つめた。「ははあ、もう食ってきたんだな」

「ええっ?」トロイは困惑顔で見返した。

「食いしん坊だからな」バーナビーは手袋をはめた。「まあ、みんなに訊いてみればわかるさ」

主任警部なら本当に訊いて回るかもしれない。意地が悪いなあ。「サンドイッチをちょっとだけですよ」

バーナビーはドアを閉めながらいった。「そのほか、何やかやと、だろう?」


ローラはうなだれ、そっと洟をかんだ。鼻はひりひりし、喉は痛む。涙が止まったかと思うとまたあふれてきて、この数日間ほとんど泣きつづけていたように思う。初めはジェラルドの裏切りにたいする怒り、それが彼を失った悲しみへと変わった。〈泣けば気持ちが楽になる〉なんて誰がいったのだろう。楽になるどころか、つらくなるばかりだ。

ベッドのわきに両足を下ろし、アステカの毛織りのベッドカバーを撫でながら立ち上がったが、体が痛い。全身の骨をハンマーで砕かれたあと、もう一度、雑に組み立てられたような感じだ。二度と彼に会えないのだという思いがあらためて込み上げてきた。

もう二度と会えない。彼が村の店でオレンジを買うこともない。なんの印象も残らない物語を読み上げることもない。家の前の小道を横切るときに微笑みかけてくれることもなければ、孔雀の羽根のついた灰色のトリルビー帽をちょっと傾けて小声であいさつしてくれることもない。「もう二度と……永遠に」そう口に出してつぶやいたとき、ローラは新たな傷を受けたかのように、顔が引きつるのを感じた。

玄関のベルが鳴った。車を外に置いたままだったのを思い出し、しまったと思った。カタログの発送ぐらいならできるかもしれないと甘く考えて、今朝コーストンの仕事場まで車で出かけたのだが、実際には、一時間もしないうちに戻り、睡眠薬をのんでベッドに潜り込んだ。このところ夜だけでなく、昼間も睡眠薬の世話になっている。ふたたび、情け容赦ないベルが鳴った。

ローラは窓辺に歩み寄った。日が暮れかかってはいたけれど、門柱のあいだに見慣れない青い車が駐まっているのがはっきりとわかった。重い体を引きずるようにして階段を降り、チェーンをしたまま扉を開けた。

「こんにちは、ハットンさん」

「ああ、あなたでしたの」

「少しお時間を割いていただけないかと思いまして。ご協力いただけると大変助かるのです」

「では、お入りになって」

バーナビーは周囲を眺めながら先に入った。室内は宝石箱のように繊細で美しかった。ドアという ドア、幅木《はばき》や手すりは白いペンキが厚く塗られてつやつやし、床や階段には毛足の長い絨毯が敷きつめられていた。ローラは刑事たちを黄色い絹布装《けんぷそう》の壁に囲まれた居間に通すと、円錐形《クーリー》のシェードがついた龍の形の電気スタンドを点《つ》けた。

腰を下ろすように勧められ、バーナビーは細心の注意を払いながら摂政時代風の籐のソファーにすわった。かたわらには、真珠層のはめこまれた華奢《きゃしゃ》なテーブルが置かれ、その上にガラスケースに入った白鳥の綿毛のチョッキと碧玉《へきぎょく》のチェスセットがのっていた。トロイは、昔の聖歌隊席のようなベンチに腰を下ろし、こんなものを目にするときが来るとはと驚いた。

ローラは何か飲まないかと尋ね、刑事たちが断ると、ジョージ王朝様式のデカンターから自分の分だけタンブラーに半分注いだ。温かい泥炭に似たウイスキーの芳香が室内に広がった。ローラはすぐさま喉に流し込んだ。味見はしなかった。愛想よく振る舞うそぶりも見せなかった。

バーナビーはミセス・ジェニングズと共通したところがあると思った。高級なカットグラスを傾けることで不幸せな思いを紛らすことが、そこかしこで流行しているようだ。もっとも、このくらいでは焼け石に水なのか、口がなめらかになるようすはなく、もう二杯目を注いでいる。

「これ以上、お役に立てるとは思えませんわ、主任警部さん」ローラは大理石のマントルピースにタンブラーを置いて、琺瑯《ほうろう》製の気つけ薬入れを取り上げ、ストッパーや細いチェーンをいじった。「知っていることは何もかも、きのうお話ししましたから」

「洗いざらいというわけではないでしょう」

「どういう意味です？」

事情聴取が始まったばかりの時点で、ローラが挑戦的な口調になったのは、あまりいい徴候ではない。バーナビーが期待しているのは、酒の勢いや何かのはずみにローラがうっかり口を滑らせることであって、酔っぱらって反抗的な態度をとられることではなかった。

「どうか誤解しないでください、ハットンさん。事件関連の大事なことをあなたが隠しているといっているのではありません。よろしければ、ジェラルド・ハドリーさんとあなたの関係を教えていただきたいと思っているのです」

「関係なんてありません！　きのう申し上げたでしょ。アマチュア作家グループの集まりで知り合っただけです。会合では何度も会いましたけれど」ローラはふたたびグラスをつかみ、黄金色の液体が震えて、こぼれた。

「では、こう申し上げたらどうでしょうか」バーナビーは柔らかな物言いで続けた。「ハドリーさんにたいするあなたの気持ちです」

しばらく間があいた。ローラは目をそらし、視線をさまよわせた。バーナビーの顔だけは見ないで、部屋の隅々や天井にも視線を向けた。

「姿を見られているんですよ」トロイがいった。「夜遅く、彼の家の庭にいたのを」

上司がかすかに首を振るのが目に映ったように思ったが、手遅れだった。トロイはむっつりと黙り込んだ。主任警部はいつもこうだ。ついきのう、被害者宅のキッチンでミセス・バンディから話を聞いたときもそうだったじゃないか。いいかげんにしてほしい。苦しんでいる女性に事情聴取するたびに、やり過ぎだという目で見られる。トロイはそれがおもしろくなかった。血も涙もないと思われているような気がする。デリカシーに欠ける、といわんばかりではないか。もっとも、このトロイのひとことはたしかに相手の痛いところを突いた。ローラはレンガで強く殴られたような顔になった。

「まあ」初めから平静とはほど遠かったローラは、ますます動揺した。「すぐに村じゅうに広まってしまうわ。オノーリアだけは噂を広めたりする人じゃないと思っていたのに」

「リディヤードさんはご存じで——」

「事件の日、ここに押しかけてきましたから。午前十一時にわたしがまだガウン姿でいるのを、非難がましく見ていましたわ。わたしを見かけたというのは……？」

「犬の散歩させていた人です。名乗りませんでしたが」バーナビーは嘘をいった。

「あら、そんないいかげんな噂でも真剣に受け止めるのですか？　驚いたわ」けれども、ローラから敵意は消えていた。疲れと多少の困惑とアルコールの力に頼りたがっているようすがうかがえた。

「ハドリーさんが亡くなった前の晩です。夜も更けたころ」

「そう、わたしよ」

バーナビーは灰色がかった青い絨毯の上で脚を伸ばした。あと五、六十センチで靴の先が向こう側の壁につきそうだ。大きくなった〈不思議の国のアリス〉になったような気分で、相手の説明を待った。

「わたしは離婚経験者なの」ロマンスと縁のない女だと見くびられたとでも思ったのか、ローラは言い訳がましくいった。「結婚し、妻として暮らし、そして独身に戻った。そのどの状況のときも、軽い歯痛ほどのつらさもなかったわ。ジェラルドに会うまで、わたしは愛がどういうものであるかを知らなかったの。この村に引っ越してきた日のことを悔やんでいるわ」

今度はさっきよりも少なめに注いだ。バーナビーは、同情と思いやりのこもった目をローラに向けた。誰かに話したい、でも、いったん話し始めたら止まらなくなってしまうのではないか、と彼女がためらっているのがわかった。まだ足を踏み出して、引き返せなくなったわけではない。バーナビーは相手の目を見つめ、励ますように微笑んだが、どうやらローラのほうはバーナビーがいることなど忘れているようだった。それならそれでいい。

「完全にまいってしまったの。一目見たとき、十代の女の子みたいに。もう、ほかのことは何も考えられなくなったわ。どこにいても彼の顔が目に浮かんだ……。ベッドに入ってもそうだったし、夢にも出てきた。長い熱烈なラヴレターを書いたけれど、結局、燃やしてしまったわ。何かの折りに、あの人が一度、黄色が好きだといったことがあるの。わたしは町へ行って、黄色い服を山ほど買ってきたわ。でも、どれもちっとも似合わなかった。彼が訪ねてきたときに備えて、この部屋も模様替えしたのよ。奥さんを亡くした身だと知ったとき、うれしかったわ。とても控えめな人だけれど、なんとかできると思ったの。この手のことで、これまで失敗したことはなかったから」

たしかにそうだろう、とバーナビーは思った。化粧っけがなく、赤い髪がくしゃくしゃに乱れ、悲しみに暮れている今でも、とても魅力的だ。

「うまく食事に招待してもらうことができたわ。二人きりだと思って、念入りに着飾っていそいそとあの人の家へ出かけたのよ。ところが、行ってみると、ほかに何人もいるじゃないの」悲しみに引き裂かれそうな苦しい声で笑った。「それでもあきらめなかった。初めてだから、彼には同席者が必要なのだと自分にいい聞かせたの。恥ずかしがり屋だから。そこで、二、三週間たったころ、もう一度、試してみたわ。いつか、ヴィクトリア朝の絵画が好きだと耳にしたことがあってね。ちょうど店に十九世紀末の暖炉を描いた小さな油絵が入ったのよ。それを包んで、ある午後、お茶の時間に持っていったわ。

ドアが開いたとたん、失敗したことに気がついたの。彼はキッチンに案内してくれたし、感心して絵を眺めていたけれど、壁に絵を掛けるスペースがないといわれたわ。しばらく、うわべだけのやりとりを続けているうちに、玄関に人が来たの。オノーリアよ。教会に飾るサルトリイバラをもらいたいって。ジェラルドは、わたしとの会話が中断されたことにほっとしていたわ。あんなつらい心境じゃなかったら、おかしくて笑いたくなるくらいに。彼はオノーリアと庭へ出て、サルトリイバラを切り始め、しばらく時間がかかりそうだった。

そんなつもりはなかったのに、気がついたら、わたしは二階へ上がっていたわ。彼のことをもっとよく知るチャンスでしょう？　どんな部屋で眠っているのか、どんな石鹸を使っているのか、そんなささいなことを知りたくて。枕の下からパジャマを引っ張り出して、顔に押しつけたのを憶えているわ。クローゼットを開けて、衣類に手を触れてもみた。二人がまだ庭で忙しく作業を続けているかどうか、途中で何度も窓際に走っていって確認しながら。引き出しを開けたとき、写真がたくさん入った靴箱が目に入ったわ。手に取って眺めているうちに、一枚失敬したの。なるべく気がつかれないように下のほうにあったものを。それをブラの中に隠したとき、二人が戻ってくる足音が聞こえたの。大急ぎで階段を駆け下りて絵を包むと、さようならといって裏口から外に出たわ」

ローラはそこで言葉を切り、グラスを両手で抱えてゆっくり回すと、中身を喉に流し込んだ。

「そのあとはあきらめていたわ。彼への愛情を断ち切ったというわけじゃないのよ。そんなことできるはずがないもの。そうじゃなくて、無理やり近づこうとするのをやめたの。強引なことをして、彼が創作サークルをやめてしまったら元も子もないでしょう。この数か月間、そんな状態が続くうちに、また希望が頭をもたげてきたわ。人間ってそういうものなのかしらね。もちろん、グレイスという奥さんがいたことや、二人がどれだけ幸せに暮らしていたかもよくわかっている。でも、一生、彼女の死を嘆き続けることなんてできないでしょう。それに、せめてもの慰めは、わたしを拒んでいるというより、女性をいっさい拒んでいること。少なくとも、わたしはそう思いこんでいたのよ」

しばらくのあいだ沈黙が続いたが、バーナビーは無理に促そうとはしなかった。ローラはすっかり内にこもってしまい、暖炉の上に掛かっている鏡を見つめている。少々しみがついているものの、ひじょうにすばらしいヴェネツィアンミラーの中で、見知らぬ人間がこちらを見つめ返しているように感じたのか、眉をひそめた。こういう数々のつらい思い出が心の扉に鍵をかけてしまい、彼の問いかけも聞こえず、どのような説得にも心を動かされないところに彼女が閉じこもってしまわないことを、バーナビーは願った。最後の一言の意味を問いただそうとしたとき、ローラはふたたび話し始めた。

「やがて、わたしはあの人の家の回りをうろつくようになった。そうしないではいられなかったの。一種の中毒ね。窓越しに彼の姿が見えやしないか、と期待して、日が暮れると出かけていったのよ。誰かに見とがめられるのは時間の問題だとわかってはいたけれど、やめられなかった。彼にも裏の姿があるはずだ、と思ったの。四六時中、あんなきちんとした堅苦しい態度でいられる人なんていないでしょう。別の面が発見できれば、彼に近づくきっかけになるんじゃないかと思ったの。その実態は、わたしの予測をはるかに超えていたわ」真相を語ろうとしているローラの声は、太鼓の皮のように張りつめ、元気のない一本調子になった。

「いつものように、そんなことをしている自分を忌まわしく思いながら、キッチンの窓から中をのぞいていたとき、車が近づいてくる音が聞こえた。家の横の木立に駆け込んで身を潜めていると、タクシーから降りてくる女が見えたわ。料金を払ったあと、女はドアをノックした。そのあと、扉が開けられ、彼女は中に入った。わたしはすっかり気が動転したわ。居間のカーテンの隙間から姿が見えたのだけれど、黒いスーツを着た、長いブロンドの髪のとてもエレガントな女性だったの。あの人からワインを渡されると、彼女はそのグラスを彼のほうに掲げたわ。グラスを掲げて……」

ローラは手にしていたグラスを強く振り上げたかと思うと、暖炉の鏡にウイスキーを浴びせた。滴《しずく》が跳ね返って彼女の顔にもかかった。視線は室内をさまよっている。目はうつろで、精神的な苦痛から目の下に隈ができている。ローラが意識を失いかけていることに気がつき、バーナビーはさっと立ち上がってその腕を取った。

「こっちにいらしてすわってください、ハットンさん」ローラがマントルピースから離れると、バーナビーはその体を抱えなくてはならなかった。意識がないのか、ずっしりと重い。バーナビーは手近にあった低い椅子にローラをすわらせた。「コーヒーを淹れてきましょうか?」

「……コーヒー……」

バーナビーの合図を受けて、トロイはしかたなく部屋を出てキッチンに向かった。インスタント・コーヒーは見当たらなかったが、セインズベリーのドリップ・オン・コーヒーの箱があった。トロイはほっとした。手間をかけ、高級な道具を使ってレギュラー・コーヒーを上手に淹れる自信がなかったからだ。

一般的な形のマグや草花の絵のついたマグは逸品に見えたが、食器戸棚にもいくつかカップが吊してあった。トロイは細心の注意を払いながらカップを取り出した。取っ手の部分はハープのような形で、底にアプリコット、クルミ、繊細な葉脈《ようみゃく》の出た淡い緑の葉が描かれている。つやのある、浅いカップで、深皿に近かった。トロイは、光にかざして感心したように眺めてから、ソーサーにそっと置き、やかんに水を入れた。

コーヒーが運ばれてくる前に、ローラ・ハットンは立ち直りかけていた。理性と散漫になった集中力を取り戻そうとしている表情が、スタンドの明かりに浮かぶ。うっかり告白してしまったことを後悔しているのが、バーナビーにはわかった。情熱的な性格をのぞかせてしまったことを。よくあることだ。バーナビーが事件当夜のことに話を変え、ジェニングズが立ち去るのを見たかどうかを尋ねると、「どう思います？　そんなに早く家に帰れるはずないでしょ」と、強い口調で答えた。

「では、あの夜、もう一度外出なさいましたか？」

「とんでもない」

そのあと、バーナビーは黙ってすわったまま、室内を眺め回し、本や飾りに目を留めた。何もかもが完璧で、まるで時代物のドラマのセットのようだった。そぐわないのは服装だけ。この部屋の雰囲気に合わせるなら、ローラはいくつもボタンが付いたブーツをはき、袖が手首から肘まではぴったりでそこから肩にかけて膨らんだドレスを着ていなくてはならない。バーナビーのほうは、セルロイドのウィング・カラーの服に、端が少し反《そ》った山高帽を膝にのせる、といったところだろうか。ローラはふたたび話し始めた。

「あれは商売女なのだと考えることで、少し慰められたわ。近ごろはコンパニオンっていうんだったかしら。それともマッサージ嬢？　だって、あんな時刻にタクシーで乗りつけるんですもの」

「おそらくそうだったのでしょう」

「あら、やっぱり?」暗いあきらめ口調から、期待のこもった声に変わった。当人が亡くなった今も、そのことに意味があるとでもいうように。「そんなばかな、と思われるかもしれないけれど、誰かに似ているような気がしたのよ」

「ほう」バーナビーは身を乗り出した。「誰にです?」

「最初は見当がつかなかったわ。見憶えがあるのは確かなのだけれど、いくら考えても答えが浮かばなかったの。家に駆け戻って……。もちろん、とても眠れそうになかったわ。ここにすわって泣いていたとき、はっと気がついたの。人間じゃなかったのよ」ローラは初めて笑みを浮かべ、バーナビーの左肩の向こうにある壁を指さした。「ほら、あれ」

バーナビーは立ち上がって後ろを向いた。壁に絵が掛かっている。装飾の施された額縁入りの大きな肖像画で、その豪華な衣服から十五世紀の小公子のように見える。赤に銀をあしらった重厚なベルベットのマントをほっそりした片方の肩から掛け、十字のブローチで留めている。袖に切れ目の入ったダブレットには、金糸の刺繡と真珠がちりばめられていた。耳にも真珠の耳飾りが留められ、赤褐色のベルベットの帽子に付けた斑点入りの羽根が頬に触れんばかりに曲線を描いて下がっている。

少年の横のテーブルには、古代の天文観測儀とスティック付きの精巧な仮面が置いてあった。背景は木立の茂る暗い丘で、絹のような光沢のある滝が背景を二分している。明るい色の翼の生えた天使が宙に浮かび、指図するような厳しい目で見下ろしている。天使の頭上には、神の慈愛の光が差していた。全体が柔らかで淡い光に包まれた絵で、右下にH・Cとサインがあった。

「二十年前、ダブリンで買ったのよ」ローラはいった。「あるカントリーハウスでおこなわれた家具の販売会で。有り金残らずはたかなくてはならないほどの値段だったけれど、いつかそれ以上の価値が出る、最低でも元は取れるはずだ、と自分にいい聞かせて購入したの。結局、どうしても手放す気にはなれなかったわ」

そういいながら、ローラは歩み寄ってバーナビーの隣に並んで立ち、手を差し伸べて、重そうな指輪をはめた少年の手に触れた。全体に細かいひびが入り、少年のアイボリーの肌は蜘蛛の巣状に割れていた。

「悲しそうでしょう?」

「ええ、実に悲しげですね」

マントを羽織った少年は、威厳と気品を漂わせてはいたが、左右に間隔の開いた緑色の瞳は憂いを帯び、形のよい口もとにも喜びではなく悲しみをたたえている。少年の顔色の悪さはその直前に泣いていたせいではないか、とバーナビーは思った。

「いくつぐらいだと思います?」ローラが尋ねた。

「十五歳ぐらいに見えますが、これだけが」バーナビーは美しい手を指さした。「青年のものですね」

「そうなの。いつも不思議に思うわ。謎が解けないものだから、あれこれ作り話を考えてみるのよ。両親が本人の気に入らない相手と政略結婚をさせようとしているとか、彼が統治している王国がペストに見舞われているとか。あるいは、宮廷の黒魔術師のとりこになっているのかしら、と。理由はともかく、悲痛な心の叫びが聞こえるような気がするわ」

聞こえるのはそれだけではない。陶器が割れて、破片の落ちる音に、バーナビーの耳はぴくっと動いた。ローラは気がついていないようだ。まもなく、足でドアを開け、トレイを手にしたトロイが入ってきた。

コーヒーの味はよかったが、かなりぬるくなっていた。深皿のようなカップにフィルターが合わず、コーヒーが落ちるあいだ、いちいちフィルターを手で持っていなくてはならなかったからだ。トロイは一番最後に淹れたものをローラに渡した。

コーヒーを飲みながら、バーナビーは、夏の日の午後、ローラがハドリーを訪問し、彼の写真をくすねた――もちろん、そんな言葉は使わなかったが――ときのことに話を戻そうとした。けれども、ローラは気が動転していて、これ以上話したくない、と声を荒らげた。

「お願い、もう済んだことなんだから」

「済んだ？」

「事件の解決にご協力いただけるものと――」

「どうして、わたしが？　ほかの人じゃなくて、わたしなの？」怒りのあまりローラの顔から血の気が引いていた。ボリュームのあるカールした髪を後ろに振って、バーナビーをにらみつけたあと、立ち上がろうとしたが、めまいに襲われたのかふたたび椅子に倒れ込んだ。

「だいじょうぶですか、ハットンさん？」

「睡眠薬をのんだせいよ。あなたがたに起こされたものだから」

「申し訳ありません」

「警察はこんなことして許されるの？　勝手に押しかけてきて……無理強いするなんて」

「けっしてご迷惑をおかけするつもりは――」

「だったら、帰って。いいたいのはそれだけよ。帰ってちょうだい」

ローラは両手で顔を覆った。この狭い部屋には三人の人間がいる――しかも一人は体が大きい――にもかかわらず、ローラは一人ぽつんと取り残されている気分だった。自分の惨めな気持ちが、見えない高い壁を周囲に巡らしてしまったかのように。

バーナビーは穏やかな口調で説明した。「あなたに協力をお願いしたいのは、ほかの人と違って、警察を助けられる特別な立場にいるからです」

「まあ」ローラはいくぶん興味をそそられた。「どんなふうに？」

「あなたが写真を見つけた引き出しは、いつも鍵がかけられていました。犯人は引き出しの中身をすべて持ち去っています。ということは、実際に引き出しの中身を見たことのある人を捜し出すことで――」

「わたしは見てないわ。引き出しを開けたとたん、二人が戻ってくる足音が聞こえたんですもの。だから、写真を一枚つかんで、あわてて階下に下りたわ」

「引き出しには靴箱のほかに何かありませんでしたか？」

「シール容器がいくつかあったわ。サラダとか残り物のおかずを入れておくような」

「ほかの写真には気がつきませんでしたか？　一番上にあった写真とか」

「いいえ」

「お持ちのその写真を見せていただけませんか？」

「燃やしてしまったんです。あの……女を見かけた翌朝。ごみ箱いっぱいの濡れたティシューといっしょに、大型レンジに投げ込んでしまいました。もちろん、今は後悔しています」コーヒーカップをゆっくりと置いた。ひどく疲れた顔をしていた。「取り返しのつかないことをしてしまった、と。あの人の唯一の形見だというのに」

「どんな写真だったか、説明していただくだけでも助かるのですが」

「なんの役に立つのかさっぱりわからないけれど」

「ハドリーさんについて、なるべくたくさんの情報を集めようとしているのです。どんな小さなことでもけっこうですから」

「休暇中に撮られたスナップ写真でした。レストランかナイトクラブで写されたもので、三、四人の男の人がギリシャの踊りのように一列になって踊っていました。女性も一人写っていましたが、その部分は切って捨ててしまいました」

「結婚写真に写っていたのと同じ女性ですか?」

「いいえ。彼もずっと若くて……楽しそうに笑っていました。彼とその当時出会っていたら、どんなによかったか」

言葉ははっきり聞き取れたが、ローラの表情はぼんやりしていて、もう限界らしく椅子の端にもたれかかった。バーナビーはトロイに目配せをして、立ち上がった。ローラは二人を見送るつもりもないようだった。

帰りの車の中で、バーナビーはローラとのやりとりのようすを何度も思い返した。あの涙はけっして偽物ではなかった。しかし、涙は悲しみだけでなく、苦痛や怒りを表すこともある。あるいはもっともつらく、むだな感情、後悔を表すことだってあるのだ。

〈ライターズ・サークル〉の集まりのあと、ローラ・ハットンがジェラルド・ハドリーと対決するためにふたたび〈千鳥の休息所《プラヴァーズ・レスト》〉へ出かけたという仮説を立ててみた。自分が拒絶されたのは彼に別の女性がいるためで、その背信行為への憤りから、手近にあった物で相手の顔面を殴ったとは考えられないだろうか。

愛情が憎悪に変わるのは珍しいことではない。扱ってきた殺人事件の大半は家庭内で引き起こされたものだ。激情に駆られて犯行に及ぶことはよくあり、あとになって、自分の気持ちを整理し始めたときに、惨めな気持ちや後悔に苛まれるのである。

これまでのところ、関係者の中ではっきりとした動機があるのはローラ一人だ。状況によっては、ジェニングズがリストのトップに挙がるかもしれないが、今はまだなんともいえない。そのため、彼女が関与したという疑いを捨てるわけにはいかなかった。

捜査本部に戻るとすぐ、バーナビーは〈千鳥の休息所《プラヴァーズ・レスト》〉まで女性客を乗せたタクシー運転手を捜すよう指示した。その女は、ローラ・ハットンがそうあってほしいと願っていたような商売女かもしれないが、だからといって、ハドリーが心に思っていることをその女に打ち明けていないとはいい切れない。無口で孤独なタイプの場合、赤の他人のほうが話をしやすいことがよくある。

「少なくとも」トロイは盗まれたセリカについての報告書をコンピュータで呼び出した。「女がタクシーを使わなくてはならなかった理由だけははっきりしていますね」

「車が盗まれていなかったとしても、ハドリーはその女を乗せなかったかもしれない」

「たしかに。そうとう目立ちますからね」トロイは報告書の内容を頭にたたき込んだあと、いたずらっぽい口調でいった。「もしかしたら、あの新しいクラブで女に声をかけたのかもしれませんよ。ハドリーが車を駐めた場所からあまり離れていませんから」

「どんなクラブだ？」バーナビーは立ち上がって、トロイの肩越しにコンピュータのモニターをのぞき込んだ。

「ラティマー・ロードにある店で、女たちは長い耳とふわふわした尻尾をつけているんです」

「なんだか古くさいな」

「〈責任はおれがとる《バック・ストップス・ヒア》〉という名前の店です」

「冗談みたいな名前だな」

「ほんとなんです」

バーナビーは声をあげて笑うと、もう一度モニターに目を凝らした。「おや、おかしいぞ」

「何がですか？」

「車がなくなったことに気がついたのが午後十時、警察に電話連絡があったのは十時半だ」

「それがどうかしましたか？」

「車を駐めたのはシルバー・ストリートだから、署まで歩いて二分もかからないじゃないか。なぜ直接出向かなかったんだろう。盗まれた直後だったかもしれないのに。盗難直後と三十分後では大違いだ」

「捜し回っていたのかもしれませんね」

「そんな時間はなかったはずだ。タクシーを拾って、まっすぐ家に戻っている。ほら」バーナビーはエメラルド色の文字を指さした。「電話は自宅からだ。あそこまで戻るには三十分近くかかっただろう」

トロイは眉をひそめ、いかにも不愉快な表情になった。警察に入って十年になるが、予測のつかない行動に直面すると、いまだに落ち着かなくなる。極悪非道の行為、攻撃的な態度、真っ赤な嘘、そんなものはなんの問題もなかった。日常茶飯事だ。ところが、ある状況に置かれた人物が論理的に理解できない行動を取ったとき、トロイは居心地の悪さを覚える。気に入らなかった。人間性とはなかなか変わらないものだと考えていたとき、主任警部に凝視されていることに気がついた。

「耳はあるのか、トロイ？」

「そのはずですが」

「砂糖抜きのミルク入り」

「わかりました」トロイはすくっと立ち上がった。「そのあと、ひと休みしてもいいですか？」

「さっき休んだばかりだろう」

バーナビーは机に置かれた伝言やプリントアウトされた書類に目を向けた。年配警官の多くがそうであるように、カード式のインデックスや、日々手渡される手書きの書類がなくなったことを寂しく思っていた。しかし、新しいやりかたに慣れなくてはならない。コンピュータの速さと効率を否定することはできないのだ。以前は入手するのに何日もかかった情報が、今では数分で画面に表示される。時計を逆回りさせたいと考えるのは愚か者だけだ。

静かに隠れている泡のように、ジェニングズのことがふっと頭に浮かんでくる。あまり時間がたたないうちに行方不明の〈魚〉をつかまえたい。警察が参考人として捜していることが、マスコミを通じて本人の耳に入らないうちに。不意をつくことで得られる物が失われるからというだけではない。頭のおかしい変わり者、自分から名乗り出る目立ちたがり屋、警察車両や救急車や消防車の出動を何より喜ぶ連中が次々に現れ、その中から真偽を見きわめることで無駄な時間を費やしたくないのだ。

　バーナビーは書類にざっと目を通した。思ったとおり、昨夜の戸別訪問から得るものはほとんどなかった。二月の悪天候の夜、戸外に出ていた者はまずいない。パブの常連たちは徒歩か車で急いで帰宅した。カーテン越しに外のようすをうかがうのが好きな人々も、ブラインドを下ろし、すでにベッドに入っていたようだ。今日、もっと詳しい報告書が上がってくれば、役に立つ事実が出てくるかもしれないが。

　捜査開始から、二日目の夜になろうとしている。とはいえ、初期段階であり、現場が保存され、判断に間違いがなければ、もっとも収穫のある時期だ。事件にかかわる秘密も自ずと明らかになる場合が多い。ただし、この時期はまた、そういった謎を解明するための情報はまだ手に入らないのが普通である。

　バーナビーは、ベニヤの仕切りの陰に置かれた三台のテレビに歩み寄り、そのうちの一台で事件現場のビデオを巻き戻し、再生ボタンを押した。コーヒーを手にトロイが戻ってきたとき、画面はゆっくりズームアップされ、ジェラルド・ハドリーの陥没した頭蓋《ずがい》が映し出された。

「犯人はどこでやめればいいかわからなかったんでしょうね」

「そうなんだ」主任警部はカップを受け取ると、じっくり味わいながら飲んだ。犯行現場を見たあとに何も喉を通らなくなった日々は、遠い過去になっていた。「どうもそれがしっくりこない気がしてね」

「どういうことですか？」

「ここまで徹底して殴るのは、計算ずくか、あるいは激しい憎悪によるものだろう」

「後者だと思いますね」

「なぜだ?」

「いや……よくはわかりませんが」

こういう返事が受け入れられないことはトロイも承知していたし、実際に認められなかった。正直なところ、直感でそういったのだが、これもまた認めてはもらえない。主任警部が直感を持ち合わせていないというわけではなく、バーナビーの場合はそれを〈認識〉と呼び、扱いもより慎重だ。トロイが〈認識〉を感じたときには、いいかげんすぎる、もっとよく考えるように、と指摘される。そこで、トロイは今、じっくり考えてから意見を述べた。

「計算ずくでこれほど激しく殴打するのは、被害者の身元を隠したい場合に限られると思います。この事件の場合、それが当てはまりませんから」

「しかし、一時的な激情に駆られての犯行だとすると、容疑者はジェニングズになる。しかし、シンジャンによると、キッチンの窓からのぞいたとき、ジェニングズが怒っているようには見えなかったそうじゃないか」

「たちまちけんかになる場合だってありますよ。ぼくも今朝、家を出るときにそうでしたけど」

トロイは目を細めて思い返した。「玄関を出ようとしたときに、妻が急に——」

「わき道にそれるな。わたしには」バーナビーは続けた。「ハドリーがこの男を恐れていたのは精神面でのことのように思える。つらい記憶でも呼び戻されるのが怖かったのではないだろうか」

トロイは、何を根拠にそう感じるのかを訊いてみたかったが、それが賢明でないのはわかっていた。いずれ勇気を出して質問できるときが来るのだろうか。そういう日が来ることを願っていよう。

「こんなのはどうでしょう。何か昔のことでジェニングズになじられ、かっとなったハドリーが燭台をつかんで向かっていく。ジェニングズはわが身を守ろうとしてテーブルを倒す」

「そうすると、計画的な殺しではなくなるな」

「はい」

「ジェニングズが事前に逃亡を計画していた点はどう説明する？　それにジェニングズはどこでハドリーをなじったのか？」

「場所なんかどこでもかまいませんよ」

「ハドリーは二階で殺されたんだぞ」

「言い争っているうちに、一人が逃げてもう一人がそれを追いかけていったとも考えられます。怒鳴り合いながら部屋から部屋へと。あるいは、ジェニングズが帰ったあとで戸締まりをするため、二階に鍵を取りに行き、たまたま上でトイレを使ったのかもしれません」

「それはおかしい。ハドリーは着衣をまとっていなかった」

「ああそうか。やはり、過去の経緯が関係していたんでしょう」ミスを指摘されて、トロイは気まずそうなそぶりを見せた。「過去のわだかまりが原因で相手に殴りかかった」

「その推理はどういう根拠に基づいているんだ？」

奥歯をかみしめ、トロイはぴかぴか光る自分の靴に視線を落とした。

「いい負かそうとしているんじゃないんだよ」

「わかっています」こてんぱんに、というわけではないのだろう。

「しかし、結論を急ぐのはよくない。どんな推理にもしがみつかないこと。特に、そうにちがいないと思ったものには」

トロイは返事をしなかったが、口もとはこわばっていた。

「自分自身の考えに反論することを学ばなくてはならない。その推理が正しければ、きみの主張はいっそう揺るぎないものになる。間違っていたなら、あとで恥をかかなくて済む」

「そうですね」トロイは顔を上げ、その表情は晴れやかになっていた。「よくわかってはいるんですが、ジェニングズについては……。どう見ても明らかなので」

「たぶんそうだろう」バーナビーは答えた。「しかし、わたしは皿にのせて目の前に出されたものはつねに疑ってかかることにしている。部長刑事、われわれが心に留めておくべきことは何かな?」

「いかなる選択肢も排除しないこと」トロイは、上司に敬意を示そうとしたが、実際には必死でたばこを探している顔にしかできなかった。

「外回りはみんな戻ってるか?」

「目立ちたがりのハリーとその相棒以外は。あの二人もこっちに向かっています」

「きみの立場からすれば、〈メレディス警部〉というべきだろう、部長刑事?」

「失礼しました」トロイはにやりと笑った。「主任警部」

「三十分後に、結果を聞かせてくれ」

レックスは書き物机に向かい、ぽっかりと空いた非常食用のスペースを見つめた。スナック菓子やビスケット、チョコレートやキャンディ、たまねぎのピクルスなどが入っていたのだが、すっかり食べ尽くしてしまった。もちろん、モンカームの胃袋に入ったものもある。

残っているのはスマーティーズのマーブルチョコレート三個だけ。レックスは、黄色いとがった爪で小さなプラスティックの白い蓋を外した。犬はよだれを垂らしながら大きく口を開けた。そこへチョコレートを入れてやる。犬の口が閉じた。鋭い歯で嚙み砕いたあと、ごくりと飲み下し、また口を開ける。けたはずれとしかいいようがない。まるで作業台のわきに立ち、機械に材料を入れているようだ。開く、嚙み砕く、飲み下す、閉じる。開く、嚙み砕く、飲み下す、閉じる。開く……。

レックスは、縮れ毛の頭を下げ、二つ目のチョコレートを取り上げると、ぼんやりたたずんだまま、閉めっぱなしのカーテンに目をやった。実際、どうしたらいいのか自分でもわからなかった。〈コンスタンティノープルの陥落〉に取りかかる気にもなれない。地図を見る気力もなかった。補給係将校用の色褪せたピンクの用紙に、缶詰牛肉や保存食の注文を記入したり、メダルを磨いたりする気にもなれなかった。それどころか、『武器・軍事用語辞典』を手に取ろうという気も起こらない。こんなことは初めてだ。レックスはいいようのない後悔の念にとらわれていた。

玄関の扉が閉められたとき、すぐにドンドンとたたいていたら……、たたき続けていたら……声にならないうめき声を漏らした。あるいは、裏に回って勝手口から入っていたなら……。そのどれをとっても、おびえたウサギのように逃げ帰るよりはずっとましだったろう。攻撃の的にされた十歳の鼓手《こしゅ》だって、もっと勇敢に振る舞う。レックスは、繰り返し襲ってくる屈辱感に苛まれた。人は自らの名誉のために命をなげうってきたというのに。

そしてもし、うちに戻ったあと、誰かに打ち明けてさえいたら……。相手は誰でもいい。二人だけの秘密にしておくというジェラルドとの約束を破ることにはなるが、彼の身を案じてのことだと理解してもらえたにちがいない。あるいは、公衆電話からジェラルドに電話をかけてもよかった。迷った末にジェラルドの家をもう一度訪ねたとき、どうしてモンカームを連れていかなかったのか。一声命じれば、誰かが開けてくれるまで、モンカームは吠えたりうなったり、ドアを爪で引っ掻き続けていただろう。モンカームなら、最初に失敗したからといって、すごすごと引き上げて寝床にもぐりこんだりするはずはない。

自らへの問いかけの中でもっともつらいのは、マックスがくつろいだようすで笑ったり、酒を呑んだり、愛想よくジェラルドに話しかけたりしているのを見て、二人が友好的な関係にあるとなぜそう簡単に信じたのか、である。

そう見えただけではないのか。今思い返してみると、誰かに見られているのを意識して、マックスが善人ぶった行動を取っていたようにも感じられる。もしかしたら、あのとき、レックスの視線の延長線上にいたジェラルドは、すでに体の自由を奪われていたのかもしれない。けがをして倒れていたり、さるぐつわをされたり、体を縛られたりして、とどめの一撃を加えられる前に誰かが飛び込んで救ってくれるのを待っていたのかもしれない。

昨夜、レックスは悪い夢を見た。何か恐ろしいことが起こりそうだと思って、〈千鳥の休息所《プラヴァーズ・レスト》〉のキッチンをのぞき込んでいる。中では、ジェラルドがサンドイッチを作っていた。皿と同じサイズの白パンを置き、棚からすり鉢とすりこぎを下ろして、大きな茶色い瓶に入った錠剤をすり鉢にあけた。レックスにはその薬が人の命を奪うものであることがわかっている。ジェラルドはゆっくりすりつぶして粉にすると、それをパンに振りかけ、二つ折りにした。室内を行ったり来たりしたあと、ジェラルドは両手でつかんでサンドイッチをほおばる。レックスは懸命に窓をたたくが、なんの手応えもなく、ガラスが消えたかと思うと、また元に戻る。しだいにサンドイッチを食べているジェラルドの肌が、ペンキを塗ったばかりのようなてかてかした赤に変わっていった。

体の震えが止まらなかった。寒くてたまらない。就寝時刻になっていたが、熱い湯を瓶に入れるのも、寝室の小さなヒーターのスイッチを入れるのも忘れていた。モンカームの唾液で湿った髭が膝をつつくのを感じた。

最後の二つのスマーティーズを開け、犬と分けて食べた。このつらさを打ち明けられたら、どんなに楽だろうかと思いながら。しかし、単純な犬の心にそんな負担はかけられない。この悲惨な事件そのものと、自分が何の役にも立てないという二つの事実に、モンカームは打ちひしがれてしまうだろう。

理由はそれだけではなかった。レックスはのろのろと重い体を起こして立ちあがった。何よりも、自分の飼い主が恥ずべき人間であることを、犬に知られたくなかったのだ。

エイミーは、赤い羊皮紙製の埃だらけの本を開き、少しも暖かくはない暖炉のわきに置かれた椅子にすわっていた。デスクの向こうのオノーリアは、しゃちほこばったように背筋をぴんとのばし、クリーム色の明かりに照らされた、紋章付きの古い四枚の皿が描かれたページに目を凝らしている。ロンドン図書館から小包で送られてきた本だ。会員となるには高額の会費が必要だが、大切な研究のためなので贅沢とはみなされない。エイミーのボールペンや紙代とは違うのだ。用紙代は一包み二ポンド六十五ペンスで、そのうえ書き写すには延々と時間がかかる。

オノーリアはまた、ブーツ薬局で白い綿の手袋を買って図書館専用とし、アクスブリッジの参考資料図書館も利用していた。どこの誰が借りたかわからないとの理由で、本を借りて持ち帰ることはない。不潔な菌をまき散らさないよう、労働者階級には図書館のような場所への立入を禁ずるべきだ、というマリー・コレリ（一八五四〜一九二四。英国の小説家）の考えに、オノーリアならおおいに共感したことだろう。エイミーの汚らわしい本も彼女の部屋から持ち出すことは許されていなかった。

「これ見て」古いピアノの鍵盤のような茶色がかった歯をむいて、オノーリアが声を張り上げた。独り言のようにも思えたが、そうでなかったとしたらたいへんだし、また少しでも暖かい場所に近づけるチャンスだったので、エイミーは立ち上がって、玉座のような曲線を描く椅子の後ろに立った。オノーリアがぴしゃりとたたいたページの中央には、ぼんやりではあったが、茶色い輪の跡が残っていた。

「信じられる？」さっきよりも強い口調だった。

「ええ」と、エイミーは答えた。「いつかアイリス・マードックの本を借りたとき、形容詞全部にインクで点がつけられてましたもの」

「こんなひどい利用者、まずいないわね」

そんなことはない。もっとひどいケースだってたくさんある。エイミーは、返却された本に卵焼きをしおりとして使った跡があったという話を、カウンター係から聞いたことがある。注意すると、借りた人物はページを折らないように心がけたのだと反論したそうだ。

「あなた、何突っ立ってるの？」

エイミーは自分の席に戻った。『アートと建築――十八世紀の英国カントリーハウス』の本で隠しながら、ペニー・ヴィンチェンツィの『昔の罪』を読み、小説の書きかたを研究していた。いつ話の本筋をわき道にそらすのか、並行して進めている数々のプロットをどのようにして最後にまとめるのかを分析したり、登場人物のキャラクターを生かしながらストーリーを展開させる会話作りのヒントをメモしたりしていた。

教会のバザーで十ペンスで買った本なので、気楽に書き込みができた。しかし、本当はこんなことをしているより自分の作品の続きを書きたかった。執筆とは何かとの質問に、マックス・ジェニングズが「執筆以外のことをしたいと思っていること」と答えるのを聞いて、エイミーは驚いた。彼女はいつだって『じゃじゃ馬』の執筆に戻りたくてたまらないのだ。

問題は——もちろん、口に出していったことはないけれど——自分の部屋に引き上げるまで、時間を自由に使えないこと。しかも、就寝前の飲み物を作り終えるまで、部屋に引き上げることはできない。それまで、ずっとオノーリアと同じ部屋ですわっているか、尽きることのないオノーリアの要求に応えるため、寒いキッチンを歩き回っている。万が一、先に二階へ上がったりしたら、数分もたたないうちにふたたび呼びつけられるだろう。史実のチェックや鉛筆削りや、リッジウェイのオレンジ・ペコを淹れるといった用事のために。

エイミーは本越しに大柄な義姉のがっしりした肩と柔らかみのない胸に視線を向けた。幼いラルフが気持ちよさそうにあそこに頭をのせていたとはとうてい思えない。だが、実際そうしていたのだ。オノーリアの部屋の洗面台に、二人が写った楕円形の写真がある。オノーリアはふわっとしたペティコートの上に明るい花柄のワンピースを着、あまりヒールの高くない小さな靴をはいている。当時から、がっしりした肩と頑丈そうな顎をした、大柄な少女だった。けれども、写真の少女は幸せそうで、頭をのけぞらせ、赤ん坊を高々と宙に上げている。赤ん坊もうれしそうに笑っていた。

エイミーはよくその写真を見つめた。若いころ、ラルフが姉の深い愛情を受けていたと知ることで、このグレシャム・ハウスでの惨めな暮らしがいくぶん慰められた。そして、この弟への愛情からオノーリアもまた犠牲を払っている。ラルフに聞いた話では、彼女がハートフォードの農夫との婚約を目前にしていたころ、両親が亡くなった。まだ子供だったラルフを引き取るのをその農夫が渋ったため、破談になった。だが、事実だろうか、とエイミーはときおり疑わしく思う。オノーリアに興味を抱く男性がいたとは思えないからだ。ラルフに恩を着せて自分のもとにつなぎ止めておくための作り話だったのではないだろうか。

とはいえ、弟が独身を通し、自分が一生母親役を務めるつもりだったとも思えない。そんなことは自然に反する。エイミーはハンサムで陽気なラルフが、寂しげな独身中年男となり、十七歳年上の気難しい姉の世話をしているところを想像した。もっとも、ラルフが家にいたら、オノーリアもこれほど気難しい人間にはなっていなかったにちがいない。

昔、エイミーは、夫のただ一人の身内であるオノーリアに会うのを心待ちにしていた。いっしょに家族のアルバムをめくりながら、一枚一枚の写真が撮られたときの話を聞き、ラルフの冗談や子供のころの言葉遣いの間違いなどを話題にし、ちょうどラルフがエイミーの実家を訪ねたときのような楽しい光景が繰り広げられることを想像していた。ところが、現実はまるで違った。二人が到着するなり、オノーリアはエイミーの夫を奪い取り、〈ねえ、憶えてるでしょ?〉という思い出話を延々と続けた。その異常さはエイミーに〈食べてしまいたいほどかわいい〉と幼子を溺愛する親を連想させた。

ラルフが実家を出た理由がエイミーにもわかった。人間として成長するためには、姉から離れて暮らさなくてはならなかったのだ。オノーリアと面識がないころ、エイミーは、もっと頻繁に姉を訪ねたり、手紙を書いたりするようラルフに勧めた。けれども、たまに帰国したときも、ラルフは連絡しようとはしなかった。オノーリアにその話をしたことはない。オノーリアには意気地なしと非難されるだろうが、エイミーは義姉によけいな苦痛を与えたくはなかった。

時刻を告げる大型箱時計のくぐもった音に、エイミーは苛酷な現実に引き戻された。午後十時、ニュースの時間だ。

オノーリアはぎこちなく立ち上がり、椅子を乱暴に押し戻したため、危うくスタンドをひっくり返しそうになった。そして、この家ではいまだに〈ワイヤレス〉と呼ばれている木製のラジオのスイッチを入れた。ベークライトのつまみと淡黄褐色の雷文模様のパネル、しばらく温めなければならない真空管がついている。スイッチを入れただけではだめだというように、オノーリアはいつも音が出るまでじっと見据えていた。エイミーは『昔の罪』を閉じ、セーターの下に潜ませて、ココアを作りに行った。

カップ二杯分の水と牛乳を計り、ミルクパンを火にかけた。牛乳は一日に二パイントしか使ってはいけないことになっているので、水と牛乳を半々に混ぜる。今朝はクィーンケーキ（干しぶどう入りのハート型の小さな菓子）も作った。オノーリアは倹約家だった。きのう、エイミーが瓶にこびりついていたマーマイト（酵母から作られた栄養価の高いエキス。薄くパンに塗ったり、スープに溶かしたりして使う）をこすり落として昼食のサンドイッチを作ったあと、オノーリアは瓶に熱湯を注ぎ、マーマイトの溶けた湯をグレイビーソース用に取っておいた。

オノーリアが金に細かいのは戦時中のことを憶えているからだ、とラルフはいっていたが、エイミーにはそうは思えなかった。エイミーの母も同じ時代を生きてきたが、倹約家とはほど遠く、料理にはバターやクリームをふんだんに使い、浴槽の中に石鹸を置き忘れて溶かしてしまったり、食べ残しをごみ箱に捨てたりしている。

グレシャム・ハウスでは、たとえ芽きゃべつ一個であっても、食べ残しは冷蔵庫に入れ、次の食事の材料として用いられる。数日後、チーズトーストのわきに緑色の塊のまま出されることもあったし、刻んでサーディン・オムレツに入れられることもある。

エイミーは頃合いを見計らってミルクパンを火から下ろし、ココアをいれた。クィーンケーキを食べたいと思ったが、先週のオズボーン・ビスケットのときのように、オノーリアが数を数えているはずなのであきらめた。

エイミーの指先がいつも首から下げているロケットのあたりをさまよった。中にラルフの写真が入っている。今ここにラルフがいてくれたら……とかなうはずのない思いを募らせた。ラルフといっしょなら、オノーリアの倹約ぶりも笑い飛ばすことができただろうし、荒れた石造りの冷たい屋敷もぬくもりと光に満ちていたことだろう。しかし、ラルフはイチイのわきの墓に眠っている。もし、エイミーがワーズワースの『ルーシーの歌』を知っていれば、〈わたしにとってすべてが変わるほどの人〉と叫んだかもしれない。

バーナビーが、もう一度、捜査本部の端にあるテーブルのほうへ歩いていくと、みんなの視線が集まった。すわっている者はコンピュータの画面から目を離して、緊張をほぐそうと、首を回したり肩を上下させたりしている。外回りの者は、近くのデスクの端に腰をのせるか、壁に寄りかかるかして、話をしたり、自動販売機でドリンクを買ったりしている。トミー・ナッターのしゃれたツイード・ジャケットにモールスキンのチョッキを着たメレディス警部は、すでにすわり心地のいい椅子を見つけ、目立つ位置に陣取っていた。

バーナビーは、まず手短に検死結果を伝え、ローラ・ハットンへの事情聴取のあらましを述べた。続いてトロイがブライアン・クラプトンへの事情聴取の報告をおこなった。そのあと、ふたたびバーナビーが話し始めた。

「ついさきほど、ハドリーの車について情報が入った。とりたてて収穫といえるものではない。乗り捨て目的の窃盗で、車はめちゃくちゃに壊されて川に捨てられていた。昼までには現場捜査班の〈千鳥の休息所《プラヴァーズ・レスト》〉に関する報告書もできあがるはずだ。ジェニングズの出版社からは経歴を記したファックスを受け取った。トロイ？」

トロイは咳払いをして読み始めた。「五〇年代初頭に、スコットランドで生まれ育つ。公立学校で教育を受け、専門はええと、リタ……」

「文学《リタラチャー》だ。そのくらいわかるだろうが」メレディスが口を挟んだ。

「ああ、そうですね」色白のトロイの顔が赤く染まった。「バーミンガム大学を卒業。故郷に戻って地元新聞社に就職し、特集記事の執筆補佐を務める。その後、ロンドンに移り、広告代理店数社からの依頼でコピーを書きながら、小説『遙かなる丘』を執筆。その成功によって専業作家となる。ダンサーのエヴァ・ジューンと結婚。子供が一人生まれるも幼少の折に他界」

「ハドリーについては」メレディス警部が口を挟みそうになるのを見て、バーナビーは先を続けた。「結婚証明書や遺言書も見つかっていないし、国民保険番号すらわからないが、彼にコテージを売った不動産屋を突き止めたので、あしたまでには、権利譲渡を担当した弁護士が見つかると思う。その弁護士がほかの事務手続きにもかかわっている可能性がないわけではない。それでは……」

バーナビーは外回りの刑事たちに問いかけるような視線を向けた。

ウィロビー巡査が話し始めた。ほかの警官たちにはおもしろくないことだが、十時間近く歩き続けたあとだというのに、あいかわらずさっぱりとすがすがしい表情をしている。

「ミセス・ハットンの証言にあるブロンド女性ですが、わたしたちが集めた情報の中に一致する人物はおりません」

「そうか。ご苦労だったな」メレディス警部が口を挟んだ。室内を見回して全員が出席していることを確かめたあと、警部は続けた。「広範囲にわたって適切な聞き込みを続けてくれたわけだが、挙がってきた情報は、ハドリーが何をおこなっていたかではなく、何をおこなっていなかったかというものばかりだ。教会にも通っていなければ、〈ライターズ・サークル〉の活動をのぞいて、地域行事にもいっさい参加していない。人の出入りがよく見える場所に家があるにもかかわらず、泊まり客はもちろん、昼間の来客でさえ人々の記憶に残ってないんだからな。車は、チャールコート・ルーシーのクロス・キーズ修理工場で定期的に点検を受け、支払いは小切手できちんと済ませている。ハドリーという男は礼儀正しいが、けっして社交的な人物ではなかった。パブへ行くことはないものの、村の商店はよく利用していた。店主のミセス・ミグズは、彼のことを元軍人だと思っていたそうだ。ときおり真鍮のボタンのついた紺のブレザーを着ているという理由で」

メレディス警部は人を見下した口調でミセス・ミグズの無知について語り、ブライアンと似たような笑い声をあげた。

「ハドリーはいつも戸口での施しには応じるが、余裕のある生活をしている割に大盤振る舞いはしなかった。掃除婦と庭師を使っていた。〈千鳥の休息所《プラヴァーズ・レスト》〉に住むようになったのは一九八三年、妻に先立たれてまもないころだと思われる。村人たちは彼のプライバシーを尊重し、また、本人が人目を引くようなことをしなかったため、しだいに彼への関心を失っていったようだな」

冷ややかな沈黙の中で、バーナビーはこのもったいぶった報告に耳を傾けていた。新しい事実がないことに落胆していたとしても、それを顔には出さなかった。メレディス警部の報告はさらに続いた。

「〈渡り〉のあいだに、トム」トム！　この慣れ慣れしい呼びかけに、当の主任警部がどう応じるだろうかとおもしろがって見守っていたのは、トロイだけではなかった。「ジェニングズとハドリーの過去の関係についてじっくりと考えてみました」

「そうかね、イアン」バーナビーはいった。「それで、結論は？」

「仮に、これまで耳に入ってきている過去の不愉快な出来事というのがつまらない口げんかなどではなく、もっと深刻なことだったとしましょう。たとえば、どちらかが犯罪を犯したとか」

「それで？」

「それなら格好の脅迫ネタとなる」なるほどと内心つぶやいた者もいたようだが、誰もはっきりと声には出さなかった。

「なぜこれまで実行に移すのを待ったのかね？」

「ジェニングズが今、成功して金持ちになったからですよ」

「十年も前に成功して、ずっと金には困っていなかったぞ」

っていた。


「警部」トロイが横から質問した。「脅迫したのがハドリーだと考える根拠はなんですか？」

「ハドリーのほうから会おうとしたじゃないか」ここまでくると、メレディスも明らかにいらだっていた。

「成り行きでしかたなくそうなったんですよ」

「それはそうだが。その気がないなら、招待状を出さなくてもよかったはずだ」

ここでバーナビーもメレディスに賛同の声を漏らした。メレディスの言葉はバーナビーの考えとまったく同じだった。被害者は、ジェニングズと再会するにあたって、シンジャンに打ち明けた以上に二つの相反する感情を抱いていたのではないか？　バーナビーは当初からそう睨んでいた。あるいは、ハドリー自身が思っていた以上に。メレディスがふたたび話し始めた。

「ジェニングズには失うものが山ほどある――」

「それは犯罪の種類によるな」バーナビーはいった。「近ごろの風潮では、作家の地位を危うくするのは子供や動物や場合によっては楽器に対する性的虐待ぐらいのものだろう。そのほかの犯罪なら売り上げを増す結果になるんじゃないか」

「すると、警部は」トロイがメレディスに訊いた。「何かをつかんだハドリーがジェニングズを脅迫し、それが表ざたになるのを恐れたジェニングズに殺されたと考えているのですか？」

「その可能性もあるといってるんだよ、部長刑事」

「それなら、なぜ」トロイは勝ち誇った口調にならないよう気をつけながらも、高揚を完全には抑えられなかった。「二人きりにしないでくれとシンジャンに頼んだりしたんです？」

「捜査を攪乱《かくらん》するためだよ」当然じゃないかといわんばかりだった。「偽装工作《レッドヘリング》さ」

「なんだって?」バーナビーはおかしくてたまらないという顔をした。上からの許しが出たと判断して、部屋中の警官から笑いが起こった。「クリスティーの影響でも受けているようだな、イアン。テレビで、『ポワロ』でも見ていたんだろう。では、創造力あふれる楽しい考察がこれ以上出てこないようなら、ここで切り上げよう。急な展開がなければ、次は明日の朝九時の捜査会議で。メレディス、帰る前にちょっと話がある」

捜査員たちが立ち去り、夜勤の者が入ってきた。トロイはコートを取りに主任警部のオフィスへ行き、数分後に戻ってくると、バーナビーが満足そうな表情で待っていた。寒さに備えて、二人はしっかりコートのボタンを留め、駐車場に向かった。トロイがいった。「警部の言葉は理解しにくくて……〈渡り〉をするのは鳥だけだと思ってましたよ」

「〈聞き込みをして歩き回る〉という意味だ」

「だったら、どうしてそういわないんです?」

「高等教育を受けた者はそっちのほうがいいと考えている。遠回しな言いかたを好み、わかりやすい言葉を使おうとしないんだ」

「彼の専攻はなんだったんですか?」

「たしか地学じゃなかったかな」

「へえ」トロイはなんとなく安堵した。「地学か」トロイがドアを押さえ、バーナビーは外に出た。

「主任警部、気がついてましたか?」

「なんのことだ?」

「彼の首の後ろにひどいおできができてますよ」

「そうか」バーナビーと鞄持ちは愉快な秘密を共有しているように笑みを交わした。

「お疲れさまでした、主任警部」

「じゃあな」

バーナビーはオライオンのドアの前でちょっと足を止め、輝く満天の星を見上げた。一目で名前のわかる星座が広がっている。バーナビーがアーベリー・クレセントにある自宅に着いたころには、雪が降り出していた。

行間

ジョイス・バーナビーは、温かいキャンドルウィック刺繍を施したガウンをまとい、ガス台の前に立って、たっぷりの油で卵を焼いていた。濃い黄身にスプーンでかけた油が白い網目を描き出している。もちろん、これはよくない食べ方だ。ゆで卵にすべきなのだが、ゆうべ、夫はひどく疲れていたので、ちょっぴり食事制限をゆるめてあげようという気持ちになっていた。カリカリに焼いたベーコンに脂身はほとんどなかったし、ポリッジにはビタミンBがたくさん含まれ、コレステロールを下げるオーツ麦やブランが入っている。

「まあ、キキ」たっぷり朝食をもらったはずのキルモウスキーが、においに誘われてやってくると、ジョイスのガウンに爪を立て、においのするほうへとよじ登り始めた。

「降りてちょうだい……痛いじゃないの」子猫をガウンから引き離し、温めておいた皿に料理をのせて、夫の席に運んだ。

「ああ、助かった、一面は免れたよ」そういって、バーナビーは〈インディペンデント〉紙をたたみ直した。「関係者の中にジェニングズがいなかったら、新聞に載る心配もなかったんだが」

「今ごろ、当人も新聞を見てるわよ。今日じゅうに連絡してくるでしょう」

バーナビーは答えなかった。朝食を見つめながら、困惑の表情を深めた。「今朝はソーセージのはずじゃなかったのか?」

「ソーセージは日曜日」ジョイスは掲示板に留めてあるメニューを軽くたたいた。「ほんとは食べちゃいけないいんだけど」

「そんなこというなよ」

「運がよければね」

バーナビーは険しい顔で妻を見た。「ジョイス、取り替えのきかない人間なんていないないんだぞ」

「あら、そう?」バーナビーの妻はコーヒーポットを手に取った。

「古代ギリシャでは、槍二本と引き替えに女の奴隷が手に入った」

「アーベリー・クレセントでは、夫に感謝されない奥さんたちは通信制大学に入学するのよ。それで、指導教官と駆け落ちするの」

「こいつはまずいな」バーナビーは、トーストに塗られた粉っぽいペーストをこすり落とした。

「〈ほとんど脂肪ゼロ〉と呼ばれているだけのことはある。こんなものを食って吐かずにいられるのはまさに聖人だ」

「文句いわないの」

「咳止め薬か自転車油といい勝負だな」

「キキ?」ジョイスは腰を下ろすと、舌を鳴らして子猫の注意を引き、椅子の後ろにひもで結びつけてあるピンポンの球を軽く揺らした。「キキ、キキ……」

「五分前には叱りつけていたくせに」

「ねえ、見て、トム」ジョイスはうれしそうに手をたたいた。「ほら、遊んでるわよ」

「とにかく、わたしのベーコンに近づけないでくれ」

「喉を鳴らしてるわ」

「そりゃ、鳴らすさ、猫なんだから。ほかに何ができる？　急にリゴレットを歌い出すわけはないだろう」バーナビーは苦虫を嚙みつぶしたような顔でいった。「いいか、ここに置いておくのは、あいつらが戻ってくるまでだからな」

「わかってますよ」ジョイスはコーヒーを注いだ。「どうしてそんなに当たり散らすの？　あなたが好きな物を食べられないのは、わたしのせいじゃないんですからね」

「ありがとう」バーナビーはカップを受け取った。「きみの朝食はどうしたんだ？」

「あとでいただくわ」ジョイスは左手に持ったスプーンでぎごちなく飲み物を混ぜた。目をまんまるにしたキルモウスキーが小さなマフのようにジョイスの右腕に寄り添っていたからだ。子猫のつややかな灰色の腹はミルクで膨らんでいた。

「見てごらん。すっかりご満悦だ」

「トム？」

「うん？」バーナビーは不機嫌そうな顔でパンの最後の一口を嚙んでいた。

「ちゃんと食餌《しょくじ》療法に従っているでしょうね？」

「ああ」

「職場で、という意味よ」

「がみがみいうなよ」

「大事なことなの。お医者さまからどういわれたか、わかってるでしょ」

「わかってるって」バーナビーはコーヒーを飲んだあと、ぜいぜいと息を切らしながら立ち上がった。「今夜の食事は何かな？」

「ハーブ風味の子羊レバーのマッシュルーム添え」

「忘れずに新鮮なマヨラナを買っておいてくれ」玄関では、地味なドレスに白いボネット帽をかぶった、とびきりの美貌の娘が、ドアマットから父を見上げていた。バーナビーは娘が表紙を飾っている〈ラジオ・タイムズ〉誌を拾い上げ、妻に渡してキスをした。

「出かけるときには運転に気をつけるんだよ」

「ええ。じゃ、ドアにチェーンをしておくわね」


「しっかり着込んでいくのよ。今日は雪になるらしいから」

ひな鳥の世話をする親鳥のように、スーは娘のまわりをうろうろしていた。アマンダはシンクに寄りかかって、これがダイムのチョコレート・バーならいいのにと思いながら、母が焼いたブランとクルミ入りのクッキーを囓っていた。今日のアマンダは黒ずくめだ——スカート、タイツ、スニーカー、アイライン、マニキュア。長いあいだ洗っていない髪は、つやのないシニヨンに結い上げられている。

「雪なんか降らないわよ。これ、おいしくない」ごみ箱に近づいて、口の中の物を吐き捨てた。

「どうしてうちにはよそみたいにちゃんとしたお菓子がないの?」

実際のところ、理由は二つ。一つは、市販されている菓子には、スーの持っている『食品添加物ガイド』に載っている疑わしい成分がたくさん含まれていること。二つめは、金銭的な理由。いつだって生活費に余裕はない。ブライアンは自分が好きなことのためには金を工面し、つい最近もディレクターズ・チェアを買い、背もたれの裏にステンシルで自分の名前を入れた。ところが、家計に関してはひじょうに締まり屋だった。毎晩の温かい食事と日曜には肉料理のごちそうを期待しているにもかかわらず、妻に渡すのは、一週間分の朝食代になるかならないか程度の金額だった。スーが託児所からもらうわずかな給料を家計につぎ込んでも、まだ足りなかった。もちろん、もっと生活費に回してくれるよう夫に頼んだが、おまえは才覚がないから、苦労して稼いだサラリーでやりくりできず、増やしたって無駄遣いするだけだ、と取り合ってくれなかった。最後に頼んだときには、癇癪《かんしゃく》を起こして、そんな問題はきっぱり解決してやる、と声を荒らげた。

その週末、スーは三十ポンドを渡してブライアンを買い物に連れていった。コーストンで一番大きなスーパーマーケットを歩き回りながら、ブライアンはあれこれ理由をつけてはカートに品物を放り込んでいった。

「ほら、こんなお買い得品はないぞ、二つ買えば、一つ余分についてくる。それから、このサーロインステーキは特売だ。こんなに安いならステーキ肉を買わない手はないからな。メロンも値引きしてある。ぶどうもだ。いいか、このブルガリア・ワインはたった二ポンド四十五ペンスで……」

レジで精算をしたとき、請求金額は四十五ポンドになっていた。予算内で買い物ができると自信満々だったブライアンは、クレジットカードを持ってこなかったため、責任者が呼ばれてくるまでのあいだ、怒りと屈辱に顔を真っ赤にして立ち尽くしていた。買わない品物を戻すためのカートが運ばれてきた。長い列に並んでいる人たちの眼差しも、けっして温かいものではなかった。駐車場に戻ったとき、ブライアンは怒りを爆発させた。

「どうしていってくれなかったんだ？　どのくらいの値段になるか、わかっていたんだろう」商品の入った段ボール箱をトランクに詰め込み、力任せにドアを閉めた。「まったく、生活保護を受けている連中は、どうやってやりくりしてるんだ？　ちゃんと食って、たばこまで吸ってるじゃないか」

「冷凍ピザやフライドポテトや賞味期限切れの缶詰を食べてるのよ」スーは答えた。満足そうな声の響きを抑えることができず、家に帰るまでのあいだずっと悔やむこととなった。

「マンディ？　マンド？」ブライアンは玄関先で娘を呼んだ。ドアが開けっ放しで、心地よいキッチンがアイスボックスのように冷えきっていた。「バスの時間だぞ」

「うん」マンディは馬用毛布のような暗い色のコートをはおり、体を揺すって襞の具合を直し、スヌーピーの弁当箱を手に取った。

「いっしょに温かい飲み物を飲むんだぞ。炭酸飲料はだめだからな」

「放課後、おばあちゃんちへ行くかもしれない」

「まあ、教えてくれてありがとう」スーはにっこり微笑んだ。いつもばかにされているだけに、その笑みは少し間が抜けているように見えた。「いってらっしゃい」

玄関のドアが音を立てて閉まり、夫と娘は出かけた。この瞬間、スーはいつも深い安堵を覚えると同時に、多少の後ろめたさを感じる。燃料食いの大型レンジAGA《アーガ》――家を買ったときから備えつけてあったもので、いつお払い箱になってもおかしくない――に石炭を入れて、古いアームチェアを引き寄せた。

ひっそりとした室内は快適で、心が休まる。スーはゆっくり深呼吸をして気持ちを落ち着かせ、家族がまわりにいるとき、つねにつきまとっている惨めな抑圧感を解き放った。

家族！　夫と娘と自分とは、その言葉とどれほど隔たっていることか。にこにこ笑ってシリアルを食べているTVコマーシャルの家族が、真の家族の姿だと考えるほど愚かではないが、一般的な家族像は、明るく振る舞いながら実は孤独で愛情に欠けるクラプトン家とコマーシャルの家族との中間にあるはずだと思っている。父、母、子供たちがたがいに議論し、支え合い、愛情と憎しみを抱き、つらいときには助け合い、外からの批判にさらされれば団結してその絆を深める。

いけないと思いながらも、スーはときどき、これまでの人生のどこかで、別の道を選ぶことはできなかっただろうか、と振り返ることがある。妊娠してしまったから――それがどうだというの？あれは一九八二年のことで、通りでシングルマザーに石が投げつけられた三〇年代の話ではない。結婚を促す両親や、息子がフィアンセを妊娠させたことが近所にばれるのを恐れていたクラプトン夫妻からのプレッシャーだってはねのけられたはずだ。スーは初めてのセックスでアマンダを身ごもった。すっかり性的欲望の虜《とりこ》となったブライアンは、結婚に前向きだったし、堕胎など論外だった。

スーは子供好きで、いずれ最低でも四人は欲しいと思っていた。アマンダが赤ん坊だったころ、スーはこのうえなく幸せだった。娘を風呂に入れ、着替えをさせ、いっしょに遊び、歩きかたを教える。ひたすら愛情を注いだ。この輝かしいものが生活の中心となったことで、スーはブライアンの態度が急に冷たくなったのも、結婚という罠にまんまとはめられた、と彼がいい始めたことも少しも苦痛とは感じなかった。

ところが、しだいにすべてが変わっていった。わずか五マイルしか離れていないところに住むブライアンの両親が、ただ一人の孫をかわいがり、ともに過ごす時間を増やすよう要求してきた。毎週末、ブライアンが車で連れていき、ときにはまる二日間アマンダを置いてくることもあった。帰るときにはいつもどっさりプレゼントを持たされ、アマンダは疲れてむずかり、甘いものの食べすぎで体調を崩した。

初めは、娘への強い愛情から、夫が不機嫌になるのも恐れず、滞在時間や訪問の頻度について夫と話し合おうとした。月に一度、それも午後だけというのがちょうどいいんじゃないかしら。それに、家族みんなでうかがったほうがいいんじゃない？

スーがこう訴えたことで、延々と口論が続いた。ブライアンの母は、かわいいマンディを自分たちから引き離すつもりか、といきり立ち、ブライアンの父はとにかく声を落として話すようにといった。夏で芝刈り機がうなりをあげているにもかかわらず、みんなの話し声が近所じゅうに聞こえてしまうというのだ。アマンダは自分の要求を通すために甲高い声で泣きわめいた。電話のかけかたを覚えると、電話口でも悲鳴をあげたりしくしく泣いたりして、かわいい孫を奪われた祖母をいっそう悲嘆に暮れさせるのだった。

当然のことながら、スーが折れた。三人が結束してアマンダを味方につけるのはたやすいことだったので、スーは争う前から負けを認めた。そのころには村の託児所で働き始め、毎日、幼い子供に囲まれていた。涙を拭いてやったり、かすり傷にキスをしてやったり、癇癪を起こしている子をなだめたりと忙しかったし、何よりうれしいことに、子供たちはスーが読み聞かせる物語に熱心に耳を傾けてくれた。

ここで、スーははっと現実に引き戻された。あわてて立ち上がって時計を見たが、まだ三十分しかたっていなかった。絵の具や布の切れ端、詰め物や接着剤を入れてある、階段下の戸棚を開けた。ゆうべ、タンパックスの筒を使って十本の指人形を作ったのだ。鮮やかな色の猿や小鬼、魔女、恐竜。偉そうに笑う長い鼻のアリクイを小指にはめ、小刻みに動かしながら、どこからともなく残りの指人形も登場させる。みんなでうなずき合ったりおしゃべりしたりするのを見たとき、子供たちはどんな顔をするだろう。

指人形を箱に戻し、ふたたび腰を下ろすと、スーは今日やらなくてはいけないことのリストに目を通した。村の店でスカッシュを購入、来週のビスケット当番を忘れないようミセス・ハリスに確認、マリー・ベネットに彼女の夫に電気ポットを見てもらえないか問い合わせる、レックスと連絡をとる。

スーは昨日もレックスの家を訪ねた。モンカームの鳴き声が聞こえたので、在宅なのは確かだが、戸口には現れなかった。レックスらしくない。大切な執筆時間以外、彼はいつでもにこやかに応対し、こちらがなかなか立ち去れないこともあるくらいなのに。

郵便物が来た！「どうか、どうかメシューエンからの返事でありますように！」スーは声に出して祈りながら玄関に駆けていった。しかし、届いたのは、ブライアンが以前ビデオカメラを買った店からのセール案内にすぎなかった。

バーナビーは九時半までに現場捜査班からの報告書の内容を頭に入れ、もう一度、捜査本部に担当者たちを集めて残念な結果を伝えた。

「凶器から採取された指紋は、掃除を頼まれているミセス・バンディのものだけだった。一つはかなりはっきりしていたものの、残りは不鮮明で、おそらく犯人がそれをつかんでハドリーの頭めがけて振り下ろしたからだと思われる。犯人は手袋、それも毛糸で編んだものではなく、革製のものをはめていた。そのほかの場所からもこれといった指紋は見つかっていない。現在、さらに作業を進めているところだ。関係者の指紋についてはほとんど揃った。まだ採取できていないのは、怖くて義姉に逆らえずにいるミセス・リディヤードと、協力をはっきり拒んだオノーリア自身だ」

「それがどれだけ深刻なことか、誰かが伝えないといけないな」メレディス警部はそうつぶやいて、わざとらしくいい添えた。「主任警部」

「そのとおり」バーナビーは冷ややかな笑みを浮かべて答えた。「村にいるのだから、きみに引き受けてもらえないかな、警部」

「喜んで引き受けますよ、主任警部」

「あいにく」満足そうな笑みを浮かべたバーナビーは、報告書の話を続けた。「ハドリーの爪からも何も得られてはいない。犯人の皮膚や毛髪、繊維もないことから、争ってはいないと考えられる。襲われてされるがままになっていたとは考えにくいから、ブラード医師のいうように、被害者は不意打ちを食らい、その一撃によって絶命したか、抵抗できない状態にされたのだろう。

たんすの中身についてもつきはなかった。底に蠟紙を敷いてきちんと置かれていたようだが、手がかりはない。埃の中に、淡いブルーのカシミヤの繊維が含まれていたことから、セーターやカーディガンがしまってあったと考えられる。たいした収穫とはいえないな。ジェニングズの靴についても、まったく収穫はない。庭に足跡はなかった。見つかっていいはずのローラ・ハットンの足跡でさえ、雨に洗い流されてしまった。

各港からの情報にもめぼしいものはない。ジェニングズはベンツでフェリーに乗ったにしろ、身一つにしろ、どの港からも国外へ出てはいない。少なくとも、本名で出国した形跡はない。ただ、タクシーの運転手からある情報がもたらされた。ミスター」——バーナビーは資料に視線を落とした——「ウィンストン・モガーニは、六日の晩、十時半少し前に乗せた女性客に、ミッドサマー・ワージーまで行ってくれといわれたそうだ。詳しい住所は告げず、村に入ってから道順を指示したという。会話らしい会話は交わしてない。女のほうからは話しかけようとしなかったし、運転手は送受信兼用の無線機をつけていた。女の特徴を尋ねたところ、一日におおぜいの客が乗り降りするので、ホイットニー・ヒューストンにでも似ていない限り、注意を払わないとの答えだった。金髪の中年女だそうだが、ミスター・モガーニ自身がまだ十代なので、三十歳を超えた女と考えていいだろう。

これまでのところ、この女を町まで乗せて帰った運転手は見つかっていない。そうなると、アクスブリッジだけでなく、アクスブリッジとミッドサマー・ワージーのあいだにあるすべての村に捜査範囲を広げる必要が出てくる。タクシーはハドリーが呼んだ可能性が高い。電話帳で探してみよう。商売女かもしれないから、裏通りもくまなく調べてくれ。クラブやマッサージ店、小さな看板も見落とさないように。

それから、ハドリーが越してくるときに使った引っ越し業者の名前を憶えていないか、村人たちに訊いて回ってもらいたい。可能性は低いと思うが、やってみなくちゃわからないからな」

「地元の業者ではないのではないでしょうか、主任警部」ウィロビー巡査がいった。きのうよりいっそう溌剌として見える。輝くばかりの笑顔だ。「ケント州の引っ越し業者の可能性が高いように思います」

「だから、可能性は低いといってるだろう。今日あたり、どこかの選挙人名簿から彼の出身地がわかるといいんだが。最後に、希望の持てる話として、運よく、被害者が不動産購入の際に依頼した弁護士がわかった。この弁護士がほかのことにも関与しているかもしれない。午前中に、わたしが会うことになっている。普通なら本人が自宅に置いておくような書類を、この弁護士が保管しているとも考えられる。つきがあれば、その中に結婚証明書があるかもしれない」

「それがどう関係しているのですか?」女性警官のブライアリーが尋ねた。「妻と夫の死に何か関連があるとお考えですか?」

「今のところは何もわからないよ」バーナビーは答えた。「だが、明らかになっていない関係や可能性を推測するのも捜査の大切なプロセスだ。そうあるべきだといったほうがいいかな」

「おっしゃるとおりですね、主任警部」

「それに、妻の死に関しては、ハドリーらしくない行動を取った、とは考えられないだろうか」

バーナビーは言葉を切って、太い眉をぴくりとさせ、みんなの反応をうかがった。

トロイは、長年の経験から自分にはこの難問の答が出せそうにないのがわかっていたので、さっさとあきらめて、まわりの警官たちを見回した。とりわけメレディス警部は苦々しく唇を噛み、額に皺を寄せている。バーナビーも長いあいだ警部を直視し、相手がどう受け取っているかを見きわめてから先を続けた。

「ハドリーについて、村人たちは一人の例外もなく、きわめて控えめな人間だといっている。レックス・シンジャンは今回、ジェニングズの件で頼みごとをされて、ひじょうに困惑した、と語っている。そこで疑問なのは、この孤独癖のある、自己防衛本能の強い、口の堅い男が、自分の生涯でもっともつらく個人的な出来事をなぜおおぜいに話したのか、という点だ。あまりにつらすぎて、その場所に住み続けることができなくなったほどの出来事だというのに」

「妻の死ですね？」トロイが尋ねた。

「そうだ」

「それは」二度と失敗を犯すまいと決意したようすで、メレディス警部が口を開いた。「みんなに理解してもらいたかったからじゃないかな」

「いや、それだけではない」バーナビーは答えた。「彼のような性格の人間にとって、それを公表することがどれだけ負担であるかを考えると、みんなに知らせておく必要があったからだと考えられる。そこで、メレディス警部、われわれが考えなければならないのは、その理由だ」


スーがオレンジ・スカッシュを買い、バーナビーとトロイが弁護士事務所へ出かけようとしていたころ、ローラはぼんやりシステム手帳に目をやり、アイルランド製のリネン用クローゼットを受け取るため、あと一時間以内に店を開けなくてはならないことに気がついた。数日前、そのクローゼットを購入したところ、幅がありすぎて車に載らなかったのだ。そこで、これまでの所有者に、ランドローバーでレイシー・グリーンから運んでもらうことになった。今ならまだ変更が利《き》く。深く考えないで電話に手を伸ばし、途中までダイヤルしたところで、手を止めた。

予定をキャンセルして、ほかに何をするのか？　どうせ五分もじっとすわってはいられない。本を読むこともできず、ただこの人形の家の中を歩き回るのか？　もちろん、テレビなどつけるはずもない。昼間テレビを見ていると、気持ちが沈んで気分が悪くなる。昼間のテレビ番組は、年寄りか、家から外に出られない子育て中の母親か、長期失業者が見るものであって、ローラはその仲間入りをしたくはなかった。

ラジオをつけたり消したり、何度も繰り返した。ラジオ3からは退屈な音楽か、頭が痛くなるような騒々しい音楽が流れてくる。ラジオ4では、ウェストミンスター区で売り出し中の若手政治家が、財布を手元に用意した有権者に永遠の忠誠を誓っていた。宗教番組の『今日の思索』が始まると、もう少しでキッチンの壁にラジオを投げつけたくなった。

ローラはこれまで、明白な事実が信じられないなどという心境はとうてい理解できなかった。ジェラルドが死んだのはわかっている。警察からそう告げられた。いずれ審問もおこなわれる。まだ具体的な話は出ていないが、葬儀も近々おこなわれるはずだ。つらいながらもローラ自身その事実を認めたのは、ついきのうのことだ。

彼の死を認めながらも、〈千鳥の休息所《プラヴァーズ・レスト》〉へ足を運んだなら、ジェラルドがドアを開けて、これまでと同じように悲しげでぎこちない、丁重な態度で迎えてくれる気がする。もし彼が初めから、あれほど人を寄せ付けない態度をとっていなかったなら、どうだったろう。こんなに深く、いつまでも思いを募らせただろうか？　そんな疑問が浮かんだのはこれが初めてではなかった。想像を巡らしてもなんの意味もないのだが。

そんなことを考えながらバスルームへ行き、シャワーを浴びてバスローブ姿で出てくると、着るものはないかと探した。気を入れて支度をしたわけではなかったが、灰緑色のコサック風ズボンに芥子《からし》色のシルクのシャツ、ゆったりした形のウールと革を使ったアイボリーのジャケットという、きちんとしたいでたちになっていた。栗色の膝丈ブーツをはき、琥珀のネックレスを付け、髪は黒いベルベットの飾りでシニヨンに結った。手早く化粧をしたあと、カボシャールのトワレを一吹きした。こうして身支度を整えているあいだ、日ごろの習慣から勝手に手が動いていくことに自分でも驚いた。

朝は食事代わりに冷えたフェルネ・ブランカを呑んだ。まだ空腹ではないし、頭がぼうっとしている。体内のアルコールのことが頭をかすめ、運転してもだいじょうぶだろうか、と不安に思った。この三日間、固形物をとっていない。たとえ料理を作ったとしても、とうてい喉を通らなかっただろう。喉がずっとふさがれて、アルコール度数四〇%以上の飲み物しか通らなかった。

ローラは空のグラスを注意深くシンクに置いた。そのわきには無作法な刑事が置いた華奢な陶器の破片がいくつか転がっている。あの刑事はこの破片をどうしろというのか。強力接着剤でくっつけろとでも？　だいたいコーヒーを入れるのに、どうしてスープ皿を選んだのだろう。しかも、セーブル焼きのスープ皿を。

自宅を出ようとして、ローラは急に引き返し、黄色い絹布装の壁に囲まれた居間のドアを開けた。中は冬の光、冷ややかな濃い灰色の光におおわれている。ローラは初めて、この部屋を他人の目――たとえば、バーナビー主任警部の目――で眺めてみた。こぢんまりして、きちんと片付き、整然とした感じがする。その中で、肖像画だけが生気潑溂として見えた。少年の腰のあたりの重厚なベルベットの襞は、明るい光のもとでなくても輝いていた。わけのわからない衝動に突き動かされて、ローラは身を乗り出し、憂いを秘めた緑の瞳に手を触れた。

電話が鳴った。ローラはほうっておいた。たぶんスーだろう。事件のあと、毎日、お茶に誘う電話がかかってくる。失礼のないようにしたいが、心の乱れる話をいつまでも繰り返したくはない。会えば、ジェラルドの話題が蒸し返され、感情が抑えきれなくなる。ローラは、また人前で泣き出してしまうのが怖かった。

もう〈ライターズ・サークル〉の会合に出る必要もなくなった。これまでも自分の作品についてどんな話をしたか、ローラは次の回になると思い出せなかった。誰かに話の続きを尋ねられるのではないかといつもびくびくしていたが、みんな自分の作品にしか関心がなく、心配が現実となることはなかった。

外に足を踏み出したとき、顔が冷気にさらされ、思わずたじろいだ。季節を勘違いしたらしく、ミソサザイが飛んできて、水浴び用の皿に張った円い氷の上で横滑りした。戻ったら、忘れずに氷を解かしておこう。ローラは地面の氷を踏みしだきながら、ガレージに向かって歩いていった。


ジョスリンが勤めている法律事務所〈ティブルズ&ディレイニー〉は、エレガントな十八世紀のタウンハウスの一階を占めていた。通りに並ぶ六軒のうちの一つで、町のほぼ中心部に当たり、建物の裏はセント・バーソロミュー教区教会と接している。横に鉢植えのクロッカスが並び、リコリスのような黒に塗られたドアは、ガラスと見紛《みまが》うほどの輝きを放っていた。代々の所有者の中に、建物へのアプローチを修復するというとんでもないことを思い立った者がいたようで、もともと敷かれていた丸石がセメントで固められている。歩きにくく、これまで何人もの人が足首を捻挫したことだろう。そんなこと考えながら、主任警部はアプローチを進み、これまた足をとられやすいぴかぴかの正面階段をのぼった。

二人は快く迎えられ、がっしりした中年女性に少し待つようにいわれた。凹凸のはっきりした顔立ちで、少しうわの空ながらも温かい笑みを浮かべている。彼女の案内で、二人は控え室に通された。羽目板張りの壁や堅牢《けんろう》な家具、重いガラス製の灰皿や法律専門誌を載せた低いテーブルが、いかにも法律事務所らしい雰囲気を醸し出している。詰め物をしてある椅子の上でトラ猫が体を丸めて眠っていた。ときおり耳だけがぴくぴく動く。トロイが顎でしゃくってそちらを示した。

「あれはティブルズに違いありませんよ」

「猫の話はやめてくれ」

「一服する時間はありますかね?」

「ないだろうな」

バーナビーのいうとおりだった。二人の会話が終わらないうちに、羽目板の一部が向こう側に消えたかと思うと、手足が小さく、胸板の厚い小柄な男が入ってきた。バーナビーは鳩を思い浮かべた。ミスター・ジョスリンは灰色ずくめだった——ピンストライプのグレーの服に包まれた腕や脚、薄く頭部を覆っている柔らかいウェーブの髪、耳から飛び出している針金のような毛。爪までも青灰色がかっていた。歩いているうちに大切な水分が抜け、かさかさにひからびたように見える。

「やっとお会いできた」まるで二人に待たせられていたような口ぶりだ。「どうぞこちらへ、どうぞこちらへ」

二人は、控え室と同様、風通しが悪くおもしろみのないオフィスに通され、腰を下ろした。ラグビー場ほどもありそうな巨大なデスクの向こう側にすわると、ミスター・ジョスリンの姿はほとんど見えなくなった。「恐ろしいですな、恐ろしいですな」

この男があらゆる言葉を二度繰り返すのでなければいいが、とバーナビーは思った。さもないと、日が暮れるまでここに留め置かれるかもしれない。ミスター・ジョスリンはいきなり顧客の死について触れた。

「堅苦しい前置きを省略できてありがたいです、ジョスリンさん」

「殺人事件ですからね、主任警部。殺人事件ですから」

ミスター・ジョスリンは、デスクの中ほど、スクラムハーフのあたりに置いてあった染みだらけのファイルボックスを引き寄せると、中から封筒に入った遺書を取り出した。折りたたまれた羊皮紙を開くとき、着火音にも似たパチパチという音がした。弁護士は折り目を手で伸ばしてから読み始めた。

「ハドリー氏の指示は以下のとおりです。死亡時に所有しているあらゆる財産と土地から得られる利益のすべてを、ケンブリッジ大学のエマニュエル・カレッジとロンドン芸術大学のセントラル・セント・マーティンズに等しく遺贈する。優れた才能を持ちながらも経済的に恵まれない若者のために、文学と美術の二つの奨学金を設立してもらいたい。さらに、この件について双方の機関にすでに伝えてある旨、明記されています」

「かなりの金額になるでしょう?」

「そうですね。ハドリー氏は賢明にも投資を分散していました。グローバル契約型投資信託、フィデリティの当座勘定、ウリッジの免税特別貯蓄口座、それに財務省長期証券。合計で八十万ポンド。もちろん、不動産を除いた金額です」

バーナビーは驚きを抑えながら、遺書の作成日を尋ねた。

「一九八二年二月十三日です。訂正事項はただ一箇所、遺言執行人の変更だけです。ハドリー氏がミッドサマー・ワージーに移ってきたとき、不動産手続きのために地元の事務弁護士が必要になりました。そのときに、死亡時の手続きも託されたのです」

「以前の遺言執行人はどなたでしたか?」

「遺言書を作成した弁護士事務所です」

「もう少し詳しく教えていただけませんか? それから、そのとき記載されていたハドリーさんの住所も」

ミスター・ジョスリンは、内ポケットから灰青色の万年筆を取り出した。キャップを外して反対端にはめ、きちんと束ねてあるメモ用の紙を一枚取り出した。片側が使用済みであることを確かめてから、咳払いをして、二、三行文字を書き記した。それから、二つ折りにし、さらにもう一回折って手渡した。

「ジョスリンさん、あなたはこの依頼人のことをどの程度ご存じですか?」

「ほとんど知りませんね。今お話ししたような事務処理のためにいらしただけで、それ以来、お会いしていませんから」

「そうですか。投資はうまく分散しているようですが、どなたか専門家にアドバイスを受けていたのかどうかご存じありませんか?」

「あいにく何も」役に立つ情報を与えられないにもかかわらず、ミスター・ジョスリンは二人に誠意のこもった目を向けた。

「ハドリーさん自身が周囲に語っていたところによると、ケント州から移ってきたそうですが——」

「主任警部さん、依頼人がどこから引っ越してこようと、わたしどもの関知するところではありません」ミスター・ジョスリンはにこやかに答えた。そして、念を押すようにもう一度いった。

「まったく関係ないんですよ」

この弁護士は、相手の役に立てなくなればなるほど、愛想がよくなっていく。さらにいくつかの質問に否定の答しかできなくなると、輝くばかりの笑顔になった。別れのあいさつをするときには銀色の明るい輝きを放った。

ドアを開けようとして、バーナビーは大きな写真立てに目を留めた。二人の少年と、鮮やかな色のワンピースを着た少女が元気いっぱいに笑っている。女の子はぶらんこを思いきりこいでいる。いかにも楽しそうで、バーナビーも幸せな気分になった。

「お孫さんたちですか？」

「いえ」血色の悪い頬にいくぶん色がさした。「わたしの家族です。先月、娘の五歳の誕生日に撮ったもので」

「ずいぶん元気ですね」ぬかるんだ歩道をふたたび歩き出したとき、トロイが笑いを嚙み殺しながらいった。「かなりの年に見えるのに。すぐ車に戻ります？」

「一息入れたいな。バンターズでちょっとコーヒーでも飲もう」

「いいんですか？」トロイは驚いて見つめ返した。

「あたりまえじゃないか」

トロイはご機嫌でバーナビーについていった。二人は、銅製のやかんや狩猟ラッパ、革紐《かわひも》のついた馬具飾りに囲まれた、上品でこぢんまりしたテーブル席にすわった。ウェイトレスたちはふくらはぎ丈の黒いワンピースに、白いエプロンをかけ、襞の寄った古風なメイド帽を深めにかぶっている。だが、その顔は若く、きれいに化粧してあり、身のこなしもマクドナルドの店員並みにすばやかった。

混雑した店内はむっとしていて、湿った布やトースト、ひきたてのコーヒーのにおいがした。バンターズには、チョコレートの粉をかけた泡だったコーヒーなどなかった。使っているのも銀製のポットやミルク入れ、砂糖壺、スプーン、それに花模様のカップとソーサーだ。

トロイは二つのカップにコーヒーを注ぎ、自分のカップには砂糖三個を入れてから、手でカップを覆って指先を温めた。椅子に寄りかかり、クレトン更紗《さらさ》のカーテンのかかった窓の外に目を向けた。仲間の警官が寒さに震え、重い足取りで歩いているのを、暖かくくつろいだ場所から眺めるものほど心地よいものはない。いや、一番ではないかもしれない、とトロイは心の中でいい直した。どしゃぶりの雨の中、バス停に並ぶ人のそばを車で通り過ぎるのも、なかなかいいものだ。特に、排水溝の近くならなおさら。

ウェイトレスがやってきて、「どうぞ」と、昔ながらの三段重ねのケーキスタンドをテーブルに置いた。バーナビーは目をつぶったが、ずっとそうしているわけにもいかないので目を開け、見なければよかったと悔やんだ。

ケーキ類がどっさり盛られている。中身がはみ出している高脂肪のシュークリーム。ホワイトとブラウンが交互に並んだ薄いチョコレートには、果実酒に浸したスポンジケーキが添えられている。カリフラワーの形をした緑のマジパン、すりつぶしたアーモンドにハチミツとローズウォーターを加えて作った凝乳《カード》。アーモンドとファッジがのったバターたっぷりのショートブレッド。ジャムではなく、裏漉《うらご》ししたばかりのラズベリーとカスタードクリームが挟まれたミルフィーユ。粉砂糖のかかったレモンとオレンジのジャンブル・クッキー。柔らかい栗のピューレがのぞいている高級なバニラ・メレンゲ。フランジパーヌ。

「うまそうだな」トロイは、つやつやした小さな楕円形のペストリーのようなものに手を伸ばした。コーヒー風味の糖衣に包まれ、ひねった形のヌガーがのっている。「主任警部、コーヒーのお代わりはどうです?」

「ああ……」バーナビーは誘惑の塔のてっぺんにある小さな輪をじっと見つめていた。こういう食べ物はもっと脂肪分を抑えるべきだ。それに、サイズももっと小さくなくてはいけない。観賞用ではないのだから。

トロイは〈ああ……〉を肯定の意味に取って、コーヒーを注いだ。バーナビーは、淡い黄褐色のペーストが挟んである薄いビスケットをつまんだ。

「それ、あまりうまそうじゃないですね」

「わたしはこれでいい」バーナビーはそういって、口に入れた。なんということか、正真正銘のバターが使われている。これはプラリネじゃないか。そう思ったときには手遅れだった。いつだって昼食を減らしてカロリーを控えているというのに。店に入ったときから、こうなることはうすうすわかっていたのだが。

「住所は見ましたか?」

バーナビーはたたまれた紙を開いてトロイに渡した。

「SW1　カヴェンディッシュ・ビルディング三十二か……ロンドンのヴィクトリア地区ですね」

「うん。集合住宅だろう」

「一九八二年にここに住んでいて、一九八三年にミッドサマー・ワージーに引っ越したのなら、ケント州に住んでいたのはいつなんでしょう?」

「さあね」

「これで、妻のグレイスが一九八二年二月以前に亡くなったことがはっきりしましたね」

「必ずしもそうとはいえない。最愛の人を亡くす前に遺書を書くことだってある。ほら、これ」

バーナビーはケーキスタンドを持ち上げた。「あの二人連れの女性客が帰ろうとしているから、あのテーブルに置いてこい」

「でも、また食べたくなったら――」

「もうけっこうだ」

「でも、ぼくは……」

「いいから、いわれたとおりにしろ」

トロイがケーキスタンドを置いて戻ってくると、バーナビーは太い指で皿に残っていたビスケットのかけらをつつきながら何かつぶやいた。

「なんです?」トロイは訊いた。

「遺産の額だよ。かなりの金額じゃないか。あの家の不動産価値を加えたら、どのくらいになる? あの家は十五万ぐらいかな?」

「最低でもそのくらいにはなりますね。なかなかしゃれてますし、ウエストエンドからたった三十分の距離ですから」

「すると、遺産は百万ポンド近くになるな」執筆を志しながら作家にはなれず、また、居間に飾られていた絵画から判断して美術に造詣が深いともいえそうにない人物が、巨額の遺産をこれほど気前よく寄付すると決めたことに、バーナビーは感銘を受けた。

「そうですね。運のいいやつだ。いや」トロイ刑事はあわてていい添えた。「ある時点までの話ですが」

「ハドリーは、思っていた以上に地位の高い公務員だったようだな」

「そうとは限りませんよ。投資でもうけたのかもしれないし……。多少のリスクを覚悟して投資すれば、見返りも大きいでしょう」トロイは、ブリティッシュ・ガスやブリティッシュ・テレコムの株主らしい専門的な意見を述べた。

ウェイトレスがまたやってきた。

「コーヒーはいかがですか?」

「いや、けっこう」バーナビーは即座に答えた。「ところで」先ほどの菓子を説明し、なんという名前なのかを尋ねると、ウェイトレスはベルトに紐で吊してあったメモ帳を手に取った。

「あれはビスクィ・ドゥ・ベル・デ・プラリネと」トロイを見て微笑んだ。「デゥ・ジューヌ・フィーユ・シュル・ラ・バトーです」

「どういう意味なのかな?」トロイは笑みを返しながら尋ねた。

「小舟に乗った二人の娘」

「そいつはいいや」

「七ポンド二十ペンスになります」ウェイトレスは勘定書を切り離し、主任警部は財布を取り出そうとした。「支払いはレジでお願いします」

テーブルを片付け、食器類をすべてトレイにのせると、ウェイトレスは重さをまったく感じないのか軽々と運んでいった。バーナビーはその後ろ姿を見つめた。腰まで届きそうなほど長いつややかな髪をしている。バーナビーは娘のカリーのことを思った。元気にやっているだろうか。公演ツアー中に絵葉書をくれるだろうか。まず期待できそうにない。

バーナビーは、トロイが信じられないといった顔で眺めている勘定書に手を伸ばした。

「どうかしたのか?」

「この金額なら、職員食堂で、フライドポテト付きのダブル・ソーセージ&エッグ・バーガーに、紅茶、それにベイクウェル・タルトが二つ食べられましたよ」

「ああ」バーナビーはコートをはおった。「しかし、フランス語で書かれていたら、それだけ食べられたかな?」

二人はレジに並んだ。鍛造《たんぞう》された旧式の奇妙な機械は、合計金額が出るとピンという音を出す。トロイはひどく落ち着かない顔をしていた。

「おごるよ」

「どうもごちそうさまです、主任警部」

「礼には及ばない。八ポンドの飲み物手当を使うから」

「これからは」リトル・ボーがいった。「友だちみんなから〈反逆者〉と呼んでもらいたいな」

「おまえに友だちなんかいるかよ」

「いるさ」ボーラムは断言したが、その表情には戸惑いが感じられた。「まだ誰と誰がそうなのかはよくわからないけど」

「おまえはまぬけだからな」デンジルがいった。

その言葉は、あまり頼りにならないブライアンに成り代わって彼が権力を握っているように聞こえた。この日は〈権力か人望か〉というホットシート（それぞれに役割を決めて、即興で対話する演劇の訓練）をやっていた。当然のことながら、〈人望〉の支持役に回る者はいなかった。

「やるべきことは」カラーが優先順位一番の事柄を説明した。「まず仕返しをする」

「スピードと意外性が第一、ルールは無視」空手チョップを繰り出しながら、トムがいった。「特に大事なのはスピードだな」

「そのとおり」デンジルも同意した。「今日ぶちのめせるなら、戦いを明日に延ばすな」

「そうすれば」オレンジ色の髪を荒々しく振りながら、イーディーがいった。「あんたは尊敬されるわよ」

ブライアンの体に震えが走った。野蛮なエネルギーが解き放たれそうになっていることに甘美な不安を覚えた。こいつらは土曜の晩、大声でわめきちらしながら、ガラス瓶をたたき割ったり、車にペンキを吹き付けたり、金属製の甲プロテクター付き安全靴で、なんの防具もつけていない柔らかい人間の体を蹴り上げたりするのではないか。そのあいだ、自分は暖かい家の中で布団にくるまって心地よい眠りをむさぼっている。

「人を憎むことは」デンジルは薄笑いを浮かべた。「健康にいい。生きる目的ができるからな」

「そうとも」カラーも賛成した。「おれなら永遠に憎み続けられるぞ」

ブライアンは教師として、こういう破壊的な態度に反対し、人間性を高めるような説教をする義務があることはわかっていた。人を憎んだところで自分が傷つくだけだぞ。（まったくの嘘っぱち。）

みんなが好き勝手な行動を取ったらどうなると思う？（もっとおもしろい世の中になるに決まってるじゃないか。）ブライアンは何もいわなかった。

「人を殺すのはどんな感じだろうな」

「それに近いところまではやったことがある。あと一歩のところまで」

「おれもだ」リトル・ボーはデンジルのパンチをうまくかわした。

「おやじの兄貴は金を払おうとしなかった馬券屋を殺《や》っちまったよ。今、ムショにいる。〈女王の沙汰あるまで（無期限拘留）〉ってやつさ。すげえだろ」カラーはどうすごいのかを説明した。

「何ばかなことをいってるんだ」ついに、ブライアンが割って入った。「女王に謁見できるわけはないんだ。さあ、急がないとだめだぞ。あと十分もないじゃないか」

「例の殺人事件、警察では進展あった、ブライアン？」イーディーが訊いた。

「いや、おれの知る限りでは」

「事件が起こったとき、あんたが何していたか訊かれなかったのか？　いわゆるアリバイってやつ」

「それは全員に訊いてまわってる」

「隣だもんね」

「やつの悲鳴が聞こえなかったかい？」

「やめろ！」

胸が悪くなるような想像にブライアンは顔色を失い、懸命に主導権を取り戻そうとした。もう少しで、出ていけ、とどなりつけるところだったが、前回、その手を使ったときに、生徒たちが即座に出ていってしまったのを思い出した。なだめすかして戻らせるまでに三週間かかった。

「そのとき、何してたの？」

ブライアンはイーディーをじっと見つめた。話が急展開したにもかかわらず、イーディーのいっている意味はよくわかる。ブライアンは思い出せないというように顔をしかめた。そのときのことは記憶にないとでもいうように。「課題の採点をしていたか、ぐっすり眠っていたか。どっちかだったろうな」

「ちゃんと証明できるといいね」デンジルがいった。

「かみさんが証言するだろう。だよな？」

「夫婦で口裏を合わせるさ」

「だろうな」トムは指をなめて、腕にうっすらと生えている毛を撫でた。「二人で殺《や》ったんじゃないとすれば」

「どうしてそんなことする？」デンジルが訊いた。「金のためか？」

「愛よ」そういうと、イーディーは両膝を腕で抱え込み、にやりと笑って唇を突き出した。「愛のために決まってるわ」

「そうか。寝取られたのか、その男にかみさんを」

「さあ、もういい。冗談はそこまでだ」イーディーが笑うと、たとえそれが意地の悪い笑いであっても、天使の歌声が聞こえてくる。ブライアンは体育館の時計を指さした。「ほら、また時間切れだ。今週はこれでおしまいなんだから、三日間、自分のパートの台詞をよく研究してくるように」

あちこちで忍び笑いが起こった。生徒たちは一団となって出ていったが、スイングドアが閉まらないうちに、イーディーがふたたび姿を現した。伏し目がちで、不安そうな表情をしている。ブライアンは、彼女がまったく一人でいるところをこれまで見た記憶がなかった。ふだんより小柄に見え、左右のブーツの爪先をくっつけ、脚をわざと内股にして立っていた。

「ブライアン、とっても心配なの」

「どういうことだね?」ブライアンは胸が高鳴った。なんて魅力的なんだろう。傷つきやすい、いたずらな少女のようでもある。

「聞いてくれる?」

「そのためにここにいるんじゃないか」

「あたし、とても困ってるの。助けてほしいの。一人ではどうしたらいいかわからなくて」

スーは庭の開き戸に手をかけ、心配そうにレックスの家を見やった。カーテンは全部閉まっている。特に左側の窓に目を凝らした。午前十一時だと、黙示録に出てくる四騎士でも連れてこない限り執筆をやめないのを知っていたからだ。もうすぐ一時になる。煙突から一筋の煙も出ていないし、昨日の牛乳と今日の牛乳が並んで玄関先に置きっぱなしになっている。赤いキャップと銀色のアルミホイルがついた、二本の凍った瓶から、シャーベット状の牛乳がはみ出していた。

これだけを見ても、隣家の住人が不思議に思うはずだが、運悪くレックスの家は、別荘と若いやり手の実業家夫妻の自宅に挟まれていた。この夫妻は平日は朝早くから夜遅くまで都会で働き、週末は似たような生活をしている若い人たちを自宅に招く。引っ越してきてから、レックスと言葉を交わすことはめったになかった。

スーは鉄の門扉を押し開け、靴音を響かせながら通路を進んだ。ふだんなら、どんな足音でもモンカームが聞きつけて吠えるはずだが、今日はしいんとしている。スーは大砲の形をした真鍮製のノッカーをそっと鳴らして、戸口で待った。

二分ほどたって、ためらいがちにもう一度ノックしたあと、建物の裏手の庭に回った。細長い形の庭には雑草がはびこり、古い薔薇はイバラと化し、果実のなる木を囲った金網は壊れている。モンカームが歩き回った形跡があり、見たところあまり時間はたっていないようだ。そういえば、このところ公共緑地のまわりを散歩するモンカームと主の姿を見かけていないことに思い当たった——この二日間、いや三日になる。動揺し、スーの呼吸が荒くなった。

掛け金を外し、キッチンに足を踏み入れた。そこにあったのは強い悪臭を放つ腐った肉だった。厚い埃に覆われた窓ガラス越しに光が差し込み、べたべたしたリノリウムの床に散らばるいくつものボウルや皿を浮かび上がらせている。汚れた食器が山積みにされた流しのわきには、牛乳瓶がいくつも並んでいる。瓶も汚かった。中身が半分ぐらい残っているものもあり、小さな人造人間《ホムンクルス》のような緑がかった灰色のものが内側にへばりついている。水切り台にはドッグフードの空き缶が積まれていた。スーが中へ入っていくと、隅のほうで何かがササーッと動き、調理台の後ろに消えた。

「こんにちは」スーは声をかけた。

廊下の奥から、モンカームが姿を現した。モンカームの歓迎のしかたには慣れていたので、スーは足と肩に力を入れて身構えた。このべとつく床に押し倒されるのはごめんだった。ところが、突進してくるようすは見られず、犬はリノリウムの床に軽い爪音を立てながら小走りに近づいてきた。

キッチンに入るとモンカームは足を止め、切羽詰まった表情でスーを見上げた。それから、向きを変えて今来た廊下を戻り始め、途中で一度立ち止まって振り返り、スーがついてくるかどうかを確かめた。

〈戦闘部屋〉は薄暗く、カーテンの隙間からレモン色の細い光が差し込んでいるだけだった。さらに奥へ進むと、何かを踏んだように感じ、スーはかがんでボール紙の筒を拾い上げた。ほかにもいろいろ転がっていて、ビニールの袋や破れた紙切れも散乱していた。

この部屋には、二、三度、足を踏み入れたことがあるだけで、明かりのスイッチがどこにあるのか、スーは憶えていなかった。手さぐりでスイッチを探しているうちに、メダルの入った皿を棚から落としてしまった。怒ったような声が耳元で聞こえた。スーは悲鳴をあげて飛び上がった。

そのとき、火の気ない暖炉のほうを向き、体を丸めてウィングチェアにすわっているぼんやりした人影が認められた。実際には、〈人と犬〉といったほうがいい。モンカームもうずくまっていたのだから。

「レックスなの?」

「誰だ?」

「スーよ」

「帰ってくれ。帰れ」

近寄るにつれて、不快な気分に見舞われた。出入り口のない巣のように饐《す》えた空気が澱《よど》んでいる。キャンバス地のシェードがついた、金属と木でできた軍隊用の古いスタンドがあった。スーがスイッチを入れると、レックスの脚は電気ショックでも受けたように激しく痙攣した。顔を背け、さらに深く椅子に身を沈めた。それでも顔の一部は見え、なんとも惨めなものだった。かさかさした皮膚の皺という皺に垢がたまり、涙と粘液でてかてかしている。顎とたるんだ首に白い鬚が生え始めていた。

戸外を歩き回っていたとき、一本一本が生き生きと風になびいていた銀髪は、ぺたっと頭にへばりつき、首には黒い汚れがついていた。スーはこの著しい変貌に目を疑った。もう一度、声をかけた。「レックス?」

「ほっといてくれ」

「どういうことなの? 何があったの?」

「別に」

「病気なの?」

「帰れ」

「ばかいわないで」心配のあまり、思わず強い口調でいい返したあと、優しく付け加えた。「あなたをこんな状態にしたまま、帰れるわけがないでしょう?」

スーは膝をついて、ためらいがちにレックスの膝に手を置いたが、出すぎたことをすると思われるかもしれないと感じてふたたび立ちあがり、前屈みになって相手の肩に腕を回した。レックスの体は大理石の彫像のようだ。スーは歯がゆかった。相手が子供なら、しっかり抱きしめてあげられるものを。犬は鼻を鳴らし、じっと見守っている。

数分間そうしていると、スーはだんだん腕が痛くなってきた。鈍い耳障りな音が聞こえてくる。レックスが歯ぎしりをしているのだ。まもなく、モンカームも歯ぎしりを始め、好物の大きな骨でも囓っているように、ぎこちなく歯を横にずらして軋らせた。

スーはまっすぐに体を起こして、心の中で自分自身にいい聞かせた。脅威を感じたり、周囲が敵対的だったり、物事が理解できない方向に動き始めたと感じたりしたとき、こうするのが習慣だった。

さあ、行動を起こして。あなたならできる。たしかにこれまで出会ったことのない状況だけれど、だからといって対処できないことはないはず。さあ、大事なことから片付けなさい。

少なくとも、何から手をつけるべきか、悩む必要はなかった。スーは玄関先の牛乳をキッチンに運び、湯を沸かすことにした。大きな鉄製のやかんを洗うため、半分ほど水を入れた。お茶を淹れるのは小さなソースパンでいいだろう。スーは大きな音を立てながら、てきぱきと作業を進めた。蛇口をひねり、さっき調理台の陰に隠れたものがその物音で逃げ出してくれるといいと思いながら、音を立ててガス台にソースパンを置いた。

かなり粉っぽい安い紅茶が、ジョージ六世戴冠式記念の茶缶《ティーキャディー》に入っていた。側面全部に行列の模様が描かれている――金色の公式馬車、屋根のないランドー馬車、脚をぴんと伸ばして歩く小さな兵隊、バケツのようなヘルメットを頭にかぶった赤い服の騎兵。

紅茶が出るのを待っているあいだ、スーは自らを奮い立たせて、処分するものと、まだ置いておけるものとを選別しようと、床に置かれた皿の食べ物のにおいを嗅いだ。結局、どれも捨ててしまったほうがいいと判断し、空き缶といっしょに裏庭に出した。ちょっと店まで行けば、ドッグフードも買ってこられる。

この家にある数少ないナイフやフォーク類は、古新聞の上に並べて置かれていた。白い骨製の柄は黄色く変色し、ナイフの刃はゆるんでかたかたしている。スーはなるべく変色の少ないスプーンを選び、戸棚から金属製のマグカップを出すと、保存用に凍らせてあったクリームの端を切って入れ、紅茶を注いだ。マグカップと砂糖の袋とソーサーを持って、隣の部屋に戻った。

レックスはさっきの姿勢のままで、動いた形跡はなかった。スーは向かいに腰を下ろし、砂糖の量を尋ねた。

返事がないので、〈ライターズ・サークル〉の集まりのときに彼がどうしていたかを思い出そうとした。かなりたっぷり砂糖を入れていたように思い、スプーン三杯の砂糖を入れ、かき混ぜてマグを差し出した。金属の取っ手が熱くて火傷しそうになったので、暖炉の前に置いた。紅茶をソーサーにもほんの少し注ぎ、床に置いた。モンカームがやってきて、灰色の鼻面をソーサーに近づけたが、飲もうとはしなかった。

「レックス、飲んで」スーは促した。「お願いだから」そのとき、急に事情を理解して、さらに続けた。「あなたが飲まないと、モンカームも飲まないわよ」

その言葉に、レックスは顔を向け、スーを凝視した。さっきレックスの姿を見たときに心が痛んだが、今度はいっそう胸が締めつけられる。目はスーに向けられているものの、認識している気配が感じられない。見知らぬ人間を見るような険しい目をしている。

もう一度、マグカップを差し出し、今度は両手で持たせてレックスの口もとに近づけた。「お願い」スーはもう一度語りかけ、「わたしのために飲んでちょうだい」と子供を相手にするように訴えかけた。レックスが少し紅茶を飲むと、すぐさまモンカームも大きな舌でしぶきを四方に飛び散らしながら飲み始めた。ソーサーはあっという間に空《から》になった。レックスはもう二口飲むと、カップをわきに置いた。

スーはあらためて体調を尋ねた。反応がないので「お医者さまに電話しましょうか？」というと、レックスは激しく首を横に振った。

「でも、何かしないと」

「だいじょうぶだ」

「モンカームは？　モンカームはだいじょうぶとはいえないわ」

ここでレックスはようやく体を動かした。胸元で腕組みをしたまま、赤いベルベット張りの古いロッキングチェアを前後に揺らした。

「あなたが与えた食べ物にぜんぜん口をつけていないのよ」

やっと事情がのみ込めたらしく、虚《うつ》ろだった瞳に悲痛な表情が宿り、レックスは声をあげた。懸命に立ち上がろうとして、マントルピースに手をかけた。けれども、立ち上がったとたん、体が前方にのめり、スーが抱きとめなかったら、そのまま倒れてしまっただろう。レックスはやせているが、それでも全体重を受けとめるのは容易ではない。スーもよろよろしながら、片腕を彼の腰に回し、もう一方の手を胸に当て、椅子にすわっているように勧めた。

キッチンでは湯が沸騰していた。やかんの蓋が鳴る音や、中身の噴きこぼれる音が聞こえてくる。もしかしたら、ガスが消えてしまったかもしれない。

「ねえ、レックス……お願いだからすわってて……」スーは一歩下がってレックスの体を椅子のほうへ引っ張った。「お願いよ、すわって」

モンカームがすわった。レックスはスーの手を振りほどくと、戸口のほうへ歩いていき、転びそうになってなんとかゲームテーブルの端につかまって体を支えた。スーはレックスをそのままにして、キッチンへ駆け込んだ。

ふきんには汚れがこびりつき、そのまま立てて置けそうなほど硬かったが、それでガス台を拭いた。水道をひねり、汚れもののたまったシンクに水をためながら考えた。わたしの手には負えないわ。どんなにがんばってみても、わたしにはどうにもできない。家に戻ったらすぐに社会福祉課に連絡しよう。

戸枠にもたれかかりながら、人影が現れた。スーは息をのんだ。考え込んでいたため、レックスが足を引きずりながら廊下を歩いてくる音も、モンカームがついてくる音も、まったく聞こえなかったのだ。

「スー、ほんとに申し訳ない。迷惑をかけてしまって」

「まあ……」スーは駆け寄った。「いいのよ、レックス。迷惑なんかじゃないわ。ただ、どうしたらいいかわからなくて困っていただけなの」

「なんて親切なんだ」

「そんなことないわよ」本当に親切な人はたいていそうだが、スーも否定した。

見つめあっているうち、苦痛の涙をたたえたレックスの目が理性と明るい光を取り戻したことに、スーは心から安堵した。ほとんど助けを借りることもなく、レックスはテーブルまでたどり着き、椅子に腰を下ろして周囲を見回した。

「モンカームの餌は？　皿は？」

「流しよ」

スーはやかんにかろうじて残っていた熱湯を食器にかけ、洗剤を探したが、見当たらなかった。

長い柄のついた小さなワイヤー製のかごに石鹸のかけらが入っていたので、それを泡立てながら食器を洗った。

「肉は捨てたわよ。におい始めていたから。買い置きがなくても心配いらないわ。すぐに買ってきてあげるわね」

「いや、だいじょうぶ。まだ戸棚にあるよ」

レックスとのコミュニケーションを断ち切らないよう、スーは何度も肩越しに振り返って微笑みかけながら手早く食器類を洗い、向こう側が透けて見えそうなほど薄くなった乾いたふきんで水気を取った。ドッグフードと冬野菜のスープ一缶を見つけた。缶は外側に錆びがつき、ラベルは色あせている。これをさっきお茶を淹れるのに使ったソースパンで温めた。手を動かしているあいだじゅう、レックスに聞こえる程度の声で独り言をいい続けた。ときには、レックスからの返事のあるなしは気にも留めず、問いかけた。

スープが温まると、犬用ではない食器を探したが、見当たらない。しかたなく、パイレックスの蒸し焼き鍋にスープを移し、スプーンを添えてテーブルに出した。

「おかしな気分なんだ」レックスはいった。

「当然だわ。何日間も何も食べていないんでしょう?」

「ああ」レックスはモンカームに目を向けようとはしなかった。ただスプーンでスープをすくい、口に運んだ。

犬が低く吠え、スーがフォークでドッグフードを開けているところへ飛んできた。後ろ脚で立ち上がり、難なく水切り台に大きな前脚をかけ、スーがドッグフードの上にビスケットを置くのをよだれを垂らしながら見つめている。皿は床に下ろされた。またたく間に中身は消えた。これが二回くりかえされた。

廊下の手すりに散歩用リードが掛かっていた。スーが手に取ったとたん、犬は散歩に連れていってもらえるのがわかり、狂喜乱舞して彼女に体当たりをした。スーは危うく倒されそうになりながらも、なんとか首輪にリードをつけた。

「ちょっと走らせてくるわ」話しかけるときも、明るい調子になるように心がけた。

「ああ、頼むよ、スー。ありがとう、本当にありがとう」

「あなたはスープを全部飲むのよ」そういうと、スーはリードを何重にも手首に巻きつけ、キッチンのドアを開けた。もう一度振り返っていい添えた。「帰ってきたら、話をしましょうね」

エイミーは離れの古い物干しに灰色がかったシーツを掛けた。ゴム製の洗濯絞り機を使って水を切ったのだが、完全に絞り切れたわけではなかった。夏の晴れた日でさえ、庭に洗濯物を干すことは許されていない。はしたない、とオノーリアがいうのだ。

エイミーは二枚目のシーツの皺をできるだけ伸ばした。綿麻混合の古いシーツで、アイロンがけに苦労する。古い籐かごをキッチンに戻し、食事のことを考え始めた。もう一時十五分過ぎになっていた。未開封のランチョンミート一缶、冷蔵庫にはゆでたカリフラワーとチェダーチーズがある。リゾットにしようと思い、米の入った袋を下ろした。スープのもとは、水で溶かしたマーマイトと固形ビーフブイヨンでいい。たまねぎさえあったら……エイミーは言葉ではいえないほど、気が滅入っていた。

不思議なもので、暖かい場所で幸せに過ごしているときには、ほんの少しの粗末な食べ物でも満足できた。スペイン山中にあった小さな家の玄関前の階段に、ラルフと並んで日向ぼっこをしていたときは、パンとオリーヴに渋い赤ワインだけでじゅうぶんだった。

エイミーは、今でもときどき腰に彼の腕を感じる。回された腕の手首がちょうどエイミーの腰の位置にきて、その重みと、手のひらが軽く触れる感覚。頭を持たせかけると、彼の肩は肉付きがよく、がっしりしていた。病気でやつれる前、首のラインがどれほど美しかったか。

古い新聞紙に包んであったたまねぎが一つ見つかった。だいぶ柔らかくなり、緑がかったつややかな芽が出始めているが、なんとかなるだろう。エイミーはまな板を出し、たまねぎをのせた。刻んでいるうちに涙が出てきた。これなら義姉が入ってきたとしても、泣いている言い訳になる。

オノーリアは泣くことを嫌った。とにかく人に弱みを見せることが大嫌いだった。ラルフの人生最期のつらい日々、その苦痛と絶望は一時的に理性を失って鎮静剤を必要とするほどエイミーを打ちのめしたが、オノーリアはひるまなかった。死にかけている弟に昼も夜も付き添い、無駄とわかっていても食べ物をスプーンですくって口に運んでやり、弟が眠っているあいだに目を閉じ、弟が目を覚ますと魔法でも使っているかのようにオノーリアも目を開けた。

医師たちと話をしたのも、遺体の搬送や葬儀の手はずを整えたのも、墓石を選んだのもオノーリアだった。エイミーは、苦痛しか感じない朦朧《もうろう》としたなか、よろめきながら義姉の指図に従った。一人ではまったく何もできない状態だった。そうでなかったら、グレシャム・ハウスに移り住むことを絶対に承諾するはずもなかったのだが。刻んだたまねぎをソースパンに入れながら、オノーリアが心底エイミーを軽蔑するようになったのは、たぶんあのときからだろうと思った。弟の妻が気骨も勇気もないことに、オノーリアは驚くそぶり一つ見せなかった。ただ、卑しい身分の生まれだからしかたがない、真に気高い人間は高貴な生まれの者だけなのだ、と考えていることを匂わせた。ラルフがエイミーを初めて姉に引き合わせたとき、オノーリアは、生まれの卑しいゲイティ劇場のコーラスガール（一八九〇年代に、この劇場のコーラスガールの多くが貴族と結婚した）とひそかに婚約したことを息子に告げられた、エドワード朝の公爵夫人のような態度を見せた。

ラルフの話では、父親はさらにひどかったようで、三〇年代、英国の上流階級の類に漏れず、アドルフ・ヒトラーとその民族純化思想に傾倒していた。激しくて毒気を含んだオノーリアの気性をまだ理解していなかったころ、エイミーはオノーリアが異なる民族間の結婚を非難するのを聞き、愚かにも異議を唱えたことがあった。人種のるつぼ、国際協調という言葉を口にし、肌の色や信条が異なろうとも誰もが同じ人間だ、と反論したのだ。

オノーリアは冷ややかな態度で、そんな考えは情緒的で現状への理解を欠き、神の意志に反している、と語った。ワシもダチョウもスズメもみんな鳥だが、種を超えてつがいになろうとするような愚かで乱れた真似はしない。自然界ではこのルールがきちんと守られ、同種の羽や目、くちばしや爪がいつまでも繰り返し生み出されている。この非の打ち所のないシステムを変えられると考えるのは、人間だけだ。とにもかくにも、こうやって自然界は、弱い者、不完全な者、完璧な状態で自らの再生産を繰り返すことができない者を効率的に排除しているのである。このあたりで、エイミーはもう義姉の話に耳を傾けなくなった。

「何やってるの？」

「きゃっ！」エイミーはフライパンを落としそうになった。「びっくりしたわ」エイミーは自分の声が動揺してびくびくしているのに気がつき、腹立たしくなった。「入ってらした音が聞こえなかったもので」

オノーリアは戸口に立っていた。実際、戸口をふさいでいるといっても過言ではない。オノーリアはエイミーを凝視し、もう一度問いかけた。

「昼食です」エイミーは見つめられるのが嫌だった。「食事の用意をしているんです」木のスプーンを手に取り、薄切りにしたたまねぎを混ぜ始めた。「そんなに時間はかかりませんから」

「もう十五分も過ぎてるわよ」オノーリアはいった。「遅いんだから」

エイミーは、なぜこのとき反旗を翻《ひるがえ》したのか、自分でもわからなかった。あとから考えても、自然の成り行きでそうなったとしか思えない。何か月ものあいだ、使用人同然にこき使われ、際限なく屈辱感を味わわされたことで激しい憤りが突き上げてきて、自然に口が開き、言葉が飛び出したのだ。

「遅くなったのは洗濯をしていたからです。洗濯機がないから長い時間かかりました。洗濯の前には部屋の掃除をしました。その合間に――憶えていると思いますけれど――お義姉さまのインデックスカードを照合し、郵便局へ手紙を出しに行きました。昼食が遅れていることよりなにより、昼食を作る時間がとれたことが奇跡だわ」

エイミーは義姉から目を背けて一気にいい切った。そして、いい終わったあと、木製のスプーンを取り上げることも、ふたたびガス台に火をつけることもなく、いっさい家事をしようとはしなかった。あたりは沈黙に包まれた。その〈真空〉状態の中で、自分の思いを口にした今、不安が頭をもたげ始めた。

でも、実際、オノーリアに何ができるの？　この家から追い出される——そんなところだろう、とエイミーは思った。しかし、それはそんなにひどいことだろうか。今以上に惨めな状態になるはずはない。家事手伝いの求人ならいつだってある。図書館にあった高級雑誌にも、求人広告がたくさん載っていた。その中のどの雇い主でも、オノーリアより思いやりがあり、もっと暖かい場所で、金銭的にもよい条件で働けるだろう。

病名が告知され、信じられないほどの恐怖の中で手を握り合っていたとき、ラルフはどういっただろうか。〈勇気を出すんだ〉あのときに比べたら、未知の世界に踏み出すのはささいなことではないか。そんな考えが頭を駆け巡るうちに、ここを出ることによって生まれる自由を思うと、エイミーは気持ちが軽くなり、元気がわいてきた。

ふと現実に戻ると、オノーリアが言葉を選びながら話していた。「……それほど遅れたわけではないから……」

「仕事が遅いとしたら」エイミーはきっぱりといった。「寒いからです。一日のうち半分は、指がかじかんで動かないんですもの」流しに背を向け、木製のスプーンを放り投げた。「これ以上、ここにはいられないわ」

「何いってるの？」

「わかりやすい言葉でしょう」エイミーは胸が痛くなった。気分が悪くなりかけている。「ここを出たい、いえ、わたしはここから出ていきます」

「そんなことはできないわ」

「なぜです？」この寒さにもかかわらず、エイミーの髪は汗で濡れていた。暴君の支配から逃れようともがきながら、ゆっくりと顔を上げた。

オノーリアは愕然としているように見えた。これまで一度として感情をちらつかせたことのない石のような灰色の瞳に、動揺がうかがえる。

「あなたはここにいなくてはいけないの。わたくしが……」

オノーリアが言葉に詰まっている――これも初めてのことだ。エイミーは慎重に探りを入れてみた。「ただで働かせるために？」

「いえ、違うわ」オノーリアはあわてて否定した。「あなたを見守ってあげるためよ。ラルフと約束したんだから」

最後の一言は取って付けたように聞こえ、出任せをいっているのだとエイミーは感じた。そうはいっても、ラルフが生活に困っている妻を唯一の身内である姉に託すのは自然なことかもしれない。

エイミーはオノーリアの言葉を信じようとした。信じたいと思った。しかし、信じたいという気持ちだけではじゅうぶんではないのだ。

「考え直してくれるでしょう？」オノーリアの唇は妙な具合に痙攣していた。薄い唇が作るこわばった円の中を、四角い物が無理やり通ろうとしているかのようだ。それがやっと通り抜けたらしい。「お願いだから」

エイミーは困惑しながらも気力を奮い起こした。自由への扉が開きかけたというのに、今また、目の前で永遠に閉まろうとしている。

「わたくしの配慮が足りなかったわね」オノーリアが非を認めた。「寒さに慣れているものだから、気がつかなくて。暖房を入れましょうね。ボイラーの具合を見ておくわ。コークスを注文して、暖房をつけてちょうだいね」

これで問題が解決したというように、オノーリアは歩き出した。エイミーは我慢がならなかった。オノーリアを引き留めて、こう叫びたかった。ボイラーや暖房なんかどうだっていいわ！　何をしてももう手遅れよ。わたしの気持ちは決まっているの。あした荷物をまとめて、あさってにはここを出ます。

けれども、エイミーが「お義姉さま」と呼びかけたとき、書斎の扉は閉まり、エイミーはふたたび一人になっていた。


バーナビーはデスクを前にすわっていたが、空腹で腹が鳴った。バンターズで高カロリーの菓子を食べたことを気にして、昼食は食堂のハムサラダだけで済ませた。それでなくても紙のように薄い、ピンクと白の交じったハムを小さく切り、トマトまでも切り分けた。食べたいと思わないものを食べるだけでなく、小さく切ることで食事の時間を引き延ばそうとしているなんて実にばかばかしい。

向かいのトロイは、シェパーズ・パイ（ひき肉やたまねぎをマッシュポテトで包んで焼いた英国の家庭料理）、付け合わせの豆、大盛りのフライドポテト、デザートにはアプリコット・クランブルとキットカット二個を平らげた。大きなグラスに入ったコーラも飲んでいるが、バンターズで食べた〈小舟に乗った二人の娘〉を困らせてやろうとでも思っているにちがいない。

「まったく、そんなに食べてどこに入るんだか。おまえは脚まで空洞なんだな」

トロイは目の前の大きな体に同情の眼差しを向けた。太り始めたのは料理するようになってからだ。トロイは、上司が新たな趣味を持ったと知ったとき、いくぶんうろたえた。料理が趣味だなんてそっちのタイプに思えたからだ。だが、あるホームドラマで〈世界の一流シェフはみんな男だ〉という台詞を耳にして、納得して不安は吹き飛んだ。当然のことながら、シェフがみんな同性愛者であるはずはないのだから。

トロイが眺めているうちに、バーナビーは席を立って室内をうろつき始めた。操作している者の背後からコンピュータのモニターをのぞき込んだり、電話がかかってくると片っ端から受話器を取ったり、調書を読んでいる者に話しかけたり、捜査員に質問したりしている。性分で忙しく動き回っているのでなく、そうすることで、数メートル先に陣取っている高カロリー食品の自動販売機から気をそらそうとしているのだ。

「水がよく効きますよ」トロイはいった。

「なんだと?」

「モーリーンは水を大量に飲むんです。体重を落としたいときには」

「よけいなお世話だ」

バーナビーはくるりと背を向けて、自分の席に戻った。トロイも気分を害したようすはなく、あとについていき、デスクの端に腰をかけた。「ちょっと思い浮かんだんですが」

「慎重にな、おまえの頭に何か考えが浮かぶのは珍しいんだから」

「マックス・ジェニングズがゲストとして呼ばれた件ですが、〈ライターズ・サークル〉で彼の名前が挙がったのは偶然ではなかったのかもしれませんね。ローラ・ハットンがハドリーに好意を寄せていたことが明らかになりました。仮に、ハドリーが見かけほど高潔な人物ではないことをまだローラが知らない時点で、彼に拒絶されてばかりいたとしましょう。頭にきて、いやがらせにジェニングズを呼んだとは考えられませんか?」

「彼女がジェニングズを知っていたという前提が必要だな。あるいは、ジェニングズがハドリーにどんな影響を及ぼすかを」

「奇妙なことは現実によくありますからね。主任警部もよくいってるじゃないですか。これまで出会った数々の偶然を一冊の本にまとめたら、読者は誰も信じないだろうって」

「たしかに」

「なにしろ全員が物書きですよ」

「全員ではないぞ。ローラ・ハットンは月に一回、ハドリーと会うために執筆しているふりをしていただけだ」

「みんなが〈ふりをしていた〉といってもいいんじゃないですか。実際に本を出版した者は一人もいないんだから」

「警察小説を書いている者が一人もいないのを感謝しなくちゃいけない。ルーシー・ベルリンガー（『蘭の告発』の登場人物）を憶えているか?」

「誰ですって?」

「バジャーズ・ドリフトの老女だよ。被害者の友人の」

「ああ、あの人」トロイは声をあげて笑った。「風変わりなばあさんでしたね」

「なんだね、オーウェン?」バーナビーは、デスクに歩み寄ってきた制服警官に注意を向けた。

「ハドリーの結婚について調べたのですが、あいにく一九七九年には該当するものがありません」

オーウェンは、バーナビーのがっかりした顔を見て、さらに続けた。「七八年か八〇年をあたってみましょうか?」

「いや、今はいい」

制服警官は自分のコンピュータに戻った。バーナビーは椅子の背に体を預け、目を閉じた。トロイは黙ってそのようすを見つめ、ずいぶん疲れているようだと思った。重そうなまぶたには皺が目立ち、顔の皮膚は突っ張って、血色がよくない。たまりかねて、トロイは声をかけた。「そんなに落胆することないですよ、主任警部。一九七九年というのは確かじゃないんですから。ハドリーが自分でそういいふらしていただけです。前年も調べてみてはどうです?」

「もともと疑わしいことに、無駄な時間と金はかけたくない。被害者は本人が見せかけていたような、妻の死を嘆くだけの禁欲主義者ではないこともわかった。ケント州にいたというのだって怪しいものだ。実際はヴィクトリアで同棲していたのかもしれないぞ」バーナビーは立ちあがって、後ろの壁に貼ってある地図に目を向けた。ミッドサマー・ワージーの拡大航空地図だ。

「残念ながら、これまでの聞き込みでわかったことは、ハドリーがみんなにそう思わせたがっていた内容のものばかりだ。役に立つ情報を得るためには、彼の過去を知る人物と話をする必要があるな」

バーナビーは〈千鳥の休息所《プラヴァーズ・レスト》〉に挿してあるピンの頭を人さし指で触れ、事件の晩、ミセス・クラプトンの言葉を借りれば〈エンジンの回転速度を上げて走り去った〉有名人のことを考えた。彼は今、どこにいるのだろうか。

公式会見では触れていないが、事件の直前、この作家が現場に居合わせたことはマスコミがあれこれ報じている。その記事が本人の目に留まらず、注意も引かないことなどまず考えられなかった。では、なぜ連絡をしてこないのか？　〈犯人だから〉というのがわかりやすい答である。とはいえ、ほかにも気がかりな状況は考えられる。物理的に姿を現すのが不可能な状態にあるからではないのか。つまり、警察が捜しているのが〈第一容疑者〉ではなく、〈第二の被害者〉である場合だ。

スーは爪を噛みながら、散らかった居間にすわっていた。ブライアンが力任せに閉めた玄関ドアの振動で、光沢のあるテラコッタの壁がまだ小刻みに震えている。一人家の中に残され、誰かと話をしたくてたまらなかった。誰でもいいから、レックスの家を訪ねたことやそのときの会話について話したかった。

ブライアンに話そうとしたが、帰宅したときから態度が変で、そのうちに怒り出したので、スーはあきらめた。

「お茶、お茶をくれ！」そう怒鳴りながら駆け込んできて椅子にすわると、ブライアンは料理に手をつけることなく、皿を押したり引いたりするばかりだった。何度も時計を見てはテーブルの端を爪で弾いていた。

食後、歯を磨いたのに、三十分もたつと、また歯を磨き、口をゆすいでは吐き出す音が聞こえてきた。それが延々と繰り返されたあと、ブライアンはなぜか眉をひそめ、手に息を吹きかけながら現れた。

そのまま階段を上がっていき、引き出しを開けたり閉めたりする音や、コートハンガーを乱暴に置く音が聞こえた。ふたたび一階に下りてきたブライアンは、バスルームへ行くと、シャツの山を抱えて戻ってきた。濡れた髪がよれて額にかかり、こすりすぎたのか顔が赤くなっている。もう一度時間を確かめたあと、大きなクリップで止めた書類を持ってソファーにすわり、劇の台本を読み始めた。

スーは落ち着きなく歩きまわりながら「想像もつかないでしょうけど、とんでもないことが……」と、胸の中に収めておくことのできない話を切り出そうとしていた。

ブライアンは、まるでスーがそこにいないかのように振る舞っていたが、ただ一度、出かけるときにだけ、乱暴にスーを押しのけるようにしてマフラーに手を伸ばした。

そんなにあわただしくどこへ出かけるのか、とスーが尋ねると、ぶっきらぼうな口調でいった。

「臨時のリハーサルだ。公演までもう二週間もないんだからな」

こういう言葉を聞いて、ほっとした時期もあった。夫が粗野にふるまうのは、心身ともに疲れているからで、本人が悪いわけではない、と受け入れてきた。今のスーは、こんな偽りの慰めをはねつけるだけでなく、夫に疎まれているうちにいつのまにかさめた充足感を覚えるようになっていた。少しずつ膨らんでいるその感覚が、自尊心の芽生えであることに、まだ気がついてはいなかった。だが、たしかに自尊心は芽生えていた。

ブライアンが出かけたあと、スーは夫の実家に泊まっている娘におやすみをいうため、電話をかけた。マンディはちょくちょく泊まりに行く。向こうでは、見たいテレビ番組を夜更けまで好きなだけ見て、毎回のように模様替えされている彼女の部屋でぐっすり眠る。

義母はそっけなくあいさつすると、電話口へアマンダを呼んだ。電話の向こうで、しばらく出るの出ないのというやりとりがあった。普通なら送話口を手でふさいでおくものだが、ブライアンの母はそんな心配りをすることもなく、愉快そうにいった。

「ママ、あたしたちは悪い子よ。とっても悪い子なの。でも、結局見つかって、ただじゃすまされないわよね」

受話器がわきに置かれ、趣味のいい中ヒールをはいた義母の足音が遠ざかっていく。陽気な話し声とアマンダの笑い声が受話器越しに聞こえ、やがて、勝ち誇ったようなヒールの音が近づいてくる。あきらめるよう義母にいわれないうちに、スーは自分から電話を切った。

気持ちを落ち着けることができず、スーはブライアンが散らかしていったものを片付けて回った。寝室の床には衣類が散乱し、ベッドにはセーターの山が築かれている。一枚一枚広げて、手早くたたみ直した。十五歳のころ、週末に雑貨店でアルバイトをしたことがあり、そのとき学んだ衣類のたたみかたのこつは今も身についていた。

階下では、ブライアンのアフターシェイヴ・コロンの香りがぷんぷんするバスルームの掃除をし、濡れたタオル三本を洗濯機に放り込んだ。剃り落とした細かい髭は排水口に流し、洗面器についた歯磨き粉まじりのつばを洗い流す。水しぶきがかかったタイルやガラスの棚を拭き、洗剤を使ってトイレを掃除したあと、キッチンに戻って、ほかにすることはないかと、ぼんやりあたりを見回した。

まったくスーらしくなかった。いつもなら家の中で一人になると、急いで絵の具とスケッチブックを取り出してヘクターの絵を描き始める。けれども、今夜は作業に集中できるはずのないことがわかっていた。昼間の出来事が次々と頭に浮かび、ほかのことを考える余裕などない。

エイミーに会いたいと思うのはこういうときだった。村にはほかに友だちと呼べるような人はいなかった。たしかに、託児所の母親たちはみんなよく知っているが、日常会話を交わす程度の付き合いだ。今、スーの心にのしかかっている深刻な事柄をいっしょに話し合える相手は一人もいない。頭がおかしいのではないかと疑われるだろう。

何か口実を付けて、エイミーに電話をしたい衝動に駆られた。だが、それはよくないと思い直した。知り合って間もないころ、一度電話をかけたことがあるが、オノーリアがエイミーに捜し物を命じたり、至急何か持ってくるよう命じたりして邪魔をするか、聞こえよがしにくどくどと嫌みをいったりして、結局、スーは受話器を置かざるをえなかった。

いずれ話をする機会はくるだろうから、そのときに備えて考えを整理しておこうと、スーは目を閉じ、今日の午後、モンカームのリードを持ってレックスの家に戻ったあとの出来事を思い返した。

レックスはキッチンにいた。スーがモンカームを連れて出かけたときとまったく同じ場所に惨めな姿ですわっている。しかも、痛ましいことに、そばまで行くと泣いているのがわかった。肉の薄い張りのない皮膚が涙で溶けてしまいそうだ。スーが声をかけるタイミングをつかみかねているうちに、レックスが叫んだ。「スー、わたしが彼を殺したんだ！　犯人はわたしだ。わたしがやったんだよ……わたしが……」

スーは気持ちを落ち着かせながら椅子に腰かけた。もちろん、レックスの言葉の意味はわかっていた。戦争ゲームの中でおこなっている架空の対戦や、頭の中で思い描いている歴史上の有名な戦いの話をしているわけではない。

何かばかげた間違いがあり、その言葉は額面どおりに受け取れないとわかっていたため、怖さは感じなかった。レックスは世界の破壊兵器について百科辞典並みの知識を持ち合わせているにもかかわらず、実際には、蠅一匹殺せない人間なのだ。しかし、本人がこのとんでもない行為をおこなったと思い込んでいるのは事実であり、彼の額には苦悩が深く刻まれ、目には熱い涙がいっぱいにたまっていた。

「何をいってるのかわからないわ、レックス」スーは静かな声でいった。「いったいどういうことなのか説明してくださいな」

レックスは、ジェラルドの訪問に始まり、自分の恥ずべき行動に至るまですべてを語った。

事の深刻さにもかかわらず、スーはいつしか夢中で聞き入っていた。スーの想像力がレックスの話を膨らませていく。顔を紅潮させ、書斎の窓枠に寄りかかりながら気まずそうに切り出すジェラルドと、手振りを交えながら喜んで協力すると答えるレックスの姿が目に浮かぶ。暗い木立を揺らす事件当夜の風の音が聞こえ、背中に見えない誰かの視線を感じる。

〈軍法会議〉だの〈夜明けの銃殺刑〉だのといった恐ろしい言葉を口にしたあと、レックスは押し黙ってしまい、くたびれたタータンチェックの室内履きをじっと見つめた。

スーは間違っても彼の深い絶望を軽んじたりしなかった。レックスは何日間もこの悲惨な状態の家にこもり、スーが訪ねなかったら、今もまだうずくまっていたことだろう。彼女は荷の重さを感じ、ほんの一瞬、社会福祉課に連絡をして、すべてを委ねたいという気持ちに駆られた。

あれこれ手だてを考えてみるが、どれを取っても適切とは思えない。託児所でもよく問題が起こるが、そういうときは子供たちに対して、保母らしいちょっと偉そうな態度で接してきた。この場合、そんなやりかたは役に立たないどころか、もっと悪い結果を招くことになる。自分の力不足に、思わずため息を漏らした。うっかり不適切な言葉を口にしようものなら、レックスを助け出すどころか、さらに深い闇へと押しやってしまうのではないか。そう考えると鼓動が速くなった。とはいえ、何か言葉をかけなくてはならない。また泣き出しそうなレックスの顔を見て、スーはきっぱりとした口調でいった。「レックス、あなたは完全に誤解しているわ」

この力強い言葉は、たしかにレックスの心に響いたようだ。キッチンの古い椅子にすわったまま、彼は弾かれたように上体を起こした。「誤解だって？」

「ええ」

「なぜ、そう言い切れるんだ？」

「そんなの、ありえないわ」本当だろうか？　神さま、どうかもっともらしい理由を教えてください。お願いです。どんな理由でもいいですから。ああ、レックスがこれほど必死に期待のこもった目で見つめてさえいなかったら……。「だって……ほら……あの人は有名な作家でしょう」

「だから？」

「有名な作家は人殺しなんかしないわ。そういうものよ」

「どうかな……」

「だったら名前を挙げてみて。人殺しをした有名作家の名前を」スーは少しだけ返事を待った。運に賭けても意味はない。「挙げられないでしょう？」

「すぐには思い浮かばないが」レックスも認めた。

「それは殺人犯がいつも無名の人だからよ。だから、人殺しなんかするの。そうすることで新聞に載って、有名人になれるから」

「しかし、事実がすべてだ。ジェラルドは――」

「間違ってるというのはそこじゃないの。現実の出来事じゃなくて、あなたが導いた結論のほう」

「そうかね?」

「論理的な根拠に基づいた結論ではなく、あなたの罪の意識が導いたものなんだもの」

「なるほど。たしかに」

「罪の意識のせいで、まともに頭が働いていないのよ。たとえば、天気の悪いあんな時刻に、誰かが木立に潜んでジェラルドの家の中のようすをうかがっていたといったでしょう? その人がなぜそんなことをしていたか、考えてみた?」

「つまりそれは……その人物が殺人犯かもしれないということかな?」

「決まってるじゃないの。警察だって、その線で考えているはずよ(スーは見えないところで人さし指と中指を重ねて、そうでありますようにと祈った)。実際、きのうまた警察は現場検証していたわ。足跡を探したり……距離を測ったり……。こんなところに閉じこもってさえいなければ、あなただって気がついたはずよ」

スーは、この発言がレックスをあまり刺激しなければいいのだけれど、と思った。少し回復したとはいえ、レックスはまだまだ自信を取り戻すにはほど遠い。そのあとの彼の言葉からもそれがよくわかった。

「しかし、ジェラルドがジェニングズと二人きりになるのを恐れていたという事実は動かせない」

「その状況だってほかにも考えようがあるでしょう」と、スーは即座に取り繕った。「ジェラルドの言葉を文字どおりに受け取るのは危険かもしれないわよ」

「どういうことか理解できないが」

「誰かと二人きりになりたくないということが、必ずしもその人物を恐れていることにはならないわ。ジェラルドが二人だけになるのを避けたかった理由は、ほかにあったかもしれないでしょう」

「たとえば？」

レックスは話にのってきた。スーは落ち着き払って楽観的な笑みを浮かべながら、懸命に理由を考えた。ついに『じゃじゃ馬』に出てくる派手なシチュエーションの一つに救われた。

「推測にすぎないけれど」スーは、法律家がベストのポケットに親指を突っ込んで〈裁判長〉と呼びかけるときのような口調でいった。「諜報活動と関係があるんじゃないかしら。ジェラルドが自分の過去をひた隠しにしていたのはなぜなのか、まずその疑問を自分に問いかけてみるべきよ」

「しかし、ジェラルドは――」

「いいえ、レックス」（異議は却下）「まず間違いないわ。農漁食糧省の下級役人が四十半ばにもならないうちに引退し、〈千鳥の休息所《プラヴァーズ・レスト》〉のような家を購入し、高級車に乗り、悠々自適の生活を送れるというのは、どういうことだと思う？」

「驚いたな」レックスはあんぐりと口を開けてスーを見つめた。「まさかそんな」

「つまり、ジェラルドが所属していた政府機関は、農漁食糧省ではなくてＭＩ５だったのよ。ジェニングズは同僚か上司だったんでしょう。二人はともに地獄のような体験をし、もしかしたら、たがいの命を救ったのかもしれない。ところが、ジェラルドはそれ以上耐えられなくなった。燃え尽きてしまったのね。政府にとっては役に立たない存在――だから、消されたのよ」

「なんてひどいことを」

「諜報活動の世界ではあたりまえだわ、レックス」

「気の毒に」

「ジェラルドは辞めたあともずっと恥じていたのね」

「そうだろうな」

「そんなつらい思い出をよみがえらせたくなかったのも当然よ」

「どうして打ち明けてくれなかったんだろう。わたしならわかってあげられたのに。専門分野なんだから」

「あの人たちは組織に入ったときに誓いを立てているのよ」

「ああ、そうか」

「だから、ね」

「ちょっと待ってくれ。ジェニングズというのはアイルランド系の名前じゃないか？」

「たしか、彼の出身は――」

「なんということだ！」レックスは低い声で吐き出すようにいった。「犯人はＩＲＡにちがいない」

「それはちょっと飛躍しすぎでしょう」

「警察に連絡しなくちゃいけない」その言葉に、スーは両手で頭を抱えた。「テロ対策班、ロンドン警視庁の」

性急な行動を起こさないようレックスを説得するのに十五分かかった。現実の問題に話を移してもよさそうだと判断すると、顔や手を洗い、鬚を剃るようレックスに促した。紅茶を淹れ直し、店で買いそろえる必要がある物のリストも作った。

「あしたの朝、買ってくるわ」

「面倒をかけるね」

「今、湯沸かし器をつけるわ。熱いお風呂にゆっくり入って、疲れを取るのよ。約束よ」

レックスはそうすると約束した。心身の疲労が和らげばぐっすり眠れるだろう。

「朝になったら、さっぱりした服を着てね。その汚れた服は、うちの洗濯機で洗ってあげるわ。それじゃ」スーは前かがみになって、血色の悪い、皺の刻まれた乾燥した額にキスをした。「もうだいじょうぶね？」

レックスはあくびに襲われ、二人が話しているあいだずっと足元にすわっていたモンカームは、濃い灰色の上唇を引きつらせて少し口を開け、鼻に皺を寄せて笑顔らしきものを作った。

こうして、スーはレックスとモンカームを前向きな雰囲気の中に残してきた。来たときに比べれば、だいぶ散らかりかたはましになっていたが、薄暗い汚いキッチンは、あっという間に元の状態に戻りかねない、とスーは気がかりだった。

今、スーは爪を嚙むのをやめ、ソファーから腰を上げて自宅の居間を歩き回り始めた。レックスとモンカームを安心させる方法を考えなくてはいけない。それから、「ジェラルドを殺害したのはＩＲＡだ」と、レックスが村じゅうにふれ回るのをやめさせる方法も。

スー一人では対処しきれない。誰か協力者が必要だ。正しいことをしたのだ、とスーを励まし、この先どうすればいいかアドバイスしてくれる人が。

そのとき、思わず片足が宙で止まった。一人いるじゃないの。特に親しいわけではないし、〈ライターズ・サークル〉のメンバーであるという以外に共通点もない。だが、レックスの告白には関心を示すに違いない。

スーはふたたび腰を下ろし、電話機を引き寄せて、ローラの電話番号を押した。

何はともあれ仕事を再開できたことに、ローラはほっとしていた。いいことがいくつかあった。先週の月曜より前なら、気にもかけなかったささいなことだが、今日はそんな小さなことにも元気づけられた。よい前兆だ、足を取られてもがき続けていた泥沼から脱け出せそうなきざしだ、と思うようにした。

一つ目は、郵便で小切手が二枚届いたこと。そのうちの一枚は、何度、請求書を同封した手紙を出しても無視し続け、催促の電話ものらりくらりとかわしていた夫婦から送られてきた三千ポンドを上回る金額のものだった。代金を支払ってもらえない場合は法的手段に訴えるとの厳しい書面を送りつけた結果である。

それから、リネン用クローゼットを運んできたエイドリアン・マクラレンという男が、呑みに行かないかと誘ってくれたこと。もちろん断ったが、まんざらでもない気分だった。

しかし、何より彼女を元気づけたのは、その日の昼食だ。ローラはふだんからブラックバード書店のオーナーと親しくしていた。どちらかが店を留守にするときには、たがいに届け物を預かったり、店のようすを見守ったりしている。エイヴリー・フィリップスは、ときどき〈スープ程度〉と称する食事に招いてくれるが、料理がとても上手なので、ローラはいつでも喜んで出かけた。

今日はその気になれない、と一度は断った。実際、迎え酒による効果が午後一時ごろまでには消えて、実に不快な気分になっていた。けれども、エイヴリーに何度も誘われるうちに、それ以上反対する気力もエネルギーもなくなった。

会話をする必要はないのだから、ワックスを塗っていない急な階段をのぼりながら、ローラは自分にいい聞かせた。エイヴリーは、相手の返事を待つことも、相手が聞いているかどうかを確かめることもなく、いつも一人でしゃべりまくる。

ブラックバード書店の二階にある埃っぽい部屋は、主に倉庫として使われていて、スペースの半分は本の入っている箱や茶色い包みで埋まっていた。壁には、発売当時大々的に宣伝していた過去のベストセラーのポスターが貼ってある。窓際に、小さな円テーブルが置かれ、三人分の席が用意されていた。糊のよく効いた白いナプキン、優雅なワイングラス、レストラン用のナイフやフォーク類。ウルフ・ブラス・カベルネ・ソーヴィニヨンのコルク栓が抜かれ、ほのかなワインの香りが漂っている。

エイヴリーのパートナー、ティム・ヤングがローラのために椅子を引いてくれた。エイヴリーは白いシンプルな皿にカレー味の根菜スープ、ナン、ヤギのチーズとフェンネルのマリネを薄いパイ生地で包んだものを盛りつけた。ワインをグラスに注ぐと、そのかぐわしい香りがスパイスの効いた料理の香りと絶妙に入り混じった。

スープをすくったスプーンを口もとに運びかけて、すぐに下ろした。真正面に気味の悪いポスターが貼ってあるのだ。蛆《うじ》のわいた頭蓋骨に囲まれた墓を巨大な恐ろしい怪物が占領している。頭は二つ、各々の頭に溶鉱炉のような巨大な目が一つずつあり、その炉の中で無数の小さな生き物が焼かれていた。

「あの、悪いんだけど……」ローラは顔を背け、いやだということを手ぶりで示した。エイヴリーは肩越しに振り返り、すぐさま腰を上げた。

「ああ、ごめんなさい」エイヴリーは急いでローラのそばに来て、席を替わり、すわりながらティムに文句をいった。「あんたはいったい何を考えてるの?」

「いつも頭にあるのは」ティムは答えた。「サイモン・カロウと過ごした激しい一夜のことだよ」

「本気にしないでね」エイヴリーが取り成した。「この人はサイモン・カロウと会ったこともないんだから。食事がすんだら、あんな気持ち悪いものはすぐに外しておくわ」

「だめだよ。そんなことしちゃ」ティムが反対した。「好きなんだから。あれを見ていると、昔の彼を思い出すんだ」

ローラは二人の愉快なおしゃべりに耳を傾けた。初めは、憂鬱な気分のまま、機械的に手を動かしていたが、エイヴリーの料理をいつまでも機械的に口に運んでいられる者などいない。ワインやバターをたっぷり使ったぴりっとしたスープの心地よい刺激に、鼻も味蕾《みらい》も魅了され、ローラの神経はすっかり料理に向けられた。

ローラが次に会話に加わったのは、付加価値税の還付や不動産市場や気難しい銀行の支店長のことが話題になったときだった。

「あの連中の金じゃあるまいし」エイヴリーは声高に文句をいった。

「落ち着けよ」ティムがいった。

「冷静そのものよ」

「怒鳴ってるじゃないか」

「怒鳴ってなんかいないわよ。ねえ、ローラ? 本気ではって意味だけど」

ローラは、コリアンダー風味の大きなギリシャ産オリーブを口に入れていたので、返事をしなかった。食事が終わりかけたころ、ふたたび孤独感が押し寄せてくるのをローラは感じた。思わず知らず口数が少なくなり、一人だけ早いペースでワインを呑んだ。

「どうしたんだい?」ティムが尋ねた。「何かあったのか?」

ローラは、テーブル越しに真剣にこちらを見ている細面の浅黒い顔を見つめ返した。他人が悲しんでいるのに気づくと瞳を輝かせる詮索好きなパートナーと違って、ティムは思いやりにあふれた目をしていた。ローラもそのせいで打ち明けてしまったのかもしれない。あるいは、ワインのせいだったのか。

「亡くなったの。友だちが」

「ローラ」ティムはテーブル越しに彼女の手を取った。「本当に気の毒だったね」

「それなのにぼくたちは」エイヴリーがいった。「ぺちゃくちゃおしゃべりばかりして」ローラのグラスにワインを注いだ。「さあ、呑んで」

「そのこと、話してしまったら?」

ふと気がつくと、ローラはまた話し始めていて、自分でも驚いた。前回、苦悩と腹立たしさを味わいながら主任警部に打ち明けたあとは、ぐったり疲れ、わびしく惨めな気分だったというのに。あのときはまだ心の準備ができていなかったし、自分からその気になったのではなく、非情な刑事たちに急き立てられてのことだった。

「亡くなった人は――実は殺されたんだけど――この村の住人だったのよ」

「じゃ、新聞に出てた人なの?」エイヴリーが息をのんだ。テーブルの下で何かがさっと動く気配がし、彼は顔をしかめて謝った。「ごめんなさい」

「そうなの。わたし、あの人を愛していたわ」ローラはぽつりとつぶやいた。そのあとは簡単だった。知り合ったいきさつ――村の店でうっかりジェラルドの足を踏んでしまったこと――に始まり、彼の人生最後の夜、今生の別れとなった〈おやすみなさいのキス〉をしたことまで、話し続けた。

「これまでずっと思ってたのよ」ローラは悲しそうに締めくくった。「誰かを一途に愛し続けていれば、きっと報われるだろうって。ほんとに……ほんとに愚かだったわ」

「ああ、ローラ、そんなに悲しまないで」エイヴリーは大きなペイズリー柄のシルクのハンカチを胸ポケットから出して、振り回しながら手渡した。「はい、チーンして」ローラは洟をかんだ。

「失礼になるかもしれないけれど、その男はまるで目が見えてないわね。もしぼくがゲイじゃなかったら、生涯、ドアの郵便受けからあなたの姿を興奮しながらのぞき続けるわよ。ねえ、ティム？」

「そのとおりだよ」ティムは立ち上がると、ローラの肩に軽く手を置いた。「コーヒーは？」

「いただくわ」ワインのせいで、ローラは頭が重かった。腕時計に目をやって、驚きの声をあげた。「まあ、もう三時半！」

「それが何か？」ティムはミルのコンセントを差し込んだ。

「あなたたち、お店のお客さんを逃しちゃうわよ」

「こんな日に？」エイヴリーがいった。霰《あられ》が窓を打っている。コーヒーが運ばれてくると、彼はチョコレートはないかと尋ねた。ティムがゴディバのマノン・ブランを皿に入れて出すと、声をあげた。「しまった、ぼくは食べちゃいけないんだった」

「ばかだな、だったら、なぜ出せっていったんだ？」

話題はふたたび悲惨な事件のことに戻った。ティムは、「ぼくたちの居場所はわかってるだろ。もし何か協力できることがあれば、遠慮しないでいってくれ」といった。エイヴリーは、近いうちに住まいのほうに夕食を食べに来るよう誘ったあと、マックス・ジェニングズの人物像を尋ねた。そのうち、引っ越しは考えてないのか、とティムが訊いた。

「引っ越し？　お店の？」

「ちがう、ちがう。村を出ることさ。この村にいるのはつらいだろう？」ティムは続けた。「その人を好きだったのなら。このまま住み続けていたら、ずっと忘れられないよ」

それから五時間後、ローラはコーストンの不動産屋のちらしに囲まれて、青緑色の二人用ソファーにすわっていた。その中の一軒の不動産屋が、翌朝十時に家の査定にやってくることになっている。ティムのアドバイスを受け入れたことで、ローラはついに自分の気持ちに踏ん切りをつけることができた。

まだ明るい気分ではないし、そうなれるのは当分先だと思うが、とにかく一区切りがついた。ジェラルドはもうこの世にはなく、ふたたび目の前に現れることもないのだから、もっと自分がつらくない方法で彼への思いを胸にしまっておこうと考えた。友人の死を悼むように清く美しく。やがては、喪失感も消えるだろう。

ブライアンは採石場住宅13を囲む錆びた柵に歩み寄り、心身ともに激しく揺れ動いているのを感じながら、なぜ13なのだろうかと疑問に思った。住宅はたった二軒しかないうえ、採石場からすぐのところにあるのだ。

凍っているのと月の光を浴びているせいで白く見える細い枝の下に、彼は身じろぎもせずたたずんでいた。寒さがこたえる。高鳴る鼓動を抑え、平静を保とうと、立て続けに唾をのんだ。ジェラルドが殺害された晩を含めて、幾度となくここに立っているが、招かれて堂々と来たのはこれが初めてだ。

時間つぶしに、何度も書き直してなんとか完成させた三つの場面を思い返した。それでも、台本はまだ満足のいくものにはなっていなかった。その輪郭はブラマンジェのようにぶるぶるしていて、中身も明確ではない。

問題は、これまで教師としての自分の将来より、表現の自由——役者の動きや台詞の新機軸——を優先してきたブライアンが、今回ばかりは将来への不安をぬぐい去れない点だった。もちろん、削除した部分はすぐに元に戻せるし、考えただけで気が遠くなりそうだが書き直すことだってできる。あとは、運を天に任せるしかない。

うまくいくだろう。基本的にはみんないい子たちなんだ。味方になってくれる。無視されたり放っておかれた若者たち——これは、大人にもあてはまる——は、褒められたり、他人から敬われたりすることを望んでいるにすぎない。ひとかどの人物になりたいのだ。その気持ちはブライアンにもよく理解できた。心底わかっていた。

ブライアンは袖を押し上げて、クロノグラフ世界腕時計を見た。豆スープ色の文字盤の数字が輝いている。この腕時計はロンドン、パリ、ニューヨークの時間を同時に表示し、水深百メートルの水圧にも耐えうる。ブライアンは、大事そうに手袋の甲の部分でガラス面を拭くと、ラドン中毒症になる危険も顧みず、文字盤をじっとのぞき込んだ。これは便利だ。パリのオスマン通りを歩いたり、ニューヨークのハドソン川でシュノーケリングをしたりしている人にとって、今は何時にあたるのだろうか、とたまたま通りかかった人から訊かれたとしても、きちんと答えられる。

ブライアンは鼻の先が凍りつきそうに感じた。母の手編みのアラン・カーディガンを着てはいるが、選んだシャツが薄すぎたし、メッシュのチョッキも着なかった。野球帽の後ろのすき間から結んだ髪を出しているが、寒さを防ぐ役に立ってはいなかった。

イーディーは九時といった。あと一分。赤ん坊のころから時間厳守をしつけられてきたので、一秒たりとも約束の時刻より早くドアをノックすることはできなかった。

リハーサルのあと、イーディーが戻ってきて台本作りの手伝いを頼まれたとき、ブライアンは半信半疑ですぐには喜べなかった。スイングドアの向こうの廊下にほかの生徒たちがいて、軽蔑したように鼻を鳴らしたりくすくす笑ったりしているのではないか、と実際に廊下をのぞいてみた。しかし、廊下はがらんとしていた。帰り際にイーディーが「ほかの人たちには内緒にして」といったときには、疑いはすっかり消えた。

その言葉を聞いて、ブライアンの細い体を戦慄が駆け抜けた。歓びと驚きの戦慄。その言葉は、イーディーからの要請にさらに秘密という輝きを添えているように思えた。単なる教師と生徒の関係からもっと別の関係へと格上げされた気がした。「笑われるだけだから」と、イーディーがいい添えたとき、ブライアンは、ほっとすると同時にがっかりした。

とはいえ、二人きりで会うことに変わりはなく、イーディーと話をしてからブライアンの想像力は淫《みだ》らな方向へ暴走を始めた。今夜ここに来たのは教師としてなのだ、といくら自分にいい聞かせても、想像力に富んだ淫らなイメージがわき上がってくるのを抑えられなかった。

イーディーは、大きく開いた膝に両手を置き、小さくてぴっちりしたビロード風の下着を見せてすわっている。トムが〈もこもこショーツ〉と呼んでいる下着だ。あるいは、ズームアップされた彼女の耳が目に浮かぶ。片方の耳には、傷一つない透明な巻き貝、反対の耳には、ブロンズや鉄のようなピアス——飾り鋲、ピン、リングの形をしたもの、揺れる螺旋状の銀線——をつけている。ブライアンがコームを抜くと、彼女の髪ははらりと落ちて、輝く溶岩のように裸の肩に広がる。

フクロウが鳴いた。ブライアンはもう一度腕時計を見た。一分過ぎだ。貴重な三十秒を無駄にしてしまった。門を探したが見つからないので、よじ登って柵を乗り越えた。

車寄せの明かりに照らされ、草むらにごみやがらくたが散乱しているのが見えた。錆びた冷蔵庫、サイドボードの破片、たたきつぶされた木箱、詰め物の抜かれたアームチェアには古タイヤが積み重ねられている。その隣にはビヤ樽が転がっていた。

ブライアンが建物に近づくと、うなり声とガラガラ蛇が発するような音がして、ビヤ樽の中から犬が飛び出してきた。ブライアンは思わず悲鳴をあげて飛び退いた。犬はつながれている鎖をいっぱいに引っ張りながら夢中で吠え立てた。

「セーブル！」長方形の金色の光が見え、戸口にイーディーの姿が浮かび上がった。「静かに！」

ブライアンが足早に歩み寄ると、イーディーは扉を大きく開けて微笑んだ。「噛まないからだいじょうぶよ」

「やれやれ」ブライアンはようやく笑みを浮かべた。「犬が苦手なわけじゃない。むしろその逆だよ」勇敢にも、犬に近づいていこうとした。「いい子だから……」

「撫でるのはやめたほうがいいわよ」

「そうか」

ブライアンが家の中に入るとき、イーディーはわきに寄ろうとしなかった。キスができるほど間近にかわいらしい顔があると思うと、頭がくらくらした。彼は息を殺して戸口を通った。

入ってすぐのところが居間とおぼしき部屋だったが、人がすわれるスペースはあまりなかった。壁面の一つは、シャープや日立のロゴの入った段ボール箱でほとんど埋まっていた。黒いビニール製のソファーは、ひびや割れ目から詰め物が飛び出し、まるで牛が角で突いて遊んだあとのようだ。部屋の隅には、ブライアンがこれまで見たこともないほど大きなテレビが置いてあった。巨大で、色はつや消しの黒で、最先端技術が施された製品だ。その上にプラスティック製のけばけばしい赤やオレンジの造花が入った籐かごが置かれ、下にはビデオデッキがあった。大型のラジカセからポップミュージックが鳴り響いている。床のあちこちに汚れた衣類が脱ぎ捨てられ、壁に打ちつけた横木にワイヤーハンガーに掛かったワンピースが二着下がっていた。

この散らかりようについて、イーディーが何もいわず、弁解一つしなかったことが、ブライアンには驚きだった。彼の母なら、マジックテープでソファーに留めてあるサーモンピンクのベロアの小型クッションがほんのちょっとでもずれていようものなら、乱雑で申し訳ないと謝るだろう。

「くつろいでね」

「どうも」室内は暑いくらいだった。ブライアンはアノラックを脱ぎ、丁寧にたたんでソファーに置くと、その上にすわった。学校で配ったプリントにボールペンでいろいろ書き込まれているのが目に入り、感心した。落ち着かない思いで咳払いをし、室内を見回して話題を探した。積まれている段ボール箱が目に映った。

「きみたちは……そのう、オーディオに興味があるのかい？」

「段ボールを集めてるのよ。多発性硬化症患者の団体に寄付するために」

「すばらしい」ブライアンはできるだけ驚きの声を出さないように努めた。「まあ、がんばって」ヒュー、ヒュー。

「何か飲む？」

「ああ、頼む」

イーディーは古いずっしりとした五〇年代風のサイドボードのほうへ歩いていった。そこには装飾品やグラス類、プラスティック製の造花やバースデーカードなどが置かれている。戸棚を開けて、ブライアンが見たこともない銘柄のボトルを取り出した。

「〈誕生日おめでとう〉というのは誰にあてたものなんだね」

「ママよ。きのうで三十一歳になったの」

「それはそれは」驚いた。おれより若いじゃないか。「この時間、お母さんは……いらっしゃるんだろ？」

「いないわ。今夜はウェイト・リフティングに行く日だから」

ブライアンはトムの所在も尋ねようとしたが、いかにも露骨なのでやめた。父親の居場所はわかっている。武装強盗による有罪判決を受け、オールバニー刑務所で十年の刑に服しているのだ。

「木を挿しておいて」

ブライアンはなんのことだかわからず、あたりを見回すと、階段へ通じる隅の扉が開いたままになっていた。扉を閉め、羽目板に寄りかかって、眉をつり上げた。すぐに、この姿勢はちょっと威圧的に見えるかもしれないと感じて、部屋の中央に戻り、そこでドリンクを受け取った。

「ぐいっとやってね」イーディーは、汚れのついたタンブラーを持ったまま立っているブライアンにいった。

「中身は何?」

「サンダーバードのワイン」イーディーはにやりとした。「フルーツ味よ。りんごやレモンなんかが入ってるの」

「きみは呑まないのか?」

「頭をはっきりさせておかなくちゃいけないでしょ?」

「ああ、そうだったな。すまない」

「あたしを悪の道に誘おうとしているのね、ブライアン」

喉が渇いているからではなく、芽生えかけたよからぬ思いを抑えるために、ブライアンはその飲み物をごくりと呑んだ。そのとたん、頭の中で何かが爆発したように感じた。

「だいじょうぶ?」

「もちろん」ブライアンは椅子の背をつかんだ。「サンダーバード、発進!」

「えっ、なんていったの?」

若いイーディーが『サンダーバード』の最初のテレビ放送を見たはずはないし、何年もたって再放送されたころには、もう小さな子供ではなくなっていて、見てはいないのだろう。ばかなことを口走ったものだ。頭がおかしいと思われたのではないだろうか。

イーディーは今、目を閉じ、彼女には少し大きいピン・ヒールをはいて、鉄のばねのように強く細くしなやかな背中を優雅に反らせ、音楽に合わせて体を揺らしている。母親の靴かもしれないと思うと、ブライアンはわくわくするようなうずきを覚えた。大胆にも、ブライアンもいっしょに音楽に合わせて体を動かした。音楽にたいしては台詞を聞くときほど耳がよくないので、体重の移動はぎこちないし、指を鳴らすタイミングも調子っぱずれだった。

「お代わりはどう?」イーディーは踊るのをやめていた。

「やめておこう。ありがとう」

「じゃ、すわって」

ブライアンは周囲を見回した。一つしかないアームチェアには、ビデオテープやオーディオテープ、フリーペイパー、ストッキング、それにトマトソースと乾いた卵で汚れた皿が載っていた。ブライアンはさっきのソファーに戻った。

ここにもいろいろなものが積まれていたが、イーディーはそれをみんな後ろに放り投げた。その際、膝をついたり手を伸ばしたりしたので、スカートとして腰に巻き付けている短い布がぴんと張り、ブライアンの目にも尻の形がはっきりとわかった。カーッと体が熱くなり、ブライアンはそれをヒーターが三本ついた電気ストーブのせいだと思い込もうとした。

「ところで、イーディー」明るいおどけた口調を保とうとした。「相談にのるにはどうしたらいいのかな」彼女はブライアンの横にすわった。

まあ、いいか。並んですわることに特別な意味はない。実際、ここにすわるのが一番便利なのだから。あんなに離れたところにある古いアームチェアでは、話をするには遠すぎる。これがカウンセリングなら——どうやらそうらしいが——近い距離にいることが大切だ。それより、こんな音楽がかかったままでイーディーの話をきちんと聴き取れるだろうか。割れんばかりの大音量に、ブライアンは頭ががんがんした。音量を絞るか、あるいは止めるように頼んでもいいが、お堅いおっさんだと思われたくなかった。

イーディーは脚をかなり引いて腰を下ろしている。光沢のある黒いストッキングには一本伝線があり、左膝から始まって、豹柄のミニスカートの中へ消えていた。ブライアンはなんとか目を背け、その伝線の行き着く先のイメージを思い描かないよう自身に命じた。それから、イーディーの心配を取りのぞくためにどうしたらいいのかをあらためて尋ねた。

彼女が聞き取れないのがわかっていて、ブライアンはわざと抑えた声でいったが、それが功を奏した。イーディーは立ち上がって、ラジカセのスイッチを切りに行った。大音量を放っていた機械は、音が消えると、おもしろみのない埃だらけの灰色のプラスティックの塊と化した。

「問題なのは」イーディーはふたたび腰を下ろした。ほんのわずかだが、さっきより距離が近いような気がする。「おおぜいの人の前で立っていられないんじゃないかということなの」

「そんなことはない。いったん舞台に出てしまえば、そんな緊張は消えるから。ほんとだよ」

「それに、あたしには訛があるでしょ。この登場人物はもっと話しかたの上手な人だと思うの。受付係みたいなしゃべりかたじゃないかな」

「きみの話しかたはこの役柄にぴったりだよ」

そういいながらも、ブライアンはこれはあまり適切ではなかったかもしれないと思った。というのも、彼女が演じるのは、客をとっていないときは生活保護を受け、薬物中毒になっている、言葉遣いの汚い自堕落な売春婦だからだ。実際、デンジルの亡くなったおばと大差ない。デンジルによると、亡くなったときに、膣《ちつ》が死前喘鳴《ぜんめい》を発したという。

「実をいうと」イーディーの右手の指がスカートの裾を軽く抑え、内側に曲げるようにしてスカートの下に隠れた。「この人物の性格がどうも理解できなくて……。あたしには我慢ならないタイプなの。わかるでしょ？」

「ああ」ブライアンは、スカートの下の手の動きに目を奪われていた。撫でているのだろうか？ 掻いているのだろうか？ 彼はかすれ声でいった。「じゃ、ホットシートをやってみようか。いいかい、考える時間はなしだ――一、二の三で答えるんだよ。なぜ我慢ならないんだね？」

「ミックに夢中なくせに、好きじゃないふりをし続けているでしょう。あたしだったら、面と向かって好きだっていうわ」

「しかし、そこが演技のおもしろいところだよ」ブライアンは喉に何か詰まっているように感じたが、なんとか声を出した。「つかのま、自分とはまったく違う人間として生きる。わかるかな、イーディー、それが芝居なんだ。むき出しの事実を昇華させること」

「ブライアン、あなたって深いところまで考えるのね」

ラップのように薄っぺらなブライアンは、気の利いた返事もできず、否定するように首をすくめてみせた。

「でも」イーディーは続けた。「昇華し終わったら、元に戻るだけじゃない？」

痛いところを衝かれ、ブライアンは言葉を失った。初めは期待のこもった目を向けていたイーディーだが、やがて悲しそうに顔を背けた。

その美しい横顔を見つめながら、ブライアンの中で、彼女を落胆させてしまったという恥辱感とわき上がる欲望とが闘っていた。彼女の耳につけられた金色のピアスの小枝で、小さな鸚鵡《おうむ》が揺れている。鮮やかな色遣いの木の鸚鵡だ。飾り鋲やねじやピンがクエスチョンマークを描くように留められていた場所には、今は穴だけが残っている。こんなふうに観察していると、欲望はどんどん膨らんでいった。あの耳たぶを撫で、歯を当て、キスしたい。ブライアンは両手をジーンズに包まれた膝の下に敷いて、動かないようにした。

「ここに来てること、奥さんは知ってるの、ブライアン？」

「いや」なぜそんなことを訊くのかわからないという当惑の表情を浮かべてみせた。「うちを出たとき、あいつはいなかったから。ともかく、おれは学校の用事でちょくちょく出かけることがあるし……。いちいち説明したりしないよ」

「結婚してるってすてきでしょうね。自分の家があって、家族がいるんだもの」

「信じられないだろうが」ブライアンは眉をつり上げ、力のない声で笑った。「男は家庭生活が原因で死ぬこともあるんだ」

「あなたは死んでないじゃない」

「心は死んでいるよ」

それを口にしたとたん、ブライアンは後悔した。芝居の稽古のとき、イーディーと対等な立場を取ろうと心がけている。たがいにオープンな関係でいること。しかし、個人的なこと、とりわけ私生活のあからさまな現実を暴露するのはまったく別の話である。いつものように陽気に浮かれ騒いでみせるより、心の内の不満や他人をうらやむ心を吐露するほうが生徒たちの共感を得られるなどと思ったこともない。

「まあ、ブライアン……」イーディーはため息をつき、いくつも指輪をした手を彼の膝に置いた。「なんて気の毒なの」

ブライアンは思わずたじろいだ。口の中がからからだった。彼は緊張した面持ちで、部分的に先の欠けたピンクの爪を見つめた。

「今のはここだけの話だからね、イーディー」

「どういうこと？」

「誰にも話さないでもらいたい」

「あたしをどんな人間だと思ってるの？」険しい表情になり、さっき体を寄せてきたときと同じくらいすばやく体を引いた。「友情がどんなものかわかってないのね」

「いや、悪かった。そういう意味じゃないんだ。どうか行かないで……」

しかし、イーディーは立ち上がって、すでに歩き出していた。体を揺らしながら渦巻き模様の紫の絨毯の上を歩く彼女の姿を、ブライアンはじっと見つめた。豹柄のミニスカートをはいた形のいい丸い尻がこすれ合い、気が遠くなりそうだ。今、イーディーはサイドボードの前で、一度栓をしたサンダーバードのコルクをまた抜いている。

「もう一杯どう？」

「いいね！　いただくよ。ありがとう、イーディー」呑みたいわけではなかったが、彼女がグラスを持って戻ってきてくれたら、もしかしたら……。もしかしたらどうだというのか？

「そのあと、あたしの台詞を聞いてね」

イーディーは今しがたのとげとげしいやりとりなどなかったかのように微笑みかけ、今度は自分の分も注いでいるようだ。わけもなく態度がころころ変わるのは生徒によくあることで、ブライアンにはまったく理解できなかった。彼自身はむっつりとして、いまだに自分を許せずにいた。

「台詞はＤＬＰにしなくちゃいけないのよね」イーディーはいった。「でしょう？」

「そのとおり」

「デンジルがＤＬＰはなんの省略だっていったか憶えてる？」

「いや」嘘だった。ジーンズの中に収まっているものを彼女の舌と唇が愛撫する場面を想像した。

イーディーはラジカセに新しいテープを入れ、甘い妄想を断ち切った。ゆっくりとした心地よい静かな曲が流れた。

「どう？」

「とてもいいね」

「じゃ……」イーディーはドリンクを渡すと、彼の隣に腰を下ろしていった。「くっつこう」

「なんだって？」

「友だちどうしみたいに」

イーディーはブライアンに腕を絡ませ、そのままグラスを口もとへ運んだ。そのせいで二人の顔が接近した。彼女の息は、たばことポテトチップの塩味と理科の実験室を思わせる甘酸っぱいにおいがした。あとになって、梨のドロップだと思い当たった。二人はしっかり腕を組んだまま、笑い声をあげ、体をくねらせて酒を呑んだ。興奮のあまり平常心を失い、ブライアンはグラスの中身をほとんどこぼしてしまった。

「やだ。全部あたしのセーターにかかったじゃないの」

「ごめん、ごめん」

「乾かさなくちゃ」

体が離れて二人の距離ができたので、ふたたび彼女の顔がよく見えるようになった。ワインで濡れたふっくらとした唇、紫のアイシャドーを入れた大きな目、マスカラのせいで小さな棘のように見えるまつ毛。マーマレード色の髪は無造作にピンで留められ、幾筋かカールした後れ毛が出ている。こちら向きにすわっている彼女は、脚を組んでけだるげに深く息を吸い込んだ。

ブライアンはそのようすをぼんやりと見つめた。懸命に、あたりさわりのない言葉を――会話を中立に保ち、プラトニックな方向から外れない話題を――探した。頭に浮かぶのは、不穏当なものばかりで、この危うい状況に油を注ぐことになりかねない。緊張感が高まって、ついにいってはいけない言葉がブライアンの口をついて出た。

「きみみたいな子には、ここで台詞を聞いてくれるボーイフレンドがいると思ってたよ」

「彼には無理よ」イーディーは笑った。ブライアンは、自分の考えが間違っていなかったことがわかってがっかりしたが、そのあとの彼女の言葉にこめられた軽蔑の響きにいくらか慰められた。

「あの人は役立たずだもの」

「どんなふうに?」

「何をやってもだめ。脂肪分ゼロのチョコレートみたいなもんね。わかる、あたしのいってる意味?」

ブライアンは訳がわからず、じっと見つめ返した。サンダーバードを呑んだうえに、体が熱くなっていることや、下着の中でぱんぱんになっているもののせいでいくぶん朦朧としている。頭が混乱しているらしく、イーディーには物足りないらしいそのボーイフレンドと脂肪なしのチョコレートとの関連がぴんとこなかった。もしかしたら、チョコレートを持ってこなかったので怒っているのだろうか。

「あなたの奥さんはそんな不満はないでしょうね」

イーディーはウィンクをしたが、ブライアンはほかに気を取られていた。彼の視線は、腹部の曲線やセクシーなストッキングの伝線をたどったあと、上半身を覆っている薄い服、汗でぴったり肌に貼りついた布地に注がれた。

「濡れて気持ち悪いんじゃないか」ブライアンは、口もとを引きつらせていった。彼女の表情に変化は見られなかったが、ブライアンは目に見えない一線を越えたことがわかった。もう後戻りはできない。とはいえ、次の段階に進む心構えはまだできていなかった。

「ほんと」イーディーはつぶやいた。「風邪ひいちゃうかしら」

ブライアンの顔に目を向けたまま、イーディーは背中の紐を引っ張った。衣服がはらりと落ちて、青い血管がうっすら浮かび、濃いピンクの乳首と美しい真珠色の乳房が現れた。ブライアンは歓喜と恐怖に包まれ、呆然と見つめている。やがて、イーディーは前かがみになってハチドリのような舌をブライアンの耳に滑り込ませた。

ブライアンの口からあえぎともうめきともつかない声が漏れた。頭がくらくらして、意識を失いそうだった。

「触って、ブライアン……ほら……早く……」

「ああ、イーディー……」

「その手で……」

「なんて美しいんだ」

「もっと強く……指先で挟んで……こすって」

「こうなることをずっと夢見ていたんだよ」

「そうね」

「イーディー、いつもきみのことを想像していたんだ」

「いやらしい人」

「そのたびにおれは……わかるだろう？」

「すっかりパッツン、パッツンじゃない、ブライアン？」

「ああ」どういう意味なのかよくわからなかったが、自分がそうなっていることはわかった。

「下も触る？」

「そうだな」

「あたしの脚ばかり見てたわね」

「とてもきれいな脚だから」

「ストッキングの伝線たどってみる？」

「いいのか……」

「いいわよ」

「ここから上に……どんどん上に……」

「あなたの手の使いかた、上手ね」

「今まで文句をいわれたことはないよ」

「上も」

「ああ……」

「あなたもね」

「イーディー」ストッキングを足首にまとわりつかせたまま、イーディーは急にブライアンのアンダーシャツをまくり上げた。「何をする?」

「こんなの脱いで。あなたも脱がなくちゃずるいでしょ」

「いや……貧弱な体だから。体を鍛えてる時間がなくて」

「でも、ここはそんなに小さくないでしょ、ブライアン?」

「もちろん!」

「大事なところは貧弱じゃないってわけね」

「ぱんぱんで痛いくらいだよ」

「さあ、ジーンズも脱いで」

「ドアの鍵はちゃんと――」

「ジーンズをはいたままじゃできないでしょ」イーディーはスカートをぱっとめくり上げたかと思うと、手を伸ばして彼の髭をくすぐった。

「やめてくれよ」

「こんなに大きくなってるくせに」

「明かりを消してくれないか?」

「ついてたほうがおもしろいわ」

「そうかな」

「どうしてもってわけじゃないのよ、ブライアン」

「いや……明るいところでは今までしたことがないから……」

「だったら、やってみたらいいじゃない。そうよ。ああ……いいわ。ほら、あなたも」

情けないことに、ブライアンはあまりにもあっけなかった。デンジルなら〈野ウサギが一呼吸するあいだ〉といいそうな早さで終わってしまった。二人の体は、ビチャビチャというむなしい音を立てて離れた。イーディーは両脚を大きく横に回して、ソファーの端にちょこんとすわった。ブライアンは申し訳なさそうにうろうろしている。部屋の明かりが壁に二人のシルエットを映し出していた。「すまなかったね。興奮し過ぎていたもので」

「よくいうわ」

イーディーはストッキングを脱いだときと同じぐらい手早く身支度を整えて、部屋の向こうへ歩いていった。ブライアンは暗い表情でべたべたするビニール製ソファーにすわり、イーディーがアームチェアから卵で汚れた皿を取りのけ、ロスマンズ・キングサイズのたばことマッチを取ってくるのを眺めていた。一本口にくわえマッチを親指の爪で擦って火をつけた。

「吸う?」

「いや、けっこう」

ブライアンは壊れたスプリングが尻に当たって心地悪かった。電気ストーブの赤々とした発熱管がパチパチと音を立て、そちら側だけ熱く、反対側は鳥肌が立つほど寒い。彼はこっそりイーディーを観察していた。強くたばこを吸い込むたびに、頬がへこむ。鼻から煙を出していた。さっきのことなどなかったかのように、すっかりブライアンと距離を置いている。ワインのせいでひどく頭痛がするので、紅茶を頼もうかどうしようかと、ブライアンは迷っていた。言葉を発しようとしたとき、イーディーが何かいっているのに気がついた。

「なんだって？　よく聞こえなかったんだが」

「もうママが帰ってくるころだっていったのよ」

「くそっ！」ブライアンは危うくソファーから落ちそうになった。大あわてで立ち上がって衣服をかき集めた。「どうしていってくれなかったんだ？」

「いってるじゃないの」

「まったく……もう……」シャツを着ようと拳でたたくようにして袖ぐりを捜し、しゃにむに腕を通した。

「それ、裏表よ」

「ちくしょう」

「〈急がば回れ〉っていうでしょ、ブライアン？」

じっとり汗をかいたソーセージのような大きな指で、表を外側にして袖を引っ張り出し、もう一度腕を通して前ボタンを留めたが、一つずつずれて身ごろは斜めになっていた。

「ボタンの穴が――」

「わかってる。これでいい」

イーディーは首をすくめ、アームチェアにのっていたストッキングを取り上げて、ソファーへ行き、表面に付いた痕跡を拭き取った。

「おれのパンツはどこだ?」ブライアンが半ば自分に問いかけるように声を張り上げた。

「知るわけないわ」イーディーはストッキングをソファーの後ろへ放り投げた。

ブライアンは捜すのをあきらめた。ジーンズに脚を通し、柔らかくなりかけた一物を中に収めた。無事にジッパーを上げたが、まだ半分勃起している性器に冷たいファスナーの歯が当たる。目に涙がにじみ、怒りと苦痛のうめき声をもらした。

「今夜はあまりついてなかったわね」

ブライアンはやっとのことでウインドブレーカーを着た。このころには、頭に浮かぶ恐ろしい映像に呑みこまれそうになっていた。筋肉質のミセス・カーターが、巨人のように戸口に立ちはだかり、ブライアンは逃げ出そうにも逃げられない。ミセス・カーターは彼の体をバドミントンの羽根のように軽々と室内に放り投げる。生きたまま食べられようとしているのだ。

イーディーがドアを開けて押さえていた。ブライアンは大あわてで寒い戸外へ飛び出した。


午後十時には、外回りの警官たちも全員が警察署に戻り、ミーティングが行われた。例年クリスマスの朝はそうだが、あまりありがたくない情報がたくさん寄せられた。靴下に入っていてほしくない、もらってもどうしたらいいか困ってしまう贈り物のように。

街角やアクスブリッジ周辺のクラブで、大規模かつ念入りに売春婦たちに聞き込みをおこなったが、タクシーに乗った例のブロンド女性についてはなんの手がかりも得られなかった。けれども、そういう女たちは夜が更けないと姿を現さないので、聞き込みは夜通し、場合によっては明朝まで続けられる。

〈千鳥の休息所《プラヴァーズ・レスト》〉から出てきた女を乗せた運転手も見つからなかった。コーストンのタクシー運転手は一人残らず、また半径十二マイル以内で営業している個人タクシー運転手全員に話を聞いた。

一方、運よく――といってもいいだろうが――ハドリーの引っ越しに使われたトラックについては収穫があった。

「口やかましい老婦人に出会いましてね」メレディス警部がいった。「彼女は日にちも業者の名前も憶えていたんですよ」メモ帳をぱらぱらめくると、いつもの気取って長く伸ばすような話し方ではなく、バッキンガムシャー南部の労働者階級を真似たしゃべりかたをした。

「あたいが憶えてたのはね、業者名がビーチャムだったからだよ。だって、かあちゃんによくビーチャム・ピル(ビーチャム社の緩下剤)をのませられてたから」警部は声を立てて笑った。いうまでもなく、田舎の老婦人全般について笑ったのではなく、この粗野なおばあさんのことを笑ったのだ。

同調する者は誰もいなかった。バーナビーも渋い顔で警部を見つめている。メレディス警部は田舎臭さを披露しても上司を楽しませられないことを心に留め、メモ帳を閉じた。ロンドンの文芸・学術クラブ〈アシニーアム〉なら、みんなが大笑いするだろうに。

「その老婦人の名前は」メレディス警部は最後にいった。「ミセス・スタグルズです」

「まあ、名前はなんであれ」主任警部はいった。「ノーフォーク生まれじゃないのはたしかだな」笑いが起こり、メレディスよりも受けたことを意識しながら、主任警部は続けた。「それで、そのまま帰ってきたわけじゃないだろう?」

「もちろん」メレディスの目の回りの皮膚が緊張していた。「その業者は、一年前に大きな会社に吸収されました。スラウにあるコックスという会社で、当時の従業員は一人も残っていません。もともと従業員六人の会社でしたが、将来、人手が足りなくなったときのために、名前と住所は控えてあったそうです。あした、今も地元に住んでいる元従業員に話を聞いてきます」

「結果が楽しみだな」バーナビーはいった。「おそらく、ハドリーの荷物はケント州から運ばれてきたのではないことが判明するだろう」

「ほんとですか？　どうしてです？」

バーナビーが、弁護士事務所でのやりとりや、そこで聞いたハドリーの遺書の内容についてかいつまんで説明すると、部屋じゅうから驚きの声があがった。

「ハドリーについてわかってくるにつれて」主任警部は話を続けた。「われわれの足もとが揺らいでいるような気分になる。本人が結婚したといっている年に、彼の結婚記録は見いだせなかった。社会保険番号を突き止めようとしたが、珍しい名字ではないし、生年月日も明らかではない。ホワイトホールの農漁食糧省に照会中だが、正直いって、過去の在職者名簿に彼の名前はまずないだろう。ハドリーが躍起になって隠してきたことが、彼の死となんらかのつながりがあるのかどうか、今の段階ではまだ推測の域を出ない」

バーナビーは椅子の背にもたれかかり、全員が話を理解するのを見守った。結果にがっかりしていた。彼は複雑なことを複雑さゆえに好むタイプではない。娘婿のニコラスもバーナビーにチェスを教えようとしたときにそれを知った。

女性警官オードリー・ブライアリーは、緊張したときの癖で、きちんとまとめたつややかな髪を撫でつけながら発言した。「でも、どうして自分の人生を嘘で固めたりするのでしょう？」

「いい質問だね」

「前科はどうです？」メレディス警部が尋ねた。

「ああ」バーナビーはきっぱりと答えた。「何もなし」

「ハドリーという名前では、ということですね」オードリーがいった。

「そのとおり。これだけ正体がつかめないことから、ハドリーという名が偽名の可能性もある。しかも、ただ単に偽の名前を名乗っていただけではないかもしれない」

「もしかしたら、扶養義務を放棄したやつかもしれないな」トロイがいった。「妻子に嫌気がさして飛び出したとか。あるいは重婚者かも……」

「きみにもそんな可能性があるのかな」メレディス警部が横から口を挟み、椅子の背に体を預けた。エレガントなツイードのズボンをはいた脚を組み、膨大なインスピレーションの中からこれを思いつかせてくれたことを詩神に感謝するように軽く顎を引いた。もし彼が両手の指先を合わせて、その上に顎をのせたりしたら、そばへ行って、脳みそが音を立てるまでその頭を床にたたきつけてやる、とバーナビーは思った。

「ここで可能性として考えられるのは」警部はもう一度〈可能性〉という言葉を繰り返した。「公的に別人としての人生を歩むことになったケースだろうな。もしハドリーが密告者か何かだったら、転居し、新しい経歴や身元を与えられることが取引条件になっていたのかもしれない。わたしは内務省につてがあるから、いつでも喜んで――」

「憶えておくよ」

バーナビーは、別人になりかわるためにかかる費用をざっと計算しながら、そこまでするケースはごくまれだろうと判断した。また、そのような案件を内務省がいかに秘密裏におこなうかも承知している。とはいえ、その可能性を完全に排除することはできなかった。ほかの者の提案ならよかったのに、とバーナビーは思った。

「ジェニングズなら、わたしたちの知らない空白の部分を埋めてくれるかもしれませんね」ウィロビー巡査がいった。「彼のことはそろそろマスコミに発表なさるのですか?」

「あと二十四時間待とうと思っているが、それでも本人または車の行方がまったくつかめないようなら、そうせざるを得ないだろう」バーナビーは立ち上がって、いった。「では、ほかに何もないようなら……」

室内を見回したとき、メレディス警部が急に顔をしかめたのが目に入った。何かに気がついたか、思いついたことでもあったのだろうか。「どうだね、警部?」

「はい?」

「きみの灰色の脳細胞はまた残業かね?」忍び笑いが起こり、バーナビーは当てつけがましいことをいった自分をたしなめた。足を使って地道に働き続けてきた優秀な巡査が警部になるのに十五年間もかかるところ、上級学校を卒業したというだけでたった四年で昇進できるのが今のシステムだ。メレディスが悪いわけではない。バーナビーは辛らつな口調にならないよう気をつけて、先を続けた。

「何か思いついたんじゃないのかな?」

「いいえ、主任警部」

このとき、夜勤の警官たちがやってきた。バーナビーは忘れ物はないか、もう一度デスクまわりを確認してから、戸口に向かった。心は楽しい料理のことに移り始めていた。ハーブとマッシュルームを刻んで、レバーを薄くスライスする。九〇年産のクローズ・エルミタージュを呑みながら。これに優るものはない。

駐車場へ向かう途中、犯罪捜査課の窓の近くを通りすぎたとき、メレディス警部の姿が目に留まった。夢中でキーボードをたたき、真剣な表情でじっとモニターに見入っていた。

ヘクターの成功

ブライアンはむっつりした顔で朝食の皿を押しやった。ミューズリーにすり下ろしたりんごがかかっているだけで、食欲をそそられない。惨めな気分で一夜を過ごし、今日もまた、憂鬱な雨の一日が始まろうとしている。雨はキッチンの窓や地面を激しく打ち、木々は強風に大きく揺れている。不眠と悪夢にぐったりとして、ブライアンは朝食カウンターの松材まがいのベンチにすわっていた。実際のところ、前かがみの上体が揺れ、まともにすわっているとはいえなかった。ほかの家族がこんなすわりかたをしたら、ブライアンに叱り飛ばされそうな姿勢だ。

　重い足取りで採石場住宅を立ち去ってから、あそこで起こった劇的な出来事は頭の中で再現され続けた。大事な局面はおおかた彼の想像力で書き換えられていたが、それでもあの瞬間の不快さを拭い去ることはできなかった。

　しかし、くよくよ考えないようにした。修正がきかないわけではない。なんといっても初めてだったのだから、ある程度のぎこちなさが伴うのは当然だ。イーディーが何を望み、どういうことに興奮するかがわかったので、これからは好転するだろう。変色したすりおろしりんごを見て、ブライアンは頭の中で元の形を思い描いた。が、たちまち、それは先端がピンク色をした柔らかな形のよい乳房に変わった。

　淫らな気持ちになってもぞもぞとすわり直しながら、いまいましげに妻を見やった。あのまん丸い顔がどこか遠くに行ってくれたらいいのに。あずき色の乳首をした垂れ下がったおっぱいや、大きな足にも虫酸が走る。『ポパイ』に出てくるオリーブのような細い脚に、サイズ8（二十六・五センチ）の靴をはく女なんてどこにいるだろうか。この結婚は一生の不覚だ。おれのすばらしい知性と才能を、あんな鈍くさい女に投げ与えてしまったなんて。

ゆうべの失態の原因は明らかだ。長いあいだ淫らな思いを募らせてきた女の子をついにこの腕に抱いたとき、なぜうぶな少年のようになったのか。

妻がもっと繊細な女性だったなら、感じやすく思いやりのあるパートナーだったなら、さまざまな方法で夫の官能性を高めてくれていたにちがいない。どんな女性も生来持ち合わせている技を駆使して、セックス・テクニックに磨きをかけてくれていたはずだ。

まったく！　〈きちんと責任を取れ〉という両親の説得に屈したのが悔やまれる。どうしてスーと赤ん坊のことなどおかまいなしに飛び出してしまう勇気がなかったのか。ほかの男たちはそうしていたというのに。トム・カーターならきっとそうするだろう。カラーやデンジルはいうまでもない。

自分がこうして犠牲を払っていることを、家族はありがたいとさえ思っていない。スーは物置に紙幣印刷機でもあると思っているのか、大きな顔で金を使う。幼いころはかわいかったマンディも、今ではほとんど話しかけてくることもなく、たまに口を開けば、〈トリクシーのパパ〉とやらと比較して不満を漏らす。その男は娘の外泊やジャガーのオープンカーの運転を許し、俳優のジェイソン・プリーストリーに似た容貌をしているのだという。

ブライアンは尻とベンチとの空間にクッションを押し込み、なんとか楽な姿勢をとった。イーディーと顔を合わせるときのことが不安でならない。今日は芝居のリハーサルも英語の授業もないので、こっちから会いに行かなければ、あるいは奇跡でも起こって、彼女が会いに来るようなことがなければ、来週まで顔を見る機会はない。それが耐えられそうになかった。

実際に顔を合わせたときどうなるだろうか、とブライアンは考えた。きっと彼女は恥ずかしがって、自分から話題にはできないだろう。それとも、ゆうべのように積極的に誘ってくるだろうか。次回は豪華なところに連れていってやろう。川沿いのホテルでグラスを傾けながら食事をしたあと……。

昨夜のマイナスの要因――汚い部屋、コントロールできずにあっというまに終わってしまったこと、有刺鉄線で包まれたように感じたペニス――はたちまち遠のいていった。事が終わったあとのイーディーの冷たい態度にはひどく傷ついたが、今思い返してみると、それも理解できる。彼女はこの初めてのセックスに期待を膨らませていたにちがいない。彼が失態を演じたあと、イーディーが内にこもってしまったのは、それ以上、心に傷を受けたり屈辱感を味わったりしないよう自分を守る必要があったからなのだ。

イーディーが鬚に触れさえしなければ……。

物思いにふけっていたブライアンは、ふと気がつくと、カップの底にたまっている黒っぽいどろどろの液体を見つめていた。

「いったいこれはなんだ？」

「なんのこと？」

「この泥だよ」

「フィルターコーヒーよ」

「うちにはフィルターなんかないじゃないか」ブライアンはゆっくりと大きな声でいった。「うちのはコーヒーメーカーだ」〈コーヒーメーカー〉という言葉を必要以上に強調した。

「あなたはコスタリカ・コーヒーしか飲まないでしょ。セインズベリーのコスタリカ・コーヒーはフィルター用しかないのよ」

我慢するんだ、ブライアン、我慢だ。どうしようもない女なんだから。十まで数えろ。

「強くかき混ぜなければだいじょうぶよ」

「まったく、どうしておまえが教育学部を卒業できたのか、さっぱりわからん」ブライアンは、どろどろした黒っぽい液体をミューズリーにかけて、容器ごと押しやった。

玄関でかたっという音がして、スーがいった。「郵便ね、きっと」

ブライアンは動かなかった。スーはためらっている。家長として、郵便物はいつもブライアンが取ってくるのだ。そこに何か意味があるらしい。ところが、驚いたことに、ブライアンはいった。「だったら、取ってこい。どうせ請求書か何かだろう。おまえたち二人に食いつぶされちまうな」

食料品の請求書が郵便で届くことはめったにないと思いながら、スーは玄関へ向かった。手紙が一通来ていた。細長い真っ白な封筒に宛名がきちんとタイプしてある。キッチンに持って戻ると、ブライアンが手を差し出した。「こっちによこせ。最悪の知らせを聞くようなものだ」

「わたし宛なの」

「なんだって?」

「ロンドンからよ」

期待と不安にくらくらしながら、スーは封書を持って立っていた。かなり大きな封筒だが、スーの挿絵や原稿が入るほど大きくはない。震える手で封筒を開け、レター・ヘッドの付いたぴんとした便箋を引っ張り出して真剣に文字を目で追った。もう一度初めから読み直したあと、スーはくずれるようにアームチェアにすわり込んだ。

「どうした?」

「メシューエンから」

「誰だって?」

「メシューエン。子供向けの本の出版社」ブライアンは不機嫌と当惑の入り交じった顔でテーブル越しに見つめている。「物語と挿絵を送ったの――『ヘクターの新しい子馬』を」

「おれは聞いてないぞ」

「出版してもらえるんだわ。ああ、ブライアン……」

「見せてみろ」

スーはしぶしぶ手渡した。一瞬でも手から離したらたちまち価値が下がるか、悪くすれば何もなくなってしまうような気がする。

大事なところにざっと目を通して、ブライアンはこういいながら手紙を返した。「思ったとおりだ。おまえの誤解だよ。出版のことなんか何も書いてないじゃないか」

「ええっ」信じられない思いで、スーはじっくり文面を確認した。「だって、編集者がいってるでしょ――」

「会おうといってるだけだ」

「いっしょに昼食を、と書いてあるわ」スーはいつになく強い口調でいい返した。

「そうだな、昼食だ」ブライアンもきつい口調でいった。「きっとおまえの絵を褒めて、励ましの言葉でもかけてくれるんだろう。それ以上の深読みをするのは愚かなことだ」

スーはまた手紙に目を通した。これで四回目。たしかに、出版という文言は書かれていなかった。

そうはいっても……。

「おれがこんなことというのは」ブライアンは続けた。「おまえが張り切って出かけた分、よけいにがっかりして帰ってくるのを見たくないからだ」

スーは返事をしなかった。

「編集のやつらは始終こういうことをしてるにちがいない。多少見込みがあると思える者を目の届くところに置いておくんだよ」

「わかったわ」

スーにはよくわかった。これ以上ブライアンを苦しめないよう、きらきらした目を伏せたが、喜びの表情は隠しきれなかった。

「こういうことだから家の中が野ウサギの巣みたいなんだ」ブライアンは細長いテーブルの後ろからやっとのことで出てきた。「おまえが一日じゅう、絵なんか描いてぶらぶらしてるから」

ブライアンはタータンチェックのランバージャケットを着込み、プーマのスポーツバッグの中身を確かめてから玄関に向かった。

「ブライアン?」

スーの呼びかけに、うめくような声が返ってきた。

「どうしてそんな歩きかたしてるの?」

「そんなとは？」

「膝と膝を縛られているみたいだわ」

「よけいなお世話だ」ブライアンは振り返って妻を睨んだが、耳の先は真っ赤になっていた。

「あら、だって変なんだもの」

「なら教えてやるが、車のドアに膝をぶつけたんだよ」

ブライアンが乱暴にドアを閉めて出ていったあとも、スーは動かずにすわっていたが、走り去る車の音が聞こえると、両手を大きく広げて立ち上がり、歓声をあげた。心が軽くなり、踊り始めた。キッチンを回り、居間の隅から隅まで移動し、階段を上がったり下りたり、廊下を行ったり来たりした。

踊りながら歌も歌った。ばかげた歌詞の歌、昔の歌、新しい歌、ヘクターの物語の歌、コマーシャルソング、うろ憶えの詩や童謡、オペラのアリアの一節。メシューエンからの手紙の文面や〈ガーディアン〉紙の見出し、たまねぎ味のホワイトソースの材料まで歌にした。

髪をなびかせ、古い茶色のスカートの裾を翻し、疲れるとキッチンの古いアームチェアに腰かけて、頭の中で踊り続けた。

これからどうしようかしら。静かにすわってなんていられないわ。こんな日にじっとしているなんて。やがて、またエネルギーがわいてくると、スーは弾みをつけて立ち上がり、窓から外を眺めた。

生まれてこのかた、こんな美しい光景は見た記憶がない。銀色に輝く鞭《むち》のように、雨が芝生を打っている。太陽も顔をのぞかせていた。ワトーの絵に描かれているような、縁が波形の白い雲が二つ、ぽっかり浮かんでいる。窓辺を離れて戻りかけたとき、鏡に映る自分の姿が目に入り、スーは足を止めた。

頬が紅潮し、目は輝いている。いつもは貧相なミルクチョコレート色の長い髪が、玉虫織りの絹織物のようにつややかに見える。

「ばかみたいだわ」声をあげて笑った。「ばっかみたい」

偽りの姿を映し出している鏡から離れて、もう一度静かにアームチェアに腰を下ろし、頭を冷やそうとした。自分自身がこれまでと明らかに違っているのがわかる。物事を分析する能力を久しく使っていないため、どこがどう変わったのかはわからないが、変化が起こったことに疑いの余地はなかった。


午前九時のミーティングは短いものだったが、中身は充実していた。成果を持ち帰った外回りの第二班は、疲れた顔でコーヒーをがぶ飲みしている。

高額料金で夜の相手をする女たち——「どこまで信頼できるかひじょうに気がかりだが」とジョンソン部長刑事はいった——は、電話で依頼を受けると、孤独なビジネスマンの泊まる超高級なゴールデン・フリース・ホテルのスイートルームを訪ね、くつろぎを与えるさまざまなサービスをおこなう。

この抜け目のないプロの女たちはたがいに顔を知っており、新参者には油断なく目を光らせていた。その中の二人が、刑事たちが捜している例の女を何度か目撃していたのだ。

「なぜその女だといえるのかね?」バーナビーが尋ねた。

「外見の特徴がきわめて一致しています」ジョンソンはそういって、上着のポケットから細く巻いた報告書を取り出した。「ヴェール付きの小さな帽子をかぶっているところまで同じです。服はいつも黒のようですね。ミセス……」報告書を広げて「フィニュラ・ドブズはこの数か月間に少なくとも五、六回は見かけたと証言しています。毎回、決まってホテルのロビーです。主任警部はゴールデン・フリースに泊まったことがありますか?」

「宿泊費を払ってもらえる場合に限るが」

「そうですよね。とにかく、ロビーもとても豪華です。ふかふかのソファーやアームチェアがたくさんあり、テーブルには新聞や雑誌類が置かれ、上品なバーもあります。その女はいつも静かにコーヒーを飲みながら、何かを読んでいたそうです。他人のことにはわれ関せずという態度で」

「喫煙は?」

「ええと」ジョンソンは顔を赤らめた。「その点については尋ねるのを忘れました」

「先を続けて」

「女たちの話では、その女はなかなか魅力的だけれど、かなりの年なので、商売敵《がたき》にはならないと見ていたようです。ともかく、ホテル側も建物内での売春行為には目を光らせています。その女は売春はしていなかった、とバーテンダーが断言しています。女から声をかけることはなかったし、男がいい寄ると、丁重に断っていたそうです。夜間の従業員は今朝の十時で交替しますが」部長刑事はこう締めくくった。「昼間の従業員に聞いても、これ以上の話が出てくるとは思えませんね」

「きみが話をした女たちの中で、直接、彼女と言葉を交わしたことのある者はいないのか?」

「ええ。女たちが部屋に出入りすることについて、ホテル側との不文律のようなものがあるんです――いったんホテルに入ったら女たちは顧客の部屋へ直行し、用事が済んだらすぐにホテルを出る。相手が誰であれ、親しく言葉を交わすことが禁じられているのは、女たちも承知しています」

報告が終わると、ジョンソン部長刑事は近くのコンピュータのわきに報告書をきちんと置いた。

「それだけかな?」バーナビーは訊いた。どうやらそのようだ。「彼女のことは誰も何も知らないというのか? どこから来たのか? どこへ行くのか?」

「残念ですが、主任警部」

「これで終わらせるわけにはいかないな。バーの従業員に続けて話を聞いてくれ。とにかく聞き込みを続けろ。人は自分で思っている以上に、他人のことをよく知っているものだ。それでは」バーナビーは室内を見回した。「何かほかに?」

みんなの沈黙に落胆したかもしれないが、ともかく顔には出さなかった。けれども、全滅というわけではなく、バーナビーが今日の予定について話し始めようとしたとき、メレディス警部が口を開いた。

「実は、主任警部……」

バーナビーは鋭い視線を向けた。謙虚さを出そうとしているメレディスの細い体の動きに騙されはしなかった。わざとらしくためらいがちに切り出したり、は虫類を思わせる頭をやや低く傾げたりしている。バーナビーはメレディスの髪の分け目を苦々しく見つめた。髪がぴったり撫でつけられ、まるで一九三〇年代のジゴロのようだ。

「なんだね?」バーナビーは短く答えた。

「まだ、思いつきでしかないんですが――」

「ゆうべ、何か思いついたんじゃないのかとわたしが訊いたとき、きみは『いいえ』と答えたが、あのときすでに、頭に浮かんでいたのではないかな？」

「それはそのう……」メレディスは笑みを浮かべて、気品の漂う肩をすくめた。「事実を確かめてからのほうがいいと思ったんです。ミセス・ジェニングズの供述内容にもう一度目を通す必要があったもので。そこから検証していきました」

「検証した？」バーナビーは穏やかな声でいったが、居合わせた警官のほとんどが風向きの変わったことを感じ取った。張りつめた険悪な雰囲気だ。それに気がつかないのはごく少数で、メレディス警部はそのうちの一人だった。愚かにも、彼は先を続けた。

「はい。ジェニングズは行方知れずで、われわれが集めた情報ではらちがあかない、と主任警部はいわれました。しかし、わたしはどこかに見逃されている名前があったような気がしてなりませんでした。思ったとおり。その名はバーバラです！」

得意げにいって、メレディス警部は捜査陣を見回した。どんなに控え目でも拍手ぐらい起こると考えていたのだろうか。きざなしぐさで髪を撫でつけ、みんなの沈黙を誘った。「秘書ですよ。残念ながら、名字はわかっていません。そこで、ミセス・ジェニングズから聞き出そうとしましたがうまくいかず、使用人には知らないといわれました。次に頭に浮かんだのはジェニングズの出版社。出版社なら執筆者の秘書とやりとりがあったのではないか、と考えました。ついてましたね。かなり遅い時刻でしたが、出版記念パーティーをやっていたそうで、従業員がまだ残っていたんです。秘書の名字はコケインという珍しい名前で、ロンドン北部に住んでいることまで教えてくれました。それからは、いとも簡単。電話をかけると、留守番電話でした。ここからが実に興味深いのですが

――」

「こちらの手の内をすっかり見せたわけじゃないだろうな、メレディス警部」バーナビーは、冷えきった鉄をハンマーでたたくような響き渡る声でいった。

ほかの警官たちは、そのころにはもう厚手の防寒靴をはき、イヤーマフまでして備えていた。トロイはライヴィータに似たパネルに寄りかかり、メレディスが得々としゃべっているのを、内心おもしろがって聞いていた。どうしようもないやつだ、と思いながら。

「留守番電話の応答メッセージによると、五日間留守にするそうです。こんな偶然、信じられませんよ。留守中、何かあったときのために、友だちだか隣人だかの緊急連絡先を残していました。よくあることですが。主任警部、彼女の居所を突き止めてください。そうすれば、間違いなくジェニングズも見つかるはずです」

このあとも、沈黙はしばらく続いた。バーナビーは何かほかのことに気を取られているようだ。渋い表情で意味もなく書類の山を作り上げている。そして、ついに事務的な口調で切りだした。

「警部、ここでの仕事がどういうものか、説明しなくてはいけないようだな」バーナビーは冷ややかな視線をメレディスに注いだ。「われわれはチームとして仕事をしている。その重要性を強調してしすぎることはない。そのことはどこの警察にも共通であるはずだが、警察大学でそれが軽視されていたとは驚きだね。チーム作業は捜査のスピードと効率を高める。おかげで人命が救われることも珍しくない。もちろん、それぞれが個別の人間であり、個人的傾向の強い者もいるかもしれない。だが、何か妙案が浮かんだときには、心の中でひそかにあたためたため、だれにも教えずこっそり犯人を追跡し、甘やかされて育った子供がパーティーの中央ステージで発表するような真似をしてはならない」

「わたしはただ……」

「話はまだ終わってない！」

「はい」

「全員が捜査の各段階で判明している事実を共有することが大切なのだ。サトクリフ事件でどんなへまをやったか考えてみろ。お偉方がもっと分別を持ち、ふんぞり返ってばかりいないで地道な捜査をしていれば、結果は違っていたかもしれない」ここで言葉を切った。「狐につままれたような顔をしているな、メレディス。きみたちの象牙の塔ではヨークシャー・リッパーの話を聞いたことがないのか？　高いところにあるインテリの巣では」

「もちろん、聞いています」

「だったら、正しい情報がすばやく伝えられなかったせいで、死ななくてもいい女たちが殺されたのがわかるだろう」

「それは技術的な問題だと思ってました。コンピュータに互換性がなかったための……」

「とんでもない」

「そうはいっても……」メレディスは言葉を濁し、肩をすくめた。「被害者はみんな淫売でしょ？」

向こう端から凝視していたバーナビーの顔が、一瞬、嫌悪と不信にゆがんだ。「今のきみの発言はきちんと聞き取れなかったんだが」

「売春婦」メレディスは確認を取るように周囲を見回した。「そうでしょう？」

主任警部の灰色の頭は、大きながっしりした肩のあいだにいくぶん沈み、首が見えなくなった。

「さっきわたしがいったことをしっかり憶えておくように。あらゆる情報、また気がついたこと思いついたことはすべて、どんなにささいなものでも、ばかげたものでも、共有すること。会議はそのためのものだ」

「そうおっしゃるなら」

「さっきからそういってるじゃないか。いいか、本気だからな。守れないようなら、この事件の担当を外れて、ここにいるあいだずっと、朝六時のシフトに戻ってもらう。いうまでもないことだが、全員が一刻も早く事件を解決したいと望んでいるんだ」バーナビーはいきなり立ち上がると、怒りと嫌悪に突き動かされるようにさっさと部屋から出ていった。

トロイもあとに従い、廊下で上司に追いついた。

「どうしようもないやつだ」

トロイはためらいがちに答えた。「あの人は本部長の甥ですよ、主任警部」

「あいつが何者だとしてもかまわんよ。ここであんなふざけたまねをするやつは、こっぴどく懲らしめてやる」

バーナビーはオフィスに入ると、力任せにドアを閉めた。目の前でドアが閉まり、トロイははめ込まれたガラスの震えを手のひらで止めたあと、できるだけ静かに中へ入った。その辺のところは心得ていて、心の中で五百数えてから咳払いをした。

「午前中、もう一度クラプトンに会いに行ってきましょうか?」

「いや、やつはそのままにしておこう。まだエイミー・リディヤードから話を聞いてなかったな。ドーベルマンみたいな義姉のいるところでは話などできそうにないから、行って、連れてきてもらえないか？　丁重に頼む。本人には指紋採取のためだとでもいうといい」

　トロイが出ていったあと、バーナビーはすわって壁を見つめ、どうしてバーバラのことを見落としていたのかと考えた。以前はどんなことも見逃さなかった。これほど確かな情報はない。報告書の読みかたが甘かったという問題ではないのだ。彼女の名前は、バーナビー自身がおこなった事情聴取で挙がってきた。『あの人たちはそれはそれは仲むつまじいんだから』とエヴァ・ジェニングズはいった。彼女の言葉をそっくりそのまま憶えている。それはそれは仲むつまじい。

　バーナビーは、メレディスの洞察力と明晰な頭脳、上層部との血縁関係をいまいましく思い、また自分自身の狭量を恥じた。急に年を取ったように感じ、疲れを覚えた。何か栄養のあるものを腹いっぱい食べたいという思いに駆られたのはいうまでもなく。


　スーはうれしさに足取りも軽く、パイナップルの飾りのついたグレシャム・ハウスの門を抜け、邸内路を進んで勝手口に回った。興奮して思わず旧式の呼び鈴を強く引くと、ワイヤーが出過ぎて戻らなくなった。しかたなく彫刻の施された金属製の引き手を放し、ぶら下がったままにしておいた。

　待っているあいだ、帽子をかぶっていない頭に濡れた藤の葉が落ちてきたが、それでも笑みは消えなかった。レックスに頼まれて買ってきたものの中に重い缶詰がたくさんあったため、まだ少し腕が痛む。スーはレックスが立ち直りかけていると知って、ほっとした。自分では気がつかないうちに今回の惨劇にかかわっていたのではあるまいか、と今でも悩んではいたが、自責の念に押しつぶされまいと決意を固め、執筆を再開する話までしている。

ゴム手袋をはめ、カールした髪をスカーフで覆ったエイミーが、ドアを開けてくれた。スーは中に入り、二人は見つめ合った。

「どうしたの?」エイミーが声をあげた。「何があったの?」それから、友人の手をぎゅっとつかんだ。「メシューエンから連絡があったのね!」

「ええ」

「スー、すごいじゃない!」

「昼食への招待の手紙が来たのよ」

「昼食! まあ……」

「うれしくって、午前中ずっと踊り続けていたわ。階段を上がったり下りたり、家の隅から隅まで、しまいには通りにまで出て」

「わかるわ、その気持ち」エイミーは笑みを浮かべると、また「すごいわ」とつぶやいて、スーを強く抱きしめ、腕を取ってキッチンの階段へ引っ張っていった。「ぜひ入って」

「でも……だいじょうぶ?」

「ローラのところへカタログを返しに行ってるわ」

エイミーは銀の食器を磨いているところだった。内側に緑のベーズ地が張られた食器用の重い箱が古いトランプテーブルに置かれている。ピンクがかった練り粉の入ったソーサーと、ところどころに黒い染みの付いた布があり、あたりの空気は甘ったるい化学薬品のにおいがした。

スーは椅子に腰を下ろすと、「これからどうすればいいかわからない」とか「頭がおかしくなったみたい」という言葉を挟みながら、熱に浮かされたように笑い出した。

この興奮に包まれて、「笑わせないでよ」と叫んでいるエイミーもすぐに笑い出した。口を手で覆い、大はしゃぎで息を切らしながら、エイミーはいった。「わたしの顔を見ないで……そうすれば、だいじょうぶだから……」

たがいの肩越しに視点を定めることで、二人はようやく落ち着きを取り戻した。エイミーは顔を拭って、いった。「お祝いしなくちゃね。でも、ここには飲み物がないのよ。料理用のシェリーすらないの」

「そうじゃないかと思って……」スーは買い物袋から白い箱と、ティシューに包まれたボトルと、コルク抜きを取り出した。「ほら！」

輪ゴムを外して箱の蓋を開けると、大きなチョコレートケーキが現れた。ボトルはコート・ド・ガスコーニュの白ワインだった。スーは緑色のビニールの封印に、栓抜きの先を当てた。

「託児所でもいっしょに呑もうと思って。だって、あの子たちがいなかったらヘクターは生まれなかったんですもの」

「かわいそうなおちびさんたち。酔っ払っちゃうわよ」

「いやだわ、お母さんたちとよ。子供たちにはスカッシュをあげるわ」スーはナイフに手を伸ばした。

「あっ、それはだめ。まだ磨き粉がついてるから」

エイミーは、パン切り包丁とフォークと二人分の皿を用意し、居間のキャビネットからワイングラスを二つ持ってきた。グラスには厚く埃が積もっていたので、ぬるま湯で洗った。

村の店のケーキはけっして高級なものではなかった。人工的な味がしたし、ワインもぬるかったが、それでもよい香りがした。最後に皿の端についていたアーモンドのかけらをフォークでつつきながら、エイミーはいった。「おいしかったわ。散財させたのでなければいいけど」

「六ポンドでお釣りがくるわ」

「スー」エイミーは目を丸くして、フォークを置いた。それが厳しい家計に与える影響をよく知っていた。「どうやってやりくりするつもり?」

「さあね。気にもしてないのよ」

「だって、明日はセインズベリーへ買い物に行く日でしょ。いいこと」少しチョコレートのついた指でスーの腕に触れた。「これはわたしにおごらせて。わたしだって少しはお金を取ってあるから――」

「だめよ、エイミー。どうしてあなたにそんなことを?」

「友だちだからよ」スーがきっぱり首を左右に振る。「だったら、あなたに貸しておくわ。出世払いということで」

「このくらい、無駄遣いでもなんでもないわ。こんなすばらしいことをお祝いするためなんだもの」

「ほんと」

「こういうとき、奥さんをレストランに連れていってシャンペンと最高の料理でお祝いしてくれる男の人だっているというのに」

「そうねえ」エイミーはどう言葉を続けたらいいかわからなくてためらっていた。話題を暗いほうへ持っていきたくなかった。しかし、スーはなんだか苦しんでいるように見える。家庭内がうまくいっていないことをこぼしたがっているように感じた。

「この知らせを聞いて、ブライアンはなんていったの？」

「先方には出版するつもりなどないって。わたしの絵本を多少評価してくれて、将来もっといいものを書いたときのためにつなぎ止めておこうとしているだけだって」

「そんなばかな！」エイミーは顔を真っ赤にして怒った。

「まったくよ」スーはそういってから、ちょっと間を置いて「ねえ？」と、同意を求めた。

「そんな意地の悪いことといわなくてもいいのに」

「あの人の言葉なんか信じてないわ」

「そうよ。もしそんなつもりなら、出版社はまた連絡してほしいという励ましの手紙をつけて、スケッチを送り返してきたはずだもの」相手の喜びに少し陰りが見えたのを感じて、エイミーはいった。「そうでしょ？」

「そうね」

「じゃ、これで決まり。それで、何を着ていくつもり？」

「困ってるのよ。わたしの服はどれも継ぎが当たってるし……」

「チャリティーショップを何軒か回ってみましょう。すてきな服もあるわよ。今度こそ、お金はわたしが貸してあげるから。四の五のいわずに。見た目も大事なのよ」

「ありがとう」

「もしかしたら、リッツホテルに連れていかれるかもしれないわ」

「そんな……」出版関係者との昼食には慣れていないので、この一言でスーは思わず飛び上がりそうになった。「最初からそんなことはないでしょう」

「その日にあったこと、全部教えてちょうだいね。レストランに足を踏み入れたときから店を出るまでのことを。どんなお店だったか、何を食べて何を飲んだか、ウェイターはどんなだったか、ほかのお客さんたちは――」

スーはまた声をあげて笑い出した。「そんなに何から何まで憶えていられないわよ」

「手を貸して編集者をタクシーに乗せてあげるまでのことをね」

「どうして手を貸さなくちゃいけないの?」

「あら、そのころにはすっかりできあがっているからよ」エイミーは取り澄ましていった。「編集者ってみんな大酒呑みなんだから」

エイミーがすっかりその気になって、優しい褐色の瞳を輝かせ、ユーモアたっぷりに描写するのを、スーは愛情と感謝の気持ちで受け止めた。困ったときにこそ誰が真の友人であるかがわかるものだという諺《ことわざ》に、このときほど共感を覚えたことはない。もちろん、危機に直面したとき、心配して駆けつけてくれる人もいるが、多くの場合、自分よりドラマチックな出来事に満ちた他人の人生とほんのつかのまかかわることを喜んでいるにすぎない。他人の幸運を心から祝福するのはどれだけむずかしいことか。まして自分自身の幸せな生活が無情に断ち切られてしまった場合には。

「次はきっとあなたの番よ」スーはエイミーの手を取って慰めた。「『じゃじゃ馬』が書き上がったら、みんな競って出版したがるわ」

しばらくのあいだ、エイミーの返事はなかった。内にこもった、少し悲しげな表情に見えた。ラルフのことを思っているのだろうか。エイミーが小説を書いていることを彼が知ったなら、どんなに喜ぶかと想像したのではないか。スーは急いで続けた。「わたしも協力できるかもしれないわ。そのころにはエージェントがいるでしょうから。出版契約が成立したら、エージェントに所属するものでしょ? あなたとも契約するよう、わたしから薦めるわ」

「まあ、スー……」

二人は黙って、この輝かしい新たな状況に思いを馳せた。きのうと今日でがらりと変わった。そして、あした目を覚ましたときも、この現実は変わらない。誰もこれを奪い取ることはできないのだ。

「いけない! すっかり浮かれてて、まだほかの話をしてなかったわ」

「わたしもあなたに話したいことがあるのよ」

「エイミー……何があったの?」

「あなたの話が先」

「わかったわ。実は、ずっとレックスのことが気にかかっていたのよ。二、三回電話をかけても応答がなかったので、直接訪ねてみたら、ひどい状態でね——」

スーは訪ねたときの状況を詳しく説明した。エイミーは最後までじっと聴いて、こういった。

「そんなはずないわ。マックス・ジェニングズがジェラルドを殺すなんて」

「わたしもそういったのよ。有名人はそんなことしないって」

「もし、ジェニングズが犯人だったら、とっくに警察が逮捕しているでしょ。どの新聞にも載っているんだから」

「きちんと筋道の通った解釈があるはずだってことをレックスにわかってもらうまで、たいへんだったわ。彼は……死にかけていたのよ、エイミー。自責の念に駆られて死にかけていたの。ひどいことに」

「それじゃ、あなたは奇跡を起こしたのよね。今朝、レックスがモンカームを連れて公共緑地を散歩してるのを見かけたもの」

「ええ。それだけじゃなく、また執筆を始めるつもりですって。そうすれば立ち直る助けになるでしょう。でも、真犯人が逮捕されるまで、以前のレックスには戻れないんじゃないかしら」

「きのう、ミセス・バンディに聞いたんだけど、警察はスーツケースを捜しているそうよ」

「へえ？　ジェラルドのスーツケースなの？」

「そう。茶色い革の。どうやら犯人が持ち去ったらしいわ」

「それじゃ、強盗なのね。レックスに教えてあげなくちゃ。きっと気が楽になるわ」

スーはケーキをしまい始めた。エイミーはワインのコルク栓を元に戻そうとしている。

「警察はスーツケースに何が入っていたか知ってるの？」

「引き出しの中身全部ですって」エイミーは答えた。「ミセス・バンディによると。彼女、延々とその話をしていたわ」

「よくオノーリアが黙っていたものね」

「別の場所で呪文みたいな古い本を読んでいたから。さあ、できた」その瞬間、コルクはまたぽんと弾け飛び、調理台の下に転がり込んだ。エイミーはそれをかがんで捜しながら、また話し始めた。喉から絞り出すような声になっている。「レックスのことはわたしも協力するわ。彼の家を訪ねてみるわね。そうだわ、ローラにも協力してもらいましょう」

「あなたに教えようと思ってたもう一つがそれなの。あの人、引っ越すのよ」

「引っ越す?」エイミーは水道の水でコルク栓を洗っていた。「引っ越すって、どこへ?」

「まだ決まってないみたい。ゆうべ行ってみたのよ。レックスのことが心配で、どうしても誰かに話を聞いて欲しかったの。そうすれば、肩の荷が少しは軽くなるんじゃないかと思って。ゆうべのローラ、なんだかおかしかったわ。お酒でも呑んでたんじゃないかしら」

「無理もないわよ。こんなひどいことがあったら、誰だってお酒に逃げ場を求めるわ」

「エイミー、そんなのもういいから」さっきの二倍の手間をかけてもまだ栓ができずにいた。「あなたの話を聞かせて。わたしも帰らなくちゃいけないから」

「実はね、きのうのことなんだけど、一歩前進したのよ」荷物を詰め、立ち上がっていたスーは、エイミーの深刻な声と不安そうな表情に、また腰を下ろした。「昼食が遅いってオノーリアが文句をいいに来たの。凍えるほど寒くて、寂しくて、惨めで、空腹で、気持ちが沈んでいたものだから、食事の支度が遅れているのは用事がいろいろあったからだって口答えしたのよ」

「エイミー!」

「それから、『ここを出ていきます』って」

「冗談でしょ」スーは、エイミーがまだ生きてここにいるのが信じられないとでもいうように驚いて目を見張った。「オノーリアはなんて?」

「暖房を直させるとか、食費をもっと渡すとか、そんなことをいい始めたの。面倒を見ることをラルフに約束したんだから、わたしを出て行かせることはできないって」

「ひどいわね」

「そうでしょ。そんなの嘘に決まってるからなんだか気味が悪くて。どうしてわたしをここに引き留めておきたいんだか……」

「ただでこき使えるからでしょ」

「たしかにそれもあるけど、一番の理由じゃないわね。オノーリアが欲しがっている何かをわたしが持っている――そんな気がするわ。じっと見張られているような視線を感じることがあるの。家の中や庭で仕事をしているとき、ちょうどきのうみたいに、わたしが気がつかないうちにそっと近づいてくることがあるの。ほんとに恐ろしいのよ。何かを待っているんだわ、きっと。そのときが来るまで、わたしを目の届かないところにやりたくないのよ」

「だったら、あなたのほうから出ていかなくちゃ」

「ええ。だから、今、計画を立てているところ。いつか〈ザ・レディ〉誌に載ってた求人広告の話をしたのを憶えてる？　応募してみようかと思っているの。あなたの住所を使わせてもらえない？　オノーリアには知られたくないのよ」

「いいわよ」エイミーがいなくなるのを想像し、突然、スーの表情が陰った。

「そんな顔しないで。手紙のやりとりをしましょう。いつまでもずっと」

「そうね」

「それにたびたび戻ってくるわ。ラルフのお墓参りに」

二時間ほどたったころ、バーナビーはミセス・リディヤードの到着を待つあいだ、メモを書き留めていた。これからおこなう質問そのものではなく、指針のようなものにすぎない。差し迫って何かを突き止める必要があるときには、容赦なく詰問することもあるが、普通は自由に、とりとめのない質問をあれこれ投げかけるほうが好きだ。ここで彼の巧みな事情聴取を受けた者は、楽しく語り合った気分で帰っていくことが多い。

獲物の巣の外で静かにじっと待つ動物のように、バーナビーは辛抱強かった。また、トロイと違って、相手にたいして純粋に関心を抱く。トロイの場合、一人の人間として相手に興味を持つのではなく、その人物が捜査に役立つかどうかという点に関心を抱くのだ。バーナビーは自分のやりかたでこれまで結果を出してきた。事情聴取を受けた者は、しゃべるつもりのなかったことまで話してしまう。ときには、当人が知っていると認識していなかったことまで話すこともある。

オードリー・ブライアリーが入り口のほうに視線を走らせて、飲み物はどうするかを尋ねた。ほとんど同時に、トロイがミセス・リディヤードを伴って入ってくると、バーナビーは紅茶を二人分頼み、電話は取り次がないように伝えた。トロイは邪魔にならないよう、部屋から出ていった。

主任警部はエイミーのコートを預かり、一番すわり心地のいい椅子を勧めて、自分もデスクの前にあるソファーにすわった。二人は黙って紅茶をかき混ぜ、エイミーは控えめな好奇心をちらつかせて室内を見回した。

「ざっくばらんにお話を聞かせていただければいいんですよ、リディヤードさん。先日、屋敷にうかがったときには、話ができませんでしたから」

「ええ、オノーリアがいては――」そういいかけて、エイミーは他人の前で義姉を悪くいうのをはばかり、言葉を切って紅茶を飲んだ。「あら、おいしいわ」

「お尋ねしたいのは」二人のカップが空になると、バーナビーは話を続けた。「あの晩、〈千鳥《プラヴァーズ》の休息所《レスト》〉へいらしたときの印象なんです。たとえば……楽しかったかどうかとか」

「ええ、楽しかったですよ」エイミーは明るい声でいった。「本物の作家に会えて光栄でした」ミセス・クラプトン同様、ジェニングズが礼儀正しく、親身になって話を聞いてくれたこと、よい作品を書き上げるよう、みんなを励ましてくれたことを熱っぽく語った。

「まだまだ話をうかがいたかったので、会が終わったときには残念に思いました。アドバイスを受けて、わたしたちみんな、やる気がわいてきたんです」

「ハドリーさんも楽しんでいたように思いましたか？」

「さあ、どうでしょう。口数が少なかったですから」エイミーはカップとソーサーを注意深くカーペットの上に置いた。「ほんとうにお気の毒」

「彼がマックス・ジェニングズと知り合いだったことはご存じですか？」

「ええ、レックスがそういっていた、とスーから聞きました。レックスは今度のことですっかりショックを受けて……。責任を感じているんです。あのう……もう……？　いえ、その、マックス・ジェニングズの身の潔白が証明されれば、彼が犯人ではないとわかれば、レックスもずいぶん気が楽になるんじゃないかと思って」逆に質問するのは失礼にあたるのではないかと、エイミーは言葉を濁した。

「その問題はいずれ必ず解決されますから」バーナビーは遠回しの拒絶の言葉を笑顔で和らげながら、話を進めた。「会のあと、あなたとお義姉さんはまっすぐ家に帰られたのですね」

「はい。二人分の熱い飲み物をいれて、わたしは二階へ上がり、執筆に取りかかりました。オノーリアもカップを持って書斎へ行きました」

「あなたはどんな話を書いているのですか?」

「まあ」バーナビーが質問してくれたことにうれしさと同時に恥ずかしさを覚え、エイミーは頬を染めた。「なんの話といったらいいか……ありとあらゆるものが出てきます——多額の金融取引、麻薬の密輸、恋人たちの別れと再会、高価なロシアの黒真珠、連れ去られた捨て子」

「おもしろそうですね」

「だといいんですけど」

エイミーもこのころにはリラックスして、椅子の背に体を預けた。バーナビーは、彼女が先日訪ねたときと同じくたびれたスラックスにバタフライ・カーディガンを着ていることに気がついた。靴もかなり傷んでいて、一箇所縫い目がほつれている。グレシャム・ハウスのような邸宅で暮らすのはなかなかたいへんなのだろう、と彼女の経済状態を思いやった。

「サークルに所属していることは執筆の助けになりますか?」

「そうですね、ある程度は。おたがいの作品を読むのですが、経験豊富な作家は一人もいませんから、その先どうしていいかわからないんです」

「ハドリーさんの書かれたものをあなたはどう思いました?」

「ちょっと深みがない感じですね。一生懸命書いているのに、何度か書き直してもあまり中身がないように思えました」

「一人の人間としてのハドリーさんはどんな印象のかたでしたか?」

「はっきりしたことは何も……。あの人のことはよく知らないもので」

「だいたいの感じでいいんですよ」

いつまでも黙り込んでいたので、答えないつもりらしいとバーナビーが判断したとき、気が進まないようすで彼女は話し始めた。

「あの人を見ていると、古い映画の登場人物が思い出されるんです。年配の男で、映画ではフラッシュバックでしたが、少年のころ、心に深い傷を負いました。時代はエドワード朝で、かなり上の階級のおとな二人に利用され、ラブレターの受け渡しをさせられていました。それが発覚し、彼の人生は破滅に向かいます。顔の表情も動作も一変し、まったく生気がなくなりました。まるで、全身に致命傷を負ったように」眉根を寄せ、エイミーの美しい顔が同情と苦悩にゆがんだ。「ジェラルドはちょうどそんな感じでした」

「ずいぶん悲しいですね」主任警部は心からそう思った。「興味深いともいえますが」

「そうですね」少し恥ずかしそうにエイミーも同意した。「どういう素性の人なのだろうかとよく想像したものです。いやですね、物書きって。詮索がましくて。彼の経歴についてあれこれ思い巡らしていたんですから」

「でも、ハドリーさんは経歴を隠してはいませんよね」

「あら、そんなの信じられるものですか」

「と、おっしゃると?」バーナビーはいくぶん身を乗り出した。

「表面的なものですもの。ジェラルドが書いた物語のように。実際の人生なんてもっとどろどろしたものじゃありません？　もっともらしいことを二つ三つ取り上げて『これがわたしです』なんていえるはずないわ。まるで」ここでエイミーはぴくりと眉をつり上げた。「暗唱しているみたいに」

バーナビーは笑顔でうなずきながら、エイミーの話から目新しいことはほとんど何も得られないにもかかわらず、話していて楽しい気分になるのはなぜだろうと考えた。どうやらエイミーの外見と声が原因のようだ。柔らかな表情の丸い顔とカールした髪は、バーナビーの妻を思わせる。もっとも、エイミーが無邪気で気さくなのにたいし、ジョイスは鋭敏で繊細な感覚の持ち主だけれど。

エイミーは立ち上がってカップとソーサーをデスクに戻し、後ろ向きになっている大きな革製の写真立てに目を留めた。

「拝見してもよろしいかしら?」

「ええ、どうぞ」

写真立てをこちらに向け、例外なくみんなが口にする言葉を発した。「まあ、なんてかわいい女の子なの」

「もうおとなになりましたけどね」

「それから、こちらは奥さま?」

「はい」

「どちら似かすぐにわかるわ――」エイミーはあわてて言葉を切って、顔を赤らめ、手で口を覆った。「まあ、失礼なことを。ごめんなさい。何もあなたが……。どうしましょう……」

バーナビーは思わず噴き出した。彼女の当惑ぶりが滑稽で、笑いを抑えられなかった。だが、相手がすっかり動転しているのがわかり、笑うのをやめた。

「どうか気を悪くしないでください、ミセス・リディヤード。その言葉を聞くたびに五ポンドもらえるなら、明日にでも引退できるくらいですよ」

「わたしの気持ちを楽にさせようと思ってそういってくださるんでしょう」

「とんでもない。娘が生まれたとき、助産婦にいわれて以来ずっとなんですから」

エイミーは微笑もうとしたように見えたが、思い直して椅子のところに戻った。興味があったわけではなく、その場の空気を和ませるため、バーナビーは子供はいるのかと尋ねた。エイミーは首を横に振った。

「当初はいなくてもかまいませんでした。二人が幸せならそれでじゅうぶんでした。わたしが三十代後半になったころ、考えが変わって、子供が欲しいと思うようになりました。でも、ラルフに説得されたんです」エイミーは両手を組み、ぎゅっと指に力を入れた。「あとになってみると、なんとなく虫が知らせたのでしょうか。あるいは、そのときすでに自分の病状の深刻さを知っていて、わたしに幼子を残すのはかわいそうだと思ったのでしょう。でも、違うんです。今、彼の血を引く子供がいたら、わたしはどんなことだってできたでしょうに」

バーナビーは、ポーズではなく、心から共感してうなずいた。娘のいない人生なんて想像できないし、想像するだけでつらくなる。この数週間、娘の顔を見ることも声を聞くこともできないが、彼女がどこかにいることはわかっている。どこかで生きていて、呼吸をし、いい寄ってくる男たちをはねつけていることを。

「あの人は癌にかかっていました」エイミーはバーナビーに語るというより、独り言のようにつぶやいた。「その前から慢性肝炎を患っていたのに、診断も治療も受けられなかったせいで手後れになってしまいました。近くに病院やきちんとしたお医者さまがいなかったんです」

「お気の毒でしたね」

「悪人はいつまでも長生きするのに。殺人犯やテロリスト。食料運搬トラックの通行を妨げる軍の幹部。それなのにラルフは……」目から涙があふれ、エイミーは乱暴に手で拭った。「誰からも愛されていた人が。不公平だわ。オノーリアにはわたしのせいだといわれました」

バーナビーは信じられないというように低いうめき声を漏らし、頭を振った。

「本当なんです。オノーリアは何より残酷なことをいったんですよ。この話、これまで誰にも――スーにも――したことがないんですけど。スペインの病院で、ラルフは何日ものあいだ、意識を失っていました。オノーリアと交替で付き添っていたんですが、わたしが休んだあと、病室に戻ろうと廊下を歩いていると、オノーリアが医師の部屋から出てきました。いきなりわたしの腕を痣が何日も残るほど強くつかんで怒鳴ったんです。『あなたの愛情が足りていたら、ラルフは死ななくてもすんだのよ』って。ショックでした。だって、わたしはラルフが息を引き取ったことも知らなかったんです。わたしが眠っているあいだの出来事でした。オノーリアが感情をあらわにするのを見たのはそのときだけです。

そのあと、オノーリアはラルフをこの国に連れて帰りました。墓石には彼の名前が彫られ、その下にオノーリアの名前が入る一人分のスペースがあります。ラルフが子供時代を過ごした部屋には鍵がかけられ、オノーリアはよくその部屋に入っています。ラルフの手紙や学校の成績表を読み上げるのが聞こえて……。でも、そんなのどうでもいいんです。お墓のわきにすわって話しかけると、わたしには彼の存在が昔と同じように身近に感じられますから。そのほかのことなんて、どうでもいいんです」

話し終わったあと、エイミーはしばらく黙り込んでいた。壁時計の秒針が動く小さな音と、頭上の蛍光灯が発するかすかな音が聞こえる。室内は明るいし、薄い壁一枚隔てた向こうから電話の音や話し声が聞こえてくるにもかかわらず、エイミーはとても気持ちが楽になるのを感じた。

「どうしてこんな話をしたのか、自分でもわかりません」

「他人のほうが話しやすいこともありますからね」

「もちろん、相手によりますわ。刑事さん、あなたにはその才能がおありなんですよ。サマリタン（電話で人生相談にのるボランティア団体）にお入りになるといいかもしれないわ」

「そんな忍耐力はないですね。わたしが相手をしたら、相談者はみんな高いビルから飛び降りてしまいますよ」

エイミーは驚いた。彼女にはバーナビーがひじょうに忍耐強く、思いやり深いように感じられた。それも事情聴取のテクニックの一つなのかもしれない。じっと黙っていることで相手に話を促すための。そういえば、かなりメモを取っていたようだ。エイミーはなんだか白けてきて、バーナビーがブザーを押したのに応えて、つややかな髪をした女性警官が入ってきたときには、正直なところほっとした。

「リディヤードさん」先が湾曲したコート掛けから彼女のコートを取りながら、バーナビーはいった。「指紋をとらせていただきたいのです。あなたを容疑者リストから外すために。ファイルに保存したり、必要以上に長期間、保管することはありませんので」

「かまいませんよ」エイミーは答えた。

「お義姉さんにも指紋採取に協力していただきたいのですが、どうでしょうか？」

「まず無理でしょうね。オノーリアは人の指図は受けませんから」

バーナビーは握手をした。女性警官とエイミーが出ていこうとしたとき、彼はいった。「捜査本部を通ってお送りするように」エイミーに笑いかけた。「内部がどうなっているのか興味がおありでしょう?」

「ええ、ぜひ拝見したいわ」

エイミーは目にしたものすべてを心に刻みつけておくつもりで、女性警官のあとについて通路を進んだ。ファイルを一冊買って、〈警察の捜査〉という資料を作ろう。読者は信憑性のある細部描写を好む。エイミーの頭の中には、アラミンタがさまざまな苦労をした末、コーストン警察からあまり遠くない警察署の階段で倒れる場面ができあがっていた。そこで手当てを受け、飲み物をもらったあと、信じがたい物語を語り始めるのだ。おそらく、親身になって耳を傾けてくれる大柄な男性を相手に。

ゴールデン・フリース・ホテルの日勤のバーテンダーから電話があったのは、バーナビーがわびしい昼食を食べ終わってまもなくのころだった。エレベーターが来るのを待ちくたびれて、職員食堂までのたった一階分の階段を息を切らしながら昇ったとき、バーナビーは恐れていた症状に見舞われた。最後の一段を上がったとたん、気管が詰まるような激しい息苦しさを覚えた。耳鳴りがし、手すりをつかんでいた手は麻痺しているようでもあり、動いているようにも思える。彼は目を細めて、懸命に焦点を合わせた。

この体の変調はほんの数秒で治まったが、それでも気になって、メニューからまともなものを選ぶ結果となった。今、彼の胃袋には、卵サラダとダイエット用ヨーグルト、見た目も味も黄色い消しゴムのような無脂肪チーズが収まっている。(少なくとも受難節にはどうしたらよいかがわかった。)それに乾燥パン《クリスプブレッド》一枚だけ。乾燥パンとは名ばかりで、ぱりっとしてもいなければ、何よりパンにはほど遠い。ちょうどしけたおがくずを固めたもののようで、商品表示法違反で告発すべき代物だ。

「だいじょうぶですか、主任警部?」オードリー・ブライアリーのデスクを離れて、トロイが歩いてきた。気遣っていることをアピールするように、眉を少しつり上げている。

「あたりまえだ」

「消化不良じゃないですか?」

「人は消化不良を起こすようなものを食べなくちゃいけないんだよ」

トロイはほっそりした健康な若者らしい無邪気な笑い声をあげた。「それはそれは。憶えておきますよ。モーにも伝えます」

「彼女はおまえの帰りを待ちわびているだろう」

「ええ、まっすぐ帰宅しないって、いつも文句をいわれますけど」男はたいていそうだし、女の中にもそうする者はいるが、トロイは勤務が明けると、警察クラブで一杯ひっかける。

「感謝されてもいいはずなのに。彼女のためにそうしているんだって何度も説明してるんですけど。仕事のストレスや緊張を自宅に持ち帰ったら、それこそ文句をいわれるに決まってますからね。まったく……」姿勢が楽になるように、トロイは椅子を回転させた。「女ってやつは。玄関のドアを開けるなり、小言が始まる。たいてい頼まれた仕事についてです。バスルームの蛇口はいつ修理してくれるつもり? キッチンの戸棚は? 踊り場の電球は? 休みの日なんかくたくたです。とにかくぐっすり眠りたい。洗車してワックスをかけたあとに。目を開ける気にもならないですよ。開けたとたん、不平不満が飛んでくるんだから。一番最近のは、〈どうしてぼくから話しかけないのか〉。『あのね、モーリーン、きみが言葉を差し挟ませてくれないからだよ』っていってやりました」

デスクの向こうでバーナビーが興味を失っているのを察して、トロイは話題を替え、ミセス・リディヤードの事情聴取の成果を尋ねた。

「具体的なものは何も。ただ、彼女が帰ったあと、どこかに偽りがあるような気がしたんだ。彼女が嘘をついているという意味ではなく、何か矛盾しているような……そんな気がしてね。それでもう一度、メモを読み返そうとしていたところなんだ」

その言葉をいい終わるかいい終わらないうちに電話が鳴り、エイミーの事情聴取についてのこのやりとりはバーナビーの念頭から消えた。

日勤のバーテンダー、ギャリー・ブリッグズは、わざわざ伝えるほどのことでもないかもしれないが、と前置きをして、警察が尋ね回っている例の女が、黒いセリカに乗ってホテルの駐車場から出ていくところを何度か見かけたことがある、といった。バーナビーは、その車の運転手を見たことがあるかどうかを尋ねた。

「彼女が自分で運転してましたよ」

「確かですか？　こちらが考えている車なら、窓ガラスが黒っぽかったはずですが」

「間違いありません。乗り込むところも降りるところも見ました。いつも一人でした」無言の反応しか返ってこなかったので、バーテンダーは悔しそうにつぶやいた。「だから、わざわざ伝えるほどのものじゃないかもしれないっていったんだ」

主任警部は礼をいって受話器を置いた。無言でやりとりを聞いていたトロイ刑事は、膝に軽く手を置き、身を乗り出した。「すると、女はハドリーの車を使っていたんですね。ということは、行きずりの女ではない」

「ちょっとローラ・ハットンの供述書を出してみてくれないか?」

困惑ぎみの表情を浮かべて、トロイは指示に従った。バーナビーはさっと目を通したあと、受話器を取って、彼女の番号を押した。すぐにつながったが、ローラはあとでかけ直してもらえないかといった。

「今、不動産屋に家の中を案内しているところなの」

「すぐ済みますから。〈千鳥の休息所《プラヴァーズ・レスト》〉であなたが例の女性を見かけた夜のことなんです。憶えておいでだと——」

「あたりまえでしょう」

「お尋ねしたいのは」バーナビーは供述書に視線を落とした。「彼女がドアをノックしたといわれましたね」

「ええ、そうよ」

「誰がドアを開けたか、見ましたか?」

「それは……ジェラルドでしょ」

「姿をごらんになりましたか?」

「いいえ。ポーチが邪魔で」

「では、チェーンが外される音は聞きましたか?」

「いいえ。タクシーがエンジンをかけていたから」

「あと一つだけ。あなたが窓からのぞいたとき――」

「このことはもう話したくないの。いったでしょ、来客中だって」ローラはガチャンと電話を切った。

切られたところで、たいして問題はなかった。バーナビーは頭の中で〈千鳥の休息所《プラヴァーズ・レスト》〉のそばに立つローラ・ハットンの姿を思い描いた。花壇の境の軟らかい土の上に立ち、ベルベットのカーテンの隙間から室内をのぞく。さらに、部屋の形や家具の配置と照らし合わせる。

「こんなことをしてなんの役に立つんです、主任警部?」

バーナビーはしばらく答えなかった。遠くに目を向け、無意識のうちに供述書を指先でたたいている。

「われわれはこれまで物事を額面どおりに受け取ってきた」

「それが何か?」

「捜査の初めにもっとよく考えなくてはいけなかったんだが、愚かにも流れに任せてしまった」

「この女のことですか?」

「ああ」

「そんなことはないと思いますよ。きちんといつもの手順どおりにやりましたし……。この女のことも少しずつわかってきたじゃないですか。見つかるのも時間の問題ですよ」

「彼女が見つかるとは思えないな。それどころか、存在すら疑わしい」

「だって、目撃者がおおぜいいるじゃないですか」

「みんなに目撃されていたのはジェラルド・ハドリーだ、とわたしは見ている」

「ハドリーですって?」

「そのとおり」

ここで会話は途切れ、完全な沈黙が流れた。トロイは適切な言葉を探した。適切とはいえないまでも、せめて自分がとんでもないまぬけだと思われないような言葉を。しかし、バーナビーのそのとんでもない思いつきは、どうしても理解できなかった。考えれば考えるほど、上司の頭がおかしくなったのではないかと疑いたくなる。結局、トロイはただこう聞き返した。「なぜですか?」

「根拠はいろいろあるが、一番に挙げられるのはハドリーの性格だ。たとえば、誰もが彼のことをひじょうに控えめだと語っている。秘密主義だと。この点は推測の域を出ないが、ハドリーはこの女が本当の自分であり、温厚な元公務員の自分は仮の人格だと考えていたのかもしれない。そう考えれば、彼が語ったといわれているさまざまな嘘も理解できる」

「薄気味悪いな」トロイは自分が〈ノーマルでよかった〉という顔をした。「じゃ、ただの安っぽい女装好き《ドラッグクィーン》のホモってわけですね」

「服装倒錯ではないかと思う。こっちのほうがより複雑だ。たいていは異性愛者で、妻や家族がいる場合も多い。症状は精神面だけで、性生活にはまったく影響がないんだ」

「ぼくなら大いに影響を受けるな」トロイはつぶやいた。「モーリーンがごつい靴にブリーフをはき、付け髭でもしようものなら、ぼくはすぐさま窓から逃げ出してしまう」想像しただけでショックだったのか、トロイは一瞬、言葉を失った。「そんなことをして、何がいいんだろう。つまり……

女の服を着るってことだけど。どうかしてる」大げさに嫌悪の表情を浮かべて顔をしかめた。「同性愛者の女役だっていうなら、それはそれでいい。だけど、ストレートの男が女の服装でホテルのロビーにすわって、なんの意味があるんです？」

「単純なことさ。世間に女として認められるためだよ」

単純？　たまをホチキスで留めて、自分のことをドリスと呼ぶことのどこが単純なんだ？

「そういう連中専用のクラブもある。そこではみんなが思い思いの格好をする。しかし、それより達成感が味わえるのは、女の格好をして、誰にもばれずに街を歩くことじゃないか？」

「いやに詳しいですね、主任警部」トロイははっとしていい添えた。「他意はないですよ」

「カリーにそっち方面の友だちがいたんだ。ケンブリッジでね。その男の話をしょっちゅう聞かされたから」

「ああ、それで」トロイは頭に浮かんだかわいらしい顔をやっとの思いで振り払った。「ハドリーは、地味な外見を装って、本心を隠していたに違いありませんね。ミッドサマー・ワージーみたいな世間の目がうるさい場所ではたいへんだったろうな」

「たぶん、女装したあとはキッチン経由でガレージに行き、車で出かけたんだろう」

「その前にガレージの扉を開けておくわけですね」

「注目を避けたいはずだから、そう考えるのが自然だな」

「それで、車が盗まれたとき、途方に暮れてしまったんですね」

「あんな近い距離なのに、アクスブリッジの警察署に盗難を届けなかったのはそういう事情があったからだ」

「でも、ローラ・ハットンは、その女がドアをノックして、誰かに中へ入れてもらったといってませんでしたか？」

「それも誰かに見られた場合に備えての予防措置の一つだと思う。遅い時刻とはいえ、自宅の真ん前までタクシーに乗ってきたんだ。降りるとき、人目にさらされていると感じたにちがいない。あそこの街灯はひじょうに明るい。たまたま通りかかった人がいたら、どうなると思う？　あるいは、レースのカーテン越しにのぞいている人がいたとしたら？」

「木陰に隠れて見ている者もいましたからね」

「常識で考えて、人がドアをノックしたあと、室内に入ったなら、当然、中の人間が開けてくれたと考えるだろう。しかし、ミセス・ハットンが実際にそこまで見届けてはいないことがわかった」

「ちょっと待ってください」トロイは眉間に皺を寄せて考えた。「彼女はこの女とハドリーの姿を窓からのぞいていたんでしょう？　ワインか何か呑んでいるところを」

「いや、はっきり見たのは女の姿だけだ」

「でも、ハドリーが自分に祝杯を挙げたりしないでしょう」

「実際にはそうしたのだと思うよ。暖炉の上には鏡が掛かっていた。無事、家に戻れたことを祝ってグラスをかかげてもおかしくないじゃないか」

「そうですね。実際……」トロイは何かいいかけたが、得心がいってうなずいた。実をいうと彼自身、購入したばかりの中古車フォード・シエラにワックスをかけて磨き上げ、冷えた缶ビールをかかげて、ドアミラーに映ったいい男にウィンクをしたことがある。それも、一度ではない。この楽しい記憶と入れ替わるように、ある考えが浮かんだ。

「ローラ・ハットンがなんとなく見憶えのある女だ、といったのも無理もないですね。壁の絵じゃなくてハドリーに似ていたんですから。それにしても、それが殺害される前の晩の話なのだから、女物の服や装飾品はどこへ行ったんでしょう?」

「おそらくスーツケースの中だ」

「そうか……」トロイは感嘆のあまり息をのんだ。頭の中をさまざまな考えが駆け巡った。「たんすの引き出しにいつも鍵がかかっていたのはそういうことだったんですね」

「だろうな」

「でも、殺されたときはかかってなかった?」

「これもカリーから聞いたことなんだが、服装倒錯行動はストレスの強いときに起こりやすい。ハドリーも亡くなる直前、精神的にきつい思いをしていた」

「それで、フリルのついた服に着替えようとしたところ、邪魔が入った……」言葉が次々に口をついて出た。トロイは立ち上がり、さっきまで不信を抱いていたこの新しいシナリオに引きつけられ、歩き回り始めた。「それまで着ていた服を脱いだのにパジャマ姿ではなかった点も、これで説明がつく。えっ、それじゃ、まだ誰かがいるうちに女装しようと思ったんでしょうか?」

「それはないだろう。ただ、ジェニングズとは古い付き合いだということを忘れちゃいけない。ハドリーがいっていた〈過去の不快な出来事〉というのがこれと関係があるかもしれないから」

「もしかしたら、ジェニングズは女装癖を世間に公表すると脅したのかもしれませんね」

「まず考えられないな。そんなことをしてなんになる? 法律を犯しているわけでもあるまいし」

「なるほど。せいぜい地元の人たちからおかしな目で見られるぐらいのものですね。そうなったら、荷物をまとめてどこかへ行けばいい。非番の夜、どこの誰がどんな行為をしようと誰も気にしないところへ。そうはいっても」トロイは足を止め、ふたたび腰を下ろした。「何か事件と関係があるはずですね、女物の服装と。そうでなかったら、犯人が持ち去るわけがない」

「その人物が犯人であるならね」

トロイは怪訝そうな顔で上司を見つめた。「ほかにいったい誰がそんなことするんです？」

「彼を愛していた人物ならそうするかもしれない」

「どういうことか、ぼくにはわかりませんが」

「たとえ亡くなったあとでも、愛する人が世間からばかにされたりからかわれたりするのを避けるためだよ」

「では、ローラですか？」

「すぐに思い浮かぶのは彼女だけだな。あの晩、ハドリーの行動がおかしかったのに気がついて、ようすを見に戻ったのかもしれない。本人は否定しているが」

「そこで、遺体と散乱している女物の服を目にした。ありうる話ですね」

何度も指でかき上げたので、トロイの髪は逆立っていた。「今回の事件では、何か発見があるたびに、状況はますます混沌としてきますね。これで少なくとも二つのハドリー像が得られましたが、そのどっちもまったく現実味がない。精神に疾患があったとは考えられませんか？」

「さあ、どうかな」

「そういう病気もあるんですよ。三つの人格を持った女の物語を映画で見ました。一つの人格が現れているとき、あとの二つの人格のことは当人もまったくわからないんです」

「どういう気分かよくわかるよ」バーナビーはいった。

スーが託児所から戻ってきたとき、直接届けられた封書が玄関マットの上に落ちていた。ところどころ汚れていて、破れたふたの部分はセロテープで止められている。封筒の表に〝ブライアンへ〟とぞんざいな鉛筆書きがあった。スーはそれをキッチンのテーブルに載せ、ブライアンが戻ったらすぐ目につくよう、ソース瓶に立てかけた。

初めに帰宅したのはマンディだった。昔、お父さんっ子だったころは、学校で父の仕事が終わるのを待って、いっしょに車で帰ってきたものだ。今では、自分一人だけみんなと違うのがいやでスクールバスで帰ってくる。ぎゅう詰めの車内で、もぞもぞ体を動かしたり、悲鳴をあげたり、忍び笑いをしたり、たばこを吸ったり、膝の上にすわったりして。マンディはいつでも集団の隅にいて、どんな冗談にも唇や喉が痛くなるまで大声で笑う。その意味がわかるときもわからないときも。タイミングが早すぎて、作り笑いをしていることがみんなにばれることもあった。

今夜は、みんなといっしょに笑うのではなく、みんなが彼女のことを笑った。バスの中ほどまで進んだとき、年上の女子生徒が三、四人、マンディのほうを振り返ってはたがいに耳打ちをし、どっと笑いが起こった。その音頭を取っているのがイーディー・カーターだった。

マンディは誰よりもイーディーが嫌いだった。ずるそうな逆三角形の白い顔にもつれた髪をアップにし、つりあがった目をしている。トムはさらにひどい。いつもぞっとするような声でいやらしいことばかりいう。あんな声でいうと、実際よりいやらしく聞こえる。

クラスでのマンディは本来のポジションに戻っていた。いっとき殺人事件についてあれこれ問いただされたが、彼女が何も知らないことがわかると、みんなは関心を失った。クラスで一番人気のない女子生徒でさえ、めったに口をきいてはくれないし、ヘイズ・スティッチリーには以前のように完全に無視されている。

公共緑地の前で十人ほどの生徒がバスから降り、二、三人ずつ固まって家路を急いだ。まだ午後四時だが、かなり暗く、刺すような風が吹いていた。マンディは急ぎ足で敷地内を進み、家の中に入ると、乱暴にドアを閉めた。鞄とコートを居間の床に投げ出し、テレビをつけた。暖炉では、こぼれんばかりに積まれた石炭の下で紙と小枝がくすぶっている。

マンディはきのうの今ごろ、祖母の家の心地よい居間で大きなふかふかのアームチェアにすわっていたときのことを思った。テレビのリモコンと、冷たいコーラの入った大きなグラスとバターの塗られたクランペットとチョコレート・ロールケーキの載ったトレイが膝に置かれ、あまりの気持ちよさに眠気を誘われた。

祖父母は、いつまでも学校の話をしたり、その日一日をどう過ごしたのか、みんなと仲よくやっていたのかといった、くだらない質問をしたりすることもない。マンディの気が済むまで、食べたり飲んだりテレビのチャンネルを替えさせたりしてくれる。両親と違って、心からマンディの幸せを願っているようだ。今日もおばあちゃんのうちにいられたらよかったのに、とマンディは思った。

キッチンに飛び込むなり、マンディはいった。「暖炉、どうなってるの？」

「反応が鈍いだけよ」

「四時にあたしが帰ってくるのはわかってたはずでしょ」

「ええ」スーは〈ガーディアン〉紙から視線を上げた。「でも、暖炉にはその連絡が届かなかったみたいね」

マンディはぼうぜんとして母親を見つめた。いつものスーなら、誰かがキッチンに入ってくれば、すぐに立ち上がって調理台と流しとテーブルのあいだをきびきびと動き回る。ところが、今日は足を高くして調理台の横にすわっていた。足首のところで両脚を交差させ、厚いフェルト地のフィッシャーマン・ソックスをはいた足が斜めに宙に突き出ている。

マンディはテーブルに歩み寄った。彼女の席には、オーツ麦と糖蜜を使った自家製フィンガー・ビスケットとフルーツ一切れ、それに二十倍に薄めた濃縮のアップルジュースが置かれていた。

「きのうはチョコレートケーキだったのに」マンディはいった。

「わたしも今朝、チョコレートケーキを食べたわ」

「やった！　どこにあんの？」

「もう食べちゃったわ。わたしが買って、託児所でみんなで分けて食べたのよ。お祝いしたの」

あら、ほんと？　何があったの？　なんのお祝い？　ねえ、ねえ、聞かせてよ。スーはそんな言葉を期待して待っていたが、無駄なだけだった。やがて、スーは足を下ろして、娘に顔を向けた。

「今朝、メシューエンから手紙が来たの」

「誰、それ？」

「子供向けの本の出版社よ。その出版社にヘクターの物語を送ったの。そうしたら、編集者からロンドンでいっしょに食事をしましょうという誘いが来たのよ」

「たいしたもんね」アマンダはいった。

「そうでしょう」

スーは立ち上がって、冷蔵庫を開け、ワインを取り出した。あまり残っていなかったが、さっきまで椅子の横に置いてあったグラスに全部注いだ。それから、ペダル付きのごみ箱に空き瓶を捨て、元の場所に戻るとまた新聞の美術欄を広げた。

目がちくちくして、活字がぼやける。記事の見出し〈一〇一匹わんちゃん――点描画法がドディ・スミスに与えた影響〉がかすんできた。けれども、スーはまぶたに力を込め、意志の力で涙を押し戻そうとした。落胆するなんてばかばかしい。アマンダの反応は予想していたとおりではないか。

スーはそっと胸に指を当てた。小さくたたんだ大切な手紙をブラジャーにしのばせてある。一時間ほど前、メシューエンに電話をかけた。緊張とワインを呑んだせいで、初めはべらべらしゃべってしまい、そのうちに情緒不安定だと思われて出版を見直されてはいけない、と黙り込んだ。先方に日にちを提示されても、喉が詰まってうまく承諾の返事ができなかった。それを書き留めようとしたときも、二度も手からペンが落ち、受話器を置いてはいつくばって捜さなければならなかった。編集者はとても親切で、スーのあわてように焦《じ》れることもおもしろがることもなく、最寄りの地下鉄の駅名とそこからの道順を説明してくれた。感覚を失った手で受話器を戻したとき、スーは初めて、約束の十五日がわずか四日先であることに気がついた。

「ゆうべは、バターを塗ったクランペットも食べたわ」アマンダはクッキーを吐く真似をした。

「おばあちゃんがいうには、あたしに――」

「おばあちゃんがどういおうとかまうもんですか。おばあちゃんはうちの家計のやりくりに口を出したいのよ。バターを塗ったクランペットどころか、水とクラッカー一枚でもあれば、運がいいと思いなさい」

長い沈黙が流れた。二人とも自分の耳が信じられなかった。マンディはねばねばのついた茶色い舌が見えるほどあんぐり口を開け、母を見つめている。スーは新聞で顔を隠した。心の動揺が手の震えとなることもなく、新聞がまったく動かないことを誇らしく思った。酔っ払っているんだわ、とスーは思った。昔の酒好きの人が〈真実はワインの中にある《イン・ヴィーノ・ヴェリタス》〉といったが、これは戯《ざ》れ言ではなく真実なのだろうか。自分を守るために身につけていた従順さを剝ぎ取ったら、その下に意地悪にもなれる自分が眠っていたのだろうか。ああ、神さま、そうでありますように。

スーは〈ガーディアン〉紙を下ろした。アマンダの姿はなく、代わりにスクービー・ドゥー（一九六九年制作のアニメ番組に出てくる臆病な大型犬グレート・デン）が置かれていた。今度はブライアンが戻ってきて、冒険家サー・ラノフ・ファインズに出迎えか別れのあいさつをしてきたとでもいうように、玄関で大げさに靴音を響かせた。

居間に入ると、ブライアンは床に投げ出されている鞄を見てマンディへの小言をぶつぶついい、スクービー・ドゥーを見て大笑いし、大股でキッチンを通ってトイレに入った。見た目も感覚も二十四時間チリ・ソースに漬けられていたようなペニスを用心深く出した。用を足し、もう一度そっとしまって、ゆっくりジッパーを上げた。トイレを出たあと、だらしない格好で足を上げてすわっている妻を、さっきのアマンダと同じようにじっと見た。

険しい目でキッチンを眺め回したが、なにもかもきちんと片付き、いつものようにお茶がテーブルに用意され、彼のマグカップには手紙が立てかけられていた。手に取って宛名の文字を見たとたん、イーディーからだとわかった。ブライアンは胸が苦しくなった。興奮と驚きを覚えながら狭い空間に体を押し込んですわり、冷静を装って食べ物を口に運んだ。

喉につっかえそうだった。食べ物と不安で息が詰まる。イーディーがこの家にやってきた！ やめさせなくちゃいけない。こういうことはトラブルを招く。イーディーはきっとおれに会いたくてたまらなかったのだろう。その気持ちは理解できる。ブライアンも彼女に会いたくてたまらなかった。実際、一日がかりで自動操縦装置について教えているあいだも――生徒は自動と手動の違いもわからないのだが――ブライアンは将来への夢を膨らませていた。もう一度自由の身となって彼女と結婚するのだ。もちろん、社会的立場が違いすぎるとうちの両親は大騒ぎするだろうが、二人でなんとかできる。最終的には子供を何人か持ちたい。もっともその前に、イーディーと二人きりでの時間をたっぷり過ごしてから。

「あなたに手紙が来てるわ」

「おれにも目は付いてるよ」ブライアンは封書を手に取り、唇をすぼめた。「誰が持ってきたんだろうな」

「さあ。託児所から戻ったとき、もう来てたから」

ブライアンは分厚い封筒をカーディガンのポケットに入れ、その冷静な振る舞いを自賛しながら、バナナとくるみパンを食べ続けた。ポケットの手紙が焼けつくほど熱く感じる。

「たぶんリハーサルに出られない生徒からだな」

「それでどうなの？　あなたの劇は？」

「上々だ」

スーはブライアンが食べるようすを見守った。食べ物をつついては髭の真ん中にあるピンクの穴に入れ、唇を動かし、口の端に小指を当ててパンくずがついていないかどうかを確かめている。

「火曜日にロンドンへ行くわ」

「ロンドン?」ブライアンはスーの顔を見ようとはせず、部屋の反対端のほうへ視線を投げた。

「なんのために?」

「食事よ。編集者との」

「ああ、そうだったな」もうだめだ。ブライアンは待てなかった。もう一秒たりとも待てない。あと一つ心臓が打つあいだでさえも。テーブルを離れて、どこか一人になれるところへ行くまで、とうてい待てるはずがない。「スー、頼みがあるんだが」

スーは驚きを隠せなかった。「どうしたの? 具合でも悪いの?」

「乾いたソックスを取ってきてもらえないかな。今はいてるのは濡れてるんだ」

スーの動作はのろく、とてつもない時間がかかった。体を起こすまでに二十四時間。立ち上がるのに一週間。戸口までたどり着くのに一か月。居間を横切るのに六か月。階段を上がるのに一年――と思ったら、戻ってきた。

「どのソックスがいい?」

「どれでもいいよ。選んでくれ」

拳を握りしめ、身を硬くして、ブライアンはなんとか待った。溺れかけた人間がエネルギーの消耗を防ごうとするように、息を殺す。やがて、頭上からスーが木靴で歩き回る音が聞こえてくると、こわばった動きの悪い指で封筒を破った。それから、中身を引っ張り出した。

バーナビーがアーベリー・クレセントの自宅に戻ると、カリーから絵はがきが届いていた。裏はワルシャワのラジヴィウ宮殿の白黒写真になっている。いつものように、書き出しはそっけないものだった。各地のすばらしい劇場で上演し、あちこちに招かれた。お天気にも恵まれ、ニコラスもわたしも元気です。『クルーシブル』の録画を忘れないで。カリーより。×××（キスマーク）。

バーナビーはよく、カリーがどの程度、両親を愛しているのだろうかと考える。そもそも両親への愛情があるのだろうか。もちろん、なくては困る。多少なりとも親の愛に応えてくれないのであれば、何年ものあいだ、優しく庇護《ひご》し、心が張り裂けそうなほど心配し、励まし、愛情を注ぎ続けることなどできないではないか。

しかし、もちろん、そういうケースもある。愛されている子供たちは、親に世話をしてもらうのを当然と考え、分不相応なほどの献身的愛情を受ける。彼らはあたりまえのことが見えない。親は精一杯のことをしているのに、たいしたことをしてもらっていないと感じる。親の本当のありがたみがわかっているのは、寂しい人や恵まれない人、バーナビーが四六時中つき合っている傷ついた若者だけだ。

ジョイスは、手にした絵はがきに険しい視線を注いでいる夫を見守った。〈便りがないよりはまし〉といった表情だろうか。憤りと安堵が相半ばしているように見える。灰色のサイドボードと、黒に銀の交じった豊かな髪に日が当たっている。十三時間も仕事をしてようやく帰宅したとはいえ、あのうわの空の表情や鈍い動作を見ていると、気持ちはまだ職場にあるようだ。

事件によって、トムはときどきこういう状態になる。精神的にジョイスのもとを離れてしまうのだ。自分がかかわることのできない別世界にいる彼を、ジョイスはただ見守るしかない。何が気になっているのか、事件について語らないというわけではない。かなり頻繁に話題にはするのだが、けっして話し合いといえるものではなかった。

トムはよくソファーに横になって目を閉じ、〈言葉にしないと自分の考えがはっきりしない〉という信条から、繰り返し、とりとめもないことをしゃべり続ける。そして、ジョイスは、自分がそこにいることを夫がすっかり忘れているのを承知のうえで、思いやりと関心を示しながら長時間、聞き入った。

結婚してまもなく、ジョイスは警察官の妻が何と向き合うことになるのかを学んだ――孤独、不規則な生活、ストレスの多い独りぼっちの時間、自分の盾に横たえられたローマ兵士の亡骸のように夫が運ばれてくるのではないかという不安。

警察官の妻たちは警察社会のこういった面にどう対処する――あるいは、しない――かを学んでいく。ジョイスは自分にとってもっとも安全で、楽しく、実用にかなうと思われるものを選んだ。トムとのちに生まれてきたカリーを愛情の中心に据える一方、結婚当初から、つねに家庭の外にも目を向け、友人を増やしたり（警察関係者の中には一人もいないが）、友情を育んだり、彼女の人生で二番目に大切なものである音楽に携わったりした。ジョイスの声は美しいメゾソプラノで、今でもよく人前で歌声を披露する。最近では指導も始めた。

娘からの短い便りをテレビの上に置き、バーナビーはむっつりと暖炉の上の鏡を見つめた。

「どういうことで警官が老けてきたのがわかると思う？」

「奥さんたちがおなかをすかせていることじゃない？」

「そうか、腹がすいているのか」鏡の中のバーナビーは笑みを浮かべ、向き直ってキッチンへと歩き出した。「材料は全部買っておいてくれたかい?」

「だいたいね。ダブルクリームの代わりに生チーズにしたわ」

文句をいわれると思っていたジョイスは、「いいね。バターも使わないことにしよう」と、夫がいうのを聞いて意外に思った。

「トム?」バーナビーは青と白の縞模様のエプロンをつけている最中で、ジョイスのほうを見ようとはしなかった。体格がいいので、エプロンは後ろまでは回らなかった。「どうかしたの?」

「別に」

「白状しなさいよ」

「なんのことだ?」

「何かあったんでしょ?」

「ないよ」

バーナビーは材料と料理道具を並べた。銅製のボウルとフライパン。泡立て器とキッチン鋏《ばさみ》。平飼い卵、スモークサーモン、焼いて一日たった丸いフランスパン、浅葱《あさつき》。

妻の耳には入れないほうがいい、とバーナビーは思った。話しても、ジョイスが心配して気を揉むだけだし、自分で食事に気をつけることにしたのだから。この事件が解決したら、あらためて医者へ行こう。食餌療法の成果を観察してもらい、そろそろ本格的に体のケアを始めよう。軽い運動もしたほうがいいかもしれない。

「クレソンを洗いましょうか?」

「一杯ついでくれよ、ジョイス」

「今呑んだら、食事にワインはなしよ」

「わかってる、わかってる」

冷蔵庫を開けると、並んだグラスが庫内の半分を占めていた。トムはワインを冷やすより、グラスを冷やすのが好きなのだ。冷やしたワインが芳香を放つほどの温度に戻るまで待つ忍耐力は持ち合わせていないし、冷たいグラスに入れれば、ワインはすぐにちょうどよい温度になる、というのが口癖だった。

ジョイスは九一年物のグラン・ヴィーニャ・ソルのボトルを開けた。キッチン鋏でサーモンのパックを切りながら、バーナビーはいった。「一杯しか呑んじゃいけないなら、せめてなみなみと注いでくれ」

「そんなに注いだら、口に運ぶ前にこぼれちゃうわよ」

「それなら、テーブルに置いたまま、舐めることにするよ。〈舐める〉といえば、あの大食らいの悪ガキはどこだ?」

「トム!」ジョイスはトースターにパンを入れ、水道の流水でクレソンを洗った。「あなただって、ほんとはあの子のことが好きなくせに」

「『ほんとはあの子のことが好き』なもんか」バーナビーはサーモンの上に生チーズをのせた。「赤い水玉ハンカチに自分の持ち物を包んで棒の先に縛りつけ、そいつを担いでとっとといなくなってもらいたいよ」バーナビーはワインで喉をうるおした。たちまち心地よさが広がった。「ああ……うまい。こいつはいいぞ。きみも呑んでみろ」

「待ってね」ジョイスはクレソンの水気を切ったあと、自分のグラスに口をつけた。「んんん……

いけるわね。でも、あっちのほうがよかったわ。このあいだのエルダーフラワーの風味があるほうが」

バーナビーは卵を泡立て、フライパンに流し込みながら「トーストを注意して見ててくれ」といった。

パンの表面がパリッとして淡い金色に色づき始めると、ジョイスは一枚一枚に低脂肪スプレッドを薄く塗った。

「きみのもバターじゃないのか?」バーナビーは、サーモンと刻んだ浅葱をフライパンに入れ、木のへらで強くかき混ぜ、まだ固まっていないスクランブルエッグをゆっくり揺すった。

ジョイスは答えた。「一人だけバターなんていやだわ、あなたが食べられないのに」

「ばかいうな。二人でしぼんだってしょうがないだろう」

バーナビーはテーブルに着き、胡椒《こしょう》の利いたクレソンとクリームのようになめらかな卵と金色のワインを口に入れ、この低カロリー作戦で我慢してやると心に決めた。要するに、こっちの考え方一つだ。これまでは間違った角度から見てきた。無期懲役刑を食らった囚人のようだった。実際のところ、制限しなくちゃいけないのは今食べている食事だけだ、と考えればいい。そのあとは、好きなだけ脂っこいものが食べられるようになるかもしれない。ドルチェラッテをちょっぴり添えた大きな西洋ナシを食べるころには、あきらめというより満足に近い気分になっていた。

ジョイスはおいしいブルーマウンテン・コーヒーを淹れ、カップに注いだあと、夫の椅子のすぐ後ろに立ち、なめらかな柔らかい腕を夫の首に回し、頬をすり寄せた。

バーナビーはうれしさと優しさとほんの少しの驚きをのぞかせながら振り向いた。二人は愛し合っている男女でありながら、親友でもあるように、しばらくキスをした。実際、かつての二人はそうだった。
「どういう風の吹き回しかな？」
「いやだわ、トム。Rがつく月じゃないとだめなの？」
どういう風の吹き回しだったのか？　妻がわたしの体を気遣って、何かあったのかと尋ねたのを
あっさり否定したからか？　それが嘘だと気がついたのだ。何か死を意識させるようなことがわた
しに起こったのだと。いずれ話そう、危機を脱したときに。これまでもいつもそうだった。
ジョイスは若いころの出来事を思い返していた。十九歳のとき、ギルドホールで初めてコンサー
トに出演した。コンサートが終わって、学生や教師や誇らしげな親や友だちがおおぜい押しかけた
とき、その隅でいかにも場違いな感じのほっそりした若い警官が、居心地悪そうに花束を持って立
っていた。目を留めてもらえる順番がくるのを、辛抱強くじっと待って。
バーナビーは立ち上がると妻のほうを向き、両腕を回して彼女の体を抱いた。顔の造作の一つ一
つを記憶に刻みつけるように、妻の顔に視線を注いでいる。それから、無言の問いかけをした。ジ
ョイスは声をあげて笑った。「大胆なことをしてみたいなら、ここでもいいのよ。このキッチンの
テーブルの上で」
「えっ？」
「性衝動のおもむくままに振る舞う方法についての記事を読んだところなの。美容院でね」
「美容院なんかで、いったい誰が性衝動のおもむくままに振る舞いたいと思うんだい？」
「『活気ある結婚生活を送る方法』というタイトルだったわ」

「『ぎっくり腰になる方法』ってとこだな。やめておくよ」二人は腕組みをして廊下を歩き出した。

「残念ながら、代わり映えのしない婚礼の床だよ」

「おなじみの正常位ね」

「プロポーズしたとき、わたしは敬虔なキリスト教徒だっていっただろう?」

愛を交わしたあと、ジョイスは夫の胸に頭をのせ、彼の腕に抱かれたまま、すぐに眠り込んでしまった。彼女を起こしたくなかったので、バーナビーは予備の枕を肩の下に入れ、半分起き上がり半分寝ているような姿勢で、今日、きのう、おととい、と起こったことを次々に思い返した。何か関連性があったり、影響を受けている事象はないか、隠された別の意味があったり、解釈を間違えているものはないか、と検討していく。

夕方の捜査会議は、ほとんど収穫なしといってもいいので、たいして時間はかけなかった。新情報は、屋外担当班からもたらされたたった一つにすぎない。一九八三年、ビーチャム引越センターがジェラルド・ハドリーの家財を運んできた出発地は、ケント州でもロンドン中心部でもなく、ステインズ（ロンドンの西南西、サリー州にあるテムズ川沿いの町）の補給基地だった。

このほか、バーナビーがミセス・リディヤードへの事情聴取のあらましを伝え、さらに例のハドリー女装説を披露した。捜査員たちの反応は、警戒感とあからさまではないものの不信感の入り交じったものだった。たしかに、数時間前にはトロイの前で自信たっぷりに描写してみせたハドリーの心理的人格だったが、会議で説明していくうちに、自分でも単なる想像にすぎないのではないかと思い始めた。

やがて、バーナビーは眠りについたが、木立を吹き抜け、窓に枝をたたきつける風の音に、幾度となく眠りを妨げられた。ふと気がつくと、睡眠と覚醒のあいだにある暗い奥地で、いくつもの黄土色の光の輪に照らされた丸石敷きの狭い道を歩いていた。何かひじょうに重たいものを運んでいる。その物体はまっすぐに伸ばした両腕の上に横になっていた。浅い苦しそうな呼吸をしているので、死体ではない。

運んでいる物体をよく見ようと、煙突を支えている鉄製のL字型金具の下で足を止め、そこから流れ出る不思議な色の光に照らした。アザラシだ。仲間とはぐれ、陸地では思うように動けず、ざらざらした灰褐色の毛は乾いてつやがなかった。力なく頭を下げている。首のあたりに奇妙な特徴があり、濃い色の毛が首輪か首を絞められた痕のようにぐるりと一周している。不安と戸惑いを覚えながら立ちつくしているうちに、アザラシは犬に似た顔をこちらに向け、じっとバーナビーを見つめた。まん丸い目は濁って、粘膜に覆われている。死にかけていることに気がつき、彼は恐怖に胸を締めつけられた。

水を探さなくては……。バーナビーは早足で歩き出した。たしか、道を曲がってすぐのところに川があるはずだ。橋で誰かが釣りをしていたのを憶えている。膝ががくがくし、顔や髪から汗をしたたらせながら重い足を引きずって歩いた。ところが、やっとのことで角を曲がると、川も橋も消えていた。そこは開けた砂地の平原で、見たことのない動物がうろつきまわっていた。

バーナビーはアザラシの濁った目をのぞき込んだ。彼の愚かさを非難する色はなく、静かな深い悲しみをたたえているだけだ。バーナビーは耐えられなくなって、もう一度、必死に歩き出した。世界には水がたくさんある。きっとすぐに見つかるはずだ。

舗道の表面が変質していた。スポンジ状で軟らかく、一歩踏み出すたびに足が沈む。しかも冷たい。靴の端から冷たい湿気が広がってくるのを感じる。両手も濡れ、アザラシの口のまわりに銀色の泡がついているのが見えた。アザラシの目に宿る黄色い光はしだいに弱くなっていく。

　腰が折れそうだと思ったとき、足もとにきらきら光る水たまりがあるのが目に入った。水たまりの中にアザラシを下ろしたとたん、腕が痙攣し、痺《しび》れに襲われた。アザラシは水たまりの中でごろごろ転がっている。体の表面がきらめき、目や髭も輝いている。バーナビーが見ている間に、表皮の光の玉と水たまりに反射する光が混じり合い、やがてアザラシと水は、奇妙な形の輝く銀色の物体と化した。電柱ほどの高さの木々が周囲を取り囲んでいた。枝のあいだでファックスが音を立て、大量の紙が吐き出されていく。ヴェールをかぶった黒ずくめの女が見え隠れし、服をはためかせながら宙高く駆けまわる。謎の銀色の物体はさらに長い流線形に変わっていった。

　自分の力ではどうすることもできないこの変貌を見守るうちに、バーナビーは強く危険を感じた。だが、すっかり変貌を遂げたあとの姿はごくありふれたものだった。車。淡い真珠色で、人がたくさん乗っている。バーナビーがかがんでのぞくと、その中の一人が笑顔を向けた。その瞬間、マックス・ジェニングズが見つかったと思った。

　そして数時間後、左腕はすっかり痺れ、眠っている妻の頭を胸にのせたまま、執拗に鳴る電話の音に起こされ、それが事実であることを知らされた。

リーアムの生涯

結局、思いがけない幸運によって、ジェニングズは見つかった。メルセデスベンツの大ファンで、自身もGクラスの二三〇TEを誇らしげに所有しているある白バイ警官が、捜索指令が出た当初から、特別な注意を払っていた。セント・ジャスト（コーンウォール州にある英国最西端の町）の町中で信号待ちをしていたとき、反対車線で同じように信号を待っているその車を見かけた。中には男女二人が乗っており、運転しているのは男だった。

警官はただちにUターンし、ドライバーがこの町に用があるのか、それともただ通り抜けようとしているだけなのかを探ろうと、適度な車間距離を保って追跡した。車はボタラックへの道に入った。警官が無線で正確な位置を伝えようとしたとき、いきなり左折して、下り坂になった狭いわき道に消えた。警官はオートバイのエンジンを切って静かに惰行運転しながらあとを追った。

荒々しく波が打ち寄せる海岸沿いの小さなコテージの前で停まると、中から二人が出てきて、いくつもの段ボール箱を降ろし始めた。女は風に吹き飛ばされそうになっているスカーフを外した。

警官の予期せぬ訪問に、マックス・ジェニングズは戸惑いと驚きの色を浮かべ――のちにバーナビーはそう聞かされた――理由を聞いて仰天し、コーンウォールではなくミッドサマーに戻って事情聴取を受けなくてはならないことを告げられると、不快感をあらわにした。

「わたしのほうは」ジェニングズは、コーストン警察犯罪捜査課の取調室でこう述べた。「セント・ジャストの警察へ行ってもよかったんですよ。あるいは、電話で話を済ませるわけにはいかなかったんですか？」

「あいにくそれは無理でしてね、ジェニングズさん」バーナビー主任警部はいった。「こちらの管轄の事件ですので」

「いまだに信じられませんよ。なんて恐ろしい」ジェニングズはポリスチレンのカップに入ったコーヒーに手を伸ばし、いかにもまずそうに一口飲んだ。話を始めようと大きく息を吸い、大げさに手を動かしたが、すぐにためらいを見せてぽつりと繰り返した。「恐ろしい。なんてひどいことになったんだ」

「本当に事件について、何もご存じなかったのですか？」

「さっきいったでしょう。コテージには電話もラジオもテレビもない。衣食住を満たす最低限のものしか備えてないんです」

「でも、車にはラジオがついていますよね」

「車で出かけたのは今日が初めてだった。食べ物や必要なものは何もかも持ち込んでましたから。今朝まではそれでもたせていたんだが、牛乳とパンがなくなってしまったんですよ」

言い訳はすっかり用意されていた。六時間、車を走らせていたのだから、考える時間はじゅうぶんあったにちがいない。とはいえ、バーナビーは申し立てを完全に否定しているわけではない。もし、事件翌日の夕方までにコーンウォールに到着し、それ以降、新聞を買っていないのであれば、彼の驚きようは本物かもしれない。もちろん、犯人でない場合の話だが。もし犯人なら、さらに周到な筋書きを練って、すべてを頭にたたき込んでいるはずだ。

ジェニングズは深緑色の革製ケースを開けた。中には金帯の付いた薄茶色の細い葉巻が並んでいた。この部屋が禁煙であることを指摘されると、おもしろくなさそうな表情で何もいわずにケースをしまった。トロイは上品なケースにも中身にも心を惹かれた。向こうの部屋でハンカチをぼろぼろにちぎっている連れの女より、こちらのほうがずっと魅力的だ。女はまっすぐな褐色の髪をし、流行遅れのキャメルのコートを着て、ほとんど化粧っ気もない。有名作家なら、もう少しましな女を愛人にできそうなものだが。一つだけよかったのは、彼女の名前がバーバラではなくリンジーだったこと。トロイはそう思った。

「それで、わたしに何を訊きたいんです？」マックス・ジェニングズは、衣服や他の装身具と同じように洗練された腕時計に目をやった。そのしぐさにはかすかな苛立ちが感じられる。

「この件でご存じのことをすべて話していただきたい」

「だったら時間はかかりませんよ」ジェニングズは答えた。「まったく何も知らないんですから」

「生前のハドリーさんを最後に見たのはあなただと思われるのですが――」

「最後から二番目でしょう。事実に即して話そうじゃありませんか」

「では、おたがいにそうしましょう」バーナビーはそういって、横柄な相手の険しい視線を受け止めた。「まず初めに、あなたが〈千鳥の休息所《プラヴァーズ・レスト》〉を出た正確な時刻を教えていただけませんか？」

「えっ、プラヴァーズ……？」

「ハドリーさんの自宅です」

「正直いって、わかりませんね。かなり遅い時刻でしたが」

「それでは、自宅に戻られた時刻は憶えていますか。そこから逆算できるでしょう」

「十一時か、十二時か。時刻に関してはまったく自信がない。誰か別の人間に訊いてもらいたいですね」

「ハドリーさんの家を出たのはあなたが最後でしたか?」

「ええ、わたしの記憶では」

「そのときのハドリーさんのようすはどうでした?」

「元気でしたよ」

「上機嫌でしたか?」

ここで初めて、ジェニングズは返事をためらった。オリーヴ色のウォーキングシューズに視線を落とし、それから向こうの壁に貼ってある犯罪防止ポスターに目をやった。ズームアップされた手が口の開いたハンドバッグに差し込まれようとしている。「なんともいえませんね。彼は本音で話すタイプじゃないんですよ」

「どんな話をしたんです? みんなが帰ったあとで」

「執筆ですよ。わたしはそのために呼ばれたんですから」

「こういう招待にはよく応じるのですか?」

「普通は受けないんですが、ミッドサマー・ワージーなら場所もかなり近いし、おもしろいかもしれないと思ったもので」

「で、どうでした?」

「残念ながら。退屈このうえなかったですね」

「ひょっとして、あなたなら――」

「ちょっと待ってください! おもしろかったかどうかなんて、事件といったいなんの関係があるんです？　この調子だと朝までかかりそうだ」

「ジェニングズさん、あのサークルのメンバーでないのは、あなた一人なんです。捜査へのご協力をお願いします。個々のメンバーについての印象や、会合のあいだ、緊張した空気や見た目と違った裏の動きを感じなかったかどうか、ぜひ教えていただきたいのです」

「ハドリーに関することで、という意味ですか？」

「そうとは限りません」

ジェニングズは別の壁に貼られたポスターに、今度はじっくりと真剣なまなざしを注いだ。〈自警団に入ればあなたの人生は変わる〉という考えをしだいに受け入れる気持ちになったのだろうか。ドアにもたれて立っていたトロイは、オレンジ色の椅子を取ってきて、主任警部の後ろにすわった。室内はしいんとしている。聞こえるのはテープが回る音と、ときおりジェニングズが体を動かしたときに椅子が軋む音だけだ。

「作家という仕事柄」バーナビーは話を本筋に戻した。「あなたは鋭い目や耳をお持ちにちがいない。サークルのメンバーとお話しになっていて、何か気がつかれたことがおありでしょう？」

「赤い髪をした女性がいましたが——あいにく名前は忘れました——彼女はハドリーに特別な好意を寄せていましたね。本当にお気の毒だ。それから、クラプトンというさえない男。あの男は、細君を押さえつけることしか能がない、どうしようもない人間だと思います。人のよさそうな老人はなんだかぼんやりしていて、誰かが付き添っていないと危ないように思えました。それから、ネルソン記念碑のような頑丈な脚をした頭のおかしい女は、〈由緒正しいイングランドの名門〉の出であることを自慢してばかりいました」彼は二人の刑事を見比べながらいった。「すると、この中の誰かが戻ってきて犯行に及んだわけですね」

バーナビーは驚きを隠そうとはしなかった。「あなただけですよ、押し込み強盗の犯行と考えなかったのは。これまでおおぜいのかたに話をうかがいましたが」

「作家なら、誰だってそんなふうには考えませんよ。つまらなすぎます。話の筋も何もあったもんじゃない」

「どうしてこのグループの会合に出ようと思われたのですか、ジェニングズさん」

「またその質問ですか」

「あなたのエージェントも信じられないといっていました。これまで一度もそんなことはなかったそうですね」

「タレントが？　いったいなんのために彼女にそんな話をしたんです？」

「あなたの行方を捜していたんですよ。奥さんに話をうかがったあと――」

「うちを訪ねたのかね？」舌がこわばってうまく動かないような声だった。

「むろんです。奥さんはあなたがフィンランドへいらしたと思っているようでした」

「まったく、もう。家内に何をいったんです？」

「あの時点では、こちらからお話しできることは何もありませんでした。たとえ何かお話ししたとしても、きちんと理解していただける状態ではありませんでしたし……」

「スタヴロさんですよ」トロイが口を挟んだ。「あなたの行動を教えてくれたのは。彼の話では、車でヒースロー空港まで行かなければならないから、翌朝早く起こすよう頼んだそうですね。事件当夜、あなたが帰宅したのは、さっきおっしゃっていた十一時から十二時のあいだではなく、午前一時だったとのことでした」

「いったでしょう、確かな時刻はわからないって」

「それじゃ、そんなすばらしい時計をしていても無駄ですね」

ジェニングズの耳には入らなかったようだ。「あなたたちは……もう一度、うちに行ったんですか？　妻と話をしに」

「いいえ」

「それなら、妻はまだ……」

「あなたがヘルシンキの街を歩いていると思っています」

そういいながらも、バーナビーはミセス・ジェニングズの表情を思い出し、果たしてそうだろうかと訝った。彼女は疲れ切った苦笑いを浮かべ、その目は、これ以上つらい事実を受け入れられないことを語りながらも、新たな事実を突きつけられそうだと察しているようだった。小麦色の体にきらびやかな宝石を付けたまま水を切って進んでいく。プールを行ったり来たりしている姿は、熱帯魚のように不自然な光を放っていた。

ジェニングズに愛人がいることは本人のプライベートな問題であり、事件にかかわりがない限り、バーナビーの与《あずか》り知るところではない。にもかかわらず、一瞬、哀れみと嫌悪を覚え、バーナビーはそれを顔に出した。きわめて自制心の強い人間だというこの作家に対するバーナビーの印象とは異なり、意外にも、ジェニングズはすかさず己の正当性を訴え始めた。

「想像なさっているのとは違うんです」

「そうですか？」

「わたしのことをよく調べておられるからご存じでしょうが、わたしたち夫婦は幼い息子を亡くしました。生きていれば、今年で九歳です。息子の死に、エヴァはひどいショックを受け、すっかり人が変わってしまいました。気むずかしくなり、ときおり暴力を振るいます。一時は精神を病んで入院していました。肉体的にも精神的にも、けっしてわたしを近づけようとしません。わたしは彼女を慰めることもできなければ、わたしを慰めてくれる人もいません。死んだのはわたしの息子でもあったんです。

女好きというわけではないのですが、寂しさからでしょうか、結局、一人の女性と親しくなりました。長い年月をかけて親愛の情を深め、今では彼女なしの人生など考えられません。妻に打ち明けたかったのですが、リンジーが聞き入れませんでした。『奥さまはすでに生涯消えることのない苦しみを抱えているのだから、これ以上つらい思いをさせてはいけない』というのです。この五年間、なんとか時間のやりくりをして、リンジーといっしょの時間を作ってきました。週末をともにしたことも何度かあります。本当に休暇と呼べる時間を過ごすのは、今回が初めてだったんです。あのコテージはリンジーの友人が所有しています。あそこにいるあいだ、わたしはたいへん幸せでしたが、彼女は落ち着かないようでしたね。何か悪いことが起こりそうだと思い悩んでいました」

ジェニングズはコーヒーの入ったカップを手に取ったが、すでに冷たくなっていて、中をのぞき込んでつぶやいた。「これはひどい」

ジェニングズが何を指してひどいといったのかは明らかだった。ジェラルド・ハドリーの殺人事件には少しも関心がないようだ。

「このことはマスコミに伏せておいてもらえませんか。事件とは無関係ですから」

「その点に関しては、こちらでどうこうできる問題ではないんですよ」

「そんな……信じられない」刑事たちの反応がないとわかると、ジェニングズは重い腰を上げた。

「では、車のところまでどなたかに案内してもらって……」

「それはまだ早すぎます」

「なんですって？」ドアのほうに歩きかけていたジェニングズは、驚いて振り返った。「まだ終わりじゃないのかね？」

「残念ながら、まだまだです」

主任警部は、いかにも何も知らないといった態度を怒るどころかおもしろがり、正確な時刻と状況を告げて録音装置のスイッチを切った。

「それなら、リンジーに話しておかなければいけない。家に帰るよう説得しなくては」

「五分差し上げます」バーナビーはそういいながら、トロイと同じように、愛人の名前がバーバラではなくリンジーでよかったと思った。「あいにく、二人だけでお話しいただくわけにはいきませんが」

「どうしてだね？」

「規則ですから」

「こんな横柄なやりかたは聞いたことがない。苦情を申し立ててやる、最高幹部に」

「けっこうですよ。でも、規則にのっとったやりかたであることがおわかりになるだけだと思いますが」

五分以上たって戻ってきたとき、ジェニングズはぼんやりした浮かない顔をしていた。バーナビーがふたたび録音装置のスイッチを入れ、当面の問題に注意を向けさせようとしたが、簡単にはいかなかった。弁護士の同席を望むかと尋ねても、聞こえていないようだった。バーナビーはもう一度繰り返した。

「いや、けっこう。土日は一時間につき百五十ポンド支払わなくてはならないから」

バーナビーは効果を計算して、まず最初にこの質問をぶつけた。「ジェニングズさん、月曜の晩以前に、ジェラルド・ハドリーと会ったことはありますか?」

「なんだって? 意味がよく……」

聞こえていたはずだ。しっかり聞き取って、意味がわかったはずだ。バーナビーは、時間稼ぎをしている容疑者の目を見つめながら、ジェニングズの思考プロセスを想像した。あの老人は、なぜ帰ろうとしなかったのか? ジェラルドがいてくれ、と頼んでいたのかもしれない。もしそうなら、その理由も警察に話したのか? その際、わたしの名前も出たのか? 警察は先にあの老人の事情聴取を済ませているにちがいない。警察に何を話したのだろう? あるいは、故人の所持品の中にあった手紙や書類――たとえば昔の日記か何か――から、わたしたちの関係が明らかになる可能性もある。それなら、先手を打ったほうが安全だ。

「ええ、あります。知り合いというほどではありませんが。何年も前のことです」

「ひょっとしたら、あなたが招待に応じたのはそのためですか?」

「それもありますね。その後どうしていたのかちょっと興味がありましたから。今、どんなふうに暮らしているのか」

「それで、みんなが帰ったあと、一人で残ったのですね。思い出話をするためですか?」

「はい」

「でしたら、さっきうかがったとき、なぜ執筆の話だけだといったのですか？」

「執筆の話もしました。共通の関心事ですから」

「プロの作家と素人とではレベルが違うでしょう」

マックス・ジェニングズは肩をすくめた。「文章を書いていることに違いはありませんよ」

「二人きりになるのにそうとう手間がかかったようですね」

「どういう意味です？」

「メンバーの大半が帰ったあと、あなた自身いったん外に出てから小細工を弄《ろう》して屋内に戻ったことがわかっています」

「おおげさな。手袋を忘れただけですよ」

「それなら、なぜドアに差し錠をする必要があったんですか？」

「そんなことはしていない」

「それに、忘れ物を取りに戻っただけなら、どうして一時間以上もかかるんです？」

「話をしたからですよ」

「昔の話ですね？」

「大半は」

「ハドリーさんは動揺していましたか？」

「どういう意味かわかりませんね」

「では、もっと具体的にいいましょう」バーナビーは身を乗り出してテーブルの端に肘をついた。

二人の顔の距離が縮まった。「あなたはハドリーさんを泣かせたのではありませんか?」

ジェニングズはバーナビーを見つめたあと、首を回してトロイを見た。一人の刑事を見つめ、次にもう一人に視線を移し、そのあいだずっと、〈突然ばかげた質問を浴びせられて困惑している男〉を演じ続けた。しかし、質問に答えることはなく、目には不安の色をにじませている。

本格的な尋問が始まった。二人の刑事が容赦なく厳しい質問を繰り出した。

「なぜそうまでしてハドリーさんと二人きりになろうしたんです?」

「被害者があなたを恐れていた理由はなんですか?」

「恐れてなんか——」

「恐れるあまり、いかなる状況になろうとも、あなたが帰るまで二人だけにしないでくれ、とシンジャンさんに頼んだのですよ」

「みんなが口を揃えて、ハドリーさんはいつになく緊張していた、と供述しています」

「ほとんど口をききませんでしたね」

「緊張していたからですよ」

「時計のばね棒のように張り詰めていました」

「ずっと酒を呑んでいたようです」

「だからって、わたしのせいじゃないでしょう」

「帰宅時刻を偽ったのはなぜです?」

「偽ったわけじゃない。うっかり——」

「フィンランドへ行くと嘘をついたのはなぜですか?」

「それはさっき説明したでしょう」

「そのコテージが使えることをいつ知りましたか？　あなたの愛人の友人が所有しているコテージを」

「正確な日付を教えてください、ジェニングズさん。それがわかったのはいつです？」

「しばらく前ですよ」

「どのくらい前ですか？」

「二か月前」

「ハドリーの招待を受ける前ですか？」

「まあ……そういうことになりますね」

「都合がいい」

「どういう意味です？」

「こうやって身を隠すことができるわけですから」

「殺害したあとで」

「たしかに便利でしょうね」

「そうでしょう」

「あの晩着ていた服を全部持って出たのはなぜです？」

「着心地のいい服だから。しょっちゅう着ているんだ」

「茶色のスーツケースはどうしました？」

「茶色の……？」

「ハドリーさんが所有していたスーツケースです」

「あの家から消えています。あなたのお宅にもありませんでした」

「いったいなんでそんなものを――」

「どこにあるんです、ジェニングズさん？」

「い、い、い、ヒースローへ行く途中で捨てたのですか？」

「引き出しの中から何を取ったんです？」

「引き出しなんて憶えてもいないが――」

「寝室の引き出しです」

「寝室になんか入ってませんよ」

「本当ですか？」

「二階には上がってもいない」

「ハドリーさんが亡くなったことを知ったとき、なぜすぐ警察に連絡しなかったんです？」

「知らなかったんだから――」

「そうですか」トロイがいった。「でも、お連れのかたからは違ったお話が聞けるかもしれませんね」

「なんてことを！」殴られたか蹴られでもしたように、ジェニングズはいきなり立ち上がった。

「彼女までこんな目に遭わせる気なら、その首根っこをへし折ってやる」

「すわってください」

「立っていたいんだ。本人が望むなら、立っていることも許されると思うが」ジェニングズは、せわしなく手を動かしながら、二人の刑事を交互に睨みつけた。それから、しぶしぶ着席したが、長居をするつもりがないことの意思表示なのか、浅く腰かけた。

「ジェニングズさん、この状況を警察の立場から考えてみてください」主任警部はいった。言葉そのものは譲歩しているように聞こえるかもしれないが、その声はなんの感情もない冷ややかなものだった。「ハドリーさんはあなたを恐れて、シンジャンさんに助けを求めていました。なぜ恐れたのかは明らかではありませんが。ところが、あなたの小細工によって、彼はなんとしても避けたかった状況に陥ってしまいました。そして、翌朝、遺体で発見され、生前のハドリーさんと最後に会ったはずのあなたは行方不明。しかも、奥さんに行き先を偽っています。ふとした偶然から、人里離れたコテージにこもっているのが見つかりましたが、あなたはたまたま外界とのコミュニケーションをいっさい絶っていたのだとおっしゃる。どうですか、警察を簡単に騙せると見くびっていたのですね」

ジェニングズはこの客観的な状況説明を黙って聞き、しばらく何もいわなかった。そのあと言葉を発したとき、その声には苛立ちと不安が感じられた。

「わたしにとってどれほど不利であるかは承知しています。たしかに、運悪くそういう状況に置かれてはいるが、それだけでわたしが有罪だとはいえないでしょう。すべてがいわゆる状況証拠じゃないですか」

そのとおりだった。しかし、相手を安堵させるつもりはなく、バーナビーは何もいわなかった。いくぶん笑みを浮かべ、さらに話を過去へとさかのぼらせた。

「一歩譲って、今度のことは偶然が重なっただけだとしましょう。それでも、過去におけるあなたとハドリーさんの関係は、やはり大きな意味を持ちます。たいした知り合いではないなどという作り話はもうやめたらどうです?」

「わたしたちの関係は今回の事件とはまったく関係がない。それは誓えます」

「誓っていただくだけではじゅうぶんではないんですよ、ジェニングズさん。それに、おっしゃるとおりだとしても、あなたがハドリーさんの過去を知る唯一の人物であることに変わりはありません。まさか、わざと捜査の邪魔をするつもりではないですよね」

「むろん、そんなつもりはない」

「あなたなら捜査に協力できるんです。その気持ちさえあれば」

「わかりました」あきらめの表情に変わった。顔をゆがめ、警察に協力することでどんなメリットとデメリットが生じるかを秤《はかり》にかけているのが、バーナビーにはわかった。まるで暗がりで地図とにらめっこをしているような顔つきだ。やがて、ジェニングズはいった。「いいでしょう。でも、その前に、一休みさせてください。一服して、顔を洗って、何か食べるものと飲み物をいただきたい。これがここで飲める最高のコーヒーなら、コーヒーではなく、まともな紅茶をお願いしたい」


事情聴取が再開されたのは三十分近くたってからだった。そのあいだに、ジェニングズはトイレに案内され、顔を洗い、髭を剃り、細い葉巻を二本吸った。葉巻を勧められると、トロイは喜んで受け取ったが、味にはがっかりした。苦くて、腐った落ち葉のようなにおいがする。このときばかりは失礼にならないよう半分まで吸い、残りはこっそり便器に捨てて流した。

ふたたび取調室の席に着くと、女性警官が大きなトレイを持って入ってきた。円形に二重に並んだサンドイッチと紅茶三杯、それに新鮮な水の入った容器がのっていて、見るからに重そうだったが、トロイは受け取りに行こうとはしなかった。女たちが、男女同権を要求するなら——トレイはガチャンと置かれた——女だからといって労《いたわ》ってやるのは男女同権に反する。

ジェニングズは紅茶を少し飲み、だいぶリラックスしたようすで腕組みをしながら椅子に背中を預けた。「では、どこから始めましょうか?」

「初めから」ジェニングズの態度が変わっても、バーナビーは少しも気に留めず、椅子をずらしてサンドイッチが視野に入らないようにした。空腹でたまらなかったので、気が散るのを避けたかった。「初めてハドリーさんと会ったときの話からお願いします」

「わかりました」ジェニングズはそういって、考え込んだまじめな表情になった。けれども、それを待ち望んでいたようにも見える。謎に満ちた一人の男の人生を語る才能が自らに備わっていることを誇らしく思っているようだ。

「ジェラルドと会ったのは、わたしの三十歳の誕生日パーティーでした。当時わたしが勤めていたバーツの女子社員の一人が連れてきたんです」

「バーツ?」主任警部は聞き返した。「聖バーソロミュー病院のことですか?」

「バートル・ボーグル・ヘガーティですよ」

「は?」バーナビーにはさっぱりわからなかった。

「広告代理店です。わたしはそこでコピーライターとして働き、マイダ・ヴェイルにある庭つきアパートに住んでいました」

「その後、親しくなったんですね」

「いや、すぐには。次に会ったのは何週間もたってからでした。地下鉄のウォーリック・アベニュー駅の切符売り場でばったりと。あとになってそうではないことがわかったのですが、そのときは偶然だと思っていました。今でも、彼が券売機に硬貨を投入している姿が目に浮かびます。ぴしっと折り目のついたフランネルのズボンに紺のブレザー、オープンネック・シャツにスカーフという格好で。四十にもならない年齢なのに、まるで退役軍人ですよ。

同じ方向の地下鉄に乗ることがわかり、そのうちに執筆について話し始めました。初めて会ったときに、小説を書いている話はしたんですが、まあ、パーティーですからほんのちょっとだけ。ジェラルドはカルチャーセンターの創作講座を受講していました。わたしは――広告業界ではよくあることですが――試行錯誤しながら初めての小説を書いていました。ケンサルグリーンで地下鉄を降りる前に、また会ってもっと話をしないかとジェラルドに誘われたんです。

初めは断ろうかと思いました。執筆について人と話をしても意味がないですから。本質的に一人でおこなう作業であって、自分でやっていくうちにこつをつかむものです。水泳や自転車に乗るのと同じように。それでも、何かわたしの興味をそそるものがあったんですね。彼の隙のない用心深さといったらいいんでしょうか。あれほど油断なく身構えている人物に出会ったことがありません。だから、好奇心から承諾しました。彼という人間をもっとよく知りたいと思ったんです。

くつろいだ雰囲気で話したかったので、一杯呑みに行くことにしました。ジェラルドも喜んで応じたのですが、最初のときは、わずか二十分ほど店にいただけで、別の約束があるといってそそくさと出ていきました。それから、二、三回会ったでしょうか。一度は、彼の自宅で食事をごちそうになりました。ウェストミンスター大聖堂に近い、まったく個性のないマンションの一室でした。

話題は主に尊敬する作家についてです。ジェラルドはいつも純粋に技術的な面から作品を論じました。作品を分解し、どこがどのようにつながっているか解析できれば、ちょうど車のエンジンのように自分でも組み立てられると考えていました。作品の神秘性などまったく理解していません。最高の作品には永遠に捉えることのできない秘密の生命があることを、彼はわかっていなかったんです」

　バーナビーは心地悪そうにすわりなおした。「話が中心から外れていっているようですね、ジェニングズさん」

「そんなことはありませんよ。本筋と密接な関係があることがすぐにわかりますから。ジェラルドは自分が書いた物語を二つほど読んでくれました。あれはたとえていえば死後硬直の状態です。きれいにタイプされた原稿でした。書き出しも中間も終わりもまったく血が通っていない。一行目から完全に死んでいました。読んでもらっても、わたしはなにもいえませんでした。わたし自身は、相手が誰であれ作品を読んで聞かせたことなどありません。そんなことしたら気まずくていたたまれないですよ。読み聞かせだなんて、今どき珍しい。ブルームズベリー・グループ（二十世紀初頭、V・ウルフ、E・M・フォスターなどを中心にロンドンのブルームズベリー地区に集まっていた文学者・芸術家の集団）じゃあるまいし……。

　そんな軽い付き合いが三か月ほど続きました。知り合った当初は誰でも相手のことを尋ねるものですが、わたしもジェラルドにあれこれ質問しました。ところが、訊かれるのがいやそうで、ごく短い答えが返ってくるだけなんです。わかったのは、ジェラルドが一人っ子で、ケント州の中産階級の家庭に育ち、両親はすでに他界したこと、あまり有名ではないパブリック・スクールを出て、公務員として地味な仕事についていたこと——そのくらいですね。わたしに人の口をこじ開けて、秘密をしゃべらせる能力がなかったのか、彼が底の浅い退屈な人間だったのか、わかりませんが。そんな人はざらにいますからね。いずれにしても、彼のことでかなりの時間を無駄にしたので、もう会うのはやめようと思いました」

自己中心的なやつだ、とトロイは思った。ともかく、この男が話を作ることで大金を稼いでいるのがわかる気がした。これまでのところ、劇的な出来事は何もないにもかかわらず、その語り口にはこの先の展開が期待させられる。トロイはいった。「ハドリーさんは納得しましたか?」

「もちろん、そうあからさまにいったわけじゃありません。会えないのは、しばらくのあいだだけだと思わせるように仕向けました。運よく仕事が入ったので、それを失う危険を避けたい、と説明しました。当時、昼間は勤めていたので、自由時間は限られていたんです。だから、理不尽な言い訳にはならないでしょう。わたしがそう告げると、彼は電話を切りました。まったく何もいわずに。重苦しい沈黙が流れて、やがて、ガチャンと」

「あなたは」バーナビーはいった。「記憶力がすばらしいですね。かなり昔の出来事なのに」

「このあと忘れられない出来事が起こったせいで、はっきり憶えているんです。それから、三十分ほどたったころ、わたしは出かける支度をしていました。エヴァと付き合い始めたころで、カプリスへ食事に連れて行くことになっていたんです。玄関のベルが鳴り、ドアを開けると、ジェラルドでした。わたしを押しのけて勢いよく入ってきました。顔から血の気が失せ、いつもは張りのあるなめらかな肌がかさかさに荒れ、われを失っているようでした。かきむしったのか、髪は逆立ち、目の焦点が定まっていません。わたしを見るわけでもなく、何かに追い立てられているかのように大股で歩き回り、わめき始めました。支離滅裂な質問や主張がごたまぜになっているだけで、わけがわかりません。なんとか落ち着かせるために言葉をかけようとすると、そのたびに、それを上回るジェラルドの声がわたしの声をかき消してしまうのです。ぼくはなぜこんなことをしてるんだろう？　あの男にどんな悪いことをされたんだ？　ぼくはあいつを殺そうとしたんだろうか？——そんな、意味不明のことを。

やがて、ジェラルドはアームチェアにすわり込んであえぎ始めました。ぜいぜいと呼吸が乱れていたのです。正直いって、それまでは、デートに遅れるのが困ると思いながらも、この突発的な出来事に好奇心をかき立てられていました。しかし、そのころには、ジェラルドが発作でも起こしはしないかと心配でたまらなくなりました。そこで、ウイスキーを取ってきて、呑ませました。グラスが空になると、さらに注ぎ足しました。酔わせれば、ジェラルドも気持ちが落ち着いて、どういうことなのか話してくれるかもしれないと思ったのです。ところが、彼はむせて、シャツやズボンにウイスキーをこぼしてしまいました。あわてて身支度をしたらしく、カフスボタンは片方しかないし、靴紐もいいかげんに結んであります。わたしが寝室へ行って、エヴァに電話で連絡をしているあいだに、彼は泣き出しました。

向こうからは見えずに、こちらからは鏡越しに姿が見えるよう、ドアを細目に開けておいたのです。ジェラルドは、置いてあったスカーフと椅子の背に掛けてあったわたしのコートを手に取りました。顔を拭くつもりだろうか、と思ったのを憶えています。ふだんは滑稽なくらい英国紳士然とした立ち居振る舞いをする男なので、その動揺ぶりがうかがえました。ところが、ジェラルドは顔を拭く代わりに、スカーフに頬ずりをし、唇まで押し当てたのです」

マックス・ジェニングズはここで言葉を切り、グラスの半分ぐらいまで水を注いで飲んだ。トロイは顔をしかめている。

「警察のかたは」ジェニングズはふたたび話し始めた。「わたしなんかよりずっとそっち方面に詳しいでしょう。わたしだって、まったく知識がないわけではないが、まさかジェラルドがそういう感情を抱いていたとは思ってもいませんでしたよ。しぐさや外見に、ゲイを思わせるところはなかったし……。少なくとも、異性愛者のわたしにはわかりませんでしたね。初対面のとき、彼は女性といっしょだったわけですから。ともかく、ご想像どおり、わたしは彼に出ていってもらわなくてはならないという決意を固めました。それも、できるだけ穏便に、変に刺激して彼の気持ちを吐露させたりしないよう気をつけて。そこで、運動選手のような大股で居間へ戻ると、これ以上、待たせると、ガールフレンドが機嫌を損ねるので、申し訳ないがすぐに帰ってもらいたいと告げました。

ジェラルドが腰を上げるようすはなく、わたしは困ってしまいました。体に手をかける気にはなれず、なんとか立ち上がらせて玄関の外に出てもらうにはどうしたらいいものかと考えました。むろん、彼を部屋に残したまま、出かけるわけにはいきません。そこで、タクシーを呼ぶことにしました。体調が悪いと伝えれば、運転手が手を貸してタクシーに乗せてくれるだろうと考えたのです。ところが、受話器を取り上げたとき、ジェラルドが弾かれたように立ち上がって駆け寄り、それを奪い取りました。『追い出さないで』と叫ぶと、号泣し、絨毯に膝をついてわたしの脚に取りすがったのです。危うく倒されそうになりました。哀れで滑稽に感じると同時に、ちょっと不安でもありました。なにしろ、彼は大男ですから。

わたしは、『ほら、ジェラルド、元気を出して』とか『自分を見失ってはいけないよ』というような中身のない言葉をかけました。脚にしがみつかれたまま、なんとか歩き出そうとしながら。そのとき、彼はわたしの片手をつかみ、その瞬間、状況が一変しました。手をつかむといっても、性的な意味合いはまるで感じませんでした。ただ必死の思いに駆られてのこと、ちょうど指先だけ端にかかったまま、崖から落ちそうになってぶら下がっている人間のようでした。わたしの中で彼にたいする脅威は消えました。手を差し出して彼を立ち上がらせ、キッチンへ連れていって椅子にすわらせたあと、コーヒーを淹れました。ジェラルドに気持ちを打ち明けるチャンスを与えないうちに、男に愛されることなど考えただけで不愉快きわまりない、とこちらからはっきり伝えました。もし、そのたぐいのことを一言でも口にしようものなら絶交すると宣言したのです。もちろん、本心からいったのですが、それでもジェラルドは立ち去ろうとしませんでした。

この突拍子もない出来事にけりをつけるには時間をかけるしかない、とわたしが腹をくくると、その場の雰囲気は明るくなりました。そのころにはかなりアルコールが回っていたせいで、ジェラルドの緊張もほぐれてきました。もし、彼が酔っていなかったなら、このあとのことは起こらなかったでしょうね」

「それはいったいなんです？」バーナビーが尋ねた。

「ジェラルドが自分自身のことをすべて語ってくれたのです。真実の身の上話を」

本人のいう〈多くの語り手がうらやましがるようなテクニック〉を駆使して、マックス・ジェニングズがジェラルドの生い立ちを語り始めようとしたとき、録音テープが切れた。

バーナビーは心に迷いを抱いたまま、新しいテープをセットした。ジェニングズがどういう人物なのか、なかなか見定められないのだ。自分から進んで語っているように見えるが、やむを得ない状況のせいだとも考えられる。これまでのところ、話に説得力はあるが、彼が話を作ることを生業《なりわい》としている点も忘れてはならない。

とはいえ、ジェラルド・ハドリーの真実の過去が今まさに明かされようとしていると思うと、バーナビーは多少の期待を禁じ得なかった。心の準備を整え、神経を研ぎ澄ました。全神経を集中して、いつまで続くかわからない独白に耳を傾けるのは根気を要する。自分でも意外なのだが、まだ気分がすっきりしていた。もしかしたら、食事節制が功を奏しているのだろうか。

録音が始まり、現在の日時と出席者名を告げて、バーナビーはじっとジェニングズを見つめた。ジェニングズはまた椅子に浅くすわり直し、いくらか体を震わせている。肩を丸め、手は膝の上で軽く組まれて動かない。さきほどと違って、気軽に目を合わせようとはしなかった。床に視線を落としたまま、彼は話し始めた。

「わたしのパーティーにやってきたジェラルド・ハドリーは架空の人物でした。名前すら偽りで、本名はリーアム・ハンロン、南アイルランドの生まれです。貧しい家の一人っ子で、家にあるものといったら、わずかなじゃがいも畑と豚一頭、それにウサギを撃つためのショットガンだけ。父親は恐ろしい男で、酔っ払って妻を半殺しの目に遭わせたのも一度や二度ではなく、邪魔だてすると、子供にも暴力を加えました。ご想像のとおり、そのようなひどい状況におかれて、母と息子はかばい合って暮らしていましたが、父親の前ではたがいを思いやる気持ちを見せないように気をつけていました。そうやって、二人はなんとか生きながらえていたのです。近隣の――といっても、人口密度が低いので距離は離れていますが――人たちも事情を知っていましたが、口出しはしませんでした。ときおり男の手元が狂って怪我を負わせることがあっても、それは夫婦間の問題ということで……。牧師もアイルランド警察も事情を知っていたにもかかわらず、何もしてはくれませんでした。

リーアムの惨めな生活にたった一つ、明るい光がありました。友だちがいたのです。コナー・ニールスンという年上の少年で、数マイル離れた農場に暮らしていました。ハンロンは、農場で動物が食肉処理される際、よく無理やり息子を連れていきました。まったくむごいやりかたですね。〈一人前の男にするため〉との名目でしたが、もちろん、子供にとっては残酷なだけでした。あるとき、子羊が一頭殺され、リーアムが悲鳴をあげると、父親にバケツに入った血と内臓を頭から浴びせられたそうです」

「なんて父親だ！」トロイが吐き捨てるようにいった。言葉を差し挟んだことを詫びることもなく、さらに一言つけ加えた。「そんなやつは絞首刑にしてやる」

バーナビーもトロイの過激な言葉に理解と共感を覚えた。彼自身、できることなら耳を覆いたいくらいだった。もともと悲劇的な話なのに、陰惨な展開になってきた。道も悪い、歩きかたも悪いとなったら、行きたいところに行けるわけがないではないか。

「誰に訊いても、コナーは〈沼地に咲いた珍しい花〉だったそうです。物静かで控えめな読書家でした。リーアムが家から抜け出してきたときには、鳥や動物を眺めながらよく野山を歩き回ったそうです。コナーは植物、花、川の小石などの絵を描くこともありました。当然、リーアムの父はコナーを軽蔑し、コナー自身の両親もまた息子にたいしてそれに近い感情を抱いていました」ここで、マックス・ジェニングズは顔を上げた。「少し話を端折《はしょ》りましょう。次にお話しするのは、リーアムの心に大きな傷痕を残し、彼の人生を一変させた出来事です。リーアムがまもなく十四歳になろうとしていたころ、コナーが十七歳のときです。

　ある春の夜、例によってハンロンが妻に暴力を振るったところ、手元が狂っていつも以上に強く当たり、彼女は入院しなければならなくなりました。コナーの両親はリーアムの面倒を見ようと申し出ました。リーアムは驚くと同時に、父親と二人きりになる恐怖から救われて安堵しました。それからは、コナーの部屋に置かれた古いキャンバス地の簡易ベッドで毎晩泣きながら眠りにつきました。母親と離ればなれになったことが寂しく、もう二度と会えないのではないかと不安でたまらなかったのです。やがて、コナーはそんなリーアムを自分のベッドに招き入れました。抱きしめ、慰め、キスで涙を拭いました。一つの行為が次の行為のきっかけとなって……。

　コナーが初めて事に及んだのは、純粋に愛情と同情に突き動かされてのことだった、とリーアムは信じ、そう主張しています。のちにそうではなかったことを示す証拠がいくつも出てきたにもかかわらず。かわいそうに、そう思い込まなければ耐えられなかったのですね。自尊心を踏みにじられ、そのかけらも残っていなかったにちがいありません。失意のどん底にあるとき、この世でたった一人の友人がその状況を利用し、自分を裏切ろうとしていることなど思いもよらなかったでしょう。だから、リーアムは愛情と感謝の気持ちから無抵抗にコナーを受け入れました。四十年も前の田舎の村ではきわめて危険だったこの関係は、それからも続きました。リーアムが自宅に戻ってからも。明るみに出るのは時間の問題でした。

　母親は家に戻りましたが、ハンロンは妻の入院中に連れ込んだ村の若い女を家から追い出そうとはしませんでした。そして、その女が、夜、刈り取った麦束の陰の暗がりで抱き合っている二人の少年を見つけたのです。リーアムの父は、ショットガンを手に二人を追いかけて家を出たきり、消息が知れません。〈沼にはまった〉というのがおおかたの見方で、もし少年二人が同時に行方不明になっていなかったなら、誰も気に留めなかったことでしょう。警察はいちおう捜索しましたが、それほど熱心ではなかったと思います。

長年、心身ともに虐待を受けたうえ、息子を失ったことで、メアリー・ハンロンは精神のバランスをくずし、錯乱状態に陥りました。誰彼かまわず呼び止めては非難の目で睨みつけ、リーアムを返してくれと訴えました。乱暴によその家のドアをたたき、郵便受けの隙間から息子を返せと怒鳴ったことも一度や二度ではありません。結局、精神病院に入れられました。

ご多分に漏れず、故郷を飛び出した二人の少年は都会へ向かいました。二人の場合はダブリンです。この街で、少なくともリーアムにとっては、さらに悲惨な状況へと変わりました。時を経ずして、二人は体を売って生活するようになりました。当時の彼は実に美しかったのです。リーアムの若さと美貌が知れ渡るまでに、それほどの月日はかからず、起きている時間のほとんどを相手に背を向けた体勢で過ごすことになったようです。コナーはリーアムの人気をおおいに利用しました。まもなく、コナーを通さなければ誰もこの美少年に近づくことはできなくなりました。料金は相場が許す範囲の最高額でしたが、リーアム本人は食べ物とわずかな服代と小遣いしかもらえませんでした。こんな状態が三年近く続いたのです。そんなばかな、と思うでしょうね」マックス・ジェニングズは組んでいた手を離し、彼自身、初めて聞いたときには信じられなかったというように、両方の手のひらを上に向けた。「長いあいだ堪え忍び、コナーに行動を束縛されていたなんて。商売は二人の住むアパートでおこなわれていたので、ほかに友だちを作る機会はゼロに等しかったのです。それに、リーアムが外に出てほかの人と会うなどと口走ろうものなら、コナーは激怒しました。

少年を自分の思いどおりに操るためにはこうしておく必要がありましたし、リーアムは暴力を恐れてもいました」

じっと聴いていたトロイは、生まれて初めて同性愛者に同情を寄せていることに気がついて、気持ちが揺れた。苛立ちと心地悪さを覚え、頭の中にある〈どんなときにも使える決まり文句集〉に助けを求めた。いつものように、それはトロイの期待を裏切らなかった。E（言い訳《エクスキューズ》）の項目には、こうある。『例外があるのは規則のある証拠』。トロイは内心、額の汗を拭う思いだった。しばらくのあいだ、先が見えず、少し混乱したが、やっと安堵してジェニングズの話に注意を戻した。

「十七歳になる二、三か月前、リーアムはヒルトン・コニンクスと知り合いました。コニンクスについては聞いたことがあるでしょう？」

バーナビーは首を横に振ったものの、おぼろげではあったが、どこかで名前を聞いたことがあるような気がした。ともかく、話がわき道へそれるのを何より避けたかった。すでに外は真っ暗になっている。この分では話が終わるまでに一晩かかりそうだ。

「コニンクスは肖像画を専門とする画家です。ダブリンのナショナル・ギャラリーに作品が二枚飾られていますが、高値で取引される割に、批評家からは厳しい評価をされています。アイルランドのアンニゴーニ（一九一〇～八八。十六～十八世紀の技法を用いるイタリア人画家）といったところでしょうか。リーアムの類まれなる美貌の評判を友人から聞き、コニンクスは少年に会う約束を取り付けました。画家はその友人のいう〈ケツの穴をおっぴろげる行為〉には関心がありませんでした。コニンクス自身、同性愛者でしたが、このころにはもう七十代で、わずかに残っているエネルギーは作品制作に注がれていたのです。会ったとたん、彼はリーアムを作品のモデルに使いたいと思いました。『ペインテッド・クレイ』

という彼の自伝には、少年を一目見たときのことが詳しく書かれています。問題はコナーでした。ポーズをとらせるたびに膨大なモデル料をふっかけてきましたが、それよりも厄介なのは、リーアムを画家の自宅に連れていくのを許さず、アパートの部屋で制作するよういい張ったことです。〈リーアムを守るために〉、もっとはっきりいえば、〈リーアムをたちの悪い老男色家から守るために〉、ということだったのでしょう。

実際、コナーはリーアムに遠出を許しませんでした。ヒルトン・コニンクスのような財力も知性もある成功者がいっしょではなおさらです。というのも、ともに経験し、忌まわしく思っている悲惨な極貧生活の記憶をつねに呼び起こすことで、コナーはリーアムの心をつなぎとめていたからです。ともにどん底生活を送った一方だけが満天の星を仰いではいけないのです」

ここで、ジェニングズはしばらく話を中断し、この身の上話を語るのはあまりにつらいというように、額に両手をあてがった。ふたたび話し始めたときは、それまでより早口で、さっさとすべてを語り終えてしまいたいという気持ちが表れていた。

「しかし、結局は、なんとしても今のままの状態を続けたいという気持ちを、金銭欲が上回りました。リーアムのマネージャー――実態はポン引き――として、コナーは一回につき百ギニーのモデル料を要求しました。当初、コニンクスは最低十二回は必要だといっていたのです。ところが、二回目のとき、コニンクスは急に途中で絵筆を置き、第三者を同席させたままでは作品は描けない、といい出しました。二回分のモデル料は支払うが、この仕事はこれで打ち切りだ、といったのです。のちに、これが一か八かの大芝居だったことをリーアムは知らされます。もし、コナーが契約解消に応じたり、料金を倍に引き上げたりしたとしても、コニンクスは従うつもりだったことも。けれども、五〇年代後半の千二百ギニーは大金でした。自分で生活費を稼ぐ手段を持たない者にとってはなおさらです」

まるで一切れの肉のように何度も売買された少年の話を聞きながら、バーナビーは激しい嫌悪と憤りを押し殺していた。この無情な最後の商談においても、法律で規定された〈性行為の承諾年齢〉が踏みにじられている。

「コナーにとって、これが終焉《しゅうえん》の幕開けでした。二、三度アトリエに通わせるうちに、コニンクスはリーアムの驚愕の過去を聞き出し、コナーと手を切って自由の身になるよう説得を試みました。しかし、そう簡単にはいきませんでした。長いあいだ隷属させられていたリーアムは、コナーなしで生きていくのは無理だと思い込んでいたのです。住むところもなければ、所持金もほとんどありません。しかし、コニンクスは強く勧めました。彼は経済力だけでなく、世間にたいする影響力もありました。ダブリンに来て以来、社会的倫理に反した方法で生活の糧を得ていたコナーに、勝ち目はありませんでした。ある晩、リーアムはモデルの仕事が終わっても、コナーのもとには戻りませんでした。代わりに、コニンクスの運転手がリーアムの所持品を引き取りに行ったのです。コナーは求められるままに引き渡し、それですべてが終わりました。

それから十五年、リーアムはコニンクスのもとで過ごし、それまでにない待遇を受けました。思いやりと敬意にあふれたものでした。これでも」目の前の男がいらだちを募らせていると早とちりして、ジェニングズはいっそう早口になった。「なるべく簡潔に話そうとしているんですよ。コニンクスはリーアムに芸術や音楽の素養を身につけさせようとしましたが、あまりうまくいかなかったようです。それから、本をたくさん読むことも勧めました。少年をモデルにした肖像画の大半は、ともに暮らし始めて四、五年のあいだ、まだコニンクスに視力があったころ、制作されました。彼の思いつきで、現代の服装をしたものは一枚もなく、ヴィクトリア朝の聖職者、フランスのズアーブ兵、トルコの高官、ペルシャのリュート奏者——これがナショナル・ギャラリーにある一枚ですが——とさまざまな時代物の衣装をまとった姿で描かれています。

リーアムはコニンクスの付添人兼秘書となり、また友人となりました。二人が肉体的な関係を持ったことは一度もありませんが、コニンクスが少年を深く愛していたことに疑いの余地はありません。リーアムのほうはもう少し複雑だったようです。恵まれない子供時代を送った者が生涯そうであるように、ほんの少しの愛情にも感謝はするものの、愛情あふれる態度で応えることはできませんでした。おそらく、愛情を司る機能が修復できないほど損なわれていたのでしょう。コニンクスも何度も回復させようと試みましたが、うまくいきませんでした。苦しみの中には他人が手を触れることのできないものもあるでしょう？」

それについて、バーナビーは一度も考えたことがなかった。今、あらためて考えてみると、ジェニングズのいうとおりかもしれないと思い、いいようのない暗い気持ちになった。トロイの質問はさらに気持ちを暗くさせた。

「ミスター・コニンクスは視力を失ったといわれましたね？」

「ええ、亡くなる前の数年間はそうでした。リーアムは献身的に尽くし、九十を超えたコニンクスが病気になると、最後まで家で面倒を見ました」

これを聞いて、バーナビーはリーアムが人を愛することのできない人間だとは思えなかったが、話を遮りたくなかったので口を挟むのは控えた。

「遺言書に記されていた相続人はリーアム一人でした。家屋敷、莫大な財産、かなりの枚数の絵画を譲り受けています。画家が亡くなるといつもそうですが、コニンクスがどれほど多彩な才能を持ち、これまで作品がいかに過小評価されていたかを批評家たちが取り上げたため、数週間のうちに作品の価値が一気に上がりました。すると、また不愉快なことが起こったのです。リーアムが莫大な財産を相続したことは、もちろん世間に知れました。ダブリンはそれほど大きな町ではありませんし、遺産贈与については〈アイリッシュ・タイムズ〉紙に載りました。その記事が出た翌日、コナーが現れ、相続した財産の半分をよこせ、さもないと、父親の一件を警察にばらす、と脅したのです。『おまえの罪状は父親の殺害および死体遺棄の共謀ではなく、実際にショットガンをぶっぱなした実行犯だ』、と」

「そうだったんですか？」トロイが訊いた。

「本人は絶対にやっていない、と断言しています。リーアムのいうには、コナーが金と着替えの服か何かを取りに戻っているあいだ、隣の納屋に隠れて待っていたそうです。ところが、コナーはなかなか戻ってきませんでした。三時間近くたってようやく戻ってきたとき、もう二度とハンロンに煩わされる心配はない、といいました。ハンロンがこれ以上近づくことはないから、と。父親から逃れられてほっとしたリーアムは、その自由がどのようにして手に入ったのかは気にもしませんでした」

「しかし」バーナビーはいった。「事件当時、未成年だったのだから、リーアムが警察を恐れる必要はなかったでしょうに」

「そうですね」ジェニングズはいった。「そのことはリーアムもコナーもわかっていたはずです。

でも、頭で理解していることと、コナーを目の当たりにしたときの心の受け止めかたとは別です。過去に引き戻されるわけですから。それが怖かったのです。誰でも子供のころ恐れていたものへの恐怖を、生涯持ち続けるものでしょう?」

「では、この新しい展開に彼はどう対処したんですか?」

「今度は状況が違いました。リーアムも年を重ねましたし、経済的な余裕もあり、知り合いも増えました。中にはかなりの影響力を持つ者もいました。しかし、コナーも金は持っています。胸を張ってその出所をいえるかどうかはともかく。コナーの知り合いはいかがわしい連中ばかりです。リーアムがどう対処したかというと……何年も前と同じことをしました。できるだけ時間稼ぎをしながら、身辺を整理し、そのあと逃げたのです。今回は入念な準備をしてイングランドへ渡り、名前を変え、まったく新しい人間に生まれ変わりました」

「ずいぶん徹底してますね。ちょっとやりすぎじゃないですか?」トロイがいった。

「直接、本人からこの身の上話を聞いたなら、そうは思わないはずですよ」ジェニングズは言葉を切って、水を飲んだ。一瞬、別の考えが頭をよぎったのか、何かに気を取られているような表情を浮かべた。それから、グラスを置き、しつこい虫でも落とすように額をこすった。「こうして別人に生まれ変わったのは、世間から身を隠すためだけではありませんでした。外見や行動を変えることで、いつかは精神的にも変われるという信念を持っていたようです」

「日に日にわたしはあらゆる面で……」バーナビーはエミール・クーエの自己暗示法を唱えた。

「まさにそれです。あまり傷が深くなければ、ある程度の効果はあったかもしれませんが、ジェラルドの受けた心の傷は深すぎて、そんな単純な方法では歯が立ちませんでした。でも、事情聴取を受けたかたちもいっていると思いますが、外面的にはなかなかのものでしたよ。わたしが会ったころには、外見もしゃべりかたも典型的なイングランド人になっていましたから。どこの英国紳士のクラブでも喜んで会員にしてくれたでしょう」

さあ、それはどうだか、とトロイは心の中でつぶやいた。クラブに来ない夜、フリルのついたパンティーやセクシーなヴェールを身につけているのを見たなら、年配の会員たちは集中治療室に担ぎ込まれるだろう。わたしの心臓はバイパス手術をして丈夫なんです、先生《ドクター》、媚薬《びやく》をください。

「今お話しした身の上話は、ジェラルドが数週間にわたって聞かせてくれたものです。必要以上に装飾したり、うっとりするような場面を付け加えたりして、ジェラルドは長々と語りました。アイルランドの名前を捨てたことについては、おそらくそれまでほかの誰にも打ち明けたことがなかったのではないでしょうか。彼はシェヘラザード（『アラビアンナイト』の語り手。ペルシャ王の妻で、千一夜のあいだ、夜ごと王におもしろい話を聞かせたことで殺害を免れたという）の心境だったんですよ。不幸な身の上話を続けることで、わたしの注意を引きつけておこうとしたんです。話が終わったら……」ジェニングズはそっけない別れを示すジェスチャーをしてみせた。

「すると、それ以上、肉体的なアプローチはなかったのですね？」

「もちろんです」

「でも、あなたのことを愛していたのなら……」

「愛してくれていました。でも、それは別です。こんなふうに誰かに愛情を抱いたことはない、と彼はいいました。告白したところで無駄なことは承知のうえで。本心だったのだと思います」

「セックスについて話題にしたことは一度もないんですか？」

「一度だけ、何かの話のついでに。ジェラルドは、セックスのことを〈下劣な人間と下劣な場所でやる下劣な応急策〉と表現していました」

「公衆トイレでやったことがあるような口ぶりだな」トロイがいった。

「きみとじゃないね」

そりゃそうだ、あたりまえじゃないですか。「バーや公園や公衆トイレで相手を見つけて」

「かもしれません。その手の話になると、はぐらかしていましたね。表沙汰にしたくなかったんでしょう」

「なぜかな？」トロイはいった。「もう違法でもなんでもないのに」

「ジェラルドにとって屈辱と精神的苦痛を伴うものだからですよ」ジェニングズは声を荒らげた。

「話したばかりじゃないですか。まったく……それが理解できないとは！」

鈍感で無神経だとの指摘を受けたのはこれが初めてではないが、トロイは憤慨して顔を真っ赤にした。ふたたび口を開いたときは、不機嫌なとげとげしい声になっていた。

「それで、愛を告白した青年の夢を打ち砕いたのはなんだったんです、ジェニングズさん？　怖くて二人きりになれないと思うような恐ろしい人間にあなたを変えたのは、なんだったんですか？」

ジェニングズはすぐには答えなかった。返事をためらい、抑制のきかない激しい言葉を閉じ込めているように、口もとがぴくりと引きつったかと思うと、また固く結ばれるのが、バーナビーの目に映った。目には警戒の色が浮かび、首や肩は不自然なほど動かない。

のちにバーナビーは、そのあと自身が発した言葉はどんなきっかけで思い浮かんだのだろうか、と不思議に思った。その根拠を懸命に思い出そうとした。〈ライターズ・サークル〉の誰かがジェニングズの著書について語ったのだろうか。それとも、妻のジョイスだったろうか？　あるいは映画化されていて、夜中にテレビの前でうとうとしていたとき、無意識のうちに荒涼とした風景の映像が頭に入り、それが今、既視感《デジャヴュ》となっているのだろうか。理由はともあれ、一つの確信が無視できないほど大きくなっていた。

「ハドリーさんは、打ち明けた身の上話をあなたがすっかり書き留めていたことを知っていたのですか？」

「いいえ」長くうんざりするような事情聴取の末、結局、この不名誉な局面を避けられなかったと悟って、ジェニングズはあきらめと疲労の表情を浮かべた。「でも、信じてください。彼の身の上話を自分の創作だと偽ったことは一度もありません」

ここで二度目の休憩となった。ふたたび軽食が運ばれてきて、今度は主任警部も手を伸ばした。空腹で死にそうだった。三時間も取調室に閉じこもり、神経を集中して話を聴いてきたのだ。ウサギだって体力維持できない程度の野菜しか食べていないというのに。ずっと昔に聞いたことのあるおとぎ話と関係のある事柄が頭をよぎった。たしかレタスには眠気を誘う物質が含まれているのではなかったか？　集中力を保つのが難しいのはレタスを食べたせいかもしれない。

サンドイッチはうまかった。厚切りのレアのローストビーフ、オレンジ色のパン粉をまぶした骨付き肉のハム、フレンチ・マスタード、レッド・レスター（硬質のチーズ）、甘いピクルス、こういったものが全部、バターを塗った食べ応えのある厚さの白パンや麦芽入りパンに挟んであった。

「これは食堂のか？」バーナビーは、クレソンを一本引っ張り出してわきにのけながら、トロイに尋ねた。

「そうですよ」トロイはいくぶん困惑した顔で答えた。

「信じられんな」

「そうですか？」トロイは上司が三つ目のサンドイッチをぱくついているのを眺めた。ようやくトロイが一つ目を半分食べたころには、脂肪分たっぷりの三角サンドイッチは皿から消えていた。トロイには特にどうということのないサンドイッチに思える。ジェニングズは今度もほとんど手をつけなかった。

「新しい料理人が入ったんだな。うん、きっとそうだ」バーナビーは皿をわきに押しやり、現実の話題に戻った。「元気が出ましたか、ジェニングズさん」

「いいえ」

「しかたないですね」

トロイはトレイを重ねてファイル用キャビネットの上に置きながら、話がいいところで切られて休憩に入り、当惑したのを思い出した。置いてきぼりを食ったいやな気分だった。できれば、人より有利な立場に立ちたい。それが無理なら、せめてみんなと同じところでプレイしたい。なんだかゴールポストがふいに移動してしまった感じだ。トロイは椅子に腰を下ろして、ボールがどこにあるのかを見極めようと神経を集中した。この場合は、ボールではなく、たしか〈本〉だったはずだ。

「初めにお話ししたように」ジェニングズがいった。「ジェラルドと知り合った当初、わたしは小説の執筆に取りかかっていました。売れる本を書きたいと思い、オーソドックスな手法で書いていたのですが、設定はありふれていたし、登場人物も生き生きとしてはいなかったのです。どれだけ一生懸命やっても、作品に生命を吹き込むことができませんでした。それに引きかえ、ジェラルドの話はわたしを熱狂させました。語りの手法は上手ではありませんでしたが、第一日目からわたしはすっかり虜になりました。登場人物の感情のギャップを埋め、じめじめした暗い沼地やダブリンの街の情景を描写しました。それから、リーアムやコナーの会話を書きました。コナーに会ったことはありませんが、的確な台詞になっていたと思います。ジェラルドが立ち去るなり、わたしはノートにぎっしり書き留めました。最終的には、二十万語にもなっていたのです。それまでは一ページ書くのもおぼつかなかったのに、次から次へと書けました。

「あなたが書いていることを、どの段階で彼に知らせたんですか？」

「最後まで知らせませんでした。だってそんなことをしたら……」バーナビーの嫌悪の表情を目に留め、ジェニングズは弁解がましい口調になった。「それ以上話してくれなくなってしまうでしょう？　ジェラルドが真実を語ったのは、それが初めてだったんです。正直に語ることがどれだけ重要で心の癒しになるか、説明する必要もないと思いますが」

「それは」主任警部は冷ややかな声でいった。「相手がどれだけ誠実に聞いてくれるかによるでしょう？　聞いた話をどうするか。あなたのような裏切り行為を企んでいたら——」

「あなたにそんなことといわれる筋合いはない！　最初からそのつもりだったわけじゃないんですよ。初めはそうじゃなかった。実際、専門家のところへ行ったほうがいいと勧めたんだ。彼が相談できるような優秀な専門家を二、三人知っているから、と」

「その勧めにたいしてジェラルドはどういいました？」

「ひどく動揺しましたね。わたし以外の者には絶対に話せないといって。わたしに捨てられそうに感じたから、話す気になったのだ、と。

わたしはメモを小説に書き直しました。たいして時間はかかりませんでした。新鮮味のある生き生きしたストーリーです。勤めを終え、家に帰ってタイプライターに向かうのが待ち遠しくてたまりませんでした。半分も書き上げないうちに、この小説はきっとどこかの出版社に買ってもらえると確信していました。一度、ジェラルドに探りを入れてみたことがあります。『記憶の助けになるようにメモを取ってあるが、かまわないだろう?』と。彼はすぐに見せてくれと要求しました。わたしがノートを一冊手渡すと、次に会ったとき、そのノートは燃やしてしまったといいました」

「すると、この件に関して彼がどう思っていたか、知らなかったわけではないのですね?」

「ええ」

「だったら、そこでおしまいにすべきではなかったのですか?」

「言葉でいうのは簡単ですが……。それに」ジェニングズは切迫した口調に変わり、なんとか聞き手を信じ込ませようとしているのが、ありありとうかがえた。「小説と彼を関連づけるものは何もないんですよ。登場人物の名前もすべて変更しました。それから――」

「もう少し正直になってはどうです、ジェニングズさん。聞こえはいいが、アイデアを盗んだことに変わりはないでしょう」

「作家はつねに盗みを続けているんです。他人の会話や癖、誰かの身に起こったこと、耳にしたジョーク。作家には道徳観念などありません。たがいに作品を盗むことだってある。映画界でも同様で、オマージュと呼ばれています」

「体《てい》のいいこじつけですが、彼の身の上話であるという事実は変えられませんよ」

「ストーリーは語り手のものです」ジェニングズはいらいらして落ち着きがなくなってきた。丁寧に対応しようと努めてはいるが、その物言いは頭の悪い生徒を相手にしている教師のようになってきた。「ジェラルドには才能も想像力もない。あのままにしていたら、せっかくのすばらしいストーリーが死んでしまったでしょう。もったいないじゃないですか。『遙かなる丘』のおかげで彼は有名になった。もし、匿名の名声というものがあればの話ですが」

バーナビーは返事をしなかった。もっともらしい理屈だが、ずるいやりかたに思える。しかし、ようやく話がのみ込めたトロイは、ポイントを稼ぐチャンスを狙っていた。「失礼ながら、有名になったのはあなたのほうでしょう」

「それで、最終的に彼に伝えたのはいつだったんです?」主任警部は訊いた。

「伝えませんでした。伝えようとはしたんです、何度も。でも、そのたびにくじけてしまって」

「そうでしょうね」

「えっ、それはまた」

「結局、宣伝用の新刊見本を宅配便で送りました」

「もちろん、手紙を付けました。さっき申し上げたように、なぜ本にしたのかをきちんと説明して理解を求めたんです。怒り狂って飛んでくるのではないかと、しばらく待っていました。しかし、現れませんでした。電話もかけてみたのですが、出ませんでした。週末だったので、どこかに出かけているのかもしれないと思いました。正直なところ、対決の時が先延ばしになってほっとする気持ちもありました。ところが、十日もたつと、心配でたまらなくなり、車で彼の住まいを訪ねました。大急ぎで引っ越していったことを管理人から教えられました。実際には〈逃げ出した〉という言葉が使われていましたが。家具類は倉庫に預け、転居先も告げていませんでした。それ以来、二度と会っていなかったんです。先週までは」

「でも、転居先を突き止めようとしたんでしょう?」

「もちろんです。〈タイムズ〉や〈テレグラフ〉、〈インディペンデント〉、それに〈ゲイ・タイムズ〉にまで広告を出しました。私立探偵を雇おうかとも思いましたが、そこまでするのは彼を追い詰めるような気がしてやめました。あとでわかったことですが、すぐ近くのホテルにいたそうです」

バーナビーは、ハドリーが送られてきた書籍を受け取った情景を思い描いた。おそらくは〈彼が本当に愛したただ一人の人間〉からの最初の贈り物だったのだろう。包装紙を開け、友の恐ろしい裏切りがしだいにのみ込めてくる。そして、それ以上の深い傷を負わないよう、殺風景なホテルの部屋に身を隠した。主任警部は、独り言めいた言葉をつぶやいた。「気の毒に」

「本が書店に並んだあと、もう一度行方を捜しました。作品にはものすごい反響があり、何百通もの手紙が来ました。作品に共感し、励ましや思いやりに満ちた手紙です。子供のころ虐待を受け、心に傷を負ったまま大人になった人たちは、その悲惨な経験の意味をなんとか理解しようとします。そして、独りぼっちではないことを彼に伝えたいと愛情にあふれた手紙を寄せました。そういう手紙を読めば、きっと彼の傷ついた心も癒されていたでしょう。しかし、彼のほうから連絡してくれなければ、こちらからはどうすることもできませんでした。そういう状態がずっと続いたあと、今回、思いがけず向こうから手紙が来たのです」

「今もジェラルドの手紙を持っていますか?」

「いいえ、残念ながら。保存する書類はできるだけ少なくしたいもので。仕事に関する重要な手紙や契約書以外は、返事を書いたら処分することにしています」

「でも、細かい点まで憶えているはずですよね」トロイがいった。「今うかがったとおりだとすると、寝耳に水の出来事だったのでしょう」

「まあ、驚きはしましたが、出版から十年もたっていますからね。ほかにも小説を発表しましたし、わたし自身もいろいろつらい体験をしました。もしかしたら、子供を亡くしたのはわたしがジェラルドにおこなったことの報いなのではないか、と思うこともありました。エヴァにはかわいそうですが」

一番かわいそうなのは子供じゃないか、とトロイは心の中でいい返した。

「ともかく、記憶しているところでは、あなたに会合でお話し願いたいという手紙を書くよう世話役としていいつかった、とあるだけで、残りはわたしに断りを促すような文面でした。〈つらい思い出、抜き差しならない状況、眠っている犬を起こすようなもの〉といった言葉が散りばめられていました。文章スタイルはあいかわらずでしたね。初めは行間を読み取って、行くのはやめようと思っていました。ところが、考えれば考えるほど、文面に書かれているのは、ジェラルドの本心ではないのではないかと思えてきたのです。それで、結局、承諾しました」

ジェニングズは憔悴《しょうすい》しきっていた。緊張し、戸惑い、うろたえ、まるで一本の小道を進んでいたら、思いがけない、そして希望していたのとはちがった目的地に連れてこられたかのように。日焼けした滑らかな肌はところどころ赤くなり、ぴんと張っている。鼻すじは通って、ナイフのように鋭い。目の下の柔らかな皮膚には、強くつままれたように縦横に紫色の細かい皺が入っている。バーナビーの次の質問に答え始めた声は抑揚を失っていた。うんざりしているように聞こえた。

本当に疲労困憊《こんぱい》しているのだろうか、それとも、取り調べの一番の山場に備えてエネルギーを蓄えているのだろうか、とバーナビーは訝った。話を先に進める前に、バーナビーは間を入れて、目の前の人物から、さきほど広げられたみごとなタペストリーに——ジェラルド・ハドリーことリーアム・ハンロンの悲しい生涯に——思いを馳せた。

この悲痛な身の上話と、捜査本部の壁に貼ってあるさまざまな角度から写した拡大写真とが相まって、バーナビーの胸を締めつけた。一つの恐怖から逃れた子供が、さらに悲惨な最期を遂げるまで、どれほど痛ましい状況にあったかが、今、明らかになった。ジェニングズ、もしおまえが犯人なら——命と生い立ちの両方をジェラルドから奪ったのなら——必ず逮捕してやるからな、と主任警部は心に誓った。なんとしても、捕まえてやる！　しかし、その思いを少しも顔に出すことはなく、無表情を崩さなかった。

「ジェニングズさん、そうなると、月曜の晩の出来事について、まったく別の話を——〈書き直した話〉というべきかもしれませんね——していただけますね」

「前半部分に変更はまったくありません。わたしの気持ちをのぞいては、初めにお話ししたとおりです。彼の姿を目にしたとき、自分でも意外なほど感動を覚えました。車で向かう途中、ジェラルドがどんな暮らしをしているのか知りたいという気持ちと、わたしがあの本を出版した理由をなんとか理解してもらいたい、という願望を抱いていました。けれども、実際に会っているあいだ、一度も彼の愛情を意識することはなかったし、昔の感情を呼び覚ますこともありませんでした。それどころか、ジェラルドはほとんどわたしの顔を見ようともしませんでした。しかし、わたしは彼と話をしようと心に決めていました。約束の時刻より早めに着いて話すつもりでしたが、すでにシンジャンが来ていました。それで、会合のあと、いったん彼の家を出てから、もう一度中に入ってドアに差し錠をして、なんとか話をする機会を作ったのです。

わたしが居間に戻ったときのジェラルドの態度には、胸が痛みました。自制心を失い、『帰れ、帰れ』と叫びながら、両腕を振り回して後ずさりしたのです。わたしはどうしたらいいかわかりませんでした」

「帰ればよかったじゃないですか」トロイが横から口を挟むと、ジェニングズは眉をひそめた。

「わたしは静かに話し始めました。手紙をもらってふたたび会うことができ、どれほどうれしく思っているか。そして、彼を傷つけるつもりはなく、ただ事情を説明したいのだ、と。やがて、ジェラルドも少し落ち着きを取り戻して、アームチェアに腰を下ろしました。わたしはスツールを引き寄せて、近くにすわりました。それから、さっきの話をジェラルドにもしたのです。結婚生活がうまくいっていないことや子供を亡くしたことを話しました。もし、わたしの人生が成功と幸せに満ちたものだと考えているなら、それは大きな間違いだと説明しました。

それから、『遙かなる丘』を出版したあと、読者から寄せられた手紙についても話しました。手紙はわたし宛てですが、内容はジェラルドに語りかけているものです。何通かまだ手もとにあるので、持ってきて見せようといいました。そして、何よりも、彼の身の上話を盗んだのは、世の中の人にその内容を知ってもらいたかったからであって、自分の成功のためではないことをわかってもらいたい、と訴えました」話に余念はなかったが、それでもジェニングズは主任警部の目に嘲笑がよぎるのを見逃さなかった。「そうですね、まあ、自己弁護にはちがいありませんが、それだけじゃありません。彼の心の傷や痛みを少しでも和らげようとしたんです。わかってください」

バーナビーは答える必要はないと思った。彼のしたことに理解を示すつもりもなければ、許す気持ちなどさらさらなかった。ジェニングズは話を続けた。

「そのうちに、自分が同じ話を何度も繰り返していることに気がつきました。ジェラルドはずっと椅子にすわっていました。姿勢は変えませんでしたが、わたしの顔を見るのが耐えられないらしく両手で顔を押さえてうつむいていました。そのとき、彼の手首の内側を滴が伝い、シャツのカフスの中へ落ちていくのが見えました。わたしは……彼の手を取りました。冷たくこわばって、まるで石のようでした。涙があたりに飛び散りました。手のひらにたまっていたのです」今でも信じられないというように、ジェニングズは首を振りながらいった。

そのあとに訪れた沈黙からは、彼が心から悔いているようにも、またかなり当惑しているようにも感じられた。複雑な表情を浮かべたまま、しばらく沈黙が続いた。

「ジェラルドにたいするわたしの見方ががらりと変わったのは、この瞬間でした。このとき初めて、自分がどれだけひどいことをしたかを思い知りました。わたしには小説として発表するストーリーはほかにもありました。今でも、頭の中に小説の題材がたくさんあります。けれども、ジェラルドには『遙かなる丘』しかありませんでした。それを盗まれ、彼は絶望の淵に突き落とされたことでしょう。

わたしたちはずっとすわり続けていました……どのくらいの時間だったのかわかりません。わたしは、どうにかして償うことはできないだろうか、とジェラルドに尋ねました。無理だだとわかってはいたのですが、方法があればなんでもするから、といいました。するとジェラルドは、あんなものは大切でもなんでもない、といったのです。実際には『わたしの人生なんか盗んだって、がらくたにすぎない』という言葉でした。そのあと、わたしは立ち去るようにいわれました。でも、どうしてもそのまま帰ることはできませんでした。やがて、彼のほうが腰を上げました。静かにわたしの手を振りほどき、二階へ上がっていったのです。孤独そのものといった姿でした。ボクシングのリングを下りたばかりのボクサーのように、打ちのめされた姿で。けれども、人間としての威厳を保っていたのはジェラルドのほうでした。わたしの見せかけだけの言葉に、彼は勇気を出して唾を吐きかけたのです。三十分ほど待って――そのころには十二時を過ぎていました――彼が下りて来るつもりのないことがわかると、わたしはコートを着て、彼の家を出ました」

「玄関のドアを開けて？」

「はい」

「ドアがきちんとロックされたと断言できますか？」

「ええ。わたしが帰ったことがジェラルドにわかるよう、大きな音を立てて閉めましたから」

「家を出たとき、あたりに人影を見かけませんでしたか？」

「あんな時間に？　あの悪天候の中？」

「ただ質問に答えてください、ジェニングズさん」トロイがいった。

「いいえ、見ませんでしたよ」

「近くに停まっている車の中に誰かがいたということは？」

「まったくありません」

「あの晩、あなたは二階へ上がりましたか？」

「いいえ」

「ほかの部屋へはどうですか？」

「いいえ」

「キッチンは?」

「いいかげんにしてくださいよ」ジェニングズは立ち上がって、グラスに水を入れに行った。グラスが震えて水差しの縁にあたり、カチカチ音を立てている。席に戻ると、彼はいった。「いったいどういうことです? わたしに何をいわせたいんです? 本当のことを話したというのに」

「あなたは相反する二つの話を聞かせてくれました」バーナビーは身を乗り出し、もう一度テーブルの端に肘をついた。彼の太い首と広い肩がジェニングズの視界を遮った。「あとの話のほうが最初の話より真実に近いと、どうしていい切れるでしょう?」

「なんてことを……」ジェニングズは疲労のあまり、怒る気力もなくなっていた。信じられないというように手のひらを上に向けて両腕を左右に広げた。その姿を見て、バーナビーは〈さあ、持ってけ、持ってけ〉と叫んでいた、コーストン市場のカリフラワー売りの男を思い出した。

「好きなように解釈してください。わたしの話はこれでおしまいです」

「一つ二つ、質問したいことがあるのですが」

「まったくどうかしてる。ここでは死んだ馬に鞭打って歩かせるんですか」

「ハドリーさんが結婚していたことはご存じでしたか?」

「結婚だって?」困惑と驚きで、ジェニングズは元気を取り戻した。「そんなはずはない」

「居間に結婚写真も飾ってありました」

「わたしは見ませんでしたよ」

「あなたがいらっしゃる前に片づけたんです」

「偽装でしょうね。新しい生い立ちを創り上げるための小道具ですよ。その夫人とやらは、今どこにいるんです？」

「白血病で亡くなりました」

「なんとも都合のいい話ですね」

「ハドリーさんによれば、あの村に引っ越してくる直前、一九八二年のことだそうです」

「それなら、わたしが彼と知り合ったころです」

それを聞いて、主任警部は、ハドリーの結婚証明書やグレイスの死についての詳細を突き止めるために時間を費やす必要がなくなったことを喜んだ。今の話から、思い出すのもつらいはずの妻の死について、ハドリーが誰彼かまわず触れ回っていた理由も理解できる。

ジェニングズは続けた。「だから、写真も隠したんでしょう。わたしに見られたら、すぐに嘘だとばれますから」

「おそらくそうでしょう。もう一つうかがっておきたいのは、ちょっと厄介なことなのですが。実は、ハドリーさんがときどき女性の格好をしていたことがわかりました。女装して公の場所に現れていたのです。それについてもご存じでしたか？」

「へえ、そんなことを？」初耳だというように首を振りながらも、バーナビーにはジェラルドがこれについて何かいおうとしているのがわかった。「もっとも……いつか友人の精神分析医にジェラルドの話をしたことがあるのですが――もちろん、名前は出しませんでしたよ――その分析医にも似たような質問をされました。〈中流階級のまともな公務員〉というのは、彼が選んだ見せかけのペルソナではないのか、と。そのような虚像の人生を歩んでいると、重圧に押しつぶされそうになり、どこかに必死で逃げ場を求めようとする。しかし、真の自分の姿に戻るのは心理的に危険なので、第三の人格を作り上げることが多い。たいていは第一、第二の人格とはまったく別の人格だそうです。分析医はむずかしい専門用語を使って説明しましたが、要はそういうことでしたね」

バーナビーはうなずいた。普通の人には異常に見える行動であっても、そう考えれば理屈に合う。お茶のトレイを片付けに来た者がお代わりはどうかと尋ねた。バーナビーはいらないと答えて、部屋の奥へ行き、窓を細目に開けて、冷たい夜の空気を吸い込んだ。連鎖反応のようにジェラルドも立ち上がり、もう遅いので、コートを返してもらいたいといった。

「あいにくですが、ジェニングズさん、今夜はお帰りいただくわけにはいかないと申し上げなければなりません」

ジェニングズは驚いて目を見開いた。「ずっとここにいろというんですか?」

「まあ、そういうことになりますね」

「そんなことできるはずがない。起訴でもしないかぎり、行動の自由を奪うことはできないはずだ」

「どうやら推理小説を書いたことはないようですね」トロイがいった。にやにや笑いながら、自分の黒のレザーコートを手に取った。法と秩序の番人である警察が見せかけの優しさを捨てると、中産階級の人間は決まって憤慨する。「三十六時間、身柄を拘束できるんですよ。必要なら延長もできます。これは令状なしの逮捕が許される重大な犯罪なんですから」

ジェニングズは硬い椅子の背に体を預けた。ショックで感覚をなくしているように見える。何かつぶやいたが、トロイには聞き取れなかった。トロイが聞き返したとき、ジェニングズの口から出たのはごくあたりまえの言葉だった。

「気が変わりました。弁護士を呼んでください」

追いつめられて

新しい週が始まり、天候もがらりと変わった。暖かな霧雨で、サフォーク州ではこういう天気を〈悪ふざけの日〉と呼ぶ。トロイがオフィスに入っていくと、バーナビーは電話中だった。どんな事態になっているのかがすぐにわかった。主任警部はうつろな表情で、懸命に自分を抑えてこの状況にふさわしい言葉を返している。

「それはよくわかっていますが……」

「はい、今朝もう一度、話すことにいたします……」

「この段階ではまだなんとも……」

「あいにくですが……」

「もちろん、そういたします……」

「それはすでにおこないました……」

「全員がそれを願っているはずです……」

「いいえ。わざわざ審議にかけるようなものはなにも……」

「継続いたします……」

部屋の反対側にいても、電話の相手が乱暴に受話器を置く音がトロイの耳に届いた。バーナビーはいらだったようすもなく、受話器を戻した。

「上からの圧力ですか、主任警部?」

「ダライ・ラマご本人だ」

「ラマという動物は人の頭に唾を吐くんでしたっけ?」

バーナビーは返事をしなかった。鉛筆を持って、大きなメモ帳にいたずら書きをしていた。

「ジェニングズの弁護士が文句をいってきたんでしょう?」

「一時間に百五十ポンドも取るやつだからな」

「抜け目がないですからね、弁護士っていうのは」トロイはクリーム色のトレンチコートのボタンを外した。軍服風のコートで、肩章やバックル、磨き上げられた革ベルト、それに幅も深さもある大きなポケットがついている。

「裁判でどっちが負けようと、あいつらは損しない。ずるいやつらだ」トロイは体を揺すってコートを脱ぐと、ハンガーに掛け、形を整えてボタンを留めた。

「職を間違えたんじゃないのか。貴族の召使いにでもなればよかったのに」

「裏方ですからね。仕事といえば一日じゅう、ズボンのプレスばかりで」

「さあ、それが終わったんならコーヒーを頼む。これ以上我慢するとどうにかなりそうだ」

「すぐに取ってきます」トロイはすでにドアを開けていた。「何か食べる物もいりますか?」

「今はけっこうだ」

バーナビーは空腹を感じないことにほっとしていた。胃が慣れてきたのかもしれない。毎日、食べる量を控えているせいで胃が縮んだのだ。朝食が済んでまだ三十分しかたっていないけれど。

今朝もいつものように、子猫に食事の邪魔をされた。愛嬌のあるしぐさでがつがつ餌を食べたあと、子猫はバーナビーの膝に登って尻を向けてすわり、やたらと喉を鳴らしながらズボンで爪を研ごうとした。

「どうしていつもわたしなんだ？」バーナビーは誰にともなく不満を漏らした。

「あなたに好かれてないのがわかってるからでしょ」ジョイスが答えた。

「食い意地が張ってるだけじゃなく、オツムも弱いってわけか」

「さあ、それはどうかしら」

マーマレードのことで怒られたのを憶えているのか、今朝のキルモウスキーは、朝食の皿とバーナビーの顔を交互に見つめ、何度もため息をついたりあくびをしたり向きを変えたりした。そのうちに妻が背中を向けた隙に、バーナビーは猫にベーコンの切れ端を与えた。それから、ベーコンの外皮も。

ジョイスはいった。「その子を床に下ろしたらいいじゃないの」

コーヒーが到着した。トロイは、大きなキットカット一枚と二人分のコーヒーをトレイにのせて戻ってきた。一人分をデスクに置いてから、指をなめて風向きを見るようなしぐさをした。

雰囲気はそれほど悪くない。警視正から文句をいわれたばかりであることを考慮すれば、少しも悪くはない。警視正の小言は悪名高い。実にいやなもので、叱責を受けたある人物は、詰まったトイレに顔を近づけるのと同じだといっていた。

ところが、ここにいる主任警部は、電話で怒鳴りつけられた直後に、コーヒーを飲みながら何事もなかったかのように紙に鉛筆を走らせている。見上げたものだ。

トロイは黙って見つめながら、何を描いているのだろうと思った。輪郭の内側を埋めるように細かい線がびっしり描かれている。植物だろうか。木の葉かもしれない。主任警部が得意なのは自然のスケッチだ。精神を集中させるのに役立つといっていた。

トロイは包みを開け、親指の爪で銀色のホイルを破って二つに折り、チョコレートを食べながら、絵を見ようとさりげなく主任警部のデスクに近づいた。

トロイの推測はいい線をいっていた。サクラソウだ。本の挿絵のようにうまく描けている。うっすら灰色の陰がつけられた小花と、ぶつぶつした葉、伸びて絡み合っている細い根。

トロイはうらやましかった。自分にもこんな趣味があったらいいのに、と思った。絵を描くことでも、楽器の演奏でも、物語の創作でもいい。たしかに、自分もうまいジョークでクラブの仲間たちを笑わせられる。それに、クリスマスパーティーでカラオケに合わせて歌った『デライラ』は最高だと褒められた。でも、これとは違う。

主任警部のカップが空になっているのを見て、トロイは片付けた。「ジェニングズをどう思います？　容疑者としてという意味ですが」

「どうも犯人じゃなさそうだな。今、ゆうべ聞いたハドリーの身の上話の裏を取っているところだ。コナー・ニールスンがあの話どおりの人生を送っているなら、間違いなくアイルランド警察もつかんでいるだろう」

「珍しい名前ですし……」

「いや、あっちでは珍しくないんだよ。鑑識から上がってきた結果もジェニングズの容疑を決定づけるものではなかった」バーナビーは、光沢のある写真数枚とぎっしり文字の並んだ報告書を指し示した。「ジェニングズの指紋は、居間のあちこちやカップ類、灰皿、玄関の扉から採取された。ところが、二階からは皆無だ」

「あるわけないですよ。犯人は手袋をはめていたんです」

「まだ話の途中だぞ」

「すみません」

「それから、靴の問題もある。ジェニングズの靴からは、階段や寝室の絨毯の繊維がまったく出なかった。血液や体液も。皮膚の断片もない。きれいなものだ。あの殺害状況なら、犯人の靴に何も付着していないわけはない。いちおうスーツも調べさせているが、何か出てくるとは思えないね」

「それじゃ、壁にぶち当たったも同然ってことですか？」

バーナビーは肩をすくめて、鉛筆を置いた。警視正の皮肉たっぷりの攻撃をあっさりかわしたと思ったのは、トロイの思い違いだったようだ。バーナビーは、長年の訓練と穏やかな性格のおかげで、うわべは冷静沈着に見えたが、実際はけっして落ち着いているわけではなく、気が滅入っていた。心は乾ききった灰色だ。

バーナビー本人はその理由がわかっていた。部下たちにいつも厳しく戒《いまし》めていることを自分自身が守れなかったのだ。シンジャンに事情聴取をして以来――実質的には捜査開始まもなく――バーナビーは、この事件への見方を自分で狭めてしまった。思いつく可能性をあれこれ口にしてはいたものの、解決の鍵はジェニングズにあるとの確信をしだいに強めていた。

ジェニングズ本人がハドリーを殺害して逃げたか、そうでなければ、事件を解く重要な鍵を握っている。いずれにせよ、ジェニングズの身柄確保と事件の解決とは、バーナビーの頭の中でしっかりと結びついていた。だからこそ、その二つがほとんど、あるいはまったく関係がないという事実をなかなか認められずにいた。関係ないのなら、何をどう考えれば真相が解明されるというのか？

ジェニングズが真実を語っているとすれば、残る選択肢は三つ。第一は、ハドリーが行きずりの人物に殺され、その犯人が高価なロレックスの時計には手を出さず、女物の衣服の入ったスーツケースだけを持ち去った場合——まずありそうにない。

第二は、女装中のハドリーの知人、あるいは同性愛のパートナーとして知り合った人物に殺された場合。被害者がセックスについて〈下劣な人間と下劣な場所でやる下劣な応急策〉とジェニングズに語っていたことを思うと、この場合はお先真っ暗だ。ハドリーとはほんの五分間、人間性のない接触を持っただけの人物が、あとをつけて彼の自宅の状況を調べ、後日犯行に及んだとも考えられるのだから。

膨大な費用はもちろん、広範囲にわたる徹底的な捜査が必要になり、現実問題としてそのような大掛かりな捜査をおこなうのはむずかしい。事件は迷宮入りとなるだろう。運がよければ、何年ものちに優秀な刑事が記憶を呼び起こし、重大な関連性や犯行手口の同一性に気がついて、解決されることもある。そういうこともないとはいえない。

第三は——。すでに入手済みのもっと単純な情報を元に捜査を続ける。村人たちからこれまで聞いたとおりだとすれば、ハドリーは村の行事には参加していないし、訪問客もほとんどなく、〈ライターズ・サークル〉のメンバーをのぞいて付き合いのあった人間もいない。〈ライターズ・サークル〉のメンバーの一人は彼に思いを寄せていたが、その愛が報われることはなかった。バーナビーはサクラソウの絵の下に、メンバーの名前を走り書きした。

ブライアン・クラプトン。もう少し絞り上げれば、まず間違いなく、猥褻《わいせつ》行為を白状するだろう。闇に紛れてのぞき見をしていたこと、そしてオナニーにふけっていたこと。

レックス・シンジャン。彼の無実はまず間違いない。ハドリーに相談を持ちかけられたときの話は、ジェニングズが語った身の上話と照らし合わせて整合性がある。さらに、ハドリーの死を知ったあとのシンジャンの深い嘆きと自責の念も――ミセス・リディヤードの供述が真実であるなら――彼の身の潔白を裏付けるものといえよう。年齢の問題もある。だいぶ体が弱っているので、被害者にあれほどの損傷を加えるのはむずかしい。

個人的な感情を差し挟むと判断力が鈍る危険があるのはじゅうぶん承知のうえで、バーナビーはスー・クラプトンとその友人のエイミーは事件とかかわりがないと考えたかった。

オノーリア・リディヤードにたいしてはそのような気持ちは抱いていない。被害者に攻撃を加える肉体的な力を持っているだけでなく、心理的にもその傾向がうかがえる。狂信者に共通することだが、思想、言葉、行動すべての根底に絶対的な信念がある。相手を罰する必要があると思えば、義務感に突き動かされてためらうことなく鉄槌《てっつい》を下すだろう。しかし、今回の事件――ふいにハドリーの陥没した頭蓋が生々しく目に浮かんだ――は、義務感から冷静におこなったものとは思えない。これは、激高し、自分をコントロールできなくなった者の犯行だ。

そうなると、残るはローラ・ハットン一人。被害者に裏切られたと思い込んでいたことは、じゅうぶんな動機となる。昔ながらの犯行動機だ。バーナビーはローラにおこなった二度の事情聴取を思い返した。苦悩し、悲嘆の涙に暮れていた。あの嘆きは良心の呵責《かしゃく》から生じたものとは考えられないだろうか。バーナビーはもう一度彼女に会って話を聞くことに決めた。ローラは、ハドリーがゲイだったことや、彼女がライバル視していた女など存在しないことをまだ知らないはずだ。当人のなじみのない場所で、的確なタイミングを図り、この二つの情報を伝えれば、何かが得られるかもしれない。残虐な犯行に手を染め、それと引き替えに得るはずだった見返りがまったくないことを知らされて、顔色一つ変えないほど、彼女が強い人間だとは思えないから。

何かがこすれるような耳障りな音に、バーナビーは現実に引き戻された。トロイがしゃべり始める前に咳払いをしたのだ。

「咳をするのかしゃべるのか、それとも歌でも歌うのかね。どれでもかまわないが。まったく水洗トイレの錆びたチェーンを引っ張ってるみたい音だな」

「いえ、ただ、もう二十五分前なもので」

「わたしの目も節穴じゃない」

トロイがドアを開けると、捜査員たちの低い話し声が廊下にあふれていた。バーナビーは特に注意を払わなかった。男女三十人もの捜査官が指示を待っている。その中にメレディス警部もいることだろう。鋭い目、細い腰、髪を黒く染めた家柄のいい男。敬意を払うようにじっと聴き入り、やがてためらいがちに自分の考えを口にする。チャンスをうかがっているのだ。若くして出世しようという野心に燃えている。

「さあ」主任警部は現場捜査班のファイルを手に取ると、蛙の絵の付いたマグカップに鉛筆を放り込んで重い腰を上げた。「進展を期待して、行くとするか」

ブライアンはまだショック状態にあった。手や足、さらに皮膚までも感覚を失っている。一定のリズムで頭を殴られているように目の奥に痛みが走る。車から降り、ゾンビのような足取りで職員用ロッカー室までたどり着いたが、家から学校まで車を運転してきた記憶も飛んでいた。

写真が届いてから、ほとんどこんな状態だ。必要もないソックスを取りにスーを二階へ上がらせたあと、ブライアンは中身を見たくてうずうずしながら封筒を破った。

一目瞭然の写真でそんなことはありえないはずなのだが、初め、ブライアンは事態がよく理解できなかった。裸の人物の肩越しに、恐怖の表情を見せているイーディーを目にしても、一瞬、誰なのかわからなかった。左右の間隔の開いた目がこちらを見つめ、悲鳴をこらえるように下唇を噛みしめている。イーディーが自分の写真を送ってくれたと思うとわくわくしたが、その強烈なポーズにはいくぶん困惑を覚えた。

そのあと、すぐに状況がのみ込めた。次の写真では、気乗りしないようすではあるが、白い尻が突き上げられている。三枚目には、やせた子供っぽい体を組み敷き、勝ち誇った残忍な笑いを浮かべているブライアンの横顔が写し出されていた。さらに五、六枚の写真があった。なかでも、最後の一枚は最悪だった。イーディーが両手で顔を覆い、打ちひしがれたようすでソファーの端にすわっている。その前に、裸のブライアンが征服者のように立ちはだかっているのだ。

ブライアンは思わず悲鳴をあげ、得体の知れない恐怖に見舞われた。写真が全部、手から滑り落ち、テーブルをかすめて床に散らばった。あの瞬間のことは憶えている。手を差し伸べて、イーディーを慰めようとしたのだ。思いやりから出たしぐさがこれほど相手を威嚇するように見えるなんて。

そのとき、スーが階段を下りてくる音が聞こえた。ブライアンはあわてて写真をかき集めると、大型レンジの蓋を開けて押し込んだ。焼却処分しなくてはならない。火がついて燃え上がり、写真が灰色のひらひらした層と化すまで見届けた。スーが入ってきたころには、ブライアンは椅子に戻ってすわっていた。十トントラックに轢《ひ》かれ、体にギザギザの大きな穴があいたような気分だった。しばらくたって、二階で一人になってから、ブライアンは不安と嫌悪の沼から懸命に這い出ようとした。抜け出さなければ、論理的に考えることができない。だが、容易ではなかった。冷静にこの状況を見つめれば、当然、どこに行き着くかが想像できるからかもしれない。

そのあいだもずっと採石場住宅でのあの晩の出来事を思い返していた。ワインを呑み、意気揚々と好色な行為にふけっていた自分を、カメラを通して見つめるように追い続けた。たぶんジーンズを脱ぐ前、爆発しそうな欲望と戦っていたときから、撮られていたのだろう。

そのとき、大きな疑問が頭に浮かんだ。撮影者は誰なのか？　イーディーが知っていたにしろ知らなかったにしろ――どうか後者であってもらいたい――誰かがカメラを手に身を潜めていた。ふたたび写真の画像がまざまざとよみがえった。事実をねじ曲げ、暴力的で、いいようのないほど猥褻な写真。普通のスナップ写真ではなかった。テレビ画面を写真に撮ったような、ぼんやりしていて奥行きのない写真だ。焼き付けられていた紙も通常の印画紙ではない。

手紙や今後の連絡方法や指示が同封されていなかったことをどうとらえればいいのだろう。映画の脅迫場面では、脅される側は電話のそばで待つよう指示され、また警察への連絡を固く禁じられる。

この送り主は、ブライアンが警察に通報するのを恐れる必要はない。警察であれこれ訊かれるのを想像しただけで、ブライアンはゼリーのように溶けてしまった内臓が体内で激しく揺れ動くのを感じた。吐き気と寒気と憤りが交じり合う。これまであらゆる感情を――特に反体制的な性格を――抑えるよう訓練されてきたにもかかわらず、失意のあまり涙があふれた。

やっとのことで顔や鬚についた涙を拭ったときには、六時近くになっていた。いつまでもそこにすわっているわけにもいかないので、階下へ下り、夕食を食べ、テレビを見て、ベッドに入った。しばらく横たわっていたが、頭がおかしくなりそうだった。何か手を打たなくてはならない、という気がした。短い時間でも見せかけでもいいから、主導権を奪い返すために。洗車のときに着る古いジャケットを引っ張り出し、耳あてがついたフリースの帽子をかぶって階段を駆け下りると、ドア越しに居間のマンディに意味不明のことを叫んで家を出た。

外は暗くて霧が出ていた。固い地面を歩く足音が聞こえてきたかと思うと、通行人がぬっと姿を現し、また同じようにふっと霧に溶け込む。車で通勤している人たちは、フォグランプでなじみの標識や私道を照らしながら、のろのろと家路をたどっている。公共緑地を囲む街灯は淡い点々となって宙に浮かんで見えた。月は汚れた円い氷のようだ。

しばらくたって、自分でも驚いたのだが、ブライアンはかなりのスピードで採石場住宅に向かっていた。一度だけつまずいて溝に落ちた。この哀れな状況を象徴しているようで、また涙があふれそうになった。

住宅の輪郭がぼんやり見えてくると、ブライアンは歩をゆるめ、柵があるはずの場所に爪先立ちで近づいた。カーター家はどの部屋も明かりがついていて、格子の入った窓は輝いている。四つの黄色い長方形の目となって、霧の中から彼を見つめていた。隣家は暗かった。

ブライアンは二十四時間前――いや、二十一時間前――ここに立っていたことを思い返した。あのときの高揚感はすっかり消え、今はいらだちと激しいめまいを覚えた。すっぱいものがこみ上げてきて、ハンカチにつばを吐いた。犬に気がつかれないよう、静かに。

ここまでやってきたものの、どうすればいいのかわからなかった。いつものようにスクールバスで帰宅したのなら、イーディーは家の中にいるだろう。たぶんトムもいるはずだ。けれども、筋骨たくましいミセス・カーターはどうなのか？　『コナン・ザ・グレート』の女版のような母親もいっしょだろうか。

ブライアンは、カーター家の家庭事情についてほとんど知らないことを再認識した。イーディーの母は働きに出ているのだろうか。不況のあおりを食らって、職を失っているのかもしれない。恋の戯《たわむ》れに見せかけたこの企みの背景に、そういう不幸な現実があるとは考えられないだろうか。もしそうなら、金目当てということになる。

ブライアンはつかのま気が楽になった。自衛のためなら理解できる。ふしだらな遊びより、動機があるだけまともなくらいだ。自分がカーター家の娘に教師としてあるまじき個人的な関心を抱いたことが、こういう事態を招く誘因となったのかもしれない。

つねに警戒してはいても、うっかり教育者の仮面をつけ忘れてしまうことがある。イーディーほど敏感で聡明な生徒なら、それに気がついたにちがいないし、彼女がそのことを家族に自慢したとしても不思議はない。

ミセス・カーターはそこから正しい結論を導き出し、最後にゼロが一つか二ついた金額を手にするチャンスと思ったのだろう。それ以上の高額を要求されることはまずない。将来のヴィジョンのない、かわいそうな、けちな連中なのだ。

そうはいっても、もう少し高い金額、たとえば五百ポンドを要求された場合を想定すると、すぐには用意できない。どこかに車を乗り捨て、保険金を請求しようか。それには警察に連絡する必要がある。それに、警察は車を見つけるだろう。そのとき、自分の車ではないといい張れば、詐欺事件にもなりかねない。あるいは、車を破損させて保険金をもらうこともできる。線路上に放置してもいいかもしれない。

法と秩序を重視するクラプトン家の家訓を平気で破ろうとしていることに驚いて、ブライアンは家を担保に借金をするという無難な方法に切り替えた。三十年ローンで購入し、まだ返済期間が二十年残っている。これまで月々の支払いが遅れたことは一度もないし、アビー・ナショナル銀行も借り入れ額が多少増えることに異存はないだろう。

三つ目の選択肢として両親が思い浮かんだ。とたんに昔の少年に戻り、母親のいつもの台詞が聞こえてきた。

「何か問題を起こしているんじゃないでしょうね?」

問題というほどではない、と思っていたブライアンはこう答えたものだ。「そんなわけないだろ、ママ」

両親の経済状態については何も知らなかった。父とは一度もそういう話をしたことがない。だが、ある程度の貯蓄はあるはずだ。何十年も退屈な事務職に就いていたのだから。あるいは、加入している保険を解約してもらえるかもしれない。もちろん、借りた金はあとで返すつもりだ。

とはいえ……と自問自答は際限なく続く。借金の名目はどうするのか? 家の修繕費ではだめだ。調べられたらすぐにばれる。ブライアンの両親は、社会一般の話には消極的だが、こと身近な問題となるとあきれるほど粘り強い。それでも、経済的に苦しく、将来に不安があるふりをして、探りを入れてみてもよさそうだ。

けれども、三つの案がうまくいかなかったら、銀行への借金が残ることになる。銀行は貸すには貸して貸してくれるだろうが、あとで多額の利子を請求されることになる。いや、ちょっと待てよ……。

スーはどうだろう。今やいっぱしの作家で、もうすぐ本が出版される。作家は自著が出版される前に前払い金を受け取る。ジェフリー・アーチャーやジュリー・バーチルの前払い金の額が、よく〈ライターズ・サークル〉で話題になった。電話番号みたいに桁の多い数字だ。0の数があまりに多くて、小切手の表からはみ出してしまい、裏に続けて書かなければならなかったというじゃないか。

ブライアンの呼吸が速くなった。皮膚の下で末梢神経がぴくぴく動いている。期待しすぎてはいけない、と自分にいい聞かせた。なんといっても、これはスーのデビュー作品だ。ヘクターの本が実際に売れるまで、有名作家のような待遇は望めまい。それでも、ある程度の収入にはなる。それに、スーはおれに恩義を感じているはずだ。何年間も養ってきてやったのだし、そもそも採石場住宅へ行くことになったのはあいつのせいだ。

ブライアンはじっと霧の中に目を凝らし、窓の向こうで動いている人影を見分けようとした。曇った眼鏡を外して、ジャケットの袖口でレンズを拭いた。歯はカチカチ音を立て、髭から滴が垂れる。思わずくしゃみが出た。

たちまち、どう猛な犬の吠え声が夜の闇に響き渡った。木曜の夜の再現のように、玄関のドアが開き、人影が現れた。今回は、浮かび上がった大きな人影が隙間を埋め、背後の光はほんの少ししか見えなかった。歴史は繰り返されるものだが、決まって二度目は茶番劇となる。現れたのは大女だった。しわがれた動物の鳴き声のような声を出した。

「いったいなんの用?」

ブライアンはあわてて飛びのき、大きく一歩下がった。それから、踵を返して、ぬかるんだ道をやみくもに走り出した。石につまずきそうになったり、凍った水たまりで滑ったり、何度も小枝に顔を打たれながら。

大きなベルの音が響き渡り、ブライアンは惨めな現実に引き戻された。安全な職員用ロッカールームを出て、恐怖が待ち受けている体育館へ行く時間だ。ロッカールームを出ようとしたとき、鏡に映った顔を見てぎょっとした。髪は逆立ち、目は大きく見開かれ、歯で下唇を噛んでいる。アルコール中毒の末期症状で震えている不気味な有袋動物のようだ。

顔を洗って、ペーパータオルで水気を取り、濡れた手で髪を撫でつけたとき、体育館へ行くのはやめようかという考えが頭をよぎった。生徒たちには体調が悪いと伝えてもらうこともできる。まんざら嘘でもないのだ。けれども、生徒たちの芝居の進捗状況を確かめておく必要があった。

ロッカールームを出て、かつてはスキップをしそうな軽い足取りで歩いた廊下を、今は食べ物が逆流しないように気をつけながら歩き出した。〈自分の吐瀉物《としゃぶつ》で窒息する〉という表現が頭に浮かんだ。いつもばかばかしい表現だと思っている。本人以外に吐瀉物で窒息するはずがないではないか。

ドアのところまで来た。上半分は厚い曇りガラスになっているので、向こう側の物の形や輪郭はかろうじてわかる。特にそれが動いている場合はそうだった。ブライアンはガラスに顔を近づけ、警戒して目を細めた。気配がない。不自然なほど静かだ。いつもなら、入り口から遠いところの笑い声やわめき声が聞こえるというのに。ほっとする思いで、ブライアンは自分にいい聞かせた。脅迫だなんて勝手な思い込みにすぎない。写真を送りつけてきたのは、怖がらせてやろうという悪い冗談だったのだろう。ブライアンに侮辱されたと思い込んだ誰かが、仕返しのつもりでやったのかもしれない。理由はともあれ、怖じ気づく必要はなさそうだ。もっとも、気をつけるに越したことはないが……。ブライアンはドアを押し開けた。

全員がいた。生徒たちは向こう端の平行棒のところで、作戦会議中の軍人のような険しい表情をし、脚を組んですわっている。

ブライアンは、役者の気持ち一つで空間は何にでもなり得ると生徒たちに説明したことを思い出した。今日はたしかにそうなっていた。この空間は広い戦場だ。

ブライアンは足に鉛の重りが付けられているように感じながら、生徒たちとの距離を縮めようと、寄せ木細工の床に足を踏み出した。歩き続けてもいっこうに距離が縮まらないように思えた。しかし、こののろのろした屈辱的な歩みもついに終わった。半円の端、リトル・ボーの隣の目立たない場所に腰を下ろしたいという弱気を抑え、ブライアンは全員と相対する正面にすわった。

もっと優位な場所があったことに気がついて後悔したが、もう遅かった。五フィート六インチの見晴らしの利く場所から全員を見下ろすこともできたのだ。しかし、立ち上がって移動する気にはなれなかった。

大きく息を吸い、頭の中で飛び交っている数々のフレーズの中から、開口一番の言葉にふさわしいものを選ぼうとした。まだ誰の顔もまともに見てはいない。これもまた彼が犯したもう一つのミスだった。生徒と顔を合わせるのを避けていればいるほど、臆病でばかげた表情に見えるのだから。

デンジルがいった。「やっと着いたな」

「ああ、そうだな」ブライアンは声をあげて笑った。少なくとも本人はそのつもりだった。ところが、いつものハッハッハという声の一部でしかなかった。

勇気を奮い起こして全員を見回したが、兄の肩に顔を隠すようにしてすわっているイーディーが視野に入ると、ついに気持ちが続かなくなった。二人は少しも動かなかったが、ブライアンは濃厚な無限のエネルギーを感じた。ふだんと変わりなく、集団の空元気を挑発している。ブライアンの母なら、〈そそのかしている〉というだろう。

「さあ、おまえたち」話しかけたブライアンの声に教師らしい威厳はなかった。わめいている子供のような声だった。もっと深みと威厳のある声を出したいと思って、軽く咳払いをした。「いったいこれはなんだ?」

返事はなかった。「冗談のつもりなら、こんなの少しも笑えないぞ」

「冗談だって?」デンジルがひどく顔をゆがめた。スキンヘッドの頭に皺が寄り、くねくねと動いた。「冗談だと?」

「おれには」カラーがいった。「十五の娘をレイプすることほど笑えないものはないな」

「レイプ!」ブライアンはあやうく卒倒しそうになった。後ろの床に両手をついて体重を支え、かろうじてこらえた。耳の奥がガンガンし、こみ上げてきた怒りによってなんとか意識が保たれているものの、心臓は今にも飛び出しそうだ。

「そんな……そうじゃない……」

「証拠は見ただろ？」

「写真だよ」

あの写真の光景はブライアンの脳裏に焼き付いて離れなかった。カメラを正面から見つめているイーディーの逆三角形の顔。さらなる罰を待ち受けるかのように、ソファーの端におとなしくうずくまっている細い体。イーディーが少しも動かないのを見て、さっき自分が出した結論を苦々しく思った。

「イーディー？　こっちを向いてくれないか、お願いだ」

その言葉を脅しだとでも思ったのか、イーディーは兄の腕へさらに深く顔を埋めた。二人は孤児のようにかばいあっている。

ブライアンは憤慨して語気を強めた。「レイプなんかじゃない。そんなんじゃないんだ」

「彼女が嘘つきだっていうのかい？」カラーが訊いた。「自分のやったことを棚に上げて」

「そうじゃない。いや、まあそういうことになるかな」

「ひどいわ」イーディーは泣き出した。傷を負った鳩のように小さな声を震わせて。兄は妹の赤い髪を撫で、激しい嫌悪と不信の目でブライアンを睨みつけた。

「イーディー……」

「ほっといてくれ」トムは冷たい視線を向けた。「妹はおれたちが面倒見るから。まさかこんなことになるとはな」

「警告されてなかったぜ」デンジルがいった。「あんたがその手の人間だなんて」

「おれはそんな人間じゃない！」生徒たちの目に宿る冷ややかな軽蔑の色と偽善的な言葉に、ブライアンはかっとなった。そういってやろうとしたが、うまく言葉が出てこなかった。「そんなつもりじゃなかった……来てくれと頼まれたから……」

「そうなのか、イーディー？」

「来るようにいったのか？」

トムの上着に顔を埋めていたが、返事ははっきり聞きとれた。「勝手に来たのよ」

「ほら。頭がどうかしてるんじゃないのか、ブライ」

デンジルが歯をむきだしていった。「こんな目に遭わせておいて、今度はその埋め合わせもしないつもりか？」

あのときのイーディーの姿がブライアンの目に浮かんだ——服を脱ぎ捨て、ストッキングを下ろす、慣れた手つきでブライアンを導く、親指の爪でマッチを擦る。

「そのとおりだ」と、彼は怒鳴った。

「行儀よくないなあ」と、カラーがいった。「怒鳴ったりするのは」

「教師が見せる手本にしては不道徳じゃないか」

「そうだそうだ。だけど、こいつは不道徳教師だからな」

「不道徳な課外授業をする」

「その償いをする気もない」

「まあ、そのへんは本人の問題だから」

「まさしくそのとおり」

「自分できちんと後始末ができるなら……」

「さあ、冷静に話し合って――」

「こいつはどんなことにも対処できる」

「天性の指導者」

「生まれついてのリーダー」

「自信満々」

「そこが肝心なところさ」

「おれが聞いていたのは違う」

「そうか。五千でどうだ、ブライ?」

「五千ポンド」

「五千払うか、さもなきゃ、校長の机にきわどいお楽しみの写真が届くか」

「ぶっ倒れたぞ」

「倒れちゃいない」ブライアンは背すじを伸ばした。やせこけた臀部を持ち上げ、本人はわかっているのかどうか知らないが、ゴムの木によじ登っているチャクマヒヒに似た姿勢をとった。「いいか、きちんと話そうじゃないか。損得をよく考えて」

「ずいぶんばかにしたいいかただな」トムがいった。「この状況を考えれば」

ブライアンは今いった言葉を頭の中で繰り返した。相手を怒らせることをいったつもりはない。生徒たちはただ自分をからかっているだけなのだろうか。全体主義国家の秘密警察のように、言葉の一つ一つをわざと聞き違えたり、曲解したりしているのではないか。ブライアンはこんな状況には耐えられそうになかった。

「おれたちを虚仮《こけ》にするなよ」

「金がないふりをしてもだめだぞ」

「こっちは本気なんだからな」

「ほんとにそんな金は持ってない」

「工面できるだろ」

「あんたみたいな連中はいつもやってるじゃないか」

「どういう意味だ——おれみたいな連中って?」

「中産階級のくそったれさ」

ブライアンは、ほんの一瞬でも生徒たちの顔を視界から消したくて、目をつぶった。信じがたいことだが、いいようのない恐ろしいことが起こっている。ブライアンは勇敢な男ではない。〈試練〉という単語を見ると、必ず胸がどきどきする。今、腸で冷たいものがゆっくり揺れ動くのを感じ、漏れないようにと祈りながら、腹に力を入れた。そんなことになったら面目まるつぶれだ。

「なあ、ちゃんと聞けよ」なれなれしく話しかけてくるデンジルに、ブライアンは警戒心を強めた。「これを見ろ」

デンジルは拳を握った。かさかさした皮膚に彫られている無数の青い点々が伸びて、GTBTN(グレイトブリテン)の文字を作った。

「いいか」ブライアンは震える声でいった。「暴力では何も解決できない」

「それは違うぜ」デンジルはいった。「おまえはこいつの妹をもてあそんだ。おれたちがおまえをこてんぱんにやっつける。おまえは二度と彼女に近づかなくなる。ほら、解決だ」

「おまえたち、そうやって生きていくわけにはいかないんだぞ」即興劇の中でこういうとんでもない論理が出てきたのなら、ブライアンは喜んだにちがいない。

「あんたはもっといい方法を知ってるんだろう?」カラーは純粋に好奇心から尋ねているようだ。

ブライアンは目の前に並ぶ生徒たちの険しい顔を見回し、望みはないと悟った。同情を得られそうな相手、団結のほころびを探しても意味はない。最後の手段として、ブライアンは泣き落としにかかった。

「おれが何をしたというんだ?」沈黙。「おまえたちの哀れな人生にほんの少し可能性を開いてやっただけじゃないか」沈黙はじょじょに重苦しくなっていった。「もっとすばらしい世界を教えてやった。おまえたちに――」

トムがやけに改まったしぐさで右手を上げて、ブライアンを遮った。正義と権威を振りかざす、情け容赦のない表情に見えた。

「話はこれまでだ。今すぐ半額を要求する。期限は明日の午後。残りの半額は金曜日」

「もし、それを受け入れたら?」無理だとわかっていたが、ブライアンは尋ねた。

「録画テープをやるよ」

録画テープ! そういうことか。それで、写真がぼやけていたり、変な紙に印刷されていたりしたのだ。得心がいくと、ほかにもいろいろ思い当たった。イーディーが明かりを消すのを拒んだこと。ロマンチックに思えた音楽もビデオカメラの操作音をごまかすためのものだった。ああ! 生姜色の襞襟がついた服を着たイーディーよ。わが胸に棲まう蛇よ。小さな毒蛇よ。

そういえば……。ブライアンは、二学期ほど前、ビデオ・リハーサル用に購入した新品のサンヨーのビデオカメラが紛失したことを思い出した。もしかしたらあれを使って……？

「どのカメラを使ったんだ、おまえたち、まさか――」

「スラウにつてがあるんだよ」デンジルはいつもの癖で、手のひらを舌の先で舐め、その手でスキンヘッドを撫でた。何度もそれを繰り返していたが、しまいに手がどんな味になるのだろう、とブライアンは思った。

「ちょっとした商売をやってるやつでね」カラーが話を続けた。「学習用ビデオを作ってるんだ」

生徒たちはたがいに顔を見合わせたあと、話はこれでおしまいだというようにブライアンのほうを向いた。ブライアンは立ち上がって、広大なサハラ砂漠にも似た木の床をふたたび延々と歩き出した。ようやく戸口のところまで来たとき、イーディーに名前を呼ばれた。

「なんだね」ブライアンはくるりと振り向くと、足取りも軽く戻りかけた。「イーディー、どうしたんだ？」

イーディーは、グリーン・ベイ・パッカーズのジャケットの内側に手を突っ込み、布切れのようなものを取り出した。ブライアンの下着だった。イーディーはそれを床に放り投げた。裏返しになっていて、細い茶色の染みがはっきり見える。ブライアンは、背を向けて立ち去ろうかと思った。そのまま放っておいて軽蔑の気持ちを表そうか、と。だが、生徒たちが学校じゅうにいいふらすかもしれないと思い直した。実際に下着を見せて回るかもしれない。ブライアンはかがんで拾い上げた。

戸口までの中間点にも達しないうちに、また呼び止められた。ブライアンは振り向かなかった。いやな予感がして鼓動が速くなり、立ちつくしたまま、下着をズボンのポケットに突っ込んだ。

ブライアンを呼ぶ声があがった。みんながいっせいに呼んでいる。さっきのような辛辣な声でも嘲笑でもなく、親しみを込めて誘っているように聞こえる。からかっているのだろうか。

集団で愚弄するつもりなのだと思い、ブライアンは走るようにして最後の数歩を進んだ。取っ手に手をかけ、ドアを開けた。

「行かないで」イーディーが叫んだ。「ブライアン！　行かないで」

イーディーが駆け寄ってきて腕をつかみ、ブライアンを引き戻した。その背後にみんなが近づいてくる気配がする。まもなく全員がブライアンを取り囲み、体育館の中央に戻るよう明るい声で訴えた。リトル・ボーはブライアンの手を引っ張っている。

「どうだった、ブライ？」

「なかなかの出来だっただろ？」

「ほんとに引っかかったんだね」

「おれたちをお払い箱にする気だったんだ」

「すっかりそのつもりだった」

「芝居《プレイ》だってわからなかったんだな、なあ、ブライ？」

「じゃ、これはどうかな……」デンジルは、黒いぴかぴかした平べったいケースを手にしていた。宙に放り上げたかと思うと、くるくる回っているケースをふたたび受け止め、ウインクをしてみせた。「こいつはいわゆる実際の〈プレイ〉だな」

「怒ってないわよね」いっしょにサンダーバードを呑んでいたときのように、イーディーが腕を取り、微笑みかけた。自信に満ち、褒め言葉を期待している屈託のない笑顔。「ただの即興芝居よ」

ただの即興芝居。ただの即興、、、、芝居。苦悶と困惑と怒りにブライアンの体がわなないた。そんなはずはない。こいつらには、これだけのシナリオを創って演じる才覚や想像力はない。訓練だって受けてない。みんなぼんくらだ。ノータリン。ばか。まぬけ。胸が悪くなるような中身のないうぬぼれ。反吐《へど》が出そうなほどの自己満足。

「おれたちが好きに創っていいっていったよな。憶えてるだろ？」

「先週」

「気にしてないよな、ブライ？」

なんてやつらだ。今度は冗談もわからないのか、というつもりか。

「最後にひとひねりして、予想外の展開にしたんだよ、あんたがいったみたいに」

「劇中の事件のどんでん返し《クー・ド・テアトル》」

「びっくり仰天させるって意味だよね」

「こいつが何を心配してるかわかってるぜ」デンジルはテープを投げてよこした。ブライアンは宙でしっかり受け止めた。

「これがあの……」

「そのとおり」

「これ一本に間違いないんだな？」

「コピーなんかないよ」

ブライアンはウインドブレーカーのジッパーを下ろして、テープを突っ込んだ。長い沈黙があり、ブライアンが何もいわないので、まわりの生徒たちは四方に散り始めた。デンジルは平行棒のところへ行き、近くにぶら下がっているロープを一本つかんで登り始めた。ほかの生徒たちは何をするわけでもなく、ブライアンを見つめ、指示を待っている。お楽しみは終わって、いつもの無気力状態に戻りかけていた。

「まだ三十分あるよ、ブライ」

「おれのことをブライと呼ぶな」

「何をすればいい？」

「勝手にしろ」ブライアンはオリジナルテープがくぼんだ胸にしっかり当たるのを感じた。「くたばろうとなんだろうと、おれの知ったこっちゃない」

ブライアンはもう二度と体育館に足を踏み入れるつもりはなかった。ここでおこなってきた活気ある創作活動にも、もはや苦い思いしかない。

「リハーサルはしないのか？」リトル・ボーが尋ねた。

「おれは頭がどうかしていたよ。おまえらのために五か月どころか五分だって無駄に使いたくはなかった。そのちっぽけな頭は実は頭じゃなくて、悪臭を放つ汚い下水管だったんだ。文学や音楽や演劇の初歩を理解するようになるだろうと思ったのが間違いだった。おまえらみんな、どぶに戻るがいい。そこがおまえらにふさわしい場所だ。一生そこで暮らしてくたばっちまえ」

捜査会議から得られるものは何もなかった。バーナビーは、手がかりもなく、真相を見抜くこともできず、なんのひらめきもないときに、はったりでそれがあるようなふりをする人間ではない。捜査が暗礁に乗り上げていることで捜査チームを責めることもなかった。バーナビーよりもはるかに古参の者も含めて、警察官の中には平気でチームに責任を押しつける者いるが、そんなことをしてもなんの慰めにもならない。

ジェニングズの取り調べの報告書には全員が目を通していた。当初の反応はチームを二分するものだった。半数の者は、『ブルックサイド』や『イーストエンダー』（ともに英国の長寿テレビドラマ）にさえ使えないほど荒唐無稽な話だといい、残りの半分は心を動かされ、事件を予見させそうな身の上話であることや、被害者の前半生を明らかにしている点に興味を示した。

しかし、バーナビーがもっと有益で、捜査につながるような積極的な反応を望んでいたのだとしたら、その期待に応えるものではなかった。実際、室内は無言の支持で満ちていた。貢献したい、できれば大きな進展をもたらしたい、と誰もが願っているにもかかわらず、それができずにいらだっているのがよくわかる。伊達男メレディスも明らかにそうだった。

やがて、ウィロビー巡査が、ジェニングズ自身がニールスンであり、社会的地位を失いたくないために捜査の目をそらそうと作り話をしたとは考えられないだろうか、と意見を述べた。たしかに年齢差はあるようだが、彼自身が名声を確立していることから、嘘をついている可能性もあるのではないか、と。

この作家の経歴は確かなもので、簡単に調べられることを、バーナビーは指摘した。ウィロビー巡査の説はまずあり得ないだろう。けっして高圧的に否定したわけではなかったが、わずか十八歳の新米警官は、いちおう冷静にうなずいたものの、そのあとは自信をなくしたように見えた。

「新しい情報が得られなければ、段階的に捜査を縮小せざるを得なくなるだろうな。三十人もの警官がここで手をこまねいているわけにはいかない。週末には、各人の所轄に戻ってもらう者も出てくる。注意して掲示板を見ておくように。状況が変わったら、また応援を頼む。

さしあたって今日は、ハドリー殺害の夜、会合に出席していた全員の聞き込みを、再度おこなってくれ。事前に、前回の供述調書とハットンおよびクラプトンのその後の調書にもよく目を通し、一人一人の供述内容をしっかり頭に入れておくこと。ささいな相違や矛盾、特に前回の供述との食い違いを見つけてもらいたい。最初の供述から、六日たっている。当人がしゃべったことの大半を忘れているかもしれないし、あのときにはなんの関係もないと思って触れなかった話が聞けるかもしれない。あとから、関係があるかもしれないと気がつくことはよくあるから。これじゃ、公判を維持できないと思えるような情報でも、役に立つ証言を引っ張り出すことができるのを忘れないように。間違いは誰にでも起こりうるものだし、考えは変わるものだという雰囲気作りに努めること。ばかばかしく思われるのを恐れて撤回をためらったり、貴重な情報を胸に納めたままにしたりしていることがよくある。

前回、なぜそのような供述をしたかを探ってもらいたい。より複雑な事実を隠すためにストレートな供述をすることがある。同じ出来事について、複数の供述をよく比較すること。あせらず落ち着いて。きみたちが話をする六人のうちの五人は、何も悪いことはしていないのだからな」

六人全員がシロという可能性もあることを、付け加える必要はなかった。誰もが承知していることだ。

「それから、当日、会合が開かれるまでの各人の行動についても訊いてもらいたい。今のところ、まだ調べが完全とはいえない。何か奇妙なことがあっても、話すほどのことはないと思っていただけかもしれないから」

このとき、一人の制服警官がマックス・ジェニングズの処遇について尋ねた。

「昼近くに釈放することになるだろうな。拘束しておく理由はないから」

「ちょっとよろしいでしょうか、主任警部」慇懃《いんぎん》無礼な口調で、メレディス警部がいった。

「なんだね？」

「ゆうべ、クラプトンの二回の供述を読み比べました」ああ、ごくろうさん、イアン。「主任警部におうかがいしたいのですが、事件当夜の十一時から十二時までのあいだ、クラプトンは何をしていたとお考えですか？」

「トロイの意見では、自分の教え子の若い娘が住んでいる家の外をうろついていたんじゃないかということだ」

「ああ、なるほど。ありがとうございました」

メレディスは顔の筋肉一つ動かさなくても、思っていることが顔に出る。今はさしずめ〈訊かれなくても、先にそこまで説明するべきだ。情報を胸に納めているのはそっちのほうじゃないか〉といったところだろう。

トロイも負けずに慇懃な口調でいった。「その裏付けとなるような供述がございますよ」

外回りの捜査官たちが持ち場に向かうと、バーナビーも奥の自分のデスクに戻った。今では、静寂を求めて自分のオフィスに戻る必要はない。つい一週間前にはひっきりなしにかかってきていた電話も、今はたまにかかってくるだけだ。ときおり聞こえるキーボードを打つ音も、新しい情報を入力しているのではなく、事実を確認しているにすぎない。三分の二のコンピュータが遊んでいる。明らかに勢いが落ちている。事件が首尾よく解決したときにはごくあたりまえに感じる手順も、行き詰まっているときにはいらだたしいばかりだ。

バーナビーはモニターのスイッチを入れ、エイミー・リディヤードの供述についての詳細なファイルを開いた。まだろくに目も通さないうちに、ダブリンのアイルランド警察から電話がかかってきた。アイルランド警察からの電話は別に珍しいことではない。重要なテロリストの動向に関して日常的に連絡が交わされている。しかし、この電話は、バーナビーの依頼を受けてのものだった。リーアム・ハンロンのかつてのパートナーであり、ポン引きをしていた男の消息について。

結論として、コナー・ニールスンについての情報は、これ以上ないほど決定的なものだった。二十年間、その名が警察に記録されていた男は、一年半前にリフィー川から死体となって引き上げられた。両足は塗料缶にコンクリート詰めにされ、喉はかき切られ、耳はそぎ落とされていた。強請《ゆすり》や麻薬密売、売春と深くかかわっていることで知られていた男だという。

そちらで捜していたのはこの男だろうかと訊かれ、バーナビーは予想の範囲内の結果であると答えた。詳細についてはファックスで送ってもらうことにして、先方の警察官に礼をいい、急を要するものではないからといい添えて、電話を切った。今の話を聞いて、捜査中の事件と妙に釣り合いがとれているように思えた。若いころ、殺人にかかわる背後事情を共有していた二人は、別個の事件ではあるが、どちらも他人の手にかかって生涯を閉じた。

心が乱れ、じっとしていられず、バーナビーは席を立って歩き回った。頭の中に次から次へとイメージが浮かぶ。血だらけの臓物を浴びせられ、泣きじゃくっている少年。ショットガンで撃たれ、無縁墓に埋められた男。首に深い傷を負い、立った姿勢で水中に沈められている男。周囲に茶色く汚れた水が漂い、魚の腹のように白い首の傷はしだいに広がっていく。最後の、そして、おそらくもっともひどいイメージ——ジェラルド・ハドリーの撲殺された遺骸——が目の前に突きつけられた。バーナビーは、歩き回ったあげく、写真の貼られたパネルの前で立ち止まった。

格言や引用、うろ覚えの言い回しが次々にバーナビーの頭をよぎった——血は水よりも……いったい誰が考えただろうか、この老人が……その骨は今は珊瑚（『テンペスト』第一幕二場より）……血糊だらけのバンクォーが笑いながら（『マクベス』第四幕一場より）……カインとアベルの昔から……あらゆる人の目から涙が……。

バーナビーはその写真から目を離せなかった。

体育館を出ると、ブライアンはそのまま早退した。胃痛を口実に、午後の授業をほかのクラスとの合同にしてもらうよう手配して、学校から逃げ出した。自分が完全にたたきのめされた忌まわしい場所のすぐそばにいることはできなかった。

二度と戻らなくてもいいような手段を講じることはできないだろうか。あと三週間もしないうちに、学期半ばの休みになる。けがをしたふりでもしようか。あるいは、この胃痛が悪化して、療養が必要になったことにするのはどうだろう。六月半ばまでずるずる引っ張ることができれば、あのガキどもは卒業していく。金を工面する心配もなくなる。

その一方——赤信号が近づき、ブライアンは慎重にブレーキを踏んだ——己に降りかかったこの災厄《さいやく》をもっと前向きにとらえることはできないだろうか、とも考えた。有名俳優や作家のインタビューで、運命のいたずらによって、それまでのありふれた職を——それも多くはかなり年を取ってから——失ったことにより、天職に巡り合ったという記事を何度も読んだことがある。自分にも同じことが起こってもおかしくないではないか。

もちろん、演劇で生計を立てていくのは容易ではない。つらい時期が来るのは目に見えている。次の仕事が手に入るまでのあいだは。しかし、本当に好きなことをやって、職にあぶれるほうがどれだけいいかしれない。肝心なのは、なんとか業界に入り込むこと。体ばかりでかくて才能のない若者の集団ではなく、やる気のある若い役者たちをバービカンやストラトフォードのリハーサル室で指導する自分の姿が思い浮かんだ。クラクションの音が聞こえ、われに返ると、信号が変わっていた。

ブライアンは夢見心地で運転を続け、フォルクスワーゲンは重荷を背負った疲れた獣のように自宅をめざした。ミッドサマー・ワージー村に入ったころには、ケネス・ブラナーに向かってこう語りかけていた。きみが年若くして『リア王』に取り組んだのはけっして間違いではない。これからおれといっしょに磨き上げればきっと成功するはずだ。そのとき、公共緑地中央の掲示板を囲む小さな人だかりができているのが見え、現実に引き戻された。

無神経なドライバーがクラプトン家の駐車スペース前に車を二台駐めていたため、ブライアンは緑地側に車を駐めた。外に出ると、みんなの視線が彼に集まった。好奇心をそそられ、ブライアンは何事だろうかと左右を確認してから、濡れたアスファルトの道路を渡り始めた。

横断している最中、ジェラルドの殺害事件が頭をよぎった。この数日間、事件のことはあまり考えなかったが、何か事件に関する掲示でも貼り出されたのだろうと思った。たとえば、〈こういう人物を見かけませんでしたか？〉というビラや、警察が事情を訊きたいと思っている参考人の似顔絵のようなものが。

ブライアンが近づくと、モーセが手をさしのべたときの紅海のように、人々はさっと左右に分かれた。顔を背ける者もいれば、ブライアンから離れる者もいる。一人の男がにやりと笑ってウインクし、ブライアンは怪訝な顔をした。

掲示板は、ブライアンとイーディーの写真でいっぱいだった。雨に濡れないよう、一枚一枚透明のビニール袋に入れられ、画鋲でしっかり留めてある。イーディーの顔こそ消されていたが、そのほかの部分ははっきり写っている。ブライアンのほうには匿名性を尊重するような措置は何も施されていなかった。

この卑猥な展示を目にしたとたん、ブライアンは倒れそうになり、なんとか掲示板の端をつかんで体を支えた。耳の奥に轟音が響き、麻酔をかけられたように方向感覚を失った。

さっきウインクした男が声をかけた。「おい、だいじょうぶか?」

ブライアンには聞こえなかった。写真を外そうとするが、動きは鈍く、太い指は冷えきって画鋲が取れない。親指で無理やり外そうとしたが、爪が逆に曲がって痛くなっただけで、抜けなかった。しまいには、隅に三角形の紙やビニールが残るのもかまわず、写真をむしり取っていった。写真を握りつぶしてポケットに突っ込み、左右を確かめることもなく道路を渡った。さいわい、車は来なかった。後ろから村人たちがぞろぞろついてくるのにも気がつかず、ブライアンは呆然と自宅に向かった。

ゲートは開かなかった。力を入れて押すと、内側に何か重い物が置いてある。ブライアンのタイプライターだった。細い隙間に無理やり体を押し込んで入り、かがんで取り上げた。最後に書いた『スラングワング』の原稿がまだ挟まったままで、ローラーにぴったり貼り付いている。

このとき、玄関までのまっすぐなアプローチにあらゆるものがばらまかれているのが目に入った。

テープ、書籍、衣類、鮮やかな色のジャケットに入ったレコード、弁論大会で獲得したシルバーカップ、ネクタイ、靴、人形のオリバー。

タイプライターを手に下げたまま、ブライアンはのろのろと玄関に向かった。踏まないように気をつけて歩いたが、それでも一度、ノーラン・シスターズの笑顔を踏みつけてしまった。雨が落ちてきた。

玄関のステップにタイプライターを置いて、鍵を取り出した。ところが、鍵穴に合わない。見憶えのないぴかぴかの錠前に換わっていることに、ようやく気がついた。スニーカーやズボンの折り返しを泥だらけにしながら、庭を横切って建物の横手に回り、居間の窓をたたいた。

ベルベットのリボンで髪を束ねたスーが、テーブルで絵を描いている。落ちついて作業に没頭している彼女の横顔を石油ランプがほんのり照らし、金色にかすんだ背景にその輪郭を浮かび上がらせている。

ブライアンはもう一度窓をたたいた。本降りになってきた。歩道に並んで立つ観客は、コートの襟を立てている。透明なビニールのフード付きコートを広げ、頭からかぶる女性もいた。

スーはガラス瓶に入ったきれいな水で筆を洗い、布で拭うと、おもむろに立ち上がって居間を出た。ブライアンは玄関に駆け戻った。ドアの郵便受けがカタッと音を立てて開き、外のマットに封書が落ちた。

ブライアンは急いでつかみ上げ、なるべく雨に濡れない場所に避難して封筒を開けた。短い文面だった。今後、いっさいの連絡は弁護士を通じてのみおこなうことが記され、弁護士の住所と電話番号が同封されていた。少なくとも数日間、アマンダは祖父母の家に滞在させるという。

ブライアンは泥をはね上げながら居間の窓辺に戻り、三度目のノックをした。しかし、険しい目で見下ろしていたスーは、カーテンを閉め始めていた。


「気分はどう?」

「だいじょうぶよ」

「本当?」

「ええ」

「震えてるじゃないの」

「体だけね」

「何か持ってきましょうか?」

「だいじょうぶよ、エイミー、本当に」

スーはカーテンを閉めた窓から視線をそらした。エイミーは立ち上がって、アルコーブに置いてあった古い模造皮革の足載せ台から離れた。ブライアンの鍵が真新しい錠前の鍵穴に差し込まれたときから、エイミーはアルコーブに隠れていたのだ。

思わず手を握りしめていたことに気がつき、エイミーはゆっくりと拳を開いて指を伸ばした。それから、行進中の兵士のように肩に力を入れてまっすぐ立っているスーを心配そうに見やった。

「裏口のほうにも来るんじゃゃない?」

「そうね。でも、閂をかけてあるから」スーの声は風邪をひいたようにかすれていた。

「窓は?」

「全部ロックしてあるわ」スーの口から、咳とも感嘆の声ともつかないおかしな音が漏れた。「心配しないで。入っては来られないわ」

「心配してるわけじゃないのよ」本心とはいいがたいが、一時間ほど前、すぐに来てもらいたいという電話を受けたときに比べれば、心配は薄れていた。初めに電話を取ったのはオノーリアだったが、エイミーを電話口に呼んでくれ、と訴える切羽詰まったスーの口調に驚いていた。エイミーはすぐさま家を出た。

友人宅に駆けつけると、スーがシャツやパジャマを玄関先に放り出しているところだった。エイミーは散らばっている衣類を踏まないよう跨いだり跳び越えたりして、家に戻っていくスーを追った。

「いったいどういうこと?」ドアを閉めてすぐに、エイミーは問いかけた。「何があったの?」

スーはいくぶん息遣いが荒かった。気がせいせいしたというように、両腕を大きく広げた。「みんな捨てたわ」

「あんなに投げ捨てて、どういうことなの?」エイミーはスーの手を取ろうとしたが、すっと引っ込められてしまった。「ねえ、スーったら、説明してちょうだい」

「錠前も取り替えてもらったわ。レイシー・グリーンの業者に」捨てた物の一覧表でも作ろうというのか、スーは険しい目で周囲を見回した。エイミーもその視線を追った。具体的にはわからないが、物がいくつかなくなっている。

「もちろん、これは一時的な措置よ。弁護士にいわれたの、きちんと手続きを取らなくちゃいけないって。わたしには当然その権利があるのよ。あたりまえだわ。わたしが稼いだんだもの。ブライアンとマンディは実家のお義母《かあ》さんのところに行けばいいのよ。あっちに滞在すればいいの。お義母さんも大喜びよ。小躍りして喜ぶわ。クッションの上で飛び跳ねて。漫画みたいね。どしん、どしん、どしん、どしん、どしん。二人のことを天使みたいに思ってるんだから。二人のすることはなんでも正しいって思い込んでる。わかるでしょ、お義母さんがどんなに——」

「スー！」エイミーはスーの両肩をつかんだ。「どういうことなの？　あなたに呼ばれてここに来たのよ」

「エイミー……」

「だいじょうぶだから、落ち着いて」エイミーがスーの凍てつきそうな頬にキスをすると、筋肉がぴくぴく引き攣るのが感じられた。慰めは無用だというように、スーはエイミーの手をそっと振りほどいた。エイミーは優しくもう一度語りかけた。「ちゃんと話してちょうだい」

スーは事情を説明した。エイミーは信じられないというように目を丸くし、口をあんぐり開けて聴き入った。

「村の掲示板に？」

「そう」

「でも……誰がそんなところに？」

「さあね。託児所へ行こうとしたときに目に入ったの」

「今はどこにあるの？」

「いったでしょ」スーはいくぶんいらだたしげな口調でいった。「掲示板に貼ってあるって」

「ええっ、今もまだ？」

「そうよ」

「そのままにしておいたの？」

「ええ」

「一日じゅう？」

「そう」

「まあ……」エイミーは口もとを押さえたが、何を押しとどめようとしているのか自分でもよくわからなかった。信じられないという叫び声。恐怖の悲鳴。満足の叫び。こみ上げてくる笑い。たがいに見つめ合っているうちに、凍りついていたスーの顔がゆるみ、疲労の皺が刻まれた。涙がとめどなくあふれ出した。エイミーがソファーに連れていき、二人はそこに腰を下ろした。

「絶対に許せない……」スーは泣きじゃくった。

「当然よ」

「何年ものあいだ、わたしは……」

「ほら、ほら」

「ずっと愚弄されてたのよ」

「そうね」

「なんてばかだったのかしら。美人でもないし、色気もない。料理もできなければ車の運転もできない。描いているのはくだらない絵。母親失格で——」

「あなたはすばらしい母親よ」

「そのあいだずっと……そのあいだずっと……」

エイミーはスーの動揺が少しおさまるまで待った。それから、かつてはラルフのものだったシルクの大判のハンカチを手渡した。

「洟をかんで」

スーは小さな音で洟をかみ、涙でぐしょぐしょの顔を拭いた。

「ごめんなさいね」

「そんなこといわないで」エイミーは手を出して、濡れてくしゃくしゃになったハンカチを受け取った。「泣くと気持ちが楽になるわ」

ハンカチをしまいながら、だいぶ落ち着きを取り戻したスーを見て、これからどうするのだろうかとエイミーは思った。自分はスーを慰め、心の支えとなるためだけに呼ばれたのだろうか。それとも、何か特別な計画の手助けを頼まれるのだろうか。エイミーはどちらでもよかった。掲示板に貼ってあったとんでもない写真の話を聞き、当初の驚きの波が静まると、エイミー自身の中にもブライアンに対する激しい怒りがこみ上げてくるのを感じた。

「何かお役に立てることはない？」

「あの人が戻ってくるまで、いっしょにいて」

「もちろんよ」帰宅前に、何か新しい連絡事項はないかと掲示板を見た瞬間、ブライアンは怒りを爆発させることだろう。他人より偉いと思っている彼は、何か自分に不利なものを突きつけられると、いつもなかったことにする。今回も精一杯そうしようとするにちがいない。だが、自分を欺くのが習慣になっている人間が自身についての動かしようのない事実を突きつけられたときには、きわめて危険な結果を招くのだ。どこにとばっちりが来るかわからない。

「気持ちがくじけて、彼を中に入れてしまうかもしれないから？　それでわたしがいたほうがいいの？」

「いいえ」スーはキッチンで、絵筆を洗うためのジャムの瓶に水を入れながら答えた。戻ってくるとそれをテーブルに置き、石油ランプをつけた。「ただ誰かにそばにいてもらいたいからよ」

「ブライアンは暴力を振るったりするの？」

「家にいるときだけね」

予想より早い時刻に、ブライアンが家に向かって歩いてくるのに気がついたのは、エイミーだった。彼が居間の窓からのぞいたとき、一人静かに創作に勤《いそ》しんでいるスーの姿を見せつけるための準備はすでに整っていた。エイミーは息を殺し、スーがブライアンの性急なノックに応えて立ち上がり、封筒を手に部屋から出ていくのを、そして戻ってきてゆっくりとカーテンを閉めるのを見守った。

スーは自分を抑え、冷静沈着にすべてを予定どおりにおこなった。ただ、いくぶん頭を上に向けていることに、エイミーは気がついた。ブライアンと目を合わせるのが怖いからだろうとエイミーは思ったが、それは間違いだった。スーが視線を合わせなかった本当の理由は恐怖ではなかった。まともに夫の目を見たら、拳でガラスを突き破って彼の顔面にパンチを食らわせるのを抑えられそうにないと思ったからだ。

食餌療法にかなった昼食をとったあと、バーナビーは捜査本部に戻った。まだ三時前だったが、聞き込みに出た捜査員が戻り始めている。トロイの姿はなかった。〈容疑者は初めて会う刑事より面識のある刑事にたいしてのほうがガードを緩めやすい〉という原則に基づいて、トロイは今ごろ、さまざまな角度からクラプトンを締め上げているはずだ。特に、最初に会った刑事が容疑者を震え上がらせた場合は、ますますその傾向が強まる。

バーナビーは、エイミー・リディヤードの供述調書にもう一度、目を通そうとしていた。二度目に読んだとき、具体的な箇所はわからないものの、何か引っかかる感じがしたのだ。

捜査第一日目の午前中に聞いた供述との矛盾はないだろうか。あのときの聴取は、オノーリア・リディヤード同席のもとでおこなわれ、ほとんどオノーリアが一人でまくし立てていた。エイミーは断片的に言葉を挟んだ程度だったと記憶している。

自分のモニターを離れ、空いている手近なキーボードの前へ行き、供述を捜し始めた。キーをたたいているうちに、一瞬、あのいやなやつのことが頭をよぎった。当人は今朝のミーティングのあと、グレシャム・ハウスを再訪問している。先日、オノーリアの指紋採取の件でメレディスを向かわせたところ、思いがけない展開を見せ、バーナビーは臍《ほぞ》をかんだ。オノーリアは、どうあっても警察署に出向くつもりはないが、メレディスが同席するなら自宅での指紋採取には快く応じるというのだ。

バーナビーは目を細めて緑色のモニターを見つめた。とうてい協力的とはいえない態度が印象に残っているが、あらためてオノーリアの供述書に目を通すと、その印象は正しかった。エイミーは警察に協力するため、当夜のことを語ろうとした。

「二人分の飲み物をいれました。それはココアで――」

このとき、ぶしつけにも義姉が横から口を挟んだのだ。そのこと自体はさして重要だとは思われない。人の話を遮るのはオノーリアの性格からいって不思議ではないし、ココアの作り方を詳しく説明されたところで、そこから何かがわかるとも思えなかった。

主任警部はマウスを動かして画面をスクロールさせ、彼がオノーリアに質問を始めたあとのエイミーの発言を確かめた。

バーナビー「すぐにおやすみになったのですか？」

オノーリア「そうよ、頭痛がしたの。例のゲストがたばこなんか吸うから。まったく腹立たしいったらない。ここだったら、絶対に吸わせなかったのに」

バーナビー「あなたは、ミセス・リディヤード？」

エイミー「すぐにというわけではありませんでした――」

バーナビーが急に椅子を後ろに引いたため、ほかのデスクにぶつかってしまい、その席の女性警官がぎょっとした顔をした。低い声で詫びの言葉をつぶやいたあと、バーナビーは自分のコンピュータに戻り、すぐに捜していたものを見つけた。引っかかっていたのはこの最初の部分だ。バーナビーはエイミーに、会合のあと、〈千鳥の休息所《ブラヴァーズ・レスト》〉からまっすぐ帰宅したのかどうかを尋ねている。

それにたいする答えはこうだ。

「はい。わたしは温かい飲み物をいれて二階へ上がり、執筆に取りかかりました。オノーリアは飲み物を持って書斎へ行きました」

たしかに食い違いがある。ごくささいではあるが微妙に違っている。実際、この程度の違いでは……高揚感は薄れていった。早い話、言葉の問題ではないか。〈やすむ〉という曖昧な言葉の。人によっては、自分の浴室でゆっくり入浴することを意味するかもしれないし、別の人間にとっては、自分の部屋で酒を飲みながら音楽を聴くことを意味するかもしれない。オノーリアが読書をするために書斎へ行くことに〈やすむ〉という言葉を使ってもおかしくないのではないか？

しかし、このときオノーリアは頭痛がしたといっている。バーナビーは説明を求めなかったことを悔やんだ。具体的な質問をしていたなら……。すぐにベッドに入ったのですか。それとも、二階へいらしたのですか。エイミーが真実を語っているとすれば、オノーリアはわざと虚偽の供述をしたことになる。あのときオノーリアを問い詰めることができていたならどんなによかっただろうか、と考えている自分に、バーナビーはいくぶん当惑した。

二つの供述を読み直してみたが、ほかにこの釈然としない思いの原因と考えられるものはなかった。生牡蠣《なまがき》を食べて砂を嚙み当てたような、このちっぽけな違和感だけだ。

バーナビーはため息を漏らし、両方のファイルを閉じて、ローラ・ハットンのファイルを開いた。収穫のなかった最初の事情聴取についてざっと目を通してから、二回目の調書を読み始めた。このとき、ローラはかなり酒を呑んでいて、泣いたり、自分の愛に報いてくれなかった男のことをののしったりしていた。

バーナビーは入念に読み進め、集中するあまり、周囲のことが目に入らなくなっていた。さっきと同様に、矛盾点や説明の食い違い、単なる言い間違いまで探した。あいにく、告白という行為の性格上、ローラの話はすべて——夏にハドリーの家を訪ねたときのこと、写真を盗んだこと、思慕の念を募らせ、夜な夜な彼の自宅周辺をうろついたこと——証明できないことばかりだ。

かたかたという陶器の音がして、コーヒーのかぐわしい香りとともに、カップとソーサーが運ばれてきた。

「ああ」バーナビーはコーヒーを持ってきた人物に目を向けた。「戻っていたのか。成果はどうだった？」

「大当たりでしたよ、どうだったと思います？」

「わたしの忍耐力を試すのはやめてくれ。とてもそんな気分じゃない」

トロイは、〈ぼくが何かいいましたか〉という表情で椅子に腰を下ろすと、ウォルナッツ・ホイップの包み紙を開けた。「絶好のタイミングでしたね」

「会えたんだな？」

「会えなかったんですよ、当人には」

「どういうことだ？」

「学校へ行くと、早退したあとだったんです。自宅を訪ねたところ、母親のところにいる、と妻にいわれました。それで実家へ行ってみたら、どうだったと思います？」

玄関の扉を開けたのはブライアンの父親だった。門の前に駐まっている警察車両を見て、動転した。トロイは警官の制服を着ているわけではなかったが、ブライアンの父はぐいと腕をつかむと、強引に家の中へ引っ張り込んだ。ふだんの事情聴取のときとはまるで逆だった。

トロイの後ろで扉が音を立てて閉まり、ブライアンの母が姿を現した。贈り物の包装紙みたいな服を着、まるまるとした手をもみ合わせて、悲痛な声をあげた。「あの子はトイレから出てこないんです」

トロイが何度ノックしても、また一階の隅々にまで響き渡っていたポップスに負けないくらいの大声で呼びかけても、ブライアンは出てこなかった。

ついにトロイもあきらめ、クラプトン夫妻は門まで送ってきた。トロイが車に乗り込むとき、たまたま通りかかった人がいた。ブライアンの母は聞こえよがしにいった。「あの子にはよく目を光らせておきますわ。子犬がいなくなってしまったら悲しいですもの」

トロイのおもしろおかしい話しぶりに、バーナビーは声をあげて笑った。

「令状を取りますか？　連行しましょう」

「あしたでいいだろう」

「スラングワングがなんなのかわかりました」

「えっ？　スラング何だって？」

「ほら、あの男の書いたくだらない芝居ですよ」

「そうだったな。どうしてわかった？」

「辞書で調べました」

「きみの家に――」バーナビーはいいかけて、すぐに言葉を切ったが、遅かった。なんて失礼なことを考えたのか。しかも、口に出すなんて。「悪かったな。申し訳ない」

「いいんですよ」そうはいったものの、トロイの顔は赤くなっていた。「無理ないですよ。ぼくは学者じゃないんだから。タリサ・リアンのために置いてあるんです。宿題でも出たときのために」

「それで、スラングワングというのはどういう意味なんだ？」

「不快な言葉、あるいは悪口を意味する単語です。やつは増上慢《ぞうじょうまん》ですね。この言葉でよかったんでしたっけ？」

「合ってるよ」バーナビーはコーヒーを飲み終わると、カップをわきに押しやった。リディヤード家の二人についての小さな発見を検討しようとしているところへ、捜査員が何人か戻ってきた。一目で収穫なしだとわかった。疲労の色が濃く、辟易《へきえき》したようすで、いくぶん恨みがましさをのぞかせている。何時間も働いて何も得られないときには、取りかかる前にそうなりそうだと一言いってくれればよかったのに、という気持ちになるものだ。

ウィロビー巡査がバーナビーのデスクに歩み寄ってきた。トロイの無礼な態度に何度か傷ついたことがあるので、トロイが席を立つのを見て、ほっとしたようだ。バーナビーは空いた椅子を手で示した。ウィロビー巡査は腰を下ろすと、注意深く帽子を膝に置いてメモ帳を取り出した。

バーナビーは思いやりと苛立ちがないまぜになった気持ちで耳を傾けた。このウィロビーほど打たれ弱い巡査はそういない。性格をたたき直さないと、警察を辞めなくてはならなくなるだろう。その可能性は高い。せめて辞職理由が神経衰弱でなければいいのだが。

「ミスター・シンジャンに、指示されたとおりの質問をしました」ウィロビー巡査は話し始めた。「ハドリーが訪ねてきたときの話、その晩の会合、その終了後については何も付け足すことはないそうです。ただ、一つだけ、昼間の出来事を思い出したそうです。たいしたことではないのですが――」

「その判断はわたしがする」

「わかりました。ミスター・ハドリーを見送ったとき、ミス・オノーリア・リディヤードが〈千鳥の休息所《プラヴァーズ・レスト》〉の門から出てきて、自転車に乗って走り去ったそうです」

「時刻は？」バーナビーはペンを取った。

「十一時半。ミスター・シンジャンは執筆時間をちょうど三十分無駄にしたので、よく憶えているそうです。ミス・リディヤードは、さらに午後も二回やってきました。ご存じのように、ボロディノ邸の真向かいに――」

「わかってる。いいから、先を」

「ハドリーはドアを開けませんでしたが、相手が相手ですから居留守を使っても不思議はないと思います」

沈黙があった。ウィロビー巡査は、自分なりの結論に達したと判断して、帽子のへりを指でなぞったあと先端を強くつかんだ。沈黙には耐えるのはこれが限界だった。

「なかなか変わった人物ですね、ミスター・シンジャンは。あの犬も……」

「ご苦労だったな、ウィロビー」バーナビーは別のことに気を取られながら、デスク越しに微笑んだ。「上出来だ」

「どうも」ウィロビーはよろよろと立ち上がって、帽子をわきの下に挟んだ。メモ帳が落ちた。かがんで拾い上げたとき、巡査の顔は喜びに輝いていた。「ありがとうございます、主任警部」

バーナビーには聞こえていなかった。目を閉じて椅子の背に体を預け、意識はすでにジェラルド・ハドリー最後の日のミッドサマー・ワージー村にあった。あの朝、気温は低く、公共緑地には霜が降りていたことだろう。有名作家に会えると思い、ライターズ・サークルのメンバーは心を弾ませていたにちがいない。食べ物が用意され、〈千鳥の休息所《プラヴァーズ・レスト》〉に運ばれていたはずだ。午前十一時ごろ、会合場所の主は、誰にも邪魔をされずに執筆したいと思っている老人宅を訪ねる。同じころ、くずかごを涙で濡れたティシューでいっぱいにした女性もまた、招かれざる客の訪問を受ける。この訪問者はその足でジェラルド・ハドリー宅へ行く。留守だったので、数時間後にあらためて訪ねる。さらに、もう一度。

バーナビーは目を開けた。この人物が執拗に訪問を繰り返した理由に思い当たり、心臓が高鳴った。興奮がいくらか鎮まるまで、少し待って、大きく深呼吸をした。

ローラはまだ店にいるかもしれない。バーナビーは電話番号を調べて、ボタンを押した。すぐにローラが電話に出た。

「ハットンさんですね？　犯罪捜査課主任警部のバーナビーです。ご協力をお願いしたいことがあるのですが」

「隣へ何か飲みに行こうと思っていたんですけど、お急ぎですか？」

「はい」バーナビーは答えた。「そう申し上げたほうがよさそうです」


エイミーは自分の部屋で『じゃじゃ馬』を書いていた。五時からこうして二階にいるが、これまでのところ、呼び鈴やオノーリアの声に邪魔されることはなかった。

今、エイミーは文章のことで悩んでいた。ありふれた表現になってきたのだ。ボールペンの端を嚙み、これまで使ったことのない形容詞を探したほうがいいだろうかと考えた。それより、耳になじんだ言い回しのほうが、読者は落ち着けるだろうか。面倒になってそんな言い訳をしているのではない。言葉と言葉には的確な組み合わせがあって、どれほど才能豊かな作家でもそれを超える表現を創り出せないものもあるのだ。

どんな寝室の窓から見上げても、夜明けの空には〈ばら色の光の筋〉が広がる。黒い髪はどんな光が当たろうと、〈カラスの羽根のようなつややかな輝き〉を放つ。そして、愛する人を見て、〈星の輝き〉を放たない瞳がどこにあろうか。

執筆中に弱気が頭をもたげるのは、プロとして成功している作家にもあることだと知って、エイミーはいくらか気が楽になった。マックス・ジェニングズが語ったところによると、いつも新しい作品を書き始めるときには、この作品と自分とは喜ばしい関係を築き、けっしてたがいをけなすことなく、手に手を取って夕闇の中へ歩きだす、と確信しているそうだ。ところが、ジェニングズでも実際にそうなったことは一度もないという。第一章を書き始めてまもなく、作家と作品は悲鳴を上げ、ののしり合い、皿を投げ合うものなのだ。

エイミーはため息をつき、考えをまとめて、もう一度執筆に取りかかった。今書いているのは、アラミンタがブラック・ルーファスのもとから脱出するドラマティックな場面だった。この場面にふさわしいダナ・キャランのジャンプスーツに身を包み、ドロスキー馬車に飛び乗って、吹雪の中を駆けていく。ヴェルサーチのアーミン毛皮風ストールは、本物の琥珀の飾りボタンやラインストーンをちりばめたフード付きのものだが、それも手放すはめになり、ブラッドハウンド犬の群れに追われながら、凍った湖面を渡っていく。ブラッドハウンドではちょっと手ぬるいと思い、狼の群れに変えた。

危機に直面しているヒロインに、エイミーは容易に感情移入できた。というのも、エイミー自身が気温零下の部屋で身を震わせていたからだ。立ち上がって、手袋をはめた手を錆びついたヒーターの上に置いた。やはり無駄だった。一日じゅう、石のように冷たかったヒーターにはぬくもりの気配すらなかった。

底に深い溝が刻まれた毛皮のブーツをはいたまま、エイミーは擦り切れた絨毯の上でジャンプした。指先に息を吐きかけ、頰を強くこすったが、摩擦で痛いだけだった。これからは暖房に気を配るとオノーリアが約束したのを思い返しながら、エイミーは一階の書斎へ向かった。

階段を下りていく彼女の動きを、ニスでコーティングされた何枚もの黒っぽい肖像画が見下ろしている。どの人物も重々しいローブをまとった、古くは十六世紀にまでさかのぼるリディヤード家の祖先だ。中でもエイミーが嫌いなのは、鷹のような顔つきの判事で、この人物は喜んで死刑の宣告を下し、即座に執行しかねない人間に見えた。

オノーリアはデスクに向かい、紋章の左右の図柄の研究に夢中になっていた。世俗を離れた超然とした表情をしている。発熱管が一本だけの電気ストーブがついていたが、天井の高い部屋は二階と同じくらい寒かった。エイミーは入り口でうろうろしていたが、気がついてはもらえなかった。

「あのう……」

「血統だわ」オノーリアは独り言をつぶやいている。「大事なのは。血筋が何より。血統が大切」

「お義姉さま？」

オノーリアが顔を上げた。射《い》すくめるような目を向けたが、その瞳にエイミーの姿が映っているようには見えなかった。

「とても寒いの。できれば――」

「出ていってちょうだい。忙しいのがわからないの？」

エイミーは書斎を出た。コークスをくべてくれるよう頼むにはタイミングが悪すぎる。それなら、自分で下りていって、原始的なボイラーをなんとか動かしてみよう。昔風の敷石の廊下を横切ろうとして途中で足を止め、割れ目から生えている雑草を二、三本引き抜いた。庭が屋敷を浸食しようとしている。この寒さなら、無理もない。地下室への扉を開けようとしたが、びくともしなかった。

エイミーは顔をしかめ、もう一度試してみた。まったく動かない。施錠されているとは聞いていなかったが、二回やってみても少しも動かないのだから間違いない。あきらめかけて、熱い湯を瓶に入れ、膝にのせようかと考えた。しかし、まもなく夕食の支度を始めなくてはならない。凍えるようなキッチンで食事の支度などできるはずがない。

オノーリアが執筆を中断しないことがはっきりしたので、エイミーは自分で鍵を捜し始めた。屋内の鍵束は物置の釘に掛かっていることもあれば、キッチンテーブルの引き出しに入っていることもある。オノーリアがどこかへ置き忘れることもあった。一度、温室の植木鉢の中に入っているのを見つけたこともある。

今日は物置の釘には掛かっていなかった。枯れたダリアや球根ののった鉢台や古い種の袋の周辺を手で探ってみたが、見つからない。場所ふさぎになっていたオノーリアの自転車を移動させようとしたとき、前かごに鍵束が入っているのが見えた。

地下室の扉の鍵は、エイミーの手と同じくらいの長さの古い鉄製のものだった。鍵穴に差し込むと、すんなり回った。電灯をつけたが、光が弱く、つけてもたいして明るくはならなかった。エイミーは手すりにしっかりつかまりながら階段を下りた。

ボイラーは地下室のかなりのスペースを占め、ほかには燃料ぐらいしか置けなかった。大量の石炭の山、やや小さい小枝の山、古新聞や教区雑誌の束。段ボール箱や木箱、ぼろ布やパラフィン・オイル一缶。

エイミーはこわごわとその巨大な機械に歩み寄った。胴が膨らみ、古いうえに手入れがおろそかになっているせいで黒ずんでいた。後部から出ている配管はくねくねと天井へ向かって伸びている。速度計のような赤い針のついたダイヤルが三つ並んでいる。どれも一五〇を示していた。ガラス面をたたいてみると、目盛は一気に九八に下がった。

エイミーは恐る恐る金属に手を触れた。少しも温かくない。ボイラーの扉を開け、中をのぞいてみた。少し灰が積もっているのが見えるだけだ。エイミーは灰かきを手に取った。かなてこぐらいの長さと重さの細長いT字型の道具で、それでかき回すと青白い火が一筋か二筋見えてきた。教区雑誌を何ページ分か破って火の上に置き、燃え上がるのを待った。紙は茶色くなり、ぱりぱり音を立てて炎を上げた。

さらに紙を投げ入れ、小枝の山から二、三本取ってきた。それを慎重に一番上に置き、燃え上がったときに足すためにさらに数本手に取った。

小枝の山の下に何かがあるのに気がついたのは、そのときだった。紙だろうか。ステッカーが付いている。鮮やかな黄色地に青い文字で〈ホテル・マシマ、タンジール〉とあった。エイミーは上にのっている小枝をわきにどけた。さらに多くのステッカーが茶色のスーツケースの一面を覆うほど貼られていた。

エイミーはスーツケースを引っ張り出し、平らな場所に置いて留め金を押した。蓋が開いた。中身を確かめようと、床の泥や汚れがつくのもおかまいなしに跪《ひざまず》いた。黒いスーツにヴェール付きの帽子、ランジェリー、ガーターやストッキング、ハイヒール。浅い円筒形のプラスティック容器二つには、宝石類や化粧品が入っている。そして、靴箱には写真がいっぱい詰まっていた。なんと奇妙なことか。

エイミーは一つかみ写真を取り上げて、次々に眺めた。カラー写真もあれば白黒のものもある。写っているのはブロンド女性が多く、一人のものや友だちといっしょのもの、犬を連れた写真もある。のんびりバカンスを過ごしているスナップ写真もあり、海岸やホテルのプールサイドらしい場所で撮られたものもあった。これ以上は考えられないほど細いビキニタイプの水着をはいた男が二人、豪華船の前に立っている。

そして、ラルフがいた。薄暗い中でも、あの潑剌とした笑顔、ウェーヴのかかった黒っぽい髪、まっすぐこちらを見つめる眼差しを見間違えるはずはなかった。パーティーの最中なのか、おおぜいの仲間と写っている。いかにも楽しそうな雰囲気だ。グラスやボトルの載った、リボンで飾られた一つのテーブルを、みんなで囲んでいる。誰かの誕生パーティーかもしれない。フラッシュを使って写された大きな写真だ。ラルフは、スクエア・ネックで半袖の白いコットンシャツという英国海軍の夏用制服を着ていた。

エイミーはさらに目を凝らした。その隣にすわっている人物がなんとなく気になる。ぼんやりしているが端整な顔立ちをして、髪が風で広がり、耳の後ろに花を一輪挿している。エイミーは地下室の階段をのぼって、写真を明かりにかざし、信じられない思いで息をのんだ。ジェラルドだわ！

エイミーは興奮して、廊下に飛び出した。さまざまな言葉が次々に頭の中を駆け巡り、口をついて出た。「まさかと思うでしょうけど……スーツケースが……ほら、ミセス・バンディがいってたでしょ……誰かが置いて……」

オノーリアはじっと動かずに書斎の入り口に立っていた。続く言葉がエイミーの喉に貼りついた。瞬時に状況を悟った。恐怖のあまり鼓動が速く大きくなり、喉のすぐ下で心臓が打っているように感じた。

　どういうわけか〈呼吸を無駄遣いしない《セイヴ・ユア・ブレス》〉（「よけいなことはいわない」の意味）という表現が頭に浮かんだ。呼吸を無駄に遣わないほうがいい。ここにある空気の量が限られているかのように、エイミーはゆっくり深く息を吸い、浅く吐いた。

　頭の中では二つのことが同時に起こっていた。恐ろしさから意味をなさない言葉を発する一方、今、自分の置かれている状況の危険性を察知し、必死で逃げ道を探している。玄関は施錠され、閂がかけられ、もう何年も開けられたことがない。裏口も鍵と閂がかけられているから、それを外して出る時間の余裕はないだろう。無理やり地下室へ連れ込まれるのだけはなんとしても避けなくてはならない。あそこで惨めな死を迎えることになる。二階の窓にも鍵がかかっているが、ガラスを突き破って外に出ることはできる。けがをして血を流すかもしれないが、なんとか生きて出られるかもしれない。生きてさえいれば……。

　廊下の向こうの黒い影が少し動いた。実際に足を踏み出したというより、空気が揺れた感じだ。エイミーは心臓が口から飛び出しそうになった。

　階段。あそこまでの距離は二人とも同じくらいだ。わたしのほうが小柄で、若く、身軽で足も速い。自分の部屋へ逃げ込もう。ドアに鍵をかけて、窓を開ける。そして、大声で助けを呼ぼう。

　走り出すにはどうすればいいのか、懸命に思い出そうとした。膝を曲げる？　爪先立ちになる？　正しい動きをすることが大切だ。そうしないと目算が狂ってくる……大きな狂いが生じるかもしれない。

　ところが、思惑はすっかり外れた。オノーリアは一歩近づいてくる。そう思っていたが、それよりはるかに悪い行動に出た。大声で笑い出したのだ。車のエンジンをかけるときの低いうなりにも似た振動に続いて、耳障りな笑い声が響きわたった。酸素が足りなくなって、鼻から吸い込むときのクラクションのような音を挟みながら。

エイミーは走った。階段を駆け上がった。上へ、上へ。踊り場に出た。さらにその上へ。オノーリアはすぐ後ろに迫っていた。息を切らし、どたどた音を立て、空気をつかむように手を動かしている。一度エイミーがつまずいたときには、スカートの裾をオノーリアの手がかすめた。足が着いたとたんに階段の床が飛び去っていく感じだ。エイミーは呼吸ができなくなり、何も考えられなくなっていた。走っているという意識もなく、ただ後ろから聞こえてくる音に突き動かされていた。部屋に飛び込むと、体全体でドアを閉めた。

遅かった。

エイミーは全身の力を込めて押したが、無情にもオノーリアの鉄の足はすでに中に入っていた。だが、ドアを押し返してはこなかった。その必要はないからだ。少なくとも、急いで決着をつけようとしているようには感じられなかった。数秒たってから、オノーリアは口を開いた。鼻を鳴らし、口をゆがめて、ついに恐ろしい事実が明かされた。

エイミーはいやでもそれを聞かないわけにはいかなかった。耳をふさぐためには、ドアを押さえている手を離さなくてはならない。動くこともできなかった。まもなく恐怖のあまり泣き出したが、オノーリアはいっそう声を張り上げ、エイミーの苦痛の叫びをかき消した。

やがて、唐突に、毒に満ちた語りは終わった。エイミーの悲嘆の声もやんだ。エイミーは黙って体重をかけてドアを押したままじっと耳を澄まし、扉の向こうにいる恐ろしい人間が同じ過ちを繰り返す気になりませんように、と祈った。力を出し続けているため、エイミーの顔はひどくゆがみ、頬は涙で光っていた。

オノーリアはありったけの力でドアをたたいた。エイミーがはじき飛ばされて背中から倒れると、オノーリアは部屋に入って、エイミーを見下ろした。オノーリアの荒れた赤ら顔が不気味なほど青白く見える。目は深くくぼみ、エイミーを見下ろしているため、わずかに白目しか見えない。ぎらぎらと光る唾液が下唇から垂れている。

エイミーは懸命に体を起こし、オノーリアに視線を向けたまま、横へ動いた。凶暴な獣、ライオンや虎や狂犬を前にしたときのように。オノーリアの瞳は暗赤色に燃えていた。その大きな影は壁まで伸び、頭部がぐらぐら動いている。

エイミーは上げ下げ窓にたどり着いた。後ろに手を回すと、冷たいガラスと窓枠のぼろぼろしたペンキが手先に触れた。これを開けることさえできたなら……。そのためにはオノーリアに背を向けることになるが、ほんの一瞬だ。それに、ほかにどんな方法があるというのか。

エイミーはくるりと後ろ向き、留め金を引こうとした。固く錆びついている。留め金を動かすには強く押したり引いたりしなければならなかった。一度、肩越しに振り向いた。オノーリアは不気味に黙りこくったまま、こちらを眺めて立っている。

窓が大きな音とともに開いた。新鮮な冷たい空気がエイミーの顔を撫でた。下枠に両手をつき、身を乗り出して、長いアプローチから門まで見渡した。はるか下には敷石が広がっている。

硬い敷石を見下ろしているうちに、ミセス・バンディの言葉が蘇ってきた。床の掃除をしながら、ジェラルドの遺体がどんなだったかを語ったことがあった。

エイミーはくらくらしてきて、目を閉じた。敷石が迫ってくる。自分の柔らかな体がそこに打ちつけられ、骨が砕ける――。気分が悪くなり、上体を元に戻して振り向いた。

オノーリアが命じた。「飛び降りなさい」

エイミーは恐怖と信じられない思いで息をのんだ。

「さあ」

オノーリアはそれを望んでいるのだ。スーツケースと中身は焼却処分し、エイミーが死んでしまえば、これほど好都合なことがあろうか。しかも、自殺なら申し分ない。自分は義妹を失った不幸な身内を演じる。かわいそうに、夫の死を嘆き悲しんでいたから。結局、夫に先立たれた悲しみを克服できなかったのね。死んでしまいたいと口にするのを何度も聞いたことがあるけれど、まさか現実になるとは……。

冷たい風がエイミーの髪を揺らした。ラルフは、エイミーの頭の中に、心の中にいる。二人とも信心深い人間ではなかった。しかし、わたしがこの窓から飛び降り、暗い深淵を抜け、激しい衝撃によって骨を打ち砕かれ、軟らかな肉をまき散らされたあと、敬虔な人々がいうように、ふたたびラルフといっしょになれるのだろうか？　そうであるなら、どんなにすばらしいことだろう。しかし、エイミーにはそんなことが起こるとは信じられなかった。ありえないと思っているので、試すつもりもない。ただ一つはっきりしているのは、もう二度とラルフとは会えないということ。そう思った瞬間、地表にたたきつけられたかのような激痛を覚えた。

「飛び降りるのよ」

「いやよ！」エイミーの横顔は険しい怒りに染まった。「あなたのためにそんなことするもんですか」

オノーリアはエイミーを睨みつけ、両足で床を踏み鳴らした。正気を取り戻し、自信たっぷりの恐ろしい形相になっている。

「戦うわ」エイミーはいった。「抵抗した証拠を残してやる。そうすれば、あなたが殺《や》ったんだって警察が突き止めてくれるわ」

「そんなこと、わたくしが気にすると思うの？」オノーリアは軽蔑した口調でいった。

「あたりまえでしょう」エイミーはいい返した。「何年間も刑務所に入れられるんだもの。あなたが蔑んでいる人たちといっしょに檻に閉じ込められるのよ」

「思っていた以上の愚か者ね。あなたが命を絶ったら、わたくしもすぐに死ぬのよ。これ以上、なんのために生きるっていうの？」

その言葉の裏にあるぞっとするような寂寥《せきりょう》感は、人生への嫌悪から生じたものだ。エイミーには少しも理解できなかったが、心ならずもオノーリアを哀れに思った。エイミーは初めて義姉を名前で呼びたいという気持ちになった。

オノーリアはつかつかと歩み寄ると、エイミーの顔に唾を吐いた。それから、エイミーの体を向こう向きにさせ、両腕を背中に回し、両手首をつかんで腕をひねり上げた。上体の自由を奪われたまま、エイミーは後方に足を蹴り上げた。威勢のいい馬のように大きく強く蹴った。足がオノーリアの脛に当たったとたん、ブーツをはいているエイミーのかかとにも痛みが走った。

オノーリアは窓辺にエイミーを連れ戻そうとした。エイミーは付け根から腕がもげそうに感じた。カーペットに皺が寄るほどかかとに力を入れたが、足を縛られ逆さ吊りにされようとしている市場の鶏のように無力だった。

窓辺に達すると、オノーリアはエイミーの体を乱暴に窓枠に押しつけた。上げ下げ窓が鼻に当たり、鼻血が口に流れ込む。エイミーは懸命に足を踏ん張った。しっかりと足を開き、腿の前の下枠を支えにしてがんばる。両手首をつかんでいたオノーリアの手が離れて、両肩に移り、全身の力を込めて押さえつけた。エイミーの膝が音を立てて折れた。

オノーリアは、エイミーのセーターの襟をつかんで引っ張り上げ、窓の開口部からエイミーの体を押し出そうとした。下枠から体半分ほど出たところで、エイミーは両腕を上げて窓枠をつかみ、木枠に爪を立てた。オノーリアは押すのをやめて、エイミーの指を引きはがしにかかった。

一台の車がアプローチに入ってきたのはそのときだった。ヘッドライトが目に入ると、エイミーは大声を出した。何度も何度も悲鳴をあげた。あまりの絶叫に、間近で聞く鐘の音のように自身の声ががんがん響いた。

オノーリアはエイミーを中に引っ張り込もうとした。蹴ったり殴ったり引っ掻いたりして、エイミーは夢中で抵抗する。全身全霊を込めて戦った。遠くで、ガラスの割れる音が聞こえた。その音はオノーリアの耳にも達した。表情が一変するのがエイミーにはわかった。時間がないことを悟ったのだ。今度はエイミーの喉に手をかけ、両手の親指が食い込むほど締めあげた。オノーリアの体に狂喜の震えが走り、顔は邪悪な輝きを放った。

エイミーは息ができなかった。風が電線を揺らすようなかすかな音が聞こえるだけで、目の前の光景が真っ赤に染まっていく。耳には耐え難い圧力が加わる。頭の中が膨張し、頭蓋が激しく圧迫され、ついに限界を超えてすべてが闇と化した。

午前零時過ぎだった。バーナビーはヒリンドン病院の個室から駐車場を見下ろしていた。こんな時刻だというのに、駐車スペースは半分埋まっている。もう五時間もこうしている。実際のところ、病院にいる必要はなかった。彼女が逃げ出すはずはないし、死にかけているわけでもない。ありがたいことだ。一晩に扱う遺体の数は二つでも多すぎるのだから。

バーナビーが車でグレシャム・ハウスに駆けつけたとき、遺体安置所へ運ぶために一体目が車に載せられるところだった。それよりずっと軽い二体目はジッパー付きのポリエチレン袋に入れられて、玄関ホールに寝かされていた。

車を降りてすぐ、それが目に入った。バーナビーが初めてここを訪ねたときには、扉の前に大量の枝や木の葉が風で吹き寄せられて山となっていたのだが、その巨大な扉が今は開け放たれている。

建物の裏へ回る途中に、ローラ・ハットンのポルシェが斜めに駐まっていた。あわててブレーキを踏み、車は半円を描きながら横滑りして停まったようだ。キーはまだイグニションに挿さっていた。あとで、トロイがあの宝石箱のような家まで運転していき、ガレージに入れた。

ベッドで物音がした。オードリー・ブライアリーが付き添い、しわ一つない寝具に収まっているエイミーは、とても小さく見える。ベッドサイドのスタンドの明かりを受けて、淡いブロンドの髪が真珠のヘルメットのように輝いていた。

脈拍と血圧を測りに、看護師が入ってきた。鎮静剤を打たれていたが、軽いものなので、看護師が触れるとエイミーは目を覚ました。バーナビーは話をしたいと思う一方で、彼女が気の毒でたまらなかった。看護師は患者の左右の目に光を当てたあと、もうだいじょうぶといって、リノリウムの床に靴の軋む音を響かせながらきびきびした足取りでベッドを離れた。

エイミーは、包帯をした手を優しく握っているオードリー・ブライアリーを見つめた。「だいじょうぶですよ、ミセス・リディヤード。もうだいじょうぶ」

バーナビーは椅子を一脚、ベッドわきに運んできて、置く位置を慎重に考えた。近すぎず、といってまだ小さな声しか出せないかもしれないのであまり遠くない位置に。

「こんばんは」

「こんばんは、あなたでしたの」

「はい、またお邪魔します」

思ったとおり、エイミーはささやくような声だった。バーナビーが椅子に腰を下ろし、二人はたがいに微笑んだ。バーナビーはたしかににっこり笑いかけた。エイミーは口の端をちょっと引きつらせた程度だった。それだって上出来ではないか。開口一番の言葉がけっして好ましいものではないことをじゅうぶん承知したうえで、口を開いた。

「残念ですが、お義姉さんはお亡くなりになりました。自分で命を絶たれたんです。誰にもどうすることもできませんでした」

「オノーリアはいってました……自分も死ぬつもりだって……わたしを……」

そのわずかな言葉に体力を奪われたのか、エイミーはふたたび目を閉じた。バーナビーはしばらく黙っていたが、彼女がまた眠り込んでしまうといけないと思って、言葉を継いだ。

「できるだけ手短にお話しします。いずれ回復なさってから、詳しくお伝えしますので」

「痛いんです……声を出すのが……」

「そうでしょうね。何が起こったのか、わたしの考えを話しますので、もし間違っていたら、首を横に振ってください。それならどうでしょう?」

エイミーの返事はなかったが、バーナビーはできるだけ事務的な口調で話し始めた。どんなことをしても、この話がもたらす衝撃を和らげることはできないのだから。

「オノーリア・リディヤードは、ジェラルド・ハドリーが自分の弟と顔見知りだったことを知りませんでした。ところが、二人がいっしょに写っている写真を、月曜日にローラ・ハットンのキッチンで見つけたのです。友人たちとレストランで撮ったものでした。オノーリアは胸を躍らせ、どういうことなのか詳しい話を聞きたいと思い、まっすぐ〈千鳥の休息所《プラヴァーズ・レスト》〉へ行きましたが、ハドリーは留守でした。レックス・シンジャンを訪ねていたのです。午後にも二度訪ねましたが、会えませんでした。それで、翌朝まで待てずに、会合のあと、彼の家へ戻ったのです。

けれども、まだ客がいたので、建物の裏の木陰に隠れ、客が立ち去るのを待ちました。そのあと、ノックをしても応答がなかったため、勝手に中に入ったのでしょう。ミス・リディヤードが礼儀作法を重んじることは承知していますが、好奇心に負けたのだろうと思います。一階にハドリーの姿が見あたらなかったので、階段を上がり、寝室に入りました。実際に二人の会話が始まる前に欠落している部分があるように思うのですが……。ともかく、ミス・リディヤードがあれだけの写真、中には事情を明らかに暴露しているものもありましたね、それから衣服を——えっ、なんですか?」

「彼が……ジェラルドがいたのは……」

「バスルームですか?」エイミーはうなずいた。「ミス・リディヤードに聞いたんですね?」

「はい」

オノーリアはエイミーにすべてを話していた。何から何までエイミーに聞かせた。胸の悪くなる言葉がエイミーの心によみがえり、静かな落ち着いた部屋にその毒が広がっていった。

あなたの愛情が足りていれば、ラルフは死ななくて済んだのよ。今ようやく、オノーリアのいった意味がエイミーにも理解できた。何年も前、海軍に所属していたころ、ラルフは妻を裏切っていたのだ。エイミーの愛情がじゅうぶんではなかったから、別の人間を愛した。そして、その人物から恐ろしい病を移され、命を失うこととなった。オノーリアはスペインの医師から聞かされて、そこまでは知っていた。しかし、オノーリアは当然その人物が女性だと思っていたのだ。

ジェラルドはかなり酔っていた。バスルームから出てきたとき、マラケシュのクラブで撮った写真を握りしめているオノーリアがいた。ジェラルドはオノーリアをからかい、大笑いした。そして、淫らな過去の出来事を詳しく話して聞かせた。初対面だったラルフといっしょに外に出て、裏庭へ行き、代わる代わる壁にもたれかかって性行為をしたこと。ラルフがどんなに夢中だったか。そのあと、ラルフはふたたび別の男と庭へ出ていった。エイズで亡くなったのも不思議ではない。

その言葉に、ついにオノーリアの堪忍袋の緒が切れた。手近にあった重いものをつかむと、ジェラルドの頭めがけて振り下ろした。一度だけでなく何度も何度も、顔がわからなくなるまで。それから、床に転がっている忌まわしい男と、愛する弟との関係を抹殺するため、衣類と写真をスーツケースに押し込んで持ち去った。オノーリアは自分自身が法律だと思い込んでいるので、なんのためらいもなかった。

「ご主人に病気を移したのはハドリーではありませんでした」バーナビーがいった。ローラ・ハットンに事情を聞いたあと、バーナビーは血液検査の結果を問い合わせ、ハドリーが陰性であるとの返事を受けていた。「あなたはご主人の病名をご存じなかったのですね?」

「ええ……」

オノーリアは教えてくれませんでした。わたしにも感染しているといいと思ったんでしょう。亡くなる前に、ラルフがわたしにその病気を移していてくれることを願っていたのです。わたしを近くにおいて、その徴候が現れるのを待っていました。わたしが治療したり、検査を受けて健康だと判明したりするといやだから、教えてくれなかったんです。その場合は、オノーリアが自分でわたしを殺していたでしょう。それが彼女が神の前で誓ったことなのですから。

エイミーの目から涙があふれ、オードリー・ブライアリー巡査がロッカーの上に置いてあったティシューの箱に手を伸ばした。バーナビーはここで切り上げることにした。コートのボタンを留め、マフラーをし、手袋をはめたころには、エイミーはまた眠りかけていた。青い常夜灯だけを残し、バーナビーはベッドサイドの明かりを消した。

廊下を歩きながら、オードリーが尋ねた。「残りはいつお話しになるのですか?」

「彼女が耐えられるようになってからだな。今夜はこれだけでもじゅうぶんすぎる」受付の前を通りながら、バーナビーは時計を見上げた。一時半近かった。「わたしたちにとってもね」

最終章《コーダ》

たいていどんな事件でも書類の上で解決したあとも、解明されない部分が残るものだ。たとえば、捜査の周辺で名前が浮かんだ程度の人たちが事件とどのように関わっていたのか、正確なところはわからない。細部の謎は永遠に解かれることなく、絡み合ったままの場合もある。

事件の捜査とはそういうものだと受け止め、バーナビーはジェラルド・ハドリーの結婚写真に写っていた女性の身元は判明しないものとして片付けてしまった。ところが、ある晩、トロイから彼女を見つけたという興奮ぎみの電話がかかってきた。

トロイは、主任警部の娘がみごとな演技を披露している『クルーシブル』のビデオを見ていた。それも一度ではなく、妻の怪訝な顔をよそに繰り返し見ていた。法廷の場面で、おおぜいの女たちが髪をふり乱して叫んだり走り回ったりしているとき、後方にどことなく見憶えのある顔が映っているように感じた。画面を静止させてあらためて見ると、そこに彼女がいた。ミセス・ハドリーは生きていたのだ。

ＢＢＣのキャスティング担当者経由で舞台俳優労働組合に問い合わせたところ、身元はすぐに判明した。その女性は、現在は映画のエキストラとして登録され、ハドリーとの写真撮影当時は、コンパニオン紹介所のリストにも載っていた。本人もハドリーの依頼で受けた仕事のことはよく憶えていた。これほど簡単な仕事で何百ポンドもの報酬を得たことはなかったし、何から何まで申し分なかったからだ。かぶった帽子やヴェールまで持ち帰ることが許されたが、撮影の目的を尋ねると、ハドリーはひじょうに無愛想になったという。撮影はバーナム・ビーチにほど近い田舎の教会でおこなわれた。ほとんどマックス・ジェニングズが推測していたとおりだった。

それから一か月ほどたち、バーナビーは今、休暇を取っている。カリーとニコラスがまもなく帰国するので、娘夫婦と過ごす時間をいっときも無駄にしたくなかったのだ。二人は二日ほど滞在したあと、ロンドンに戻ることになっていた。

〈インディペンデント〉紙の猫の引っ掻き傷の少なそうなところをのんびり読みながら、娘夫婦を迎え、舞台の表や裏の出来事、つねに熱気を帯びている限られた空間についての話を聞くのはどんなにか楽しいことだろう、とバーナビーは思った。ありがたいことに、バーナビーのいる世界とはかけ離れている。

左脚が痺れてきた。爪先を曲げてストレッチをしたあと、今度は反対の脚を上にして勢いよく組んだ。バーナビーの靴紐にじゃれていた子猫は高く飛ばされ、向かい側のアームチェアのクッションの上に落ちた。

「トム!」

「なんだい?」バーナビーは新聞を膝に下ろした。「どうかしたのか?」

「もっと注意してちょうだい」ジョイスは部屋の向こうから駆けてくると、キルモウスキーを抱き上げた。子猫は下ろしてもらいたくてすぐに暴れ出した。

「何をしたっていうんだい?」

「この子にけがをさせるところだったじゃないの」子猫はよたよた歩いてソファーに戻ってくると、バーナビーのズボンによじ登ろうとした。

「先に何か呑む？　それとも食事のときにする？」

「今、頼むよ」

サンタ・カロリーナ・グランド・リザーヴがグラスに注がれた。呑んでみると口当たりのよいワインで、バーナビーは一気にではなく、ちびちび呑んだ。あしたの今ごろは、娘夫婦もいっしょにテーブルを囲み、シャンペンを呑んでいることだろう。オーヴンから香ばしいにおいが漂ってきた。レモングラス、ケーパー、セルリアといっしょに焼いたウサギ肉のキャセロール。中に洋なしも入っている。二度裏漉しをした低脂肪クリームチーズにマデイラで味をつけ、軽く焼いたアマレッティのかけらをのせたソースも作ってある。

バーナビーはふたたびワインを呑み、ゆったりとソファーにもたれた。上腕がちくちくするのを感じながらも、満ち足りた気分だ。

電話が鳴った。キッチンでジョイスが取り、歓声をあげた。「まあ、カリー！　嬉しいわ、あなたの声が聞けて！」

バーナビーは幸せな気分に水を差された。カリーが電話をしてくるなんて、何か都合の悪いことが起こったのだろうか。まさか来られなくなったわけではないだろうな。あるいは、来るにしても、泊まれなくなったとか……。泊まれるとしても一晩だけになったのか。もしかしたら、知り合いを連れてきて、わたしたちと話をする時間がなくなるのかもしれない。

「トム？」受話器をカウンターに置く音がして、ジョイスが配膳口から顔を出した。「あなたも話さない？　ヒースローまで迎えに行く時間があるかどうかの確認の電話よ」

「そうか」

「わざわざ来なくてもだいじょうぶ。ここから渡すわ」

カリーの声は隣の部屋にでもいるようにはっきり聞こえた。パパとママに会うのが楽しみだわ。パパには、すてきな彫刻の入った木製のスパイス台をポーランドで買ったのよ。あしたの晩は、なんの料理を作ってくれるの？　『クルーシブル』はちゃんと録画してくれた？　今回の海外公演はすばらしかったのよ。演出家はどうしようもなくいやなやつだったけど。ニコラスは最高のドン・ジョンを演じたわ。わたしはどうしてもベアトリスを理解できなくて……。

バーナビーは娘の話をほほえましく聞いていたが、カリーが電話を切ろうとしたときに、ひとこと注意しておいたほうがいいと思った。

「ちょっと困ったことになるかもしれないよ、カリー」バーナビーの肩の上で眠り、ずり落ちそうになっているキルモウスキーに優しく手を置いた。「子猫のことだよ。お母さんがたいそう気に入ってしまってね」


「中に入らなくてもいいのよ、エイミー」

「入るわ。入らなくちゃいけないの」けれども、エイミーはドアノブを回すことができなかった。

二人はラルフの部屋の前に立っている。殺されかけたあの恐ろしい夜以来、エイミーがグレシャム・ハウスに足を踏み入れたのはこれが初めてだ。

キッチンを抜け、敷石の隙間から雑草の生えた冷たい廊下を横切って階段をのぼるのはかなりつらかった。だが、この扉を開ける苦痛とは比べものにならない。

「わたしが開けましょうか？」

「そうね」ところが、スーが手を伸ばしたとき、エイミーは声をあげた。「ちょっと待って！」

エイミーはもう一度考えた。これで二十回目、いや三十回目か五十回目かもしれない。この瞬間を何十回となく頭の中に思い描いた。どうしても入らなくてはならないと考える理由はなんなのか、自分に問いかけた。きちんとした理由があるのだろうか。

どうせ、ラルフはもうここにはいないのだ。まず目に入るのは、すり切れた革製のサドルと真紅の手綱《たづな》の付いたまだら模様の木馬。初めてこの館を訪ねたとき、ラルフが抱え上げて乗せてくれた。それから、細い真鍮の飾りが付いた炉格子。書籍や模型や、ラルフが描くのを得意としていた動物や植物の絵。しかし、ラルフ本人は――警察は〈遺骸〉という言葉を使い続けたが――セント・チャド教会のいちいの木の下に姉と並んで眠っている。

それを許したエイミーの優しさを、スーはどうしても理解できなかった。自分がエイミーの立場なら、オノーリアを火葬にし、遺灰はトイレにでも流してしまうだろう。夫が両性愛者で、たびたび浮気をしていたことがわかったため、エイミーの愛情は冷めてしまったのかもしれない、とスーは結論づけた。だが、実際はそうではなかった。たとえ頭がおかしかろうと、道徳的に間違っていようと、オノーリアは自分が愛情を注いだ弟の名誉を守るために、他人を殺そうとまで思いつめたのだ。それなら、せめてその姉と弟を同じ墓で静かに眠らせてあげたい――それがエイミーの本当の気持ちだった。

スーは足を動かし、咳払いをして、時間が経過したことをさりげなく伝えながらちらりとエイミーを見た。緊張して表情のない顔をしている。凄惨《せいさん》な現場を見せられるのを覚悟しているように目を細めた。一呼吸おいて、スーはドアを開けた。

中にはまだ枝付き燭台があった。部屋じゅうに飾られている。さながらロマネスク様式の大聖堂の祭壇のように、部屋全体が無数の蠟燭の光に照らされていたのだろう。流れ落ちた蠟が床や家具にこびり付いていた。

部屋のここかしこでラルフの写真がこちらを見つめたり、微笑んだり、笑ったりしている。赤ん坊のラルフ、幼児のラルフ、少年のラルフ。写真の多くはフレームにも入れず、そのまま燭台に立てかけられている。火事にならなかったのが奇跡だ。

エイミーは室内に異臭が残っているのではないかと心配していたが、白黴のにおいがするだけだった。たぶん警察の誰かが窓を開け放っておいたのだろう。周囲の人たちみんながとてもよくしてくれた。特に葬儀屋のデニス・レインバードは親切で、これまでラルフが納められていたはずの柩《ひつぎ》が墓から引き上げられたあと、中に入っていた重い書籍を手際よく処分してくれた。最愛の夫との対面をエイミーが頑《かたくな》に拒むと、遺体には美しく防腐処理が施されていたことを教えてくれた。それを聞けばエイミーが慰められると思っているようだった。

「あの人はここに横たえられていたのよ」エイミーは部屋の中央にある大きな食卓に歩み寄った。「真っ白なシルクのベッドカバーを掛けられて」

スーはどう返事をすればいいかわからなかった。何もかもがおぞましく、エイミーから初めて話を聞いたときには気を失いそうになった。オノーリアがここで遺体に話しかけたり、おそらく抱きしめたりしていただなんて、想像しただけでぞっとする。

「スペインで息を引き取る直前、あの人がわたしに会いたがったという話をしたかしら？　そのとき、オノーリアはわたしが逃げ出してどこかへ行ってしまったといったの」

「ひどすぎるわ。きっとご主人はそんなの嘘だって見抜いてたわよ」

「ええ、オノーリアの性格をよくわかっていたから。ただ……ちゃんとお別れができたらどんなによかったかと……」

エイミーは学校の成績表を手に取った。成績表は炉格子にいくつも掛けてあり、小さなペーパータオルのように見えた。

〈聡明だが、いたずら好きである〉〈ほかの生徒の気を散らす〉〈外国語を身につける才能がある〉〈もう少し集中力が必要〉〈人気者〉

「みんなに好かれていたのよ」エイミーはいった。「これを見ればわかるわ」

スーは自分が邪魔をしているだけで、なんの役にも立っていないという思いを強くした。そばに立ったまま、慰めたい気持ちを体で表現しようとしたが、上げかけた両腕をやがてまた下ろした。

「あの人は子供が欲しくないいんだと思ってたわ。でも、そうじゃなくて、自分の病気を知ってたからなのね」

いつも避妊具を使っていたのはそのせいだ。ラルフがいっていたように、ピルの副作用が心配だったのではなく、エイミーに病気を移したくないという思いやりから。

そういってくれればよかったのに……。エイミーはそれが何よりつらかった。ほかの人と関係を持ったことや、エイミーがまったく知らなかった性的指向についてではなく、二人の幸せな日々が残り少なくなっているという厳然たる事実を、ラルフが自分ひとりの胸に納めていたことが。夫の病気を知ったら、エイミーが彼を拒絶するとでも思ったのだろうか。

「そうじゃないわよ」エイミーが心を痛めているのを見て、スーは言葉を挟んだ。「彼はあなたにつらい思いをさせたくなかったのよ。愛し合っていれば当然でしょう」

エイミーには聞こえていないようだった。置いてある物に手を触れながら、室内を歩き回っている。斑点のある木馬を揺らし、緑色のブリキの車を棚の端で前後に動かし、学校で使った問題集のページをめくる。一つ一つのしぐさに気持ちを込めようとしていたが、自分でもそれがぎこちなく不自然に感じられた。この部屋で過ごしたことのないエイミーにとって、ここは抜け殻のように思える。神聖ではあっても無意味な、まさしく霊廟《れいびょう》のような場所だ。

エイミーがカーテンを開けて、日の光が部屋いっぱいに入ると、思い出の品々の輪郭がくっきり浮き上がり、不思議なことに副葬品を連想させた。ふいに彼女は、その重苦しい雰囲気に耐えられなくなった。

「行きましょう」

「何か持っていきたいものはないの?」明日の朝、プリンシーズ・リスバラの業者が入り、館内はすべて片付けられることになっている。

「わたしにはこれがあるわ」エイミーは指先でロケットに軽く触れると、踊り場まで足早に階段を駆け下りた。「スー、早く」

スーも喜んでそれに応じた。屋外に出て、エイミーは石造りの陰鬱な灰色の館を見上げた。自分が所有者となったうえ、もう二度と足を踏み入れなくてもよくなったことにほっとしている。二人は並んでアプローチを歩き始めた。

うららかな三月の日だった。空は雲一つない真っ青な弧を描き、アプローチに沿って水仙が、また木の下にはクロッカスやトリカブトが咲いている。エイミーが正面の門を閉めたとき、スーがいった。「パンを持ってきたの。カモにやりましょうよ」「そうね」二人が道を渡って公共緑地へ行くと、クァックァッと鳴き声をあげてカモの群れが近づいてきた。「どうしていつもわかるのかしら」

「袋を見てるのよ。よかったら、ケーキもあげて」

スーは今、エイミーといっしょに暮らし、アマンダもたびたび帰ってくるようになった。パンやケーキを焼く習慣から抜けられず、じゅうぶんに餌を食べていない地元の野生動物たちがその恩恵にあずかった。スーは、ドライシードの入ったケーキの大きな塊を手渡した。それを崩しながら、エイミーはいった。「いつもはじき出されているあのおチビちゃんにもあげなくちゃね」

「あなたがほかの鳥たちの気を引いているあいだに、わたしがなんとか引き離してみるわ」

スーはパンを隠し持ち、食いしん坊のカモの群れに囲まれているエイミーのそばを離れた。それから、池のほとりにかがみ、群れの中にいても餌にありつけない特別小さなカモの注意を引こうとした。パンをちぎりながら、スーはヘクターのことを考えた。作家として独り立ちした今、二作目を依頼され、契約を交わし、一日の大半、作品の構想を練っている。二作目には『ヘクター、ルンバを習う』という仮の題名がついていて、ヘクターに派手なラテン風の衣装を着せようと思っている。

おチビちゃんの気を引こうと小声で鳥の鳴き真似をしたが、うまくいかなかった。くちばしのすぐ近くに放ってやれば、ほかのカモに横取りされずに済むかもしれない。でも、ぎゅうぎゅう押し合っているのでうまくいくだろうか……。

エイミーのケーキがもうなくなりかけている。最後の一かけらを与えるのを見ながら、スーはこのわずか数週間にたがいの身に起こった大きな変化をあらためて思い返した。

エイミーは今、裕福になった。グレシャム・ハウスを売却するにあたって、目の玉が飛び出るほどの金額を提示された。彼女は少しずつではあるけれど、心身ともに回復してきている。退院直後、スーの家に来たときには、昼間は泣いてばかりで、夜は悪い夢にうなされていた。どうすればよいかわからなくて、スーも絶望的な思いにとらわれることがあった。しかし、今エイミーは、夜中に目が覚めても泣かなくなったし、きのうは将来について話をするようになった。たとえば、これからどこに住むかとか、『じゃじゃ馬』の執筆を早く再開したいと思っていることを。

スー自身はなんの不足もない生活を送っている。一度、弁護士を通じてブライアンからの手紙を受け取った。おれが家を出たショックからおまえが立ち直るまでのあいだ、家に戻ってもいいと考えているがどうだろうか、と書かれていた。スーはその手紙を暖炉に放り込んだ。

「ぼうっとしてるのね」

「あら、ごめんなさい」スーは立ち上がった。

「何を考えていたの？」

ブライアンがココアの表面にできた膜を舌でカップのわきに取りのけ、あとで食べるのを、もう二度と見なくて済むと思っていたのだ。スーはいった。「コンタクトレンズを外したほうがいいかなって考えてたの。ちょっと涙が出るものだから」

「風のせいでしょう。戻ったら、目薬をさしなさいな」

スーは残っていたパンをカモに与えた。あいかわらず、おチビちゃんはパンにありつけなかった。

「あの子はきっとだいじょうぶ」エイミーがいった。「体は小さいけれど、やせてないもの。羽もつやつやしてきれいだわ」

帰り道、遠くでレックスが愛犬の散歩をさせているのが見えた。レックスは手を振りながら二人に声をかけ、近づいてきた。少し離れたところからでも、レックスが幸せそうなのがはっきりとわかった。目を輝かせ、笑みを浮かべている。

「どうしたの、レックス?」スーが尋ねた。「モンカーム、おすわり! なんだかすごく楽しそうね」

「実は……」レックスは話したくてたまらない気持ちに駆られたが、なんとか自分を抑えた。戦士のしきたりについて調べていて、驚くような事実が見つかったのだ。フン族には、新生児が男子だとその頬を刀で切って、母親の乳を飲ませる前に血を味わわせる慣習があった。せっかく見つけた珍しい話なのに、『ハイエナの夜』に入れる箇所がないとわかり、少しがっかりした。

女性二人は期待の目で見つめているが、ごく最近エイミーが体験をしたことを思うと、新しい発見について今は語らないほうがいい、とレックスは判断した。

「あいにく、質問がよく聞こえなかったんだが」

「あのね」エイミーはいった。「どうしてそんなに楽しそうなのかと訊いたのよ」

「ああ、生きていれば楽しいじゃないか」レックスは二人に笑いかけた。「生きていればね」

それから、くたびれたコーデュロイの帽子に手を触れ、レックスは歩き出した。その足もとでモンカームがうれしそうに跳ね回っていた。


黄色い壁の居間でヴェネツィアン・グラスに映る自分の姿を見つめながら、ローラは満ち足りた気分に浸っていた。美しく、自信にあふれ、何より驚いたことに幸せそうに見える。二度と幸せを味わうことなどないと思っていたのに。

　肩越しに後ろを見るようなポーズのままゆっくり向きを変え、耳もとで繊細なきらめきを放っているダイヤモンドに満足しながら、自分の横顔をうっとり眺めた。肩にかかるブロンズ色の豊かな髪は、パールとマーカサイトの二つのコームで押さえている。バーン＝ジョーンズ（一八三三〜九八。英国のラファエル前派の画家）が描く官能的な女性に似ていると思い、笑みを浮かべた。顔の輪郭を引き立てるよう、タフタのケープについているアコーディオン・プリーツの襟を直す。これから、オペラ『ばらの騎士』を見に行くことになっていて、頭の中ですでに音楽が聞こえていた。

　白ワインのカクテル〈スプリッツァー〉とミネラルウォーターが用意してある。エイドリアン――アイルランド製リネン用クローゼットの元所有者――の分も入れてゴブレットは二つ。彼はいつも車を降りたあと、戸口までやってくる。車に乗ったままクラクションを鳴らすようなことはしなかった。ローラはそこが気に入っていた。一口二口呑んだあと、ローラは無造作にグラスを置いて、またマントルピースに輪染みをつけた。すでにオリンピックのシンボルマークのようになっている。

　ローラのまわりには木箱や段ボール箱が置かれ、調度品には布が掛かっていた。どの部屋もそうだ。明日、この村から出ていく。けっして急いで結論を下したわけではない。最近はほとんどここに住んでいなかった。ストーク・ポウジズの友人宅に滞在し、その近くに購入した新しい家の改築工事現場に足を運んでいる。ミッドサマー・ワージーには郵便物を取ったり、留守番電話のメッセージを確認するために短時間戻ってくるだけだった。

エイミーからのメッセージが何度か入っていた。会って、命を救ってくれたお礼をいいたいという内容だった。こちらが気恥ずかしくなるほど緊張した声で残された三度目のメッセージを聞いたあと、ローラは礼など必要ないことと、引っ越しを控えてとにかく時間がないということを書き記した絵葉書を送った。断りの気持ちは伝わったようで、ローラのポルシェが敷地に駐まっているのを見かけても、エイミーが立ち寄ることはなかった。

ローラは、グレシャム・ハウスで目撃したおぞましい悲喜劇を思い出したくなかった。あのあと、刑事に付き添われて警察署に行った。濃い甘い紅茶が出され、とても飲む気にはなれなかったが、ショック状態から回復させる効果があると勧められた。すべてが一瞬の出来事だったので、ショックを受けている暇もなかったことを、ローラは説明しようとした。

どこかのガラス窓をたたき割って屋内に入ったあと、悲鳴が聞こえていたと思われる部屋をめざして、ローラは階段を駆け上がった。部屋に飛び込んだ瞬間、オノーリアはエイミーの体から手を離した。あわてて開いている窓に近づいたかと思うと下枠に腰かけ、後ろ向きに落下した。一瞬、オノーリアの脚が上下逆さまに見えたが、次の瞬間、もう姿はなかった。オノーリアは窓から落ちるときも地面にたたきつけられたときも、声を発しなかった。一瞬にしてすべてが終わった。

どういう経緯でそうなったのか、ローラは今も詳しいことはわからなかったし、知りたいとも思わなかった。ただ、バーナビー主任警部が提案したように電話でエイミーとどこか別のところで会う約束をするのではなく、直接彼女を訪ねようと思い立ったのがよかったと考えている。エイミーのロケットに入っている写真を見せてもらうために彼女を訪ね、結局、見せてもらわずじまいとなったが、今となってはそのことになんの意味もない。とにかく、この忌まわしい事件を頭の中から追い出したいと思い、それはかなりうまくいっている。

ジェラルド・ハドリー――頭の中で彼のことに触れるとき、今では名字を使うようになっていた――にたいする気持ちが思いのほか早く冷めたことに、自分でもびっくりしていた。特異な二つの人生を送っていたことや同性愛者であったことを聞かされると、それまで彼女をとらえていた妄想的な情熱はたちまちのうちに冷めて消えてしまったのだ。まるでタイターニア（シェイクスピア作『夏の夜の夢』に出てくる妖精の国の女王）のように、魔法が解けた。

短期間で立ち直れたのは、自分がかなり浅薄な人間であることを意味するのではないかとも思ったが、それも悪くはない、と割り切った。いろいろな面で、底が浅いほうが気ままな人生が送れそうだ。

そう考えて気持ちが楽になったところに、ジェンセンの車のエンジン音が聞こえてきた。ローラはハンドバッグを手に取った。戸口に向かう途中、十五世紀の小君主の絵の前で足を止め、その憂鬱そうな表情に眉をひそめた。いつも大切な存在だったが、今日初めて、その表情に苛立ちを覚えた。この少年の気持ちを解釈するためにさまざまな悲劇を思い描いていたが、買いかぶりだったかもしれない。思春期ですねているだけなのではないか。ローラは少年の手を軽くたたいて、いった。

「元気を出して。そんなことは一生起こらないと思うから」

呼び鈴が鳴った。彼がすぐそこに来ている。ローラは肖像画のわきに下がっている細い金色の鎖を引っ張った。部屋の明かりが消えた。

訳者あとがき

本書は、一九九四年に発表されたバーナビー主任警部シリーズの一編、Written in Bloodの翻訳です。海外ミステリの熱心な読者ならご存じのように、このシリーズはこれまで二冊、翻訳が出ています。

まず最初に出たのが、『蘭の告発』（一九八九年十二月、角川文庫）。これはバーナビー主任警部シリーズの第一作で、地方の村で起こった殺人事件という英国ミステリでお馴染みのテーマを現代風に解釈してみせて評判になりました。アメリカでは、優秀なミステリの第一作に与えられるマカヴィティ賞を受賞しました。翻訳が出たとき、日本でもその年度のベスト・テンに挙げる評論家が何人かいたと記憶しています。

そんなふうに『蘭の告発』が地味ながら日本で評判を呼んでいたとき、イギリスではシリーズ第二作のDeath of a Hollow Manが出ていました。しかし、この第二作が角川文庫から出ることはなく、その代わり一九九三年になって『うつろな男の死』という題名で創元推理文庫から出版されました。バーナビー主任警部シリーズの紹介はそれでいったん途絶えてしまい、本書が十七年ぶりの翻訳出版ということになります。

とはいえ、バーナビー主任警部は、テレビの海外ドラマファンのあいだでは、すでにそこそこの有名人になっているのではないでしょうか。ご承知のように、バーナビー主任警部シリーズの第一作『蘭の告発』が、一九九七年に、英国大手民放のITVで試験的に単発ドラマとしてテレビ化され、それが好評を博したので、翌九八年からシリーズ化されたのです。あとで触れるように、小説のバーナビー・シリーズは七作しかないのですが、テレビドラマ（シリーズ名Midsomer Murders）はその後も続き、二〇一〇年五月の段階で全七十五話（十三シリーズ＋クリスマス特番二本）、さらにこの九月には新しい四話の放送が決まっています。日本で放送されているのはそのうちの五十一話（第九シリーズまで）です。

ちょっと横道に逸れてテレビ版の話を続けると、日本で最初にこのシリーズ（シリーズ名「バーナビー警部」）を流したのはNHKのBS2で、まず第三シリーズまでの十三話が放送されました。二〇〇二年の四月から十月にかけてのことです。この放送でバーナビー主任警部を知った人は多いと思います。

その二年後、二〇〇四年の二月十一日から、今度はCSのミステリチャンネル（二〇〇九年十月よりAXNミステリーと名前を変更）で、第一話から改めて放送され、二〇一〇年八月の段階で、前述のように五十一話に達しています。このドラマがシリーズ化されたときの第一話、つまり、ファースト・シーズンのエピソード・ワンが、実は本書を原作にしているのですが、参考までにテレビ版の邦題を記しておけば、NHK放送時は「小説は血のささやき」、ミステリチャンネル放送時およびDVD化（二〇〇四年五月発売）されたときの題名は「血ぬられた秀作」でした。

ここでバーナビー主任警部シリーズの作品リストを掲げておきましょう。

The Killings at Badger's Drift, 1987（『蘭の告発』）
Death of a Hollow Man, 1989（『うつろな男の死』）
Death in Disguise, 1992
Written in Blood, 1994（本書）
Faithful unto Death, 1996
A Place of Safety, 1999
A Ghost in the Machine, 2004

このシリーズはすべてミッドサマーという架空の州を舞台にしています。バーナビー主任警部は、その州都コーストンの警察にいて、ミッドサマー警察管区内のさまざまな村で起こる事件を解決してゆくわけです。
シリーズ以外には次のような作品があります。

Fire Dance, 1982（ロマンス小説）
The Envy of the Stranger, 1984（異常心理小説）
BMX Star Rider, 1985（児童書）
BMXer's Battle It Out, 1985（児童書）
Murder at Madingley Grange, 1990（犯罪小説）

さて、ミッドサマーは架空の州だと書きましたが、作中にテムズ・ヴァリー（テムズ川沿いの地域のこと）という言葉が出てきますので、実際の土地でいえば、オクスフォードシャー、バッキンガムシャー、バークシャーあたりの、暮らしやすく、教育水準も高い、豊かな諸州を混ぜ合わせたようなところを想像すればいいのかもしれません。そういうところだから、本格的な芝居を上演するアマチュア劇団があったり（『うつろな男の死』）、アマチュア作家の創作サークルがあったり（本書）、宗教がかった神秘思想家のコミューンがあったり（Death in Disguise）するのです。

村などを舞台にして、閉じられた小社会で起こった殺人を描くのは、アガサ・クリスティのミス・マープル物などでお馴染みで、そういったタイプの探偵小説はビレッジ・ミステリと呼ばれることもあります。分類すれば、キャロライン・グレアムの作品もビレッジ・ミステリの範疇に入るでしょう。野外パーティや午後のお茶といった、古くからある習慣がいまだに守られている世界。ただし、キャロライン・グレアムが描く村には、クリスティの作品には絶対に出てこないような性的倒錯者やドラッグ常用者も住んでいるし、ミス・マープルのようなゴシップ好きの老嬢が、そのゴシップをねたにして口止め料をせしめようとする恐喝者になったりもします。そんなふうに、古風なものと現代的なものとが絶妙に混じり合った世界が、バーナビー主任警部の捜査の舞台になるのです。

ここで作者の略歴を書いておけば、キャロライン・グレアムは、一九三一年、イングランド中部の州ウォリックシャーのナンイートンという町で生まれました。生家は労働者階級でしたので、十四歳のときに初等教育を終え（日本風にいえば中卒で）、紡績会社の織工として働きはじめました。本編の登場人物では、バーナビーの部下であるトロイ部長刑事が労働者階級の出身という設定で、その階級の代弁者の役割を担っています。

当時（一九四四年）の労働者階級の女性は、工員になれば、あとは結婚して子供を産み、家庭に入るのがならわしでしたが、向学心の強いキャロライン・グレアムはさらに教育を受けたくて、地元にある大学進学準備校、ナンイートン女子ハイスクールへの奨学金を獲得します。読み書きと算数を教える初等教育しか受けていないキャロライン・グレアムは、この学校でシェイクスピアなどの文学に親しむようになります。しかし、学業のかたわら、紡績の工場にもまだ通っていました。四〇年代の労働者階級の娘は働くのが当たり前だとみなされていたからです。

けれども、ハイスクールで別の世界を垣間見た彼女は、工員ではない自分の未来を夢見るようになり、作家を目指して十八のときに紡績会社を飛び出します。その後は、英国海軍に勤務したり、ラジオや演劇の仕事をしたりしながら、放送大学で学び、戯曲や小説の勉強を始めます。この時代、プロのダンサーになったり、女優をやったり、結婚相談所を開いたりした、といわれていますが、七一年からはフリーの文筆家としてBBCなどでテレビやラジオのシナリオを書いていました。その縁で、テレビ版のバーナビー・シリーズ、本放送の二話目「劇的なる死」（原作の邦題は『うつろな男の死』）は、キャロライン・グレアム本人が脚本を書きました。

一九八七年、五十六歳のときに『蘭の告発』で成功を収めたのは前に述べたとおりですが、そのあとも勉学に励み、演劇研究でバーミンガム大学から修士号を得たのは一九九一年のことでした。

キャロライン・グレアムの作品を読むと、脇役に至るまでどの登場人物も生き生きと描かれていることにびっくりさせられます。さまざまな人生経験に裏打ちされたシリーズだからこそ、人を見る目の確かさ（特定の人物に向けられる皮肉も嫌味なほど正確です）が印象に残ります。人物描写が分厚くて、話の中心は犯人捜し《フーダニット》、というのは、まさしく英国ミステリの本道といえるでしょう。
なお、すでにテレビドラマ版をご覧になったかたもいらっしゃるでしょうが、この原作とテレビ版とでは被害者の扱いが異なっています。ドラマ版で殺される人物の一人が、原作では殺されないのです。そのあたりの違いも楽しめると思います。

二〇一〇年八月

〔訳者〕

宮脇裕子（みやわき・ゆうこ）

上智大学外国語学部英語学科卒業。英米文学翻訳家。主な訳書はスティーヴン・ブース『死と踊る乙女』、ゲイロード・ラーセン『ドロシーとアガサ』、C・C・ベニスン『バッキンガム宮殿の殺人』、デイヴィス・グラッブ『狩人の夜』、アリサ・クレイグ『殺人を一パイント』、パトリシア・ハイスミス『ふくろうの叫び』ほか。

空白《くうはく》の一章《いつしよう》

バーナビー主任警部

2010年9月15日　初版第1刷印刷
2010年9月25日　初版第1刷発行

著　者　キャロライン・グレアム
訳　者　宮脇裕子
装　丁　宗利淳一
発行人　森下紀夫
発行所　論　創　社
〒101-0051 東京都千代田区神田神保町2-23 北井ビル
電話 03-3264-5254　振替口座 00160-1-155266

印刷・製本　中央精版印刷

ISBN978-4-8460-1056-0